西北大学"双一流"建设项目资助
Sponsored by First-class Universities and Academic Programs of Northwest University

当代陕西长篇小说研究

DANGDAI SHAANXI CHANGPIAN XIAOSHUO YANJIU

关 峰 张红影 著

西北大学出版社
·西安·

图书在版编目（CIP）数据

当代陕西长篇小说研究/ 关峰，张红影著. —西安：西北大学出版社，2022.10
ISBN 978-7-5604-5024-7

Ⅰ．①当… Ⅱ．①关… ②张… Ⅲ．①长篇小说—小说研究—陕西—当代 Ⅳ．①I207.425

中国版本图书馆 CIP 数据核字（2022）第 183697 号

当代陕西长篇小说研究

关　峰　张红影　著

出版发行　西北大学出版社
（西北大学校内　邮编：710069　电话：029-88302621　88303593）
http://nwupress.nwu.edu.cn　　E-mail:xdpress@nwu.edu.cn

经	销	全国新华书店
印	刷	西安华新彩印有限责任公司
开	本	787 毫米×1092 毫米　1/16
印	张	19
版	次	2022 年 10 月第 1 版
印	次	2022 年 10 月第 1 次印刷
字	数	290 千字
书	号	ISBN 978-7-5604-5024-7
定	价	52.00 元

本版图书如有印装质量问题，请拨打电话 029-88302966 予以调换。

中国新文学史观建构刍议(代前言)

古代中国虽有文学史书写之实,但现代意义上的文学史体例却直到20世纪初才得以确立。最早的林传甲《中国文学史》(1904)虽饱受诟病,但它"甄择往训,附以鄙意"及"为国民教育之根本"①的初衷还是奠定了后来文学史"建构"的基础。"建构"就是诠释,甚至是操纵,"构建""构筑"等都是它的同义词。现在看来,这一价值体现方式几乎成为今天文学史研究者的共识,诸如"我们所把握住的文学史,无论是零星的还是系统的,无不是进入我们的自身的认识领域的东西,即构建出来的东西"(钱志熙《中国古代的文学史构建及其特点》);"我们这个学术圈就是在被人为构筑起来的'五四'传统下进行思考和研究文学史的"(陈思和《先锋与常态——现代文学史的两种基本形态》);"人们知道的以这些作家为内容的'历史',是文学作品、批评、创作谈、后记、研讨会、轶事、各种传闻和研究等材料共同'建构'起来的"(程光炜《文学史研究的'陌生化'》);等等。不一而足。本文拟就"中国新文学史观的建构问题"略抒己见,以就正于方家。

(一)文学史规律与建构的对立统一

顾名思义,文学史就是有关文学发生和发展的历史。既为历史,也就有"史实"和"史识"的分别,具体到文学则是客观的文学的历史和主观的文学史家的见识之别。见识即为建构的基础。梳理历史主义的历史可知,兰克学派(Rankean School)和克罗齐(Benedetto Croce)代表了相反的两极。前者

---

① 林传甲.中国文学史[M]//陈平原.早期北大文学史讲义三种.北京:北京大学出版社,2005:28-29.

重"史实",深信历史是建立在严谨的第一手史料的考证之上的。因此,主张历史研究无须理论。史家所需要的是,"完全浸润在史实之中"①。虽然兰克(Leopold Von Ranke)也重历史趋势和内在的关联性,但这只是出于自然的生发,而非对道德哲学的依附或历史学家的仲裁。用兰克自己的话说就是"仅仅显示到底曾经发生过什么(Wiees eigentlich gewesen)"②。也就是说,史家不必先带成见和色彩,而只做挖掘和整理事实的功夫。与之相反,"唯心派或形式派美学的集大成者"③克罗齐则强调"史识"的另一端,即"一切历史都是'现时的',没有所谓'过去史'"④,也就是著名的所有的历史都是当代史的断言。从心理学出发,视之为克氏基本原则的朱光潜解释说:"没有一个过去史真正是历史,如果他不引起现时的思索,打动现时的兴趣,和现时的心灵生活打成一片,过去史在我现时思想活动中便不能复苏,不能获得它的历史性。"⑤历史地去看,克氏的这一论断可上溯至维柯(Giovanni Battista Vico),《新科学》中所说"人类历史是由人类自己创造的"甚至影响了马克思的历史唯物主义观,其核心就是对人自身的倚重,以人及其所生活着的世界为本位,而不是相反。

文学史既然是历史的分支,也就不能不受到历史观的影响。"一战"前后整体性的历史观渐被许许多多不同的历史观所代替,文学史的建构性也随之巩固。拿胡适来说,其"一时代有一时代之文学"的历史进化观固然有他为自己的白话文提倡摇旗呐喊的影子,但不可否认的是,"古文文学的末路史"和"白话文学的发达史"⑥的两点结论显然大写了"当世"。这恐怕与他留学时的历史思潮大有关联。还在 1912 年,美国新历史运动的倡导者詹姆斯·哈韦·罗宾逊(James Harvey Robinson)就出版了《新历史》(*The New History*,1912)一书,呼吁历史为现在服务。他的新历史之"新"主要体现在

---

① [美]伊各斯.历史主义[M]//张京媛.新历史主义与文学批评.北京:北京大学出版社,1993:289.
② [美]布鲁克·托马斯.新历史主义与其他过时话题[M]//张京媛.新历史主义与文学批评.北京:北京大学出版社,1993:76.
③ 朱光潜.文艺心理学[M]//朱光潜.朱光潜美学文集:第一卷.上海:上海文艺出版社,1982:159.
④ 朱光潜.克罗齐哲学述评[M]//朱光潜.朱光潜美学文集:第二卷.上海:上海文艺出版社,1982:433.
⑤ 朱光潜.克罗齐哲学述评[M]//朱光潜.朱光潜美学文集:第二卷.上海:上海文艺出版社,1982:434.
⑥ 胡适.《白话文学史》引子[M]//胡适.胡适说文学变迁.上海:上海古籍出版社,1999:176.

"与实用主义联合起来反对当时在美国思想界占主导地位的形式主义",并"鼓吹要将兰克对于'过去到底是什么样子'(Wiees eigentlich gewesen)的研究改造成为对于'过去到底是如何发展'(Wiees eigentlich geworden)的研究",也就是探寻"变化的真理",相信"时间的推移使新事物得以产生"[①]。经由其时正在美国留学的胡适化用,就成了"一时代有一时代之文学"的中国版。值得注意的是,上述"实用主义"者的典型代表正是胡适的精神导师约翰·杜威(John Dewey)。杜威认为时间的流动使得重写历史成为必要,因此在过去、现在和将来之间建立了通道,即"对过去的理解可能成为'将现在移向某个将来的杠杆'"[②]。相比之下,对胡适而言,如果说白话新诗是受了以庞德为代表的意象主义诗派的影响的话,那么罗宾逊和杜威的历史主义则是其文学史观的衣钵。值得注意的是,胡适对"革命"和"演进"的区分,以为前者是"一种有意的主张,是一种人力的促进"[③],就更是把历史的建构性和盘托出。研究者批评胡适"开启了用外在观念切割中国文学史的传统"[④],实际上只不过是更为突出史识罢了。

随着生产力水平的不断提高,人类改造和征服自然的能力也大幅度提升。这恐怕是以三大科学发现为表征的19世纪以来主观世界和意识领域更见活泼和发达的最主要原因。文学史是记录和总结人类文明成果之一的文学的历史,自然也同文学一样,不能脱离人与人及其社会和环境的关系。刘勰所谓"文变染乎世情,兴废系乎时序"(《文心雕龙·时序》)。"文变"和"兴废"的文学史规律表现在"世情"和"时序"的"代变"上。同时,文学史家的观照也不能偏废,共同表现为质的规定性和人的本质力量的对象化统一。明显的两个例子是黄人和钱基博的《中国文学史》。两者都表明,文学史是科学,但前者"是作为一个民族国家的自尊、自强的心声,是对挟'世界'之名的文化帝国主义的抵抗"[⑤],坚信"文学史之能动人爱国保种之感

---

① [美]布鲁克·托马斯.新历史主义与其他过时话题[M]//张京媛.新历史主义与文学批评.北京:北京大学出版社,1993:82.
② [美]布鲁克·托马斯.新历史主义与其他过时话题[M]//张京媛.新历史主义与文学批评.北京:北京大学出版社,1993:83.
③ 胡适.《白话文学史》引子[M]//胡适.胡适说文学变迁.上海:上海古籍出版社,1999:177.
④ 吴光正,罗媛.中国文学史学术档案[M].武汉:武汉大学出版社,2014:43.
⑤ 戴燕.文学史的权力[M].北京:北京大学出版社,2002:193.

情,亦无异于国史焉"①。后者虽不满胡适的《五十年来之中国文学》"褒弹古今,好为议论",以为"成见太深而记载欠翔实",称其"不纯为文学史"②,但被指为"桐城正统"(周作人《南北之礼教运动》中语)的钱基博却"对整个新文学都是持否定态度的",不能不说是"歪曲了这一段文学发展的历史的"③。实际上,作为科学的文学史与作为建构的文学史是辩证统一的,并不矛盾。退一步讲,"如果一个文学史家主动放弃了今天所达到的时代高度,那么他就失去了作为今人的一切优势"④。生命和生活都在一刻不息地流转之中,文学史自然也不例外。不是连标榜"从事实出发",称美学"是一种实用植物学"的丹纳(Hippolyte Adolphe Taine)也提出"种族、环境和时代"⑤的三因素说,以描述文学史的发展和嬗变了吗?就此而言,"任何文学史研究,都是研究者以'现在'的时代精神去照亮'历史',用自己时代的新的观点与方法,对'历史文本'进行新的发掘、解释与价值重估,从而创造出自己时代的'文学史图景'"⑥。马克思在《〈政治经济学批判〉序言》中所说"是人们的社会存在决定人们的意识"恐怕是对这一现象的最终说明。上述黄人《中国文学史》的辛亥革命前之背景及钱基博的复古和旧文学立场则是最有力的例证。

不论在西方还是中国,历史的建构性都是晚近的事情。古希腊的亚里士多德认为,历史所写的只是个别的已然的事,并不考虑到揭示事物的发展规律上去。同样,从"六经皆史"到循环复古的设想也说明了古代中国很少有历史意识。大概是在西方的古今之争和中国的新旧之争出现以后,历史主义及其建构性才兴盛起来。在此基础上,海登·怀特提出"作为文学虚构的历史本文"观。他从"使病人重新编织自己的生活史,从而改变事件的'意义',以及改变这些'意义'对构成病人生活的事件系列机制的意义"的

---

① 黄人.《中国文学史》总论[M]//吴光正,罗媛.中国文学史学术档案.武汉:武汉大学出版社,2014:7.
② 钱基博.《中国文学史》绪论[M]//吴光正,罗媛.中国文学史学术档案.武汉:武汉大学出版社,2014:110.
③ 黄修己.中国新文学史编纂史[M].2版.北京:北京大学出版社,2007:15.
④ 陶东风.文学史哲学[M].郑州:河南人民出版社,1994:42.
⑤ 丹纳.艺术哲学[M].合肥:安徽文艺出版社,1991:32-33.
⑥ 钱理群.返观与重构:文学史的研究与写作[M].上海:上海教育出版社,2000:19.

心理治疗出发,指出"历史叙事也是形而上学的陈述(statements),这种说明昔日事件和过程的陈述同我们解释我们生活中的文化意义所使用的故事类型是相似的"。在怀特看来,历史与文学史所做的事情都在把事件置入我们所熟悉的语境中,也就是"编织情节"①的运作。胡适的《白话文学史》视白话文学为情节发展的主人公,可谓大团圆的通俗小说结构模式。20世纪30年代初,周作人的《中国新文学的源流》则从"且说天下大势,合久必分,分久必合"的三国故事中受到启发,设计了载道和言志的对立格局。照钱锺书的看法,"文以载道"与"诗以言志"的对立不无可疑之处,但即便如此,也难掩周氏想象的通脱与巧妙之思。直到50年代北大中文系五五级同学和复旦大学中文系古典文学组同学编著的同名《中国文学史》仍殊途同归地显示了现实主义和反现实主义的文学史运行机制和方式。最近的共名和无名、先锋和常态(陈思和语)的二律背反式建构也是相似的手法。正像弗莱(Northrop Frye)的四季循环的结构主义时间循环论模式一样,周作人也展现了空间循环论的文学史模式。事实证明,即便直面语言和力主断裂的以福柯(Michel Foucault)为代表的后结构主义历史观也一道表达了建构性取向。

(二) 文学史建构的日常生活语境

包括甲午海战和新文化运动在内的近现代重大事件带给国人的最大冲击莫过于思想观念上的震动和破坏了,借用马克思在《共产党宣言》中的话说就是"一切坚固的东西都烟消云散了"。举凡进化论、白话和小说观、科学和民主等新思想、新事物渐就取代了循环论、文言诗文、鬼神灵学和宗法专制等旧制度、旧文化。一句话,天道皇权演变而为日常生活。作为现代性范畴,按照阿格妮丝·赫勒(Agnes Heller)的说法,日常生活是"那些同时使社会再生产成为可能的个体再生产要素的集合"②。列斐伏尔(Henri Lefebvre)则注意到日常生活作为生活的全部方面之间的相互关系,即"日常生活与所有活动都有深刻的关系",或者说,日常生活可以看作是在不同领域之

---

① [美]海登·怀特.作为文学虚构的历史本文[M]//张京媛.新历史主义与文学批评.北京:北京大学出版社,1993:166-168.
② [匈]阿格妮丝·赫勒.日常生活[M].衣俊卿,译.重庆:重庆出版社,2010:3.

间的关系①。看得出,从个人到社会,日常生活展示了更广大而深入的面相。就个人而言,不仅有像鲁迅那样"任个人"(《文化偏至论》中语)而激赏魏晋风度的文学自觉时代重构,也有郑振铎的人民群众创造历史观的倡导,力主"将这个人类最崇高的创造物——文学在某一个环境、时代、人种之下的一切变异与进展表示出来",并相信这"人类的最崇高的精神与情绪的表现,原是无古今中外的隔膜的",所谓"人类的情思却是很可惊奇的相同"②。从周作人的《人的文学》,到钱谷融的《论"文学是人学"》,再到20世纪80年代初的人道主义文学论争,直到90年代的人文精神论争,都是一再出现的线索。譬如章培恒、骆玉明就强调,一部理想的文学史应该"深入地揭示出文学所反映的人性发展的过程和文学在人性发展中所显示的积极作用"③。就社会来说,日常生活呈现出平民和民间的景观,这在胡适、郑振铎、胡云翼等史家的文学史观中都有突出而集中的表现。即如胡云翼之所以批评赵景深的《中国文学小史》和胡小石的《中国文学史》,原因就在于民间文学的缺失。

在现代性的大背景下,日常生活更多表达的是一种趋势、一种象征、一种气韵、一种风气。如果将社会和文学史的发展比作金字塔的话,那么这塔的底部便是更宽广、更丰富的日常生活领域,也就是现代所彰显的日常生活时代和风格,用"五四"时期流行的话说就是"忠于地"(尼采语)。如果比作长河的话,那么最深、最宽的河段也寓示了日常生活的气象和品格。如周作人在《中国新文学的源流》中所说:"既然文学史所研究的为各时代的文学情况,那便和社会进化史、政治经济思想史等同为文化史的一部分。"这"文化史"就是放大范围的日常生活式路径,在周氏的文学体系中是除纯文学之外的通俗文学和民间文学的视界及其融合。比较来看,福柯的历史观或可有所启示。在《知识考古学》中,福柯谈道,文学分析不是将某一时代的精神或感觉作为单位,"而是将一部作品、一本书、一篇文章的结构作为单

---

① [英]本·海默尔.日常生活与文化理论导论[M].王志宏,译.北京:商务印书馆,2008:212.
② 郑振铎.《插图本中国文学史》绪论[M]//吴光正,罗媛.中国文学史学术档案.武汉:武汉大学出版社,2014:118-119.
③ 章培恒,骆玉明.关于中国文学史的思考[M]//吴光正,罗媛.中国文学史学术档案.武汉:武汉大学出版社,2014:174.

位"。对文学史而言,则是"转向断裂现象",或者说,"探测中断的偶然性"。质而言之,福柯倾向于脱离原来的宏大和连续性研究,而转向局部和细节的断片观照。譬如他的权力概念"并不等同于经济或国家政治权力,因而它的活动场所,以及抵抗的战场,都恰恰位于日常生活的微观政治学之中"①。显然,福柯的做法与日常生活的强化至少在方向上是一致的。更为重要的是,与对语言的强调一道,这一姿态表达了某种延异与播散的解构性,与日常生活自身的多元和异质性不谋而合。举例来讲,鲁迅的《中国小说史略》和《汉文学史纲要》扎实严谨,看上去固然博大,但演讲性的《魏晋风度及文章与药及酒之关系》《上海文艺之一瞥》却更简明有力,而与置重细节的福柯式做法不无关联。

历史学领域的日常生活研究并不太早,真正兴盛也只是20世纪七八十年代以后的事情。日常生活史研究的开创者之一阿尔夫·吕德克(Alf Lüdtke)认为日常生活史"指的是一种观点,而不是一种独特的研究对象",也就是人们通常所说的"小人物的历史"与"下层历史"②。20世纪尤其是"五四"新文化运动所开辟的现代,正是这样的"观点"和"历史"不断拓展和引起反响的时代。且不说耳熟能详的白话文、劳工神圣、人力车夫、平民的文学、儿童和女性的发现等关键词,单就紧密结合社会历史情境,适应不同现实问题的主张和方案来说,就是文学史日常生活性的具体体现。由此,日常生活史又有了新主观主义倾向的认定。拿上引周作人来说,他受文化史模式的泰纳和思想史模式的勃兰兑斯影响较大。作为"北京大学丛书之三"出版的《欧洲文学史》即受惠于后者多多。其实,不同阶段的周作人的文学史书写内涵并不相同,归根结底还是文学史连带的价值认同和问题意识所致。譬如上述最早出版的林传甲《中国文学史》诋毁说部文体为"无学不识",更辱没在《中国文学史》中胪列小说的笹川种郎"识见污下,与中国下等社会无异",甚至丑化译新小说者为"海淫盗",以必欲戮其人火其书而后快。对于时正译介小说,以改变国人精神为己任而发起新生运动的周氏

---

① [美]凯瑟琳·伽勒尔.马克思主义与新历史主义[M]//中国社会科学院外国文学研究所《世界文论》编辑委员会.文艺学和新历史主义.北京:社会科学文献出版社,1993:170.
② 常建华.中国日常生活史读本[M].北京:北京大学出版社,2017:2.

兄弟来说,痛责"其亦震旦国人之大耻"①并不过分。此后,针对黑幕小说盛行而作的《人的文学》,时值左翼文学迅猛发展而出版的《中国新文学的源流》,抗日战争中的宣传《中国文学上的两种思想》等都是特定语境的产物。换句话说,都是经过日常生活过滤和渗透的结果。周作人曾提醒胡适"过于求新者也容易流为别的武断"(谈《谈谈〈诗经〉》),驳辩隋代的中国文学是商业时代的文学观的谬误(《中国新文学的源流》),但他自己却把中国新文学的源头上溯至明末清初,显然表达了主、客观兼收并蓄的路径选择。就像在《答芸深先生》中所说,文学史是以叙述文学潮流之变迁为主,"正如近代文学史不能无视八股文一样,现代中国文学史也就不能拒绝鸳鸯蝴蝶派"。不言而喻,这与他对文学史的科学性信念相一致,同时也表达了直面现实的日常生活精神。

就文学史定位而言,本雅明曾提议"首先应当看作是某一阶段整个文化状况的一个组成部分"。他认为,不要把文学作品与它们的时代联系起来看,"即是要与它们的产生,即它们被认识的时代——也就是我们的时代——联系起来看"。由此,他提出文学史的任务是"使文学成为历史的机体,而不是史学的素材库"②。无论是"文化状况",还是"历史的机体",本雅明的思路显然建立在联系和以人为本位的现代性基础之上。换句话说,本雅明是在日常生活的机制和意义上来看待文学史的使命和作用的。无独有偶,几乎与本雅明同时,国内也出现了以周作人、郑振铎、郑宾于等为代表的文学史家,主张践行文学史的他律论模式,以还原文学史的日常生活样态。如后者即坦言"注重时代下的社会情形,以及作者所处的环境与生活"③。要知道,文学史毕竟是历史,而历史在现代社会的表征就是建立在标准化时间和流水线等商业基础之上的日常生活的崛起和凸显。值得注意的是,与韦伯的"铁笼子"式的日常生活现代性不同,"五四"新文化运动却开启了启蒙的人的现代性视阈。受民族国家政治现代性的规约,日常生活

---

① 周作人.论文章之意义暨其使命因及中国近时论文之失[M]//周作人.周作人文类编·本色.长沙:湖南文艺出版社,1998:25,27.
② [德]本雅明.文学史与文学学[M]//[德]本雅明.本经验与贫乏.王炳均,杨劲,译.天津:百花文艺出版社,1999:244,251.
③ 郑宾于:《中国文学流变史》前论[M]//吴光正,罗媛.中国文学史学术档案.武汉:武汉大学出版社,2014:69.

场域并没有全然敞开。因而,作为审美现代性出现的加工和处理日常生活的超现实主义运动并没有在中国蔚成大国,反倒是以平民或民间修辞来编码的日常生活形态文学史取得了实质性突破,诸如胡适的《白话文学史》、郑振铎的《中国俗文学史》等便都是日常生活文学史整理和书写的硕果。

(三)中国新文学史观建构的合理性和可能性

自19世纪八九十年代以来的百余年文学史观并不统一。除基于学科方便而约定俗成的中国现当代文学格局外,中国新文学、20世纪中国文学、民国文学(共和国文学)等用法和设想不一而足,各有千秋。实际上,从1898年的百日维新算起,诸如梁启超的新文体,周氏兄弟的新生运动,"五四"新文化运动("新潮"、新文学运动),30年代的新生活运动,中经毛泽东《新民主主义论》,周扬《新的人民的文艺》,再到(后)新时期文学(新写实主义、新历史主义),直到新世纪文学,乃至已经提出并正在展开的新时代等几乎无不在昭示新之动力和潜力。难怪王瑶在《"五四"新文学前进的道路——重版代序》一文的结尾感慨:"当我们回顾由'五四'开始的新文学的前进道路的时候,对'新'字的含义感受很深。"[①]综合研判,以"中国新文学史"这一在几近源头的当时广泛传播的称谓来统摄和表达肇自19世纪末年直到现今为止的文学发展历程似乎并非没有需要和道理,更何况还有仍在延续和发挥作用的内在逻辑理据呢?

梁启超曾在《新史学》中认为,历史"叙述人群进化之现象,而求得其公理公例者也"。事实上,后来的新旧对立几乎都以进化为中心立论。拿《新青年》和《学衡》为例,前者直言:"所谓新者,无他,即外来之西洋文化也。所谓旧者,无他,即中国固有之文化也。"[②]后者却不以为然,提出"所谓新者,多系旧者改头换面,重出再见"[③]。争论归争论,随着白话文的推广使用和新文学的迅猛发展,以进化论为基础和旗帜的中国新文学史的编纂仍然壮大起来。包括《中国新文学运动史》(王哲甫,1933)和《中国新文学大系》在内的中国文学"新军"的影响也逐渐扩大开来,主要原因就在于反叛和建

---

① 王瑶.中国新文学史稿[M].上海:上海文艺出版社,1982:26.
② 汪叔潜.新旧问题[J].青年杂志,1915(1),第一号.
③ 吴宓.论新文化运动[J].学衡,1922(4).

设的革命精神。鲁迅在《忽然想到·五》中所谓"在这可诅咒的地方击退了可诅咒的时代"。钱基博却诮之曰骛外,以为"轻其家丘,震惊欧化"①。正是这样的对比,才塑造了新文学负重前行的品格。

新文学之强调"新",并非没来由地天马行空和生搬硬造,而是实含由旧而来,即辞旧迎新。贺麟在《五伦观念的新检讨》中说得好:"必定要旧中之新,有历史有渊源的新,才是真正的新。"所谓"旧中之新",实际上就是进化,就是创新。韦勒克曾解释"创新"为"建构一个以某种价值取向为根据的发展系列"②。他表示:"历史只能参照不断变化的价值系统来写,这些价值系统则应当从历史本身中抽象出来。"③显然,旧与新彼此关联,相辅相成。其实,早在新文学倡导者那里就已对此基本达成共识。胡适的《白话文学史》并不废旧文学。按照"明白清楚"(懂得性)、有力能动人(逼人性)和"美"的标准,胡适在《〈白话文学史〉引子》中声称:"一千多年的白话文学种下了近年文学革命的种子;近年的文学革命不过是给一段长历史作一个小结束。"连以最激进著称的鲁迅和钱玄同的反戈一击,也是更多建设的凭借。在《人的文学》中,周作人也首先声明:"新旧这名称,本来很不妥当,其实'太阳底下,何尝有新的东西?'"这一理性自觉正是"新"之所以能够成立的最主要原因。故而,第一部真正意义上的新文学史著作,1933年出版的王哲甫《中国新文学运动史》即明确提出,"新文学的'新'字,乃是重新估定价值的新,不是通常所谓新旧的'新'"④,概而言之,新文学之不同于旧文学,只在其质的不同和观念上的差别。罗根泽在《我怎样研究中国文学史》中提出文学史的课题是"叙述文学变迁,解释变迁原因"后表示:"'五四'以前泰半是用观念论的退化史观与载道的文学观来从事著述,而'五四'以后则泰半是用观念论的进化史观与缘情的文学观来从事著述。"⑤虽然仅就大

---

① 钱基博.《中国文学史》绪论[M]//吴光正,罗媛.中国文学史学术档案.武汉:武汉大学出版社,2014:114.
② 陈国球.文学结构与文学演化过程:布拉格学派的文学史理论[M]//陈平原,陈国球.文学史:第一辑.北京:北京大学出版社,1993:93.
③ [美]雷·韦勒克,奥·沃伦.文学理论[M].刘象愚,等译.北京:生活·读书·新知三联书店,1984:296-297.
④ 王哲甫.中国新文学运动史[M].上海:上海书店,1986:13.
⑤ 罗根泽,郑宾于.中国文学流变史[M]//罗根泽.罗根泽古代文学论文集.上海:上海古籍出版社,1985:54.

体而言,却也同时说明了新文学史的新的特质,那就是新时代精神,新思想观念。在为林庚的《中国文学史》所写的序中,朱自清也指出,早期的《中国文学史》缺少"见"与"识"的"一以贯之"的史观,实际上也是在批评新质的缺乏。在朱氏看来,林著"值得钦佩"处就在"沟通新旧文学的愿望"①。联系周作人从明末清初的公安派和竟陵派来梳理中国新文学源流的做法不难看出,民国时期的新文学史编纂力求打通新旧,在对立统一中定位和解读,以凸显旧中之新。而在同时或稍后编写的辩证的唯物史观、普罗文学观和抗战文学的版本中却有了别样的表现,但仍不离"新"的范围。

新中国的建立必然要求新的文学与之相适应,文学史当然也不例外。至于"新"的规范和内涵,很快就在建国后的各种文学政策和批判中确立下来。譬如1950年5月,政务院教育部就颁布了《高等学校文法两学院各系课程草案》,对中国新文学史课程明确要求道:"运用新观点,新方法,讲述自五四时代到现在的中国新文学的发展史。"这里的"新观点、新方法"之"新"是与包括对电影《武训传》、俞平伯《红楼梦研究》及胡风"反革命集团"三大批判在内的具体实践相一致的。简言之,就是马列主义、毛泽东思想的无产阶级和人民大众立场。即如在"大跃进"背景下分别出版的北大和复旦中文系学生集体编写的两部《中国文学史》,在以群看来,就是"以马克思列宁主义的观点,来阐明中国文学的发展规律"的"开创的工作"。他评价"以历史唯物主义的观点,来对中国历代的文学现象进行分析和论述,提出了许多新的见解和新的问题,使我们看到了面貌新鲜的中国文学史"②。"新"成为文学史的急务和时代焦虑,难怪何其芳为文学研究所"计划的多次变动和其他许多工作上的缺点"而没能完成中国文学史的编写计划感到"非常惭愧",其原因就在于"社会上迫切需要用新的观点写的中国文学史"③。与《中国文学史》的编写不同,《中国新文学史》的编纂却几近繁荣。不过,即便是出版最早、影响最大的王瑶《中国新文学史稿》(以下简

---

① 朱自清.什么是中国文学史的主潮:序林庚《中国文学史》[M]//朱自清.朱自清序跋书评集.北京:生活·读书·新知三联书店,1983:119.
② 以群.对《中国文学史》讨论的几点意见[M]//中国作家协会上海分会文学研究所.中国文学史讨论集.北京:中华书局,1959:46.
③ 何其芳.文学史讨论中的几个问题[M]//何其芳.何其芳集.北京:中国社会科学出版社,2004:261.

称"《史稿》")也难免在"新"字上备受质疑,虽然作者在"重版后记"中自述"撰于民主革命获得完全胜利之际,作者浸沉于当时的欢乐气氛中,写作中自然也表现了一个普通的文艺学徒在那时的观点"。这就是所谓"政治的皮"和朱自清的"骨架子"的"两张皮现象"①。时人称之为"魔术师的障眼法",揭批"王瑶的全部见解,简括一点说就是:中国新文学的性质不是无产阶级思想领导的革命民主主义文学和社会主义文学,而是具有'民族独立'和'反封建内容'的资产阶级民主主义的文学"②。这一政治性论断几乎从根本上否定了《史稿》自身价值在新社会的合法性和可能性。由此,不难看出对"新"的追求与偏重之一斑。

如果说"当代"概念的出现是对"新"的隐喻表达的话,那么从新时期到新世纪对"新"的不断强调则说明了时代和社会变迁之快与求新之切。"20世纪中国文学"的提出就是有意打破政治壁垒的系统论整合尝试的结果,所谓"重新调整",即"首先意味着文学史从社会政治史的简单比附中独立出来,意味着把文学自身发生发展的阶段完整性作为研究的主要对象"③。虽然倡导者自己似未实施,但反拨性的文学性标准仍不失为"新"之一面。诸如《中国现代文学三十年》(钱理群、温儒敏、吴福辉)、《中国当代文学史》(洪子诚)、《中国当代文学史教程》(陈思和)等都有所遵循,而显示了各不相同的"新"追求。值得注意的是,陈思和主编《中国当代文学史教程》所提出的"民间"概念。这一概念显然是新的社会现实语境的政治无意识产物,是对先前过分发展了的国家权力意识形态的平衡和补充。通常的解释是"一种当代知识分子的新的价值定位和价值取向"④;或"是某种文化空间",即"不是一个固定的结构,一个边缘明晰的版图",而"是一系列文化因素复杂运作的历史产物"⑤。看得出,这里的"民间"初步揭示了不同于包括"五四"以来民间文学在内的历史性民间范畴的文学史所指。"民间"更多是文

---

① 黄修己.中国新文学史编纂史[M].2版.北京:北京大学出版社,2007:96.
② 中国人民大学现代文学教研室.王瑶《中国新文学史稿》批判[M].北京:人民文学出版社,1958:14,19.
③ 黄子平,陈平原,钱理群.论20世纪中国文学[M]//王万森,等.文学历史的追踪:1980年以来的中国当代文学史著述史料辑.北京:人民出版社,2014:104.
④ 陈思和.民间的还原:"文革"后文学史某种走向的解释[M]//陈思和.中国当代文学60年:卷三.上海:上海大学出版社,2010:255.
⑤ 南帆.民间的意义[M]//陈思和.中国当代文学60年:卷三.上海:上海大学出版社,2010:260.

化建构的产物,或者说,它是某种文学史想象的结果。在对贾平凹新著《山本》的解读中,陈思和以流派相待就是一证。与"完全是指中国土地上滋生的文化现象"①的民间概念相比,有着更多西方理论资源和背景的日常生活或许是另外的选择。进入新世纪以来的底层文学和民国文学的讨论就都有着这一背景的影子,尤其是后者。政治上的相对宽松极大地释放了日常生活的能量,使得带有日常生活色彩的"民国"概念呼之欲出。同时,这一呼声本身也寓示了创新诉求,以追踪或响应时代和社会的巨变节奏。可以期望的是,就新时代这一新课题和新机遇而言,新时代文学也必然相伴而生,焕然一新。

(四)结语

在《路易·波拿巴的雾月十八日》一书中,马克思指出:"人们自己创造自己的历史,但是他们并不是随心所欲地创造,并不是在他们自己选定的条件下创造,而是在直接碰到的、既定的从过去承继下来的条件下创造。"②也就是说,历史是人们自己创造的,而且是在人们所处的现实社会生活中创造的。对照20世纪以来的中国文学史编纂实践可知,"新"几乎是贯穿始终的共同追求或趋势。可以设想,中国新文学史观的认识论构想未必不是有意义的尝试和范式。

"五四"新文学的最大动机或初衷就是对旧文学的批判和再造。时间上是线性发展的进化论,以取代"天不变,道亦不变"的循环模式。空间上则取法乎西洋,以科学和民主相号召,看对溥仪出宫(1924)和中医存废(1929)的态度可见一斑。不论自身有着这样那样的问题,也不论包括学衡派在内的旧派怎样攻击,新文学毕竟兴起并壮大起来。如胡适在《〈中国新文学大系·建设理论集〉导言》中所说:"中国文学革命运动不是一个不孕的女人,不是一株不结实的果子树。"这"新",既是文学观念和运行机制的转型之"新",也是国族复兴焦虑和热望的投影之"新"。难怪鲁迅如此决

---

① 陈思和.民间的还原:"文革"后文学史某种走向的解释[M]//陈思和.中国当代文学60年:卷三.上海:上海大学出版社,2010:255.
② [德]马克思.路易·波拿巴的雾月十八日[M]//中国作家协会,中国编译局.马克思 恩格斯 列宁 斯大林论文艺.北京:人民文学出版社,1980:71.

绝,以至在《二十四孝图》一文中说"总要上下四方寻求得到一种最黑,最黑,最黑的咒文,先来诅咒一切反对白话,妨害白话者",还明言,"只要对于白话来加以谋害者,都应该灭亡!"表面上虽在说白话,实际上却是为"新"张目,替新文学呐喊。

建国后的文学史之新主要体现在指导思想上之新:马列主义的历史唯物主义观得到了最广泛而深入的运用。如研究者所说:"对'新文学'之'新'的含义不断有更高的阐释要求。"①错综交融中,因"新"而起的批判运动也就不断出现。在针对"厚古薄今"的论争中,"新"几乎成为某种不言自明的价值密码。包括新英雄人物、新民歌、新编历史剧在内的新文学潮流都作为信号或导向而具有非比寻常的意义。恐怕这也是王蒙之所以坚持《组织部新来的青年人》的自定原名而非《组织部来了个年轻人》的编辑部改名的原因吧。

与"新时期"概念的广泛采用相应,"文革"后文学的新变及创新也众声喧哗,成一时之盛。借用"三个崛起"的提出者之一的谢冕在《论中国当代文学》中的话说就是,"20世纪80年代开始的是一个作家逐渐掌握自己命运的文学新时期",因而与"五四"新文学有了某种呼应,特别是人道主义的张扬。这一由来已久的论题之"新"显然是在有针对性地反拨,多少配合了现代化形势和走向世界的时代要求。从新诗潮(新生代诗)到新历史主义、新写实主义,"新"几乎遍及从内容到形式的所有文本之中。因了20世纪八九十年代之交的社会转型,后新时期的说法随之不胫而走,一时所谓新体验、新状态、新市民、新女性等"新"小说运动各领风骚,热闹非凡。值得注意的是,"新"的徽号大都发端于人为酝酿和驱使,新世纪文学就是其中约定俗成的最大"造新"成果。

文学史的整合来自对文学史观的认同,文学史观则折射了现实社会问题的博弈。在当前新时代场域视阈下,新文学源头的逻辑关联未尝不能兼容,由此生发的还原和复归仍不失为一种选择。换句话说,中国新文学史的范式和书写并非没有重构的合理性和可能性。众所周知,中国特色社会主

---

① 朱晓进.20世纪中国文学史观的反思[M]//党圣元,夏静选.文学史理论.北京:中国社会科学出版社,2011:178.

义已进入新时代,相应地,立足于"新"的中国新文学史观也有了充分而迫切的现实环境和问题语境。更为重要的是,肇始于民族国家复兴伟业的新文学目标依然在,以鲁迅为代表的文学现代化(现代性)课题仍有意义。当然,包括中国现当代文学、20世纪中国文学在内的历史命题也不必退出历史舞台,而是并行不悖,相辅相成,共同打造百余年来文学史的共同体或生态圈。就文学而言,中国也许可以称得上大国,但离强国的距离恐怕还很远。从这一意义上来讲,新之动力和助力更是迫切和必要,中国新文学史观的倡导也因此不为无益,蕴含无限的可能。

目 录

绪论 …………………………………………………………… (1)

第一章 《保卫延安》与《创业史》:被改编与赋义的日常生活
……………………………………………………………… (6)

第一节 日常生活转化与重构:《保卫延安》与《创业史》的革命想象 …………………………………………… (6)

第二节 《创业史》的生产及其经典化 ………………… (20)

第三节 《创业史》:政治规训与日常生活表意策略……… (29)

第二章 从路遥到陈彦:生活记忆与现场 ……………… (41)

第一节 路遥:平凡的世界 ………………………………… (41)

第二节 生活的辩证法——陈彦长篇小说论 …………… (51)

第三章 贾平凹的日常生活诗学 ………………………… (65)

第一节 《秦腔》的困境与日常生活的社会总体性 ……… (65)

第二节 乡村政治的写法——《古炉》与《带灯》合论 …… (74)

第三节 故事与断片——《老生》的日常生活形态 ……… (82)

第四节 日常生活的他者视像——《极花》与《望春风》对读记
…………………………………………………………… (91)

第五节 塑造日常:《山本》二题 ………………………… (103)

第六节 贾平凹长篇小说的城乡空间 …………………… (129)

第七节　《暂坐》与贾平凹长篇小说诗学问题……………（138）

第四章　日常生活景观中的《白鹿原》：一个地方史和家族史问题……………（152）

　　第一节　新历史视阈下当代中国的源流——以《白鹿原》《活着》《丰乳肥臀》为例……………（152）

　　第二节　论《白鹿原》的历史叙事策略——与《山本》为参照……………（162）

第五章　当代陕西长篇小说掠影……………（177）

　　第一节　当代陕西长篇小说中的河南人形象……………（177）

　　第二节　《丝路情缘》："丝路文学"的尝试之作……………（194）

附录

　　一、中国现当代文学的日常生活诗学论略……………（200）

　　二、日常生活关联下的新历史主义与20世纪中国文学试论……………（213）

　　三、长篇小说的日常生活时代——以2015年《收获》与第九届茅盾文学奖为中心……………（227）

　　四、中国故事的日常生活叙事——莫言新世纪长篇小说综论……………（239）

　　五、《兄弟》：一个"相遇"的寓言……………（251）

　　六、民间世界的日常生活书写——刘震云新世纪长篇小说综论……………（259）

　　七、变化的寓言——评迟子建长篇小说《群山之巅》……（268）

　　八、历史记忆的日常生活叙事——叶兆言《很久以来》论……………（276）

绪 论

当代陕西长篇小说在全国长篇小说生态版图中占有重要地位。杜鹏程的《保卫延安》(1954)与柳青的《创业史》(1960)堪称"十七年"时期陕西长篇小说的"双子星座",分别代表了军事战争与农村社会主义建设题材的最高水平。新时期以来,以"三大家"(或"三驾马车")路遥、陈忠实与贾平凹为代表的陕西长篇小说继续扛起了国家级的"陕军"大旗。《平凡的世界》《白鹿原》与《秦腔》分获第三、四和七届茅盾文学奖,奠定了陕西作为一线长篇小说创作重镇和品牌的基础。在第十届茅盾文学奖评选中,陈彦的《主角》突出重围,在最终六轮投票中胜出,不仅再创了当代陕西长篇小说的辉煌,还产生辐射效应,带动了上下游文化产业的发展。此外,包括红柯、高建群、叶广芩、冯积岐、孙皓晖、杨争光、弋舟、周瑄璞等在内的一批作家都致力于陕西长篇小说高地的重建与精神的重塑。本书以新时期以来的"日常生活"为关键词,回望当代陕西长篇小说经典。从"日常生活"出发,试图发现横跨阶级斗争的革命政治与改革开放的经济建设两个时代的陕西长篇小说内在的风景,力行对当代陕西长篇小说的再描述与再解读。

就享誉全国的"双子星座"与"三驾马车"的长篇小说创作而言,"生活"可谓至高无上的前提与基础。没有对"生活"的体察与彻悟,那些经典的生产与传播几乎是不可能的。据杜鹏程自述,《保卫延安》创作的初衷和动力都来自"忘不了战士们,忘不了人民群众,忘不了那一场壮烈的战争,忘不了战斗生活对自己的教育"[①]。即便主客观条件有限,但依靠亲身经历的战斗生活,杜鹏程还是在九个多月的时间内写出了近百万字的报告文学作品:

---

① 杜鹏程.杜鹏程文集:第一卷[M].西安:陕西人民出版社,2008:498.

"全是真人真事,按时间顺序把战争中所见、所闻、所感记录下来。"①显然,是"生活"催生出了这部"英雄史诗"(冯雪峰语)。在《创业史》写作过程中,柳青总结过《保卫延安》的成功经验,第一点即为"自始至终生活在战斗中,小说是自己长期感受的总结和提炼,所以有激情"②。《创业史》的一鸣惊人显然得益于此。众所周知,柳青曾主张"生活的学校,政治的学校,艺术的学校"的三学校说。这一提法的关键就在将"生活的学校"置于"政治的学校"之前。对此,柳青解释说:"总得先懂得生活,然后才能懂得政治。脱离生活,那政治是空的。"③其实,早在1954年,柳青就在答问中表示:"据我看来,对党的政策更深刻的理解也靠对社会生活的更深刻的理解。"④正是对于生活的崇仰,他才于1952年安家落户长安县皇甫村,深入农村、农业与农民中长达十四年之久。即便是连家庭也质疑他所选道路的艰难时刻,他也没动摇对毛泽东所说"社会生活是文学艺术唯一的源泉"的"著名规律"的信念。针对实践过程中的误解,柳青特别提到一位青年作家的教训。这位青年作家"从一九五八年起就在一个生产队里当社员。三年以后,他是五好社员;但却不仅写不出好作品来,甚至于写不出可以发表的作品来"。对此,柳青肯定了青年作家路线的正确,以为"他需要改变的是方法,而不是方向",并预言"他比那些脱离生活的作家更有可能获得成就"⑤。对人是这样,对己更是如此。据柳青女儿刘可风记述,1951年的最后三个月,出访苏联时的柳青"经常想,列宁曾批评高尔基后来经常住莫斯科,而不到他应该描写的人民中去"⑥。在高标准的严要求之下,《创业史》几乎没有什么地方不能经得起推敲。像"梁生宝的年龄""人民币""预备党员"等细枝末节之处都已想到,更不必说为获得真实生动的体验而亲自进山,以便重写第二十二和二十三章梁生宝割竹子队的一丝不苟精神了。

---

① 杜鹏程.杜鹏程文集:第一卷[M].西安:陕西人民出版社,2008:494.
② 柳青.一个总结(节录)[M]//蒙万夫,等.柳青写作生涯.天津:百花文艺出版社,1985:41.
③ 柳青.生活是创作的基础:在《延河》编辑部召开的短篇小说创作座谈会上的发言(录音)[M]//《中国当代文学研究资料》编辑委员会.中国当代文学研究资料:柳青专集.福州:福建人民出版社,1982:41.
④ 柳青.回答《文艺学习》编辑部的问题[M]//蒙万夫,等.柳青写作生涯.天津:百花文艺出版社,1985:34.
⑤ 柳青.艺术论(摘录)[M]//蒙万夫,等.柳青写作生涯.天津:百花文艺出版社,1985:74,76,77.
⑥ 刘可风.柳青传[M].北京:人民文学出版社,2016:110.

日常生活是个普覆性的共同体概念。作为基础，它蕴含生发和提升的无限可能。在古代，以歌谣、杂剧、小说等为代表的非正宗文类成为日常生活书写的阵地。新时期以来，现代化战略（"中国式现代化"）的提出给日常生活的浮出地表提供了机遇。特别是受年代之交的社会转型影响，"85"寻根文学与先锋派探索式微后，国家市场经济运行信号的释放率先在过渡地带的中部武汉触发感应。池莉的《烦恼人生》引发反响，日常生活成为评论界持续跟踪的热点。此后，一系列概念诸如民间、私人、身体、欲望、底层，甚至生态文学等都或此或彼延伸和细化了日常生活的要义。得益于对生活在创作中重要地位的认识，陕西作家程度不等地征用、介入与阐释了日常生活及其诗学。

当代陕西长篇小说是当代陕西社会现实的集中反映。生活在这片土地上的作家历经乡村与城市、传统与现代、历史与现实及革命与日常的洗礼，大都采用沉潜生活深处的现实主义创作方法。从生活（日常生活）出发，又皈依生活（日常生活），是当代陕西长篇小说崛起与繁盛的根源所在。综括来看，从杜鹏程的《保卫延安》开始，直到陈彦《主角》的当代陕西长篇小说主线建构了地方性、传统性与现实性，既守望家园，又开放包容的日常生活诗学。

日常生活诗学并非简单的日常生活流水账的罗列，而是以日常生活为基础，着意参证、加工、转换和提升的过程。柳青对《创业史》的修改过程就体现了日常生活生产机制被引入与祛除的博弈过程。而集大成者则是不断探求时代与社会交相为用，敏锐捕捉日常生活诗学内涵的贾平凹。从《废都》开始，中经《秦腔》，再到近作《暂坐》《秦岭记》，均程度不等地探赜了日常生活诗学的意蕴与价值，对"陕军"的创获和走向起到了风向标与指南针的独特效用。

当代陕西长篇小说大都在近、现和当代范围内取材，并在传统社会文化心理下，采用现实主义创作方法，烛照生活乃至日常生活。拿日常生活文化理论中本雅明著名的"垃圾美学"来讲，就可在当代陕西长篇小说中看出明显的贯穿性线索。战争年代的一切皆为革命豪情与牺牲精神所覆盖和提升。《保卫延安》中即便是像宁氏兄弟那样思想落后，带有人民军队内部"垃圾"性成分的战士也在不断磨砺与改造中成长和成熟。至于《创业史》，明显鲜明、坚定地将反动阴险的破坏分子白占魁刻画为在民乐园捡拾垃圾的不务正业形象。相反,在全力打造的主人公梁生宝那里,再微不足道的日常断片也都是革命情怀与崇高境界的体现。如"从日常生活里,经常注意一些革命道理的实际例子";"这形式上是种地、跑山,这实质上是革命嘛!"等。新时期以来则赓续了这一传统。路遥的《平凡的世界》植入了极具象征意蕴的形象田二,虽占篇幅不多,但他"天要变了"的谶语、捡拾垃圾的历史性清算行为及在山体崩塌中死去的寓言,都富有本雅明所说"辩证的意象"意味。降及《白鹿原》,陈忠实则以古典说书人的风格营造了沧海桑田的乡村人事氛围,无形中遮蔽了带有现代色彩的垃圾的存在。弥补了这一不足的是贾平凹系列长篇小说。从第一部《商州》起,到《废都》中收破烂的老者;《高兴》中的刘高兴和五富;《极花》中的胡蝶一家等众声喧哗,各有千秋。借助于在西安的商州人拾垃圾者群体,贾平凹细腻巧妙地书写了乡村与城市的关联、传统与现代的融通、地方与世界的景观。同为商洛人的陈彦笔下也不乏捡破烂者叙事景观。如果说《主角》中仅有进京和到扬州唱戏的魏长生(老魏、魏三)不多几笔的话,那么长篇处女作《西京故事》中拾破烂的罗甲秀则散发着最可宝贵的传统诗性。不难看出,仅从日常生活中再琐屑不过的垃圾这一意象来看,当代陕西长篇小说就已深入社会现实到细微的程度。其过往的优势在此,今后保持强势发展的蓄势和造势同样在此。

"目录"中的章节设计突显了当代陕西长篇小说中"双子星座"和"三驾马车"的重要地位。在此基础上,强调从生活到日常生活的现实主义方法在长篇文体发展过程中的合法性、传承性与创新性。路遥与陈彦的并论不仅基于同获茅盾文学奖的外在形式考虑,更重要的是他们厚重的生活底蕴所昭示的当代陕西长篇小说共同的文化认同与价值追求,从而在生命和本体意义上建构了当代陕西长篇小说的内在机制与精神谱系,并提供了未来发展的可能性路径与建设性南针。贾平凹长篇小说的数量与质量均不同凡响,自《商州》以来的几乎每部长篇都成为关注的焦点和观察的参照。这里的偏重自然是相应的调整和跟进。当然,孤立研究毕竟有其难以克服和超越的限制。"附录"的设置就体现了对照和互鉴的初衷,以期在新时期,特别是新世纪以来中国长篇小说的生态系统中检视、剖析和定位区域陕西长篇的征候、品格和境界,进而凸显优劣和短长,擘画良性循环蓝图。陈忠实一章呈现的比较策略与范式便是这一理路的显现。值得一提的是,当代陕西长篇小说事件、现象如"笔耕"文学研究组、陕西长篇小说创作促进座谈会(1985)、陕军东征等史实还有待深究。作家中虽在主流外旁及红柯、高建群,但叶广芩、冯积岐、孙皓晖、杨争光、弋舟、周瑄璞等仍需专论和综观,只好修订时再补充了。

第一章 《保卫延安》与《创业史》：被改编与赋义的日常生活

第一节 日常生活转化与重构：《保卫延安》与《创业史》的革命想象

作为"社会生活""人民生活"和"实际生活"的近义语，"日常生活"在毛泽东"讲话"的理论体系中并不占有核心的地位。"讲话"在"结论"的第二部分指出："把这种日常的现象集中起来，把其中的矛盾和斗争典型化，造成文学作品和艺术作品。"显然，日常生活还只是"自然形态的东西""粗糙的东西"，有待作家的创造性劳动来加工和完成。这一认识论范式经由建国后的社会主义现实主义及典型化潮流的强化，使得作为"矿藏"和"源泉"的日常生活失去了被深入阐释和生发的可能性。不过，日常生活虽受质疑，生活概念却是作家创作的原点和南针。因而，作为现代性审美范畴的日常生活便也通过这样那样的形式顽强地表达自身。像《百合花》中的情感素描，"百花"和调整时代的散文及诗中的个人抒情等就都是日常生活的或一面影。作为"十七年"红色经典中陕西长篇小说的双子星座，杜鹏程的《保卫延安》和柳青的《创业史》不仅再现了解放战争和农业合作化运动的某种全貌，成为不可多得的全景式宏大史诗，更难能可贵的是，它们都自觉扎根于深厚的生活土壤,呈现出丰富而复杂的日常生活景观,重构了革命形塑和想象。下面拟就此阐述,以见革命与日常生活的相互转化和重构。

(一)日常生活的革命化形塑

正如英国学者本·海默尔(Ben Highmore)对"日常生活"所做的"含义模棱两可,非常模糊"和"作为价值和质——日常状态"①的描述一样,日常生活在20世纪五六十年代的文本语境中也被区别对待,大有分裂的使用范围:一方面是围绕胡风所展开的论争和批判。最初胡风也是在负面和消极的意义上加以使用的,借以针对那些"只是对战争取着肤浅的甚至是虚伪的反应的、原来没有现实主义的要求的作家"②。如他在《论现实主义的路》"第一 从实际出发"中所说"利用社会关系的日常生活化这个特点",而"企图把在日常生活化这个社会内容里面飘浮着的厌倦、惶惑和苦闷组织起来",及"在日常生活化了的社会生活里面",所谓"也是日常生活化了或回到日常生活来了的作家们能够造成了一片表面的繁荣"。与他所倡导的"主观战斗精神"形成对照,揭橥了"客观主义"的根源。不过,产生更大影响的观点却是因《给为人民而歌的歌手们——为北平各大学〈诗联丛刊〉诗人节创刊写》(收入《为了明天》)中的一段话而做的答辩。在指出"任谁的生活环境都是历史的一面"后,胡风表示:"哪里有生活,哪里就有斗争,有生活有斗争的地方,就应该也能够有诗。"对因此而招致的批评(何其芳和林默涵),胡风在《关于解放以来的文艺实践情况的报告》中反驳道:"不能在'日常生活'的一切方面看出斗争'意义'的人","是一定不能够真正执行斗争的",或者说,"不理解日常生活就一定没有可能真正理解以日常生活为土壤的斗争生活"。胡风极为看重日常生活在毛泽东文艺理论体系中的意义,曾提醒违背在日常生活中积累感情经验和锻炼品质的理论的危害,但在50年代的政治环境中,胡风的辩解显然不合时宜。几乎与此同时,苏联作家奥维奇金《区里的日常生活》的译介及"干预生活"口号的提出,也无形中引发了对日常生活审视和表达的热潮。老舍的《茶馆》可为一例。到了

---

① [英]本·海默尔.日常生活与文化理论导论[M].王志宏,译.北京:商务印书馆,2008:4-5.
② 胡风.论现实主义的路[M]//胡风.胡风全集:3.武汉:湖北人民出版社,1999:495.

60年代甚至有以《日常生活》为题的小说发表,虽然反响有限,但是也可见时代精神之一斑。

也许是受"讲话"的影响,杜鹏程笔下并不经常出现有关"日常生活"的表述,而是代之以更广泛和普遍使用的"生活"一词。与之相应,他特别注重对两种生活的区分和价值评判,即实际生活(日常生活)和艺术作品中所反映的生活。在他看来,前者只是一些孤立的、没有什么意义的事实,后者才反映事物的本质及规律性,也就是经过了去粗取精、去伪存真、由此及彼和由表及里的改造创作过程,或者说,从丰富的生活中提炼出生动而典型的情节。为此,杜鹏程还以孙犁为例,指出用"普通的、平常的生活现象,来表现人物,来表现斗争生活"的不足,那就是容易"流于平淡无奇,内容单薄,而不能充分反映出沸腾的斗争生活和劳动人民艰苦卓绝的战斗精神"。对此,他借用林默涵在《关于题材》中的革命斗争生活和日常生活的说法,以为"表现出来的生活景象,既有重大斗争,又有赏心悦目的生活场景"[①]最为适宜。具体到《保卫延安》,两者可谓交融互渗,又各鲜明生动。虽然写作的当时异常艰苦,但是凭了亲身经历的战斗经验(近二百万字的战争日记),杜鹏程还是写出了近百万字的长篇报告文学,也许可称之为日常生活的真实记录。经冯雪峰推荐出版前还多次修改和重排,不难看出他生活积累的厚重和扎实。体现在作品中,就是大量植根于日常生活之中的情节和细节。如第五章"长城线上"写"生死斗争,压倒了人的一切日常情绪";第三章"陇东高原"中团政治委员李诚的调查研究,"能从日常的生活现象中,领悟到一些重大问题";第六章"沙家店"写历经生死存亡的战士们"那一个个平凡的脸膛,也都是一部人民斗争的活历史"等。特别是彭德怀的形象,从一举手一投足入手,诸如对待三个小娃娃的可亲和爱护态度,不长篇大论的讲话,冷静而机敏等都富于日常生活的情趣和魅力。

与杜鹏程相近,在对待日常生活的态度上,柳青也表现出了有意区分的复杂性。一方面,他对生活本身的重视程度之高、之深,即便在同时代的作家中也是不可多得的。著名的"三个学校"说不只明确提出了生活的学校的说法,更重要的是在重要性和排序背后的生活观。1978年3月20日《延

[①] 杜鹏程.关于情节[M]//杜鹏程.杜鹏程文集:3.西安:陕西人民出版社,1993:271-272.

河》编辑部召开的短篇小说创作座谈会上,柳青特别强调了生活的学校的基础性地位,还对"不强调政治挂帅,不突出政治"的质疑诘问道:"难道一个人不懂得生活,就懂得政治了吗？总得先懂得生活,然后才能懂得政治。脱离生活,那政治是空的。"① 追溯起来,"讲话"精神的指引固然重大,但他自己创作实践的甘苦和教训更是重要。从这一意义上来讲,《创业史》的成功并不是偶然的,而是在《种谷记》《铜墙铁壁》等长篇小说成败得失基础上的反思和调适的结果,其中生活的定位和策略最为关键。另一方面,富有辩证意味的是,生活源泉说虽无可非议,但仅仅是生活本身也还不够,还要有政治和艺术的审察和筛滤,尤其是前者。世界观也好,典型化也罢,都是对这一情形的说明。据此,柳青建立了两个意义世界,即生活真实和艺术真实世界。生活真实对应于恩格斯所说的"细节的真实",或者说是日常生活。艺术真实则致力于典型环境中的典型性格。马克思主义是典型学说的集大成者。柳青认为,阶级特征、职业特征和个性特征的三位一体融合才构成典型性格,而典型环境则是典型冲突的产物。不论是典型性格,还是典型环境,都并非生活真实,也就是并非日常生活自身所能形成,而是主客观统一的结晶。就像他在两种环境的比较上所说:"社会生活的环境是客观存在和客观状态,艺术作品的环境则是经过作者的头脑反映以后的客观存在和客观状态。区别在于经过作者的头脑反映和没有经过作者的头脑反映。"② 1961 年 11 月 26 日完成于皇甫村的《美学笔记》是柳青有关生活和艺术关系思考的重要理论成果之一。文末在引用毛泽东"讲话"中"把这种日常的现象集中起来"一段后总结道:"毛泽东同志指示作家把矛盾和斗争典型化,不是把矛盾和斗争鸡毛蒜皮化,就是说要描写阶级斗争,而不要描写日常琐事。"无疑,日常生活仅只是第一步,还远没有达到典型的地步。这也是他反对认为梁三老汉形象塑造最成功,或全书以梁三老汉为中心的看法的最主要原因。

  日常生活在柳青的理论体系中尽管只是最初发生的环节,却举足轻重,不可或缺。换句话说,如果没有这第一步缜密细致的功夫做基础,那么接下

---

  ① 柳青.生活是创作的基础:在《延河》编辑部召开的短篇小说创作座谈会上的发言(录音)[M]//柳青.柳青文集:4.北京:人民文学出版社,2005:329.
  ② 柳青.美学笔记[M]//柳青.柳青文集:4.北京:人民文学出版社,2005:282.

来的创作过程几乎难以进行,更谈不上对公式化和概念化问题的纠偏了。《创业史》的生产周期之所以显得漫长,以致备受质疑,很重要的一个原因恐怕就在于此。在回答《文艺学习》编辑部的提问时,柳青谈道:"对党的政策更深刻的理解也靠对社会生活的更深刻的理解。"①1960年9月1日,长安县人座谈刚刚出版的《创业史》时也一致认为,作品之所以成功,主要原因就在于作者八年如一日地深入第一线,到田间地头,亲自参加斗争。王曲公社皇甫管区文书冯志俊更是谈道,基层干部在"听到生宝旧社会创家未成和民国十八年的灾荒,以及生宝躲壮丁钻终南山的情景,难受得眼圈红了"。当念到地主剥削的段落时,则"气得骂了起来"②。这样的感染力和震撼性显然来自作者深厚坚实的生活积淀,及因此而形成的政治和艺术敏感。难怪《创业史》先后用了六年时间,写了四遍,甚至为了改写或重写,连向建国十周年献礼的光荣计划也取消了。之所以不断修改,除了柳青自己一丝不苟的认真态度和精益求精的艺术追求外,一个很重要的原因就是柳青对日常生活是如此熟悉,以至在日复一日的浸润和融入后,两者哪怕极细微的冲突或错位也能感受得到。在总结生活过程和创作过程的结合也就是构思过程时,柳青表示,生活过程"是作者自己思想感情发生变化的过程",创作过程则"是作品中人物思想感情发生变化的过程"。由此,柳青告诫"不要从现象到现象,要写事情为什么是这样",提醒"如果光写现象,就难免重复"。归纳起来就是要写社会现象的原因,要写本质③。虽是就转化立论,但对现象(日常生活)的稔熟也已蕴蓄其中。

(二)革命的意义与来源

杜鹏程对战争和战斗生活的了解,与柳青对互助合作时期农村和农民生活的熟知,几乎没什么区别。不妨说,日常生活在战争时期与在和平时期虽表现形式不一,但在精神实质上并无不同。当然,两者也都面临概括或典

---

① 柳青.回答《文艺学习》编辑部的问题[M]//中国当代文学研究资料:柳青专集.福州:福建人民出版社,1982:22.
② 长安县人座谈《创业史》[M]//西北大学中文系现代文学教研室.《创业史》评论集.西安:陕西人民出版社,1980:80.
③ 柳青.在陕西省出版局召开的业余作者创作座谈会上的讲话[M]//柳青.柳青文集:4.北京:人民文学出版社,2005:324.

型化的加工问题。相似的是,两人都选择了革命修辞来统摄,或者说,日常生活在革命的塑形和整合下经过了筛选、提炼、加工和改造的艺术升华过程。作为挨长城、靠黄河的古城,延安本身就是中国革命的化身,借用小说中的话说就是中国革命的司令部。作为对革命圣地的向往和朝拜,小说结尾意味深长地抒情道:"北方,万里长城的上空,突然冲起了强大的风暴,掣起闪电,发出轰响的风暴夹着雷霆,以猛不可挡的气势,卷过森林,卷过延安周围的山冈,卷过中华民族几千年来征战过的黄河流域,向远方奔腾而去……"同本雅明的"进步的风暴"[①]不同,这里的"强大的风暴"却是革命风暴的象征和隐喻。在这样狂飙突进的气势中,被陈兴允旅长称之为"年轻的老革命"的主人公周大勇的成长蕴含了"钢铁是怎样炼成的"的道理。如果说《保卫延安》堪称革命进行曲和史诗的话,那么《创业史》就是革命交响曲和寓言。在极为重要的"题叙"结尾一段,柳青综括道:"梁三老汉草棚院里的矛盾和统一,在社会主义革命的头几年里纠缠在一起,就构成了这部'生活故事'的内容……"革命与生活辅车相依,彼此交融互渗。或者说,没有革命,就无以言生活。同样,没有生活,革命也无由成立。柳青在革命精神的指引下征用和形塑生活,也在日常生活中打捞和求证革命,如第十六章中的生宝所说:"这形式上是种地,跑山,这实质上是革命嘛!"

据汉娜·阿伦特(Hannah Arendt)考证,"革命"一词本来是个天文学术语,拉丁文意为有规律的天体旋转运动,因而是不可抗拒的,非人力所能及。在这一意义上的第一次使用,可能是在法国大革命时国王与其使者之间的著名对话中。当国王惊呼"人民叛变了"时,使者利昂古尔却纠正道:"不,陛下,人民革命了。"对此,阿伦特引申道:"从此以后,公共领域应当为最广大的多数人提供空间和光明便成为一种不可逆的趋势。"[②]也就是说,革命与最广大的多数人联系了起来。杜鹏程曾回忆彭德怀所说:"我这个人没有什么,要说有一点长处的话,那就是不忘本。"这个"本",按杜氏在《〈保卫延安〉1979年版重印后记》中的解释,"就是革命事业",或者说,"就是人民群众的利益"。实际上,战争即革命。正是在战争的日常生活中,杜鹏程才

---

① [德]瓦尔特·本雅明.历史哲学论纲[M]//[德]汉娜·阿伦特.启迪:本雅明文选.张旭东,王斑,译.北京:生活·读书·新知三联书店,2008:270.

② [德]汉娜·阿伦特.论革命[M].陈周旺,译.南京:译林出版社,2007:37.

真正体验到革命的力量和精神。如阿伦特所说:"战争与革命的相互关系,也就是它们的一致性和相互依存性都在稳步增长,而两者关系的重心越来越从战争转向革命。"①同样,也正是在革命的意义上,杜鹏程才情不自禁,身不由己,确保了《保卫延安》的革命本色和英雄气概。杜鹏程多次写道:"我就是忘不了战士们,忘不了人民群众,忘不了那一场壮烈的战争,忘不了战斗生活对自己的教育,忘不了几千年来中华民族流血斗争的历史"(《〈保卫延安〉1979年版重印后记》);"我想着想着常常寝食难安,想到那么多优秀的人,看不到胜利的日子,泪如泉涌。一定要把这一切记录下来"(《〈保卫延安〉创作的一些情况》);"我感到如果不把英雄和烈士们所创造的惊天伟业,如果不将他们大无畏的献身精神,和这段悲壮而伟大的历史写下来,就于心有愧"(《为重播〈保卫延安〉而写》)。不难理解,正是在这样复杂的情感纠葛中,杜鹏程才"懂得什么叫中国革命,什么叫人民群众,什么叫革命战士,什么叫艰苦奋斗;什么是生活真谛;什么是艺术的土壤"②。可以说,没有革命的洗礼,也就没有《保卫延安》的生产。荣格曾表示,是《浮士德》创造了歌德。同样可以说,是革命史诗《保卫延安》创造了杜鹏程。

　　阿伦特提出:"革命这一现代概念与这样一种观念是息息相关的,这种观念认为,历史进程重新开始了,一个全新的故事,一个之前从不为人所知、为人所道的故事将要展开。"③对解放战争和集体创业来说,阿伦特的论断同样适用。杜鹏程和柳青都亲自参与了这"第一次",所以他们才最有革命的豪情,最是革命的信徒。《保卫延安》中上自彭德怀、贺龙,下到王老虎、孙全厚等革命者之所以刚毅、威猛,根本原因就在这"前不见古人"的革命风度和气度。同样,《创业史》中梁生宝的坚决和智慧也是革命干劲的体现。与之相反,郭振山和徐改霞之所以让人备感遗憾和惋惜,最主要的原因就是他们直面革命时的犹疑和退坡。第一部第十六章虽议论较多,但在全书中却最见光彩,关键就在于对生活和革命道理的阐发,或者说对社会主义生活和革命关系的透视和把握。如"基层干部虽然在整党中经过社会主义

---

① [德]汉娜·阿伦特.论革命[M].陈周旺,译.南京:译林出版社,2007:6.
② 杜鹏程.一次创作会上的讲话[M]//杜鹏程.杜鹏程文集:3.西安:陕西人民出版社,1993:291.
③ [德]汉娜·阿伦特.论革命[M].陈周旺,译.南京:译林出版社,2007:17.

思想教育,可是对互助合作是个大革命,眼时还认识不够"。农民小私有者和小生产者"几千年受压迫、受剥削,劳动最重,生活最苦,这就造成他们革命的一面"等都是探索中的思考,都是"全新"和"不为人所知、为人所道的故事"。如果说梁生宝还因在柳青那里没有足够的生活原型做支撑而导致典型性格争论的话,那么杜鹏程在血与火中的历练则使他最大限度地灌注了革命生气。一个极具说服力的例证是在《致一位青年朋友的信》中有关革命逃兵和沉溺生活的故事。《保卫延安》中的宁金山就是这样的典型。值得注意的是,强固的革命信念并没有让杜鹏程放弃对宁金山的救赎。相反,正是革命,才真正拯救了宁金山。这既是革命无坚不摧的力量象征,更是革命无往不胜的神圣见证。难能可贵的是,秉持这一信念,杜鹏程还提出了继续革命的问题。这一问题早在《保卫延安》中就有耐人寻味的消息,到了20世纪50年代末的《在和平的日子里》更发挥得淋漓尽致,入木三分。而在《创业史》那里则得到了最大规模的展开。按柳青的构思,《创业史》"写的是社会主义制度的诞生",也"写新旧事物的矛盾",写人的"思想感情的变化过程"①。无论"诞生""新旧",还是变化,其实都是革命的同义语,都是对革命的题解和注释,也就是对杜氏所说继续革命的战略规划和战术方案。《在和平的日子里》中梁建所言"把一个平常人一下子就变成了敢作敢为、顶天立地的英雄好汉"便是革命的魔术师,而张孔"胜利对许多革命者都是更严重的考验"的提醒则更是革命的警世钟。

"革命"在中国的最早出处恐怕要追溯到《周易·革》中的"汤、武革命",意指天命变更的改朝换代。按照《现代汉语词典》中的定义,现代意义上的革命是指"被压迫阶级用暴力夺取政权,摧毁旧的腐朽的社会制度,建立新的进步的社会制度。革命破坏旧的生产关系,建立新的生产关系,解放生产力,推动社会的发展"。此外,还有"具有革命意识的"和"根本改革"的引申二义。就基本义而言,大约又分为两层意思:"被压迫阶级用暴力夺取政权"属于第一层级,如《保卫延安》即是。《创业史》则是第二层级,也就是"破坏旧的生产关系,建立新的生产关系",所谓新旧斗争。显然,柳青所说

---

① 柳青.在陕西省出版局召开的业余作者创作座谈会上的讲话[M]//柳青.柳青文集:4.北京:人民文学出版社,2005:321-322.

的革命就是在新旧斗争基础上的"解放"和"推动"。这只要看他修改的"出版说明"和《创业史》扉页所引毛泽东语录即知。这一新旧之争的源头可推溯至戊戌变法到"五四"新文化运动的近现代变革过程中。如果说《保卫延安》展现了军事、政治和社会现实的外在革命的话,那么《创业史》则深入经济、思想和文化心理的内在革命,因此更复杂,也更繁难。柳青有力地区分了民主革命和社会主义革命间的不同。不消说,在新的革命形势下,斗争更隐蔽,也更需要智慧和斗志。像第一部中的梁生宝,第二部中的杨国华等都是新革命的主张者和实践者。面对"住在城里苦心钻研党的方针和政策,钻来钻去,竟完全失掉了对现实的敏感性"(第二部第二十七章)的县委书记陶宽,渭原县委副书记杨国华很是担心,不知他"在这场势将席卷全国的伟大革命斗争中会扮演一个什么角色"(第二部第十一章)。柳青是在用事实证明,社会主义革命也在"为新事物、新发展和新观念开辟道路"[①]。

(三)革命与日常生活的相互转化和重构

《保卫延安》与《创业史》虽然都从生活取材,都立足于川流不息的日常生活基础之上,但在作者的态度和处理上,却有很大的不同。简言之,他们都从革命精神的光点上来烛照和审察,但在革命和日常生活的关系上却各有侧重,不无差别。柳青曾总结杜鹏程《保卫延安》成功的原因,以为"一个是自始至终生活中战斗中,小说是自己长期感受的总结和提炼,所以有激情;另一个是写作的时间长,改写次数很多,并且读了许多许多书,使写作的过程变成提高的过程"[②]。《创业史》的艺术实践表明,这两条都被借鉴和运用。不同的是,《保卫延安》的激情更多转化为理性,而《创业史》展现出更多的日常生活远景。从情节和结构的设置上可知,杜鹏程不仅在敌我的大二元对立格局上加以描摹,而且还深入解放军内部真实的核心,他如游击队和人民群众的多线交织,甚至爱情、西北乃至全国战场等都有所涉及,真正做到了冯雪峰所说的"能够统一地、有中心地展开对于战争的全面的描写,能够在一条主干上布开丰盛繁茂的革命战争生活的枝叶,能够把许多动人

---

① [德]汉娜·阿伦特.论革命[M].陈周旺,译.南京:译林出版社,2007:30.
② 柳青.一个总结[M]//蒙万夫,等.柳青写作生涯.天津:百花文艺出版社,1985:41.

的情景织在一块彩色鲜明强烈的,夺目而不乱目的织锦里"①。像刘戡、董钊、钟松、宁金山、李振德一家、任冬梅等日常生活的"网点"都是这"枝叶"和"情景"。不过,整体来看,这些"枝叶"和"情景"似乎还不够丰满。这里并非故意挑剔,而是意在说明《保卫延安》的理想和激情。也就是说,革命在杜鹏程那里是如此强盛,以至其他叙事无不相形见绌。相反,在革命和日常生活的架构或坐标上,柳青却选择了后者。这恐怕与他本不大好的身体有关。可供说明的材料可以列举 1956 年 3 月 20 日他居家皇甫村时所写的《自传》结尾:"我将努力以一个四十岁的人应有的自制力,控制自己的日常生活,不要使自己病倒。"不管怎样,生活选择在柳青那里起着举足轻重的作用,梁三老汉、徐改霞等人物更深入人心的原因恐怕正在于此。

毛泽东曾在《新民主主义论》中指出,"革命亦有新旧之分",并强调中国社会的新旧斗争,"即是革命和反革命的斗争"。这"新旧斗争",在《保卫延安》和《创业史》两书中都有所体现,只不过后者所再现的此类革命并不如前者那般显明,因而容易招致误解罢了。实际上,柳青是从革命的内在性和深刻性上来考量的:不但要从性格冲突上表现出来,更重要的是从"社会主义革命中农村两条道路的斗争"的高度来看待。这两条道路的斗争即是新旧斗争的表现形式。柳青曾就自己再熟悉不过的合作化表示:"如果我们的革命只是为了夺取政权,掌握政权,那这个革命就是过去时代的循环;如果一个革命不能使生产力得到解放,生产极大发展,那这个革命的意义何在?"之后从新旧斗争的角度解释说:"难道我们从旧社会什么消极的东西都没有继承下来吗? 如果说继承下来一些消极的东西,那就需要改变这些东西,这是个艰难漫长的过程。"②正是这样深层次革命性巨变的书写,小说才牵动了社会有机体的每一根神经,包括徐改霞、白占魁、赵素芳、李翠娥、王瞎子(王二直杠)等众多人物的命运才引人入胜,诸如城乡关系、"三农"问题等直到今天也仍保有启发性的思考空间。认识到继续革命的问题并非不重要,但更为重要的是如何移植和定位,也就是如何把血与铁的战争与暴力的革命转化和重构为社会主义建设的日常生活革命,梁生宝形象无疑就

---

① 冯雪峰.论《保卫延安》[M]//杜鹏程.保卫延安.北京:人民文学出版社,1954:6-7.
② 刘可风.柳青传[M].北京:人民文学出版社,2016:427.

是柳青对这一问题的解答。不过,广泛而深入的乡村社会主义革命并非只有一两部容量的长篇小说规模所能解决,所以,在经柳青修改的"出版说明"中便概括道:"《创业史》是一部描写中国农村社会主义革命的长篇,着重表现这一革命中社会的、思想的和心理的变化过程。"紧接着又交代:"贯穿全书代表各方面的主要人物,紧紧围绕着社会主义革命这一中心,大部分已经出现或提到了,但矛盾斗争还在酝酿阶段,有待于逐步展开。"不过,因了这样那样的限度,《创业史》的隐形革命书写很难达到《保卫延安》式的明快和彻底的程度,这也是它最终没能全部完成的原因,而不只是作者个人的局限了。

与鲁迅所讽刺的"投机革命"(《答杨邨人先生公开信的公开信》)或"借革命以营私"(《答徐懋庸并关于抗日统一战线问题》)者迥然不同,杜鹏程和柳青都已将革命融入自己的生命中,化为血肉和感官本身,或者说,革命已成为他们的日常生活。因支气管哮喘受不了关中平原的麦黄气味而每年都要出行躲病的柳青,之所以到了革命圣地延安就觉得呼吸顺畅很多,以至机体也不那么疲困了,显然是精神因素的作用,他称之为延安精神。在柳青看来,"这种精神必须用到每一种事业和每一样具体工作上去。谁丢掉这种精神,谁就快倒霉了!"①对照他在《创业史》中全力打造的社会主义革命者典型形象梁生宝可知,虽然没有像高增福那样的面对面斗争,但是梁生宝所表现出的革命信念和斗志却渗透在他一言一行的日常生活行为中。如他说话时的口头禅:"有党领导,我慌啥?"再如第一部第二十三章面对南碾盘沟庄稼人从旁议论互助组长梁生禄没进山来,以为打发叔伯兄弟梁生宝领着贫雇农集体进山的误会,梁生宝联想到,小农经济的汪洋大海里头,富裕中农是受人敬重的人物,而一旦私有财产制度消灭了,农村中这种可笑的现象,自然也就改变了。对此,小说解说道,梁生宝"在这个深山丛林里走着,对革命的道理,又有了新的发现"。实际上,正像柳青在深入生活过程中逐渐形成的对互助合作的清醒认识一样,包括爱情在内的梁生宝的种种革命行动一点都不神秘,都是建立在最平凡不过的日常生活常识和经验之上,甚至连郭振山、郭世富、姚士杰(三大能人)、赵素芳、梁三老汉、冯有万

---

① 柳青.延安精神[M]//柳青.柳青文集:4.北京:人民文学出版社,2005:310.

等人物设置也都是为此所做的设计,用以彰显梁生宝革命炼成的艰辛和曲折。经历了绍兴革命全过程的鲁迅曾在《对于左翼作家联盟的意见》中告诫道:"革命是痛苦,其中也必然混有污秽和血",坦言"革命尤其是现实的事,需要各种卑贱的、麻烦的工作,决不如诗人所想象的那般浪漫"。显然,鲁迅深刻地认识到,革命只能是在日常生活基础之上的革命,而不可能是虚悬的空中楼阁和海市蜃楼。反观杜鹏程所刻画的周大勇形象也是这样脱胎于日常生活的战争英雄。战场上的周大勇神奇而勇猛的表现并非神赐和巫术,而是革命情怀的集中而强烈的显现。这是他在不断面对艰难险阻和成败得失的日常生活考验后的蝶变。要知道,在团政治委员李诚面前,周大勇感到还有很多工作要做,其中最重要的就是"生活中到处可以学习"的道理。

在为邹容的《革命军》所写的"序"中,章炳麟指出:"同族相代,谓之革命",以为"虽政教学术礼俗材性,犹有当革命者焉"①。如果说《保卫延安》属于前者的话,那么《创业史》更多的就是后者。不管怎样,它们都充满了汉娜·阿伦特所说的"革命精神",也就是"一种新精神,是开创新事物的精神"②,而这种"革命精神"的取得大都建筑在"礼俗材性"的日常生活基础之上。即便是打仗和牺牲占据最大篇幅的《保卫延安》也不时穿插有朴实清新的民间故事和优美壮健的山西小调及陕北信天游歌声。更重要的是,它并非只写表面的打打杀杀,为写革命而写革命,而是深入革命内部和背后,写出了不断取得革命胜利的最根本的原因,那就是革命须从人民和生活出发,最终又回到人民和生活中来。彭德怀和李诚就是其中的典型。前者的亲切和细致,后者的不厌其烦和巨细无遗,都传达了日常生活的面相和气象。特别是后者极致化的日常生活工作方式,在第三章"陇东高原"中有几近完美的表现,诸如"如果你在一天的生活中,没有任何新的感觉,那么你这一天便算过得很糊涂";"我们的战士,不是普通的士兵,他们都是革命家、军事家";"这些私人的小事情,也关联到我们党的威望和事业";"在自己身边的生活中去找寻工作办法"等都显示了植根于日常生活的力量。其

---

① 章炳麟.革命军序[M]//舒芜,等.近代文论选.北京:人民文学出版社,1959:402.
② [德]汉娜·阿伦特.论革命[M].陈周旺,译,南京:译林出版社,2007:262.

他如王老虎、宁金山、陈兴允,甚至是胡宗南等则是大写的日常生活形象。同样,从"作品的正确性是深刻性的基础"①出发,柳青也把人放在日常生活的缠绕和纠葛中做多线条多角度勾勒,譬如梁三老汉对儿子生宝的"大人物、梁老爷、梁伟人"戏称;冲着全家人发泄的拿鸡蛋"早起冲得喝,晌午炒得吃,黑间煮得吃"的别扭话;对支持儿子的下堡乡党支书卢明昌的"你们全姓共"的直言等都活画出了自私保守而又耿直朴实的小私有者和小生产者的农民典型,极富日常生活气息和韵味。

(四)结语

日常生活是个状态描述性概念,严格意义上来讲,并不具有定性和定量的科学性。古代也未必没有像陶渊明、明末清初等大可冠以日常生活徽号的文学现象。不过,总体上来说,日常生活作为审美话语却还是现代的事情,是现代性开启了日常生活的世界。如果说前现代的日常生活还处于不自觉或被遮蔽状态的话,那么正是带有资本主义世界市场标志的社会现代化才使得日常生活被塑造成为人性自足的领域。"五四"后京派的闲适和海派的商业化都是日常生活的表征。值得注意的是,以毛泽东"讲话"精神为指针的"十七年"文学并不将日常生活视为文学自体,但在杜鹏程的《保卫延安》和柳青的《创业史》那里却重构了日常生活与革命的关联。革命不再是醍醐灌顶的圣道教义,而是撑起日常生活血肉之躯的骨架和灵魂。归根结底,不管是战场,还是农场,日常生活几乎就是他们自身,同时也是革命本身。他们以身处其中的经验和体验来解说和想象革命,实际上也是对过往日常生活的记录。同样,对日常生活的记忆也是革命的见证。譬如杜鹏程笔下的王老虎实有其人,并没有什么出奇之处,或者说太日常生活化了,但正如那不离口的三寸长小烟袋一样,杜鹏程却在英勇牺牲上把王老虎的日常生活和崇高形象衔接了起来。再如第四章"大沙漠"中旅长陈兴允和旅政治委员杨克文就"把马克思列宁主义的道理和实际工作结合一点,你就进步一点"所进行的对话,也充分说明了革命与日常生活的一而二、二而一的密切关系。现在看来,20世纪50年代之所以出现公式化、概念化的应

---

① 柳青.美学笔记[M]//柳青.柳青文集:4.北京:人民文学出版社,2005:301.

时劣作,推测起来仍不得不归结于对生活的隔膜,或者说浮在日常生活表面而格格不入。在写作《创业史》之前,柳青本已完成一部长篇小说的初稿,但因生活不足而不能满意,最终被搁置。这一教训促使他下定决心,深入生活第一线。无疑,日常生活才是最终解决各种难题的根本和关键。

杜鹏程和柳青都曾不约而同地提到了"解剖麻雀"的说法。毛泽东的这一名言再清楚不过地说明了日常生活之基础和前提地位,所谓"长期蹲下来,勤奋而满腔热情地真正把一个生产队、一个村子调查研究清楚"①。其次就是放大开来,以宏观和关联的方式将革命的本质或道理表现出来。《保卫延安》就是个突出的例子。最初的写作几乎是日记式真人真事的移植,成了报告文学式的东西,但随着修改和认识水平的不断提高,本来的革命精神和力量逐渐显现出来。作者有意增加了敌方叙述的篇幅,并在全国范围内的解放战争形势和背景上加以定位,前后连贯,纵横交错,一幅以延安为中心的陕北战场的革命画卷便日常生活般地再现出来。同样,《创业史》也不拘囿于渭原县黄堡区下堡乡第五村,而是连同周围的村庄一并表现,举凡乡村,城市、工厂、政府、学校、各色人等的错杂互动,简直称得上互助合作时期乡村社会生活的"清明上河图"。值得注意的是,柳青并不先带成见,而是从日常生活本体出发,精细微妙地刻画了农村各阶层人物的日常生活世界。即便像改霞她妈、拴拴等不起眼的小人物也都栩栩如生,活灵活现。像第二部上卷第七章生宝他妈与有万丈母娘谈叙一节惟妙惟肖,家常气息扑面而来,真非熟悉此间人物和场景者不办。

总之,杜鹏程和柳青由对日常生活的熟识而建立的革命世界,成为年轻的共和国最可宝贵的精神财富之一,构筑了理想时代的琼楼玉宇,对后来的长篇小说乃至文学创作有着不容忽视的深远影响。拿陕西长篇小说来说,无论是路遥《平凡的世界》式壮阔时代长河的小说,陈忠实《白鹿原》新历史主义的地志传奇,还是贾平凹巴塞罗那足球队踢法式日常生活"说话"②,都不乏杜鹏程和柳青日常生活与革命关系的影子。简言之,在日常生活中塑造革命,在革命中烛照日常生活。

---

① 杜鹏程.一次创作会上的讲话[M]//杜鹏程.杜鹏程文集:3.西安:陕西人民出版社,1993:295.
② 贾平凹.后记[M]//贾平凹.白夜.北京:华夏出版社,1995:385.

第二节 《创业史》的生产及其经典化

(一)生活与经验的重写

《创业史》的生产是不断探索和修正的过程。探索的过程是深入生活和理解生活的对象化过程,对柳青而言可谓是奠基性的工程。没有这项工程,《创业史》的"大厦"恐怕很难建构。可以对比的是《种谷记》和《铜墙铁壁》。确立了柳青当代文学重要地位的这两部长篇小说虽同样倾注了大量的心血,但后者在生活体验上的不足还是不能让作家满意,连修改再版也不愿。同样,早在《创业史》动手之前就已写出,正面反映领导干部不同工作作风的大约九万七千字的长篇小说也因与《铜墙铁壁》有同样的问题而被放弃,甚至焚稿。柳青一丝不苟的严肃认真态度不仅源于贯彻《在延安文艺座谈会上的讲话》精神的外在规范的需要,更重要的还是他"天空"(政治)信仰和"大地"(生活)气质的显现。柳青曾就"信仰"得出一个结论,即"最主要的,起决定作用的还是作家的生活道路",因为"生活是作家的大学校"①。他不客气地指出:"在生活里,学徒可能变成大师,离开了生活,大师也可能变成匠人。"②气质则"更具有社会实践的性质"。柳青认为:"社会冲突在作家生活和创作的情绪和感情上反映出来的速度、强度和深度,标志着作家气质的特征。"为此,他明确表示:"每一个时代最先进的作家气质是与群众同生活、同感受、同爱憎。"③显然,生活就是柳青的创作生命。

《创业史》的生产又是不断积累和改写的过程。生活经验固然重要,但对柳青来说,艺术经验也不容轻视,不可或缺,犹如车之两轮、鸟之双翼,缺一不可。在《创业史》写作最为关键的阶段,柳青并没有急于求成,而是细

---

① 柳青.二十年的信仰和体会[M]//柳青.柳青文集:4.北京:人民文学出版社,2005:274.
② 柳青.二十年的信仰和体会[M]//柳青.柳青文集:4.北京:人民文学出版社,2005:276.
③ 柳青.美学笔记[M]//柳青.柳青文集:4.北京:人民文学出版社,2005:294.

心研读苏俄文艺作品,比如对照高尔基"撞响了无产阶级革命文学的晓钟"①的《母亲》与在契诃夫帮助下"艺术上更加成熟的"②《福玛·高捷耶夫》。再如体会肖洛霍夫《被开垦的处女地》中新旧手法的区别和优劣,总结自己没能达到这样水平的原因等。除借鉴国外先进手法外,柳青还把《创业史》的写作建立在原有创作经验之上,力避此前构思的误区,以融汇和扩大《创业史》的文学空间。《创业史》之前柳青最为满意的作品要数《种谷记》了,之所以偏爱,最主要的原因就是他对陕北家乡生活的谙熟几乎全部成功投射其中。即便写作地大连远在千里之外,他也能将故乡生活的细节真实娓娓道来,连知名作家严文井也佩服得五体投地,并坦率承认:"柳青对陕北农村生活的熟悉程度非同寻常,我做不到,做不到。"③同样,也正是生活真实的原因才使得老作家叶圣陶称赞它为"一列没有车头的漂亮的列车"。另一位老作家巴金更是看好柳青,以为"最有希望"④。这一天然的优势成就了《种谷记》,自然也被更为娴熟地运用在了《创业史》的全新探索之中。主要人物梁生宝、高增福、冯有万、梁三老汉、任老四等几乎都有原型可寻。为了写好进山割、背竹子的第二十二和二十三章,柳青甚至推迟了中国青年出版社建国十周年国庆献礼出版计划的交稿日期,决定亲自进山,重写深山生活。不过,正像叶圣陶在研讨会上所说,建国初期对《种谷记》的批评还是让柳青认识到,仅靠对生活的熟悉还远远不够,重要的还有提炼和结构。的确,拿主人公王加扶来说,就似乎给人淹没进生活之中的感觉。与后来的梁生宝稍做对比,也明显能够感觉到他们之间的不同和变化。

变工和互助合作在题材上的相近使得《创业史》具有了一定的再创造基础。无论是主题,还是人物,《种谷记》都为《创业史》积累了宝贵经验。如果说王克俭与郭振山可以并论的话,那么王加扶与梁生宝也正有着某种相似的品质。到了《铜墙铁壁》的石得富那里,王加扶在英雄人物塑造上的不足也及时得到了弥补和修正。后来,在谈到创造英雄人物形象时,柳青的总结几近格言。他强调:"真正的共产主义领导者是这样的领导者,他们和

---

① 柳青.二十年的信仰和体会[M]//柳青.柳青文集:4.北京:人民文学出版社,2005:266.
② 刘可风.柳青传[M].北京:人民文学出版社,2016:178.
③ 刘可风.柳青传[M].北京:人民文学出版社,2016:89.
④ 刘可风.柳青传[M].北京:人民文学出版社,2016:106.

劳动群众有密切的联系,并以自己的知识和才能为这些群众服务。他们不仅善于教导工人和农民,并且还善于向工人和农民学习。"①从王加扶到石得富再到梁生宝,十分清晰地展示了柳青在主人公塑造上的进步,即从生活化到英雄化再到典型化。这一过程是与柳青大量的人物刻画实践分不开的,举凡李老三(《土地的儿子》),蒲忠智(《新事物的诞生》),王家斌(《灯塔,照耀着我们吧》《第一个秋天》《王家斌》),陈恒山(《一九五五年秋天在皇甫村》《中国热火朝天——为苏联〈文学报〉作》),王明发(《王家父子》),郭凤英(《一个女英雄》),罗道明(《邻居琐事》)等,特别是老队长狠透铁,某种程度上比梁生宝还要深刻和鲜明。柳青在概括农民革命英雄的成长过程时指出:首先,必须是反对剥削阶级和剥削阶级政权剥削及压迫的先锋。其次,还必须是农民,从生活上和习惯上都带着农民的意识特征。他的结论是,人物的社会意识的阶级特征、社会生活的职业特征和个性特征,三者互相渗透和互相交融,就是典型性格。狠透铁的不善讲话、健忘乃至酿成"红马事件"都是他职业和个性特征的显现。与梁生宝的不识字和不善处理恋爱问题并不能同日而语,却与年轻的社会主义新生力量同样典型。《创业史》的生产也正是这样大胆创新和不断深化的结果。

(二)修改的政治

《创业史》的生产也是不断修改的结果。柳青为此介绍说:"《创业史》第一部用了六年的时间,从头至尾写作四遍。"后来又补充道:"《创业史》的构思就不是一次完成的。构思的过程贯穿整个创作过程。"②构思和修改交错反复,从不止息,直到晚年还在进行。拿发表前的"四遍"写作来讲,除了杜鹏程在《保卫延安》上的成功给他的启示外,中国当代文学的内外体制和生产方式也是柳青多次修改和精益求精的原因。有研究者谈道:"社会政治、经济、社会机构等因素,不是'外在'于文学生产,而是文学生产的内在构成因素,并制约着文学的内部结构和'成规'的层面。"并具体解释说:"包括文学批评在内的文学规范体制,它的主要功能是对作家的写作,以及作品

---

① 柳青.美学笔记[M]//柳青.柳青文集:4.北京:人民文学出版社,2005:291.
② 柳青.在陕西省出版局召开的业余作者创作座谈会上的讲话[M]//中国当代文学研究资料:柳青专集.福州:福建人民出版社,1982:35.

的流通等实行经常性的监督和评断。"最终的结论是:"复杂的体制所构成的网,使当代这种'一体化'的文学生产得到有效的保证。"①纳入政治框架中的文学自不例外,难怪柳青解释"跟盖楼房有点区别,和基本建设有点区别,和工业上有点区别,它这个认识过程贯穿整个创作过程"②。"贯穿"是作家创作的内在要求,同时规范的引导和观念的主导更是举足轻重的成因。即如书中主人公的名字第一稿原为杨生斌,与原型王家斌更为接近,但在第二稿中就改成了梁生宝。带来的效果是,第一稿命名给人的泛泛之感被某种象征意味所取代,而方言土语的减少也由日常生活走向政治前台。第二稿较之第一稿的重大变化还表现在《题叙》的出现上。《题叙》的重要不仅体现在对主人公的介绍上,更表现在烘托性的史诗气魄的强化。建国前二十年血泪苦难史的铺垫,完成了对新中国和新政权合法性的建构,也实现了与作者主题设计的衔接。柳青后来概括说:"《创业史》简单地说,就是写新旧事物的矛盾",并具体解释道:"写失败人物由有影响变成没有影响的人,退出这个位置,让成功的人物占据这个位置",即"旧的让位了,新的占领了历史舞台"③。目录前所题毛泽东关于新事物与旧事物的关系一段就在说明这一道理。柳青用了差不多八个月时间写作《题叙》,可见他重视的程度和写作的难度。如作者所说,这一部分内容的完成从整体上打通了思路。作家第三稿的修改也因此变得轻松起来,只稍做艺术上的打磨和锦上添花的功夫就足矣。从另外一方面说,柳青的精雕细刻和深思熟虑毋宁说是双重自觉的行为和结果,但却已非时下浮躁的气候和症候可比了。

《创业史》的生产是个动态的过程。不仅发表前四易其稿,就是出版后也没有终止,而是不断修改和调整。柳青决定发表后,书稿实际上还没有最终完成。1959年2月和3月的《延河》封底就连续刊登启事,预告柳青的《创业史》将从4月起连载,预计半年载完,但直到4月,柳青才最后写完"第一部的结局"。《延河》从4月到11月的连载,《收获》1959年第6期的

---

① 洪子诚.问题与方法:中国当代文学史研究讲稿[M].增订版.北京:生活·读书·新知三联书店,2015:192.
② 柳青.在陕西省出版局召开的业余作者创作座谈会上的讲话[M]//中国当代文学研究资料:柳青专集.福州:福建人民出版社,1982:35.
③ 柳青.在陕西省出版局召开的业余作者创作座谈会上的讲话[M]//中国当代文学研究资料:柳青专集.福州:福建人民出版社,1982:37.

一次性登完,及1960年6月中国青年出版社的单行本都做了或此或彼、或多或少的修改。拿《延河》的连载来说,柳青不仅和编辑们交流,从字句和看法入手厘定,还多方听取读者的意见。最重要的一次是将原定题目的"稻地风波"删除,定名"创业史第一部"继续连载。这一改换不仅弥补了原来题目生活内容涵盖上的不足,而且还更集中,更具有历史性和整体意义。成书后的修改也经历了修改变动的过程。首先,"《延河》本"第二章"梁生宝买稻种"一章移后,序列第五章再现。这一变化颇具匠心,大有成竹在胸之意。研究者在分析第一部第一章的人物出场时说:"第一章万把字,或虚或实地出场了三十多个人物,其中虚出的有梁生宝等,实出的有梁三老汉、郭世富、郭振山等。"①难能可贵的是,柳青并不急于对主人公做正面描写,而是烘托和蓄势。先由外围着力,所谓不写而写。梁三老汉草棚屋的吵闹、自发势力的咄咄逼人、活跃借贷的失败、贫雇农的生活困境,加之婚恋生活的神秘面纱,使得梁生宝的出场如箭在弦上,势不可当。其次,始终如一的认真负责和朝圣生活的虔敬态度也使得柳青一再审视和打量,精益求精。按照出版社的规划,成书原定在国庆十周年献礼之际,他却坚持:"故事的第一部,如果草率从事,出版后发现遗憾很多,我如何能写好以后的部分,心情如何能好?"②加之没有进山的生活体验做支撑,最终使他做出决定,极力说服出版社编辑推迟出版,并对山中生活的第二十二和二十三章原稿几乎进行了彻底重写。像再次增加的"回声"的细节就极富情趣,难怪编辑王维玲称其为"使人尊敬,又令人敬佩,有胆有识有作为的严肃作家"③。

十四年后的1974年,借《创业史》再版之机,柳青又进行了多处修改。这次修改的标杆是他最为满意,前后花了近八个月时间写就的《题叙》。柳青希望把书中"坑坑洼洼"的部分填平,以便更多回答社会关切。从实际效果来看,修改后的内容更纯粹,也更富有《红岩》式教科书般的魅力和引力,其中最引人注目的部分是有关两性的描写,突出表现在梁生宝与徐改霞及姚士杰和赵素芳、李翠娥的男女关系上。实际上,最初定稿的情色描写并非

---

① 吕德润.开头难处见功夫:谈《创业史》第一部第一章的人物出场[M]//西北大学中文系现代文学教研室.《创业史》评论集.西安:陕西人民出版社,1980:572.
② 刘可风.柳青传[M].北京:人民文学出版社,2016:186.
③ 王维玲.柳青和《创业史》[M]//蒙万夫,等.柳青创作生涯.天津:百花文艺出版社,1985:135.

可有可无的闲笔,而是细节描写的现实主义创作方法的内在要求。另外,这些细节的出现也为本就着墨不多的人物增光添彩,实有颊上添毫、画龙点睛之妙。柳青的删改既有四部计划不能完成而被迫削足之憾,同时也意在力避支离,以减轻主题的拖累。第二十九和三十章对生宝成长和恋爱生活的删削也是主题表达的需要。柳青的规避显然意在追求梁生宝形象刻画上的完美,因为几乎所有的人物和描写都在烘托梁生宝革命理想的崇高,正如作者所说,梁生宝的"行动第一要受客观历史具体条件的限制;第二要合乎革命发展的需要;第三要反映出所代表的阶级的本性"。柳青还总结道:"我要把梁生宝描写为党的忠实儿子。我以为这是当代英雄最基本、最有普遍性的性格特征。"①从这一意义上来说,不断修改的过程也是逐渐提高和完善梁生宝新英雄人物形象的过程。

(三)出版与接受的经典化

《创业史》的经典化是与出版和评价分不开的。以《种谷记》《铜墙铁壁》等作品几度扬名的柳青因体验生活落户长安县皇甫村而备受关注和期待。可以理解的是,陕西地方刊物《延河》刚一连载完,参加了1950年年初《种谷记》座谈的巴金任主编的《收获》杂志就迫不及待地一次性转载完毕,目的正在于扩大影响,借以巩固刊物的主流和权威地位。稍后,与柳青1951年主持文艺副刊时供职的《中国青年报》有关联的中国青年出版社出版了包括精装本在内的第一部。实际上,《创业史》的出版宣传早在1959年前就已展开。最终出版的推迟既有柳青个人一再修改的原因,也有官方审查和规训的延搁。据时任《创业史》责编的王维玲介绍,那时书籍出版的初衷旨在"繁荣文学创作,发展文学事业和提高文学书籍的出版质量"②。不过,联系1959年庐山会议及60年代初一系列国内外形势变化的社会现实,本应在1960年春节问世,却到了3月份还没有出版的曲折显然受到了政治因素的波及。不管怎样,顺利走完出版的全部程序无疑奠定了经典化的初步基础,而在出版后的评价与接受则最终将经典化付诸实施并予以完成。

---

① 柳青.提出几个问题来讨论[M]//中国当代文学研究资料:柳青专集.福州:福建人民出版社,1982:284.
② 王维玲.柳青和《创业史》[M]//蒙万夫,等.柳青创作生涯.天津:百花文艺出版社,1985:129.

陕西当地评论家胡采曾在《创业史》座谈会上提到:"广大读者观众热烈欢迎这本书。"①周扬也在《创业史》刚刚出版后的第三次文代会上题为《我国社会主义文学艺术的道路》的报告中点名表彰,称"《创业史》深刻地描写了农村合作化过程中激烈的阶级斗争和农村各个阶层人物的不同面貌,塑造了一个坚决走社会主义道路的青年革命农民梁生宝的真实形象"。有意思的是,后半句话与1963年第3期《文学评论》刊载的严家炎《关于梁生宝形象》一文引发的有关梁生宝形象的论争不无纠葛。此后一年多的时间里,包括作者柳青在内的很多人都对严氏提出的梁生宝"三多三不足"的批判性观点做出了反驳性回应。这场论争扩大了《创业史》的社会影响,对《创业史》经典地位的确立和巩固也产生了重要的作用和深远的影响。

《创业史》经典化的过程得益于官方与民间的一致好评,更源于学术机构的认可。除普遍流行的"三红一创"革命题材长篇小说的并列深入人心外,大量出版的中国当代文学教材几乎都毫无例外地给它以专节乃至专章的地位,其中,由郭志刚、董健等主编的《中国当代文学史初稿》还把柳青与赵树理并列阐述,张钟、洪子诚等主编的《当代中国文学概观》中柳青在分量上甚至超过了一向等量齐观的周立波。事实上,包括《创业史》在内的合作化题材的长篇小说在新时期都遇到了因政策转变而带来的尴尬。大多数红色经典的生命力就在于其源自生活和传统的深处,因灌注自身而具有的说不尽的诗性。从政治比附到文学倘佯,《创业史》无疑提供了广阔而高远的天地。前者不必说了,后者在强调叙事的今天也生发为研究者重评的动力,如有研究者分别从"写得怎样"(刘纳)和社会主义现实主义(旷新年)的角度来定位《创业史》的当下意义。实际上,无论是政治的"写什么",还是文学的"怎么写",都离不开日常生活的深度和宽度,正像柳青对"假妊娠"②的警惕一样。柳青对生活的重视和认识,即便在普遍崇尚生活的"十七年"作家中也是不可多得的。正是他深入生活之广、之深,才决定和奠定了《创业史》的经典地位。但自新时期以来的一部分批评者,针对《创业史》中的农村生活是否真实的问题,却在新标准下不无异议,实质上不啻是对《创业

---

① 长安县人座谈《创业史》[M]//西北大学中文系现代文学教研室.《创业史》评论集.西安:陕西人民出版社,1980:59.
② 柳青.回答《文艺学习》编辑部的问题[M]//人民作家柳青.西安:陕西人民出版社,2015:205.

史》经典化地位的质疑。诚然,《创业史》不乏社会主义教育的初衷,同时,政治和革命的主观激情也未尝不对日常生活有所遮蔽,但不容否认的是,柳青最为看重的生活本色并没有褪色。他曾解释道:"如果仅仅是来自生活,而不能高于生活,只能是自然主义。"[①]正是这一基础,才保证了《创业史》的经典品格。文学史推崇"梁三老汉是《创业史》中最为成功的艺术形象"[②],就是因为"从小生活在这样一群人中间"[③]。柳青一再重申"三个学校",明辨生活的学校、政治的学校和艺术的学校。其中,政治和艺术的学校固然重要,但生活的学校究竟是第一位的。说到底,政治也许过时,艺术也面临超越,但生活却终将不老和永在,经典也借由生活而屹立和长青。

在《创业史》被收入其中的"中国文库"的出版前言中,经典性名著被定义为"产生过重大积极的影响,至今仍具有重要价值"两点。《创业史》之所以成为经典,首先就在于客观地揭示了合作化运动的逻辑性和必然性,替建国初期的农村社会建立并保存了翔实的档案。其次则是它留下了不同思想和阶层的人物典型,勾勒了合作化时代的社会关系的地形图,如梁生宝、梁三老汉、赵素芳、白占魁等。最后,更为重要的是,柳青所处的时代已经过去,他本人及《创业史》都不可避免地呈现出矛盾的裂缝。不过,柳青的思想却不因之而过时,他闪烁着生活光芒的反思直到现今仍有意义。研究者曾撰文盛赞梁生宝的当下意义。其实,梁生宝公道、能干、吃苦、博大、乐观的精神并没有时间的限制,特别是在喧哗与骚动的当下中国更是需要、更有意义。作为分管农业合作化运动的县委副书记,柳青直到晚年都在探索和思索。对南斯拉夫合作化做法的赞赏;对邓子恢所提出的"稳步前进"的方针的认可;对中农和富农单干想法的了解等建构了柳青思想资源的核心,也成为他与时代精神疏离与密合的张力原点。梁生宝的乌托邦大同理想是20世纪50年代革命热情和动力的表征,本身就是新中国早春和"百花"时代的经典符码。互助与合作的农村建设路径与实践虽已风光不再,但在观念与精神上又何尝不是新世纪的南针?柳青的接受史或者可以概括为从政治到文学的解读史,不过,生活和思想对他更为重要,同样占据了经典场域

---

① 刘可风.柳青传[M].北京:人民文学出版社,2016:408.
② 郭志刚,等.中国当代文学史初稿:上册[M].北京:人民文学出版社,1980:354.
③ 刘可风.柳青传[M].北京:人民文学出版社,2016:408.

的中心。

(四)结语

《创业史》的生产不仅时间长,而且过程曲折,甚至发生了内外交困的局面。就在爬坡的攻坚阶段,柳青反倒处境不利,不光领导不满意,就是妻子也不配合,以致《创业史》的写作难以为继。其实,柳青的压力不如说是社会制度与文学生产方式双重挤压的结果,也是政治对文学规范的彰显。第一次文代会后的十年间,意识形态的博弈似乎从来都没有停止过。20世纪50年代末,连赵树理这样"讲话"标杆式的原解放区作家也受波及,紧张局势可想而知。柳青在1957年几乎长达一年的停顿正是某种顿挫。"双百"方针的实施多少打乱了他的节奏,直到1958年工作才转入正轨的原因恐怕正在于此。落户选址、担任县委副书记、调胡采兼任作协西安分会副主席,几乎每一次行动背后的目的都是为了创作。体制的保证同时也背负了精神重担。有意识地学习同省作家杜鹏程长篇小说创作的成功经验就是试图与社会和解的明证,也与柳青对政治性处境的把关和测试相关联。在《创业史》见诸期刊,还没有出版单行本之前,柳青少见地写了题为《永远听党的话》的短文,发表于1960年1月7日的《人民日报》上。文中在开门见山地列出"党""人民"和"艺术"的三原则后郑重表态:"无产阶级最重要的事情是一辈子也不要忘记把自己和资产阶级作家区别开来。这主要地指同党的关系和同人民的关系。就是说:一辈子也不要脱离党的领导和劳动人民。"这一主动的自我剖白不排除有针对性防卫的可能,以至后来严家炎在写批评文章时,柳青的第一反应就是背后有人指使。应当看到,身处尖锐和不利的国内外斗争环境中,柳青的正面讴歌及其崇高理想支配下的大手笔大制作的文学审美正逢其时,加上国家级期刊的转载营销,出版社于微妙敏感的第三次文代会前的出版策略选择,更重要的是,在三年自然灾害期间无偿捐助一万六千多元稿费给王曲公社建机械厂的大我公共形象设计等都增加了《创业史》经典化的砝码。事实上,至迟于"文革"结束后,《创业史》就以其气势磅礴而又清新细致的政治抒情姿态经受住了考验,确立了共和国经典的神圣地位。

文学史叙述中的《创业史》内蕴厚重,举足轻重,诸如"一部纪念碑式的作品"(张钟等《当代中国文学概观》),"一部反映农业合作化历史最好的长篇小说"(孔范今主编《二十世纪中国文学史》),等等,交口称扬,不一而足。即便是在其发表和出版的20世纪五六十年代之交及其接下来的几年间,也备受重视,好评如潮,与同为中国青年出版社出版的《红日》《红旗谱》和《红岩》一道,并称为"三红一创",成为"十七年"文学乃至20世纪中国文学的经典之作。《创业史》经典化的过程既与其自身扎实、过硬的质地相连,也与其生产和出版的方式有关。从1954年到1959年的六年间,柳青先后四易其稿,克服了来自自身和外界的各种困难,不断重写和改写,其过程之复杂、艰难和曲折都非常人所能想象。1959年4月《延河》杂志以"稻地风波"(《创业史》第一部)为题开始连载,中途的8月份接受读者意见,改名《创业史》第一部继续至第11期才告结束。经作者修改后,由《收获》杂志于当年第6期一次性转载完毕。翌年再做修改后由中国青年出版社初版十万册发行。《创业史》的生产既是个人辛劳和智慧的结晶,更是国家意志的体现,也是执政党政治、经济和文化决策的投射。从毛泽东《在延安文艺座谈会上的讲话》到建国初期党的一系列路线、方针和政策及农业合作化的指导思想、斗争和分歧,从马恩列斯的文艺观到苏俄包括列夫·托尔斯泰、高尔基、肖洛霍夫等在内的文学写作资源,柳青始终站在农村生活和时代风尚的最前沿,《创业史》也成为社会主义建设时代精神的结晶。研究《创业史》的生产及其经典化不仅是对柳青及其代表作的回望和致敬,同时也是对"十七年"时期文学生产方式的管窥及对世纪经典的超越与永恒诗性的再解读。

第三节 《创业史》:政治规训与日常生活表意策略

对柳青而言,政治与生活二者在其创作中相辅相成,缺一不可。相比之下,作为他"三个学校"说法中的艺术环节似乎略逊一筹。1960年《创业史》初版后,在结集发行的第三次文代会作家心得体会中,谈及生活和创作的态度时柳青就直言:"接受什么政治思想的指导和接受什么阶级意识的影响,永远是每个作家最根本的一面。"对此,他还形象地比喻道:"踏踏实实研究社会,研究人,'解剖麻雀',一手拿着望远镜,一手拿着显微镜,才能找到创造性地解决表现技巧问题的正路。"①受《在延安文艺座谈会上的讲话》(以下简称《讲话》)的影响,柳青尤为看重生活在作家创作中的意义和作用。正是为此,1949年后他才几经周折,辗转回到故乡陕西,最终落户长安县皇甫村。在柳青那里,"望远镜"是审视政治和社会环境的装备,"显微镜"则是深入观察生活的用具。生活就像"麻雀",非得拿出百倍的热情和耐心来才能研究清楚。看《创业史》可知,书中几乎没有大规模直写面对面的敌我阶级斗争的场景,作者用力之处大都不出日常生活的范围。即便到了第二部,也还没有放手去写,而是"通过人物性格冲突表现出来",虽在内里仍"是社会主义革命中农村两条道路的斗争"②。在作家看来,这比主人公与各个对立面人物面对面斗争及由激烈的动作和言词表示出来的冲突还要深刻、还要精妙,联系作者同时采用的借心理写人,写出人物的感觉的手法,也都不外忠实于日常生活的表现,同时也是社会主义现实主义的内在要求。值得注意的是,以为不足甚或不满的意见,诸如心理描写冗长;所有的人物都生活在一种敏感尖锐的政治氛围中;对农村生活中丰富多彩、欢快古朴的一面很少着墨;梁生宝发展前途和作家创作都存在矛盾;等等。其实,这些问题的实质都牵涉政治与生活的博弈和平衡问题。诚然,对某些人物如郭振山的处理似乎存在着生硬和分裂之嫌的缺陷,但在政治的遮蔽和艺术的观照之下,日常生活的极力表达仍不乏活泼而壮健的底色和亮色。正是因为生活的鲜活和密实,才使得《创业史》广受欢迎和期待。下面拟就政治与生活的张力空间和运行机制重估《创业史》的价值可能,以重建《创业史》的意义序列。

(一)生活中心论

柳青"三个学校"(生活的学校、政治的学校和艺术的学校)的说法之

---

① 柳青.谈谈生活和创作的态度,争取社会主义文学的更大繁荣[M].北京:作家出版社,1960:154-155.
② 柳青.美学笔记[M]//柳青.柳青文集:4.北京:人民文学出版社,2005:287.

中,"生活"作为中心语高居榜首,足见这一政治性语码在他心目中的重要性。1953年4月至1967年秋,柳青安家长安县皇甫村,切实落实《讲话》号召,与老百姓朝夕相处,对他而言,这不仅是政治环境的需要,也是"革命的文学家艺术家,有出息的文学家艺术家,必须长期地无条件地全心全意地到群众中去"①,更重要的还在于他美学的自觉,或者说是对生活的真实和艺术的真实之间关系的认识才使他做出了上述选择。在给现代中国作家所出的三个试题上也可见出:一、到底是接受还是不接受毛泽东同志的《在延安文艺座谈会上的讲话》精神?二、是革命感情上满腔热情地接受呢,还是由于当今中国社会性质的限制不得已接受呢?三、是仅仅从马克思列宁主义政治观点的角度上接受呢,还是同时从马克思列宁主义美学观点的角度上接受呢?1888年4月,恩格斯在致哈尔纳斯的信中谈道,"照我看来,现实主义是除了细节的真实之外,还要正确地表现出典型环境中的典型性格"。结合创作实践,柳青认为,生活的真实就是细节的真实,而艺术的真实就是典型环境中的典型性格。柳青指出,生活真实是起码的、初步的、一般的真实,缺乏生活真实就达不到艺术的真实。正是基于生活的信念,才使他说服二十四岁的东北姑娘马葳下乡结婚,并使她坚定了扎根农村生活的决心。

柳青坚信生活是"一切文学艺术的取之不尽、用之不竭的唯一的源泉"的"讲话"结论,还提出了自己的建设性意见。面对教条主义和机械主义的弊端,他反问道:"艺术标准中就没有政治了吗?"还提出疑问:"难道没有生活就有了政治和艺术吗?"②在题为"生活是创作的基础"的发言中,柳青更明确地表示:"难道一个人不懂得生活,就懂得政治了吗?总得先懂得生活,然后才能懂得政治。脱离生活,那政治是空的。"上述第三个试题中"政治观点"和"美学观点"的关系也意味着,"党对革命斗争中成长起来的作家要求,那就不仅仅要正确的政治立场,而且要正确的美学观点"③。柳青承认"两者的一致性",不仅是反对公式化、概念化(孙公概)的需要,更重要的还在于对生活经验和艺术经验的提倡。为此,他列举了列宁发信(八封)和

---

① 毛泽东.在延安文艺座谈会上的讲话[M]//纪怀民,等.马克思主义文艺论著选讲.北京:中国人民大学出版社,1982:548.
② 刘可风.柳青传[M].北京:人民文学出版社,2016:455.
③ 柳青.二十年的信仰和体会[M]//柳青.柳青文集:4.北京:人民文学出版社,2005:273.

电报给高尔基的事例,并援引以下两处语录:"您剥夺了自己做那种能够使艺术家得到满足的事情的可能性——一个政治家可以在彼得堡工作,但您不是政治家"①及"要彻底改换环境,改换接触的人,改换居住的地方,改换工作"②。柳青坦言,每次读后都受感动。毋庸置疑,这种感动已不只是对关怀和友谊的感触,还是对生活的感同身受,对革命导师指导选择的共鸣,正如卢那察尔斯基所说:"艺术家之所以可贵,恰恰由于他开垦了处女地,依靠全部直觉深入到统计学和逻辑学难以深入的生活领域。"③这一统计学和逻辑学难以深入的生活领域正是柳青创作的深厚基础和不竭动力,也是他据以评判与深化创作和研究的唯一标准。上述政治标准和艺术标准在他看来只是文艺批评的标准,是外在社会的要求,而非文艺创作的美学标准。他总结说,艺术为政治服务,并不是被动和机械的,而是以自身的特殊方式服务的。显然,这一"特殊方式"是鲜活而实在的行动、声音或画面,是对生活的能动反映。

在柳青三位一体的"学校"结构中,生活是基础,政治是灵魂,艺术则是点睛。三者主次有别,作用不一。他提醒人们,不要"把矛盾和斗争鸡毛蒜皮化",也"不要描写日常琐事"④,言外之意就是把"细节的真实"提升到"典型环境中的典型性格"的高度,而要达到这一高度,就需要发挥政治和艺术的功用,所以他在《关于我的思想和生活方式》一文中开门见山地自剖:"由于我写作上的需要,我对党的方针、政策总是努力体会的。"在《永远听党的话》中,柳青告诫说:"不要以为到生活中去,就自然而然地解决了一个现代中国作家所面临的一切问题了",并勉励道:"还要努力学习马克思列宁主义和毛泽东思想,特别是毛泽东同志的一切著作。"同样,在强调"对现实有自己独到的看法"的基础上,他也不废"对艺术有自己独到手法"⑤的技术追求,借鉴和吸取古今中外特别是苏俄作家的艺术经验,"写出人物的感觉"就是他创作实践中最突出最可宝贵的代表性硕果。正是出于成功经

---

① 柳青.二十年的信仰和体会[M]//柳青.柳青文集:4.北京:人民文学出版社,2005:267.
②③ 柳青.二十年的信仰和体会[M]//柳青.柳青文集:4.北京:人民文学出版社,2005:275.
④ 柳青.美学笔记[M]//柳青.柳青文集:4.北京:人民文学出版社,2005:285.
⑤ 柳青.关于风格及其他[M]//蒙万夫,等.柳青写作生涯.天津:百花文艺出版社,1985:46.

验上的考虑,他才在1958年11月《创业史》写作进入攻坚阶段的关键时刻强调:"一个作家在政治上(忠实执行党所规定的路线)、生活上(同人民群众的关系)和艺术上(工作能力的提高和改进)这三方面不断地检查自己,才能使自己对人民有用。"①事实上,柳青的情结和精神都维系在生活之上,没有生活也就没有柳青,由此他才时时反省和自剖,每写完一个东西,也才必须立即毫不犹豫地回到群众中去。针对生活与创作间的不平衡现象,柳青曾特别提及一个能够成为五好社员,却写不出可以发表的作品的青年作家的尴尬,认为"这事一点也不可悲",以为所走的方向是正确的,还上升到"对党的政策更深刻的理解也靠对社会生活的更深刻的理解"②的高度。同样,"技巧主要的也是从研究生活来的"③。总而言之,"对于作家,一切归根于生活"④。正是对生活的置重,才使得《创业史》在政治语境中呈现出日常生活的风景和美学。

(二) 人物的日常生活诗学

如果说政治在《创业史》中是"骨"的话,那么生活毋宁说是"肉"。有"骨"才立得起,而没"肉"却连"命"也没有,所以《题叙》部分的最后才解释《创业史》是部"生活故事"。生活的主体是"人"。日常生活中的人是《创业史》处理政治与日常生活关系核心的环节。

梁三老汉被认为是《创业史》第一部中最成功的艺术形象,原因恐怕就在其日常生活的丰富性和独特性上。感性和理性、公与私、亲与疏等都最真实地还原了日常生活。从第一章的大闹,到上卷结束时的心烦,再到第一部结局时为"圆梦"落泪及带着生活主人的神气,不妨说最少政治的遮盖。和梁三老汉相比,梁生宝最惹争议。实际上,后者体现了作者阶级特征、职业特征和个性特征三者高度结合的典型理想。阶级特征使得生宝能够明白县委杨书记所说毛主席新旧矛盾和斗争的话,同时,小说也不惜篇幅铺写梁生

---

① 柳青.一个总结[M]//蒙万夫,等.柳青写作生涯.天津:百花文艺出版社,1985:40.
② 柳青.回答《文艺学习》编辑部的问题[M]//蒙万夫,等.柳青写作生涯.天津:百花文艺出版社,1985:34.
③ 柳青.生活是创作的基础:在《延河》编辑部召开的短篇小说创作座谈会上的发言(录音)[M]//人民作家柳青.西安:陕西人民出版社,2015:225.
④ 柳青.和人民一道前进[M]//蒙万夫,等.柳青写作生涯.天津:百花文艺出版社,1985:31.

宝的职业和个性特征,主要体现在他和改霞的恋爱问题上。在叙述改霞不满生宝的自私(第十九章)时,书中发挥评论道:"你处理和改霞的关系却实在不高明",进而批评他"相当拘谨,不够洒脱",但这类日常生活式的缺点并不损及梁生宝为公精神的伟大,而是强化了他在职业和个性上的特征。让人印象深刻的是梁生宝在日常生活上的政治与革命想象,融合二者,充分阐释了无产阶级的积极浪漫主义精神。当在南碾盘沟深山里被人误作梁生禄互助组时,梁生宝想到了小农经济中富裕中农的地位,更加坚定了私有财产制度消灭后的社会主义社会的理想。文中耐人寻味说道,梁生宝"从日常生活里,经常注意一些革命道理的实际例子",还由衷感慨:"生活着真有意思,他热爱生活!"梁生宝的口头禅是"有党领导,我慌啥?"正是日常生活和政治的结合才使得这一社会主义英雄人物形象骨肉停匀,彼此调和,而且真实可信。如为打消高增福的后顾之忧,主动要求将他的儿子才娃交给自己的妈看管;主动背上被竹茬刺破脚、重一百九十斤的拴拴下山;耐心说服养父;吸收白占魁入组;等等。梁生宝已不只是教育农民的样本,更重要的是他政治与革命热情之中的日常生活内蕴和品格。用五块钱买下吕二细鬼的小牛表明他的见识;钻山时劝任老四不信神;任老三的托孤;被选为民兵队长及由郭振山介绍入党等都展示了他苦难生活中的高洁品质。柳青特别强调生宝母亲善良、宽厚及整党教育对他的影响,也不无出于对日常生活环境的揭示和重视的考虑。

不过,有意思的是,批评者和作者在就政治和日常生活的关系上并未达成一致。前者认为:"作家把更多篇幅用在写梁生宝能够处处从小事情看出大意义上",并以为"哪怕是生活中一件极为平凡的事,梁生宝也能一眼就发现它的深刻意义"①,还提出"某些日常的较为平凡一点的生活内容,对于从多方面揭示并补充、丰富人物的精神面貌来说,也同样是不可缺少的,但这毕竟不能代替更为主要的对生活中重大矛盾冲突的表现"②。对此,柳青在《提出几个问题来讨论》一文中极为重视,特别作为第一个值得讨论的

---

① 严家炎.关于梁生宝形象[M]//西北大学中文系现代文学教研室.《创业史》评论集.西安:陕西人民出版社,1980:264.
② 严家炎.关于梁生宝形象[M]//西北大学中文系现代文学教研室.《创业史》评论集.西安:陕西人民出版社,1980:269.

问题强调:"在小说第一部所写的时代和环境中,从互助合作带头人的眼光和心情来说,这是不是'小事情'和'平凡的生活'呢?"批评者似乎预设了答案,但在柳青那里却不简单地一笔抹杀。他所反对的只是"离开当时社会的主要矛盾,离开时代精神,在鸡毛蒜皮的矛盾中刻画性格冲突"①。在他看来,日常生活的鲜活和生动是细节,是典型化的必然要求。因此,他宁愿承认"生活上和艺术上的艰苦准备"及深入生活不够的批评,并从深悉生活者的角度提出:"许多农村青年干部把会议上学来的政治名词和政治术语带到日常生活中去,使人听起来感到和农民口语不相协调,这个现象难道不是普遍的吗?"②应该说,评论界对梁三老汉的接受是有一定道理的,主要原因就在于在他身上的确没有太多外在因素的干扰,自然地,源于生活的内容就占据了这一人物美学的核心。但在包括梁生宝在内,诸如郭振山、郭世富、姚士杰、高增福、徐改霞等形象都程度不等地汇聚了作家各不相同的社会意识形态内容,其中郭振山在土改前后就呈现了判若两人的惊人变化。按照作者的规划,到第四部时他甚至滑到了和姚士杰亲热起来的地步。尽管如此,不可否认的是,每一个人物都有丰富深厚的生活积淀在有机结构中发挥作用。郭振山的退坡显然反映了柳青对解放以后党内几次"整风""实际上都走了过场"的忧虑③。不只是对梁生宝的陪衬,同时也是对日常生活中党员教育问题的暴露和反省。

在编辑王维玲所写的"内容提要"和柳青重拟的"出版说明"里,都提到了中国农村社会主义革命中"社会的、思想的和心理的变化过程"的内容。比较而言,"社会的"和"思想的"更多在政治层面,"心理的"则是日常生活与政治碰撞和冲突的显示。柳青曾做比较说:"演员只要进入一个角色,作家要进入他书中所有的角色"④,像高增福的阶级仇恨、冯有万的火药性子、欢喜(任志光)的锐气、任老四的憨厚等,都有不同背景的心理原型,都是他在日常生活中观察和研究人的心理的结果。即便是病与死,诸如郭振山、姚

---

① 柳青.关于理想人物及其他[M]//蒙万夫,等.柳青写作生涯.天津:百花文艺出版社,1985:102.
② 柳青.提出几个问题来讨论[M]//西北大学中文系现代文学教研室.《创业史》评论集.西安:陕西人民出版社,1980:276-277.
③ 刘可风.柳青传[M]//北京:人民文学出版社,2016:410.
④ 刘可风.柳青传[M]//北京:人民文学出版社,2016:183.

士杰、郭世富和梁大老汉的病、王二直杠的死等,也都折射了政治对日常生活的干预。柳青指出:"写东西要努力抓本质,不要从现象到现象,要写事情为什么是这样。"他还阐释道:"观察生活,表现生活,改造自己也是这样。要热爱我们这个社会主义制度。要表现这个制度的本质关系。"①实际上,柳青已在政治与日常生活之间建立起微妙的平衡,二者互相渗透,水乳交融。以梁生宝与徐改霞的恋爱生活来讲,真正令人牵动和感动的还是年轻人情感世界的丰富和隐秘以及由此而来的变化,这变化又与政治观念的歧异缠绕纠结,所以读来一波三折,引人入胜。研究者质疑,生宝因一句话的误会而冷淡改霞,以为"主人公原则性强,公而忘私的品质是突出了,但同时,生活和性格的逻辑却模糊了"②。其实,日常生活及其性格特征并不一定因此而削弱,反而可能强化了对日常生活的概括和升华。柳青的第一部长篇小说《种谷记》中王家扶的革命浪漫主义情怀也不一定就破坏了农民的性格基础。同样,《创业史》第二部第十章生宝对增福的敞开心扉也是理想主义的生活再现。改霞的忽冷忽热后来虽被形容为"慌慌溜溜",但和冯有万一样,实际上也是对梁生宝形象的全面而有力的补充,是对互助合作运动冒进的不满和批判。

(三)政治与日常生活的辩证书写

就像对人观察得细致和判断得准确一样,在日常生活与政治大局的关系上,柳青也表现得界限分明,倾向鲜明。他表示:"一部作品要有生命力,要经得起历史的考验,就应当严格地遵循既源于生活,高于生活,又要如实地反映生活的原则,不能跟着政治气候转,不能因为政治运动的影响而歪曲生活的本来面目。"③像《狠透铁》(原名《咬透铁锹》),表面上是写老队长的糊涂及与漏网富农王以信的斗争,实际上,作家别具匠心,之所以以副标题的形式标明"1957年纪事",目的就在于批评过快成立的高级社的弊病。即

---

① 柳青.在陕西省出版局召开的业余作者创作座谈会上的讲话[M]//人民作家柳青.西安:陕西人民出版社,2015:220.
② 严家炎.关于梁生宝形象[M]//西北大学中文系现代文学教研室.《创业史》评论集.西安:陕西人民出版社,1980:264.
③ 刘可风.柳青传[M].北京:人民文学出版社,2016:401.

便是在当时,他也含蓄地暗示,人民里头存留了敌人,然而,"通常人们把它看作人民内部矛盾,看不成敌我矛盾"①。从日常生活出发,柳青对当时涉及农业合作化的不少政策和运动都进行了反思,诸如邓子恢的"稳步前进"的方针及"小脚女人"与"大脚女人"派的争论,毛主席有关新老解放区互助合作的快慢比较(十五年还是三至五年),刘少奇"先工业化"的规划,反对关闭农村集贸市场,等等,特别是对冒进、急躁的机会主义盲动倾向,柳青始终保持高度警惕和关注。在他所写的《创业史》的县、区、乡各级干部中,几乎都有稳健和急进派的两相对立,如下堡乡书记卢明昌和乡长樊富泰,互助组梁生宝和冯有万等。在"放卫星"的全民热潮中,柳青显得格外清醒,他对要求作家放卫星的官员直言"我是刻图章的,一天刻不了几个字"②,坚持日常生活式的从容和淡定,难怪他在《三愿》中特别提到"不急躁",还坦言"四十以前仍是准备阶段,成名早了不是好事"③,并强调"自我克制"和"忍耐"的重要性,告诫"不要着急",特别是"不要计算钟点写作"④。

柳青不仅在服饰、语言、人情风俗、地理风貌、饮食、居所、行为习惯、粮食作物等多方面提供了日常生活的历史细节,更重要的是,他还写出了对日常生活的态度和思考。马克思说人是社会关系的总和,柳青的现实意义就在于倡导在社会关系中考察人,在政治语境下深入日常生活。在政治与日常生活的关系中,是前者起着最终的决定作用,特别是在两者发生冲突的时候,但后者并非被动依附,而是有着自身的能动性。上述政策与领袖言论的认识方式就是明证。下部渭原县委书记陶宽和副书记杨国华的不同工作思路则是柳青为此展开的论辩。上部第十六章在黄堡区委王佐民书记办公室,梁生宝与两位书记的对话也验证了柳青深入生活的结论。不管是陶宽的坐办公室看文件,杨国华的到群众和生活中去,还是杨国华提出的互助组中贫农和富农的关系问题,都在说明彰显日常生活重要性的必要。就像在作者的影响下梁生宝的生活原型王家斌放弃了买地的主意一样,柳青特别

---

① 座谈《咬透铁锹》[M]//中国当代文学研究资料:柳青专集.福州:福建人民出版社,1982:165.
② 刘可风.柳青传[M].北京:人民文学出版社,2016:217.
③ 柳青.同西北大学中文系学生访问者的谈话[M]//蒙万夫,等.柳青写作生涯.天津:百花文艺出版社,1985:49.
④ 柳青.回答《文艺学习》编辑部的问题[M]//人民作家柳青.西安:陕西人民出版社,2015:211.

强调了教育农民的启蒙意义。第十六章提出,"我们坚持自愿原则,采取群众自己教育自己的方式方法:重点试办、典型示范、评比参观……逐步地引导农民克服小私有者和小生产者的一面",实际上是对"左"倾教条主义的批评,是对实事求是的日常生活原则的贯彻。对此,作者大胆直写了梁生宝的模糊感受:"这形式上是种地、跑山,这实质上是革命嘛!这是积蓄着力量,准备推翻私有财产制度哩嘛!"并进而抒发了生宝乐观向上的建设者情怀:"觉得生活多么有意思啊!太阳多红啊!天多蓝啊!庄稼人们多么可亲啊!他心里产生了一种向前探索新生活的强烈欲望。"日常生活的伟大是因为有了更多意义的掺入,有了政治与革命的烛照和引导,包括梁三老汉,蛤蟆滩"三大能人"(郭振山、郭世富、姚士杰)等在内的大多数村人的日常生活不消说还是旧的、落后甚至是反动的,关键在于如何示范和引领。梁生宝对白占魁是如此,郭振山对徐改霞也同样如此。无论是白占魁,还是徐改霞,都是日常生活中的常态角色。柳青没有简单化,也不做脸谱化,而是大写了日常生活的陆离和底色。同样,富农姚士杰和富裕中农郭世富而不是地主杨大剥皮和吕二细鬼的出场设计也是反射了解放后农村日常生活的投影。难能可贵的是,即便是破坏合作化运动的对立面人物,柳青也从日常生活现场出发,置之于从内到外的人性化观照场域。正是由此,《创业史》才如此生气弥满,生机盎然,才满具活泼而壮健的生命力。

　　如果拿人来比的话,那么柳青小说中的政治就仿佛主导的头脑,生活则像踏在土地上的双脚。两者密切相关,缺一不可。《创业史》正是在革命的现实主义和浪漫(理想)主义相结合的语境中来讴歌伟大的新生活的。第一部几乎不在敌我斗争上展开,即便是姚士杰,也基本定性在人民内部矛盾或新旧之争中。到了第二部,在阶级斗争逐渐敏感和尖锐化的社会环境中,姚士杰也加重了破坏和挑拨的象征意义,但对生活的描写仍不失精彩,像第七章主任(生宝)他妈和有万丈母娘两个老婆婆拉谈生宝对象刘淑良(改霞)的场景就极富生活情趣。柳青相信:"如果不熟悉生活,如果没有大量亲身感觉过的生活经验,任何文学天才也不过是断了翅膀的大鹏。"正基于此,如前所述,他才把《创业史》预设为"生活故事"的风格。与此同时,柳青也认识到,生活"是自然形态的东西,是粗糙的东西"(毛泽东语),"被粗糙的实践的需要所支配的感觉,只具有被局限的意义"(马克思语)。为此,他提醒道:"艺术给人一种逼真的生活的感觉,但它已经不是生活本身了。"①从辩证法出发,柳青有效地处理了政治与生活的良性关系。以生活为主体,以政治为主导,以梁生宝为中心呈现农业合作化运动的成长和发展历程。开首第一章就以梁三老汉的闹家开场,拉开了日常生活的序幕。此后,虽有活跃借贷、灯塔社成立等政治事件的书写,但大都在人与生活中反影,像抗美援朝、新婚姻法实施等都是在背景中写到。真正出现在作者笔下,实行精耕细作的还是日常生活本身,是时代精神中的日常生活。

(四)结语

1962年,在西安作协举办的报告会上,柳青具体解释"三个学校"说:所谓"生活的学校",就是社会,就是毛主席所说的:长期地无条件地全心全意地到工农兵群众中去,到火热的斗争中去,和劳动群众相结合;"政治的学校"就是学习马列主义毛泽东思想,以及党的方针政策;所谓"艺术的学校",就是向古今中外的典范作品和优秀作品学习。他强调,"这'三个学校'中,生活是最基本的'学校',譬如上楼,这是一楼,是登高的基础。生活培养作家,生活改造作家,生活提高作家"。柳青的高明之处就在于能入能出。所谓"出",就是站在党的立场上,从政治的高度来看待生活,按照他的说法,就是"解剖麻雀"。高度与深度的结合,保证了《创业史》的生命形态,而在结构和艺术上的宏大和精细则完成了史诗品格。这一切都建立在日常生活基础之上。无论人物设置,还是故事情节处理,《创业史》都体现了柳青"生活故事"的构思逻辑,即便是教育性最强的典型主人公梁生宝也是在与徐改霞的恋爱生活中来加以多侧面构建的。在柳青看来,人物形象一旦构筑起来,作者便很难干预,只能照形象自身的日常生活逻辑来运行。换句话说,人物和故事就是日常生活的对象化,虽然也更高、更集中。难怪他在《怎样评析徐改霞》一文中持论,反对读者所说徐改霞不应进城当学徒的议论,指出"作者关于他所创造的人物无论要发挥什么观点或表达什么感情,都应当通过艺术形象来完成",还断定:"如果作者没有把他的思想感情化为艺术形象的话,就是评论家有办法写文章补充和解释,也不可能延长这种

---

① 柳青.二十年的信仰和体会[M]//柳青.柳青文集:4.北京:人民文学出版社,2005:270.

形象的生命力。"

　　《创业史》出版不到两年，一位研究者在评价一篇题为《日常生活》的小说时盛赞"日常生活中闪耀出来的品质"，以为"这里面蕴含着新的、质朴的生活美"①。这一说法也同样适用于《创业史》。有人曾拿挺拔的白杨来象征柳青的艺术风格，事实上，关中学派或长安派的既有命名也许更加合适。不论是关中平原肥沃的大地，还是以长安为首都的唐代的日常生活风气，都映衬和促成了柳青《创业史》的魅力和辉煌。

---

①　陈言.日常生活[J].文艺报,1963(3):33.

第二章 从路遥到陈彦:生活记忆与现场

第一节 路遥:平凡的世界

"路遥"这一笔名象征了作家自己对于古老、深厚的中国文化传统的体察和提醒。作为沉重和寂寞的文学符码,"路遥"与诗人臧克家笔下的"老马"意象有异曲同工之妙。两者都是苦难中国的精神镜像。当然,重提路遥并不只是重温他在文学史上的辉煌成就,更为重要的还在期冀和重塑。相对于路遥的质朴和热情,后路遥时代的喧哗与骚动似乎更多迷惘和浮躁。回眸路遥,可以说是仰慕文学理想年代的繁华,凭吊文学永远的精魂。

(一)

路遥资源中最为重要的遗产恐怕是他有关生活的苦难哲学,体现在其作品中就是一件件苦难"雕塑"和一系列苦难叙述。《平凡的世界》称得上路遥的集大成之作,同时也是他最重要的苦难丰碑。以往的评价大多强调他通过小说所展示的社会转变。实际上,对于苦难的理解和认同更是其基点和焦点。小说第一章开首"冬天"的自然环境及两个孤独的男女同学孙少平和郝红梅的黑高粱面馍的细节就是路遥进入苦难叙述的最好角度和最佳铺垫。

即便表现了贫困的农村生活,即便设置了穷苦落后的黄土高原背景,但如果不加提升,只是机械或是简单地展览日常生活人事,那么小说对于苦难的讲述也不会像现在这样突出,顶多起到满足好奇心的作用而已,而不大可能引发更深一层的关注或思考。好在作者提供了孙少平、刘巧珍等苦难艺术典型,才替苦难做了注释,也才谱写了一曲极为深沉而又炽烈的苦难之歌。如果说孙少安看上去略显旧派,好像柳青《创业史》中的梁生宝,那么弟弟孙少平则代表了新时期的英雄或"样板",堪当全书的主线和中心。两兄弟最大的不同是在视野和观念上的差异。正是在这上面,路遥不失时机地辩护和强调了知识和教育在现代生活中的价值和意义。由于知识和学历的不同,高小毕业后因经济困难而不得不辍学在家务农的少安始终受累于文化水平低下的麻烦之中。不只砖窑厂的事业受到牵连而遭受致命的打击,就是恋爱婚姻的私生活也铸成无法弥补的"大错"。田润叶的痛苦和贺秀莲的肺癌就是其中最为惨痛和残酷的代价。相反,高中毕业的孙少平却比哥哥起点更高,视野也更广。不仅父辈"面朝黄土背朝天"的日子对他不再具有号召力,就是哥哥的创业前景也已不能引他追随。说到底,他的心理空间大了。双水村的狭小空间根本容纳不下他对于未来生活的希望和幻想,孙少平需要更大的世界来驰骋他自己天马行空般的想象。既是同学又是朋友的同村女孩田晓霞曾担心孙少平几年后"变成了另外一个人",按照田晓霞自己的说法就是"满嘴说的都是吃;肩膀上搭着个褡裢,在石圪节街上瞅着买个便宜猪娃;为几根柴火或者一颗鸡蛋,和邻居打得头破血流。牙也不刷,书都扯着糊了粮食囤……"在"苦难"思路的设计上,作家不愿也不可能就此"葬送"自己呕心打造的苦难典型。果不其然,不论是在黄原城背石头,还是在铜城煤矿的井下生活,孙少平的努力和坚持都是对于苦难生活最为动人、最为完美的体验。不只物质生活如此,就是精神世界也真正经受了"净界"("炼狱")的考验。这一苦难主要通过田晓霞的死来完成,同时与孙少平自己因救护别人而在脸上留下伤疤的义勇行为一道,完成了各自的壮丽和辉煌。比较来看,与孙少安的多划猪饲料地和砖窑灾难显然也没有太多性质上的不同,都一样塑造了人生,创造了生命和传奇。

路遥的苦难情结并非世俗意义上迂腐的病态,而是他崇高思想和人格的如实写照。除了贫寒的家庭出身和苦难经历的原因外,最为重要的恐怕是与他对于生活与世界的看法有关。在茅盾文学奖颁奖仪式上的致辞中,路遥指出:"只有不丧失普通劳动者的感觉,我们才有可能把握社会历史进程的主流,才有可能创造出真正有价值的艺术品",他还坚信:"在无数胼手胝足创造伟大历史伟大现实伟大未来的劳动人民身上领悟人生大境界、艺术大境界应该是我们毕生的追求。""劳动者"和"人民"的措辞与信念绝不是路遥天真冠冕的门面话,而是他真正身体力行的人生抱负和生活目标。因此,路遥的苦难书写就绝不是装饰或无聊的自恋。苦难是生活本质的外化,是前进和活力的源泉。所以,路遥始终歌咏理想,赞颂劳动和土地,并把幸福真正建立在其上。《姐姐》(又名《姐姐的爱情》)就是如此。当姐姐小杏的恋人知青高立民考取了北京的一所大学后,本没有嫌弃"反革命"男友的姐姐反遭到对方抛弃。在作家看来,姐姐的苦难生活本身才是常态。最可信赖和敬仰的还是道出"土地是不会嫌弃我们的"的坚实和诚挚的爸爸。相对于高立民的浅薄爱情来讲,爸爸的父爱才是最博大、最深沉的。与此同时,"在这亲爱的土地上,用劳动和汗水创造我们自己的幸福"的结尾也是富于同等意义上的升华。在现今看来,路遥的小说或有单纯、时代局限等瑕疵,诸如《风雪腊梅》与《青松和小红花》这样的作品,不仅象征物象直板、新意不足,甚至带有作家自己所说的"文革"味,就是内容上也似乎枯泛和平平,诸如此类作品很难进入"文革"后创新范式的队列。不过,在路遥的苦难框架下,这类作品自有其不容替代的现实意义。苦难锻造了磨难,暴风雪成就了金灿灿的腊梅花。《风雪腊梅》中经历了吴所长和男友康庄逼婚的冯玉琴最终勇敢地辞去了地区招待所服务员的工作,并打算回到穷山沟的老家,以守护作为财富和救赎的苦难。《青松和小红花》里的知青吴月琴和乡党委书记"黑煞神"冯国斌也由误解到理解,最后,吴月琴《青松和小红花》的国画再恰当不过地说明了她与冯国斌共同的精神境界和人生追求。苦难见证了他们各自的辉煌。过错和弯路也是无视与敷衍的后果,是人性扭曲、遗忘苦难的惩罚。因此,康庄被人鄙视的处理才理所当然,而冯国斌和吴月琴的理解也才能建立在对于对方苦难的同情与呼应的基础之上。当然,路遥绝非为苦难而苦难,而是借苦难昭示和塑造幸福,是幸福的苦难,而已非苦难本身。

(二)

承认苦难,正视苦难,才能保有直面苦难时的正确态度。从困苦环境中走出来的作家从不缺少迎接苦难生活挑战的热情和斗志。第三届茅盾文学奖获奖小说《平凡的世界》的创作就是这样的热情和斗志最为集中而强烈的映现。天然的进取心催促路遥一再设定本不必加诸自身的似乎有些自虐的目标,然而正是热情和斗志才调动起路遥全部的力量,不仅战胜苦难,再造苦难,而且突破自身调控和整合的极限,与苦难共舞,最终超越苦难,重获新生。从某种意义上来说,路遥之死正是路遥与苦难决战的结果。路遥的时代毋宁说是理想和激情的时代,是又一次觉醒和解放了的中国人对于苦难再次发动总攻的时代。所以,即便身体处于极度疲惫的状态,路遥的顽强精神也没垮台,始终不言放弃,还汲取柳青没能完成《创业史》全部创作的教训,发誓决不再让"真正的悲剧"和"永远的悲剧"重演。路遥形象而幽默地称之为"一次带着脚镣的奔跑",言下之意即便终点就是死亡,他也在所不惜,就像他自己所说:"只要上苍赐福于我,让我能最后冲过终点,那么永远倒下不再起来,也可以安然闭目了。"①这种洒脱的"忘我"精神不啻对于伟大时代的精神共鸣,更多源于他对苦难的不懈抗争、征服甚至认可。

路遥面对苦难时的从容和坚持已经使他超越了简单人格的层面,而进入诉诸字里行间的文格的高度。如果从写作伦理出发来考察路遥小说人物,那就不难发现他在人物性格刻画和命运设置上的构思标准和选择。可以说,即便可以展开和设置小说意义生成可能性或复杂性的角色,也很容易因为苦难精神的缺失而受到冷落,王满银就是例子。"文革"时的劳教自不必说,随着社会的变化和进步,本可以大显身手的他却出人意外地并没走入读者的期待视野,个人致富的精明反倒在如鱼得水的施展时代里莫名其妙地失了方向,以致坠入了耻辱的渊薮。一个重要的原因就是王满银的流荡、缺乏追求,由此带来的轻浮和堕落招致和苦难精神的远离。同样,高加林这一形象也在不一般的程度上违拗了路遥在时代和文学热情的时代里所形成

---

① 路遥.早晨从中午开始:《平凡的世界》创作随笔[M]//路遥.早晨从中午开始.西安:西北大学出版社,1992:136.

的惯常审美规范。高加林在刘巧珍和黄亚萍之间的选择无可挑剔地表现了现实选择上的合理性,但在倾向于苦难和奋争的作家思想框架下却成为最大的冒犯和过错。在这样不平衡的混乱里,不仅刘巧珍同意与马栓结婚并很快办事的决定是抽在高加林脸上的重重耳光,就是黄亚萍不咸不淡的分手处理也成了内定的嘲讽。很显然,高加林错过了最可宝贵的"人",也丢掉了赖以生存的根。他的悲剧注定无可挽回、无法改变。

面对形形色色、起起落落的20世纪80年代文学新潮,路遥并不盲目跟风,而是坚持自己的方向和理想。属于自己也属于时代的方向和理想植根于民族的历史和文化传统中,是真正老根里生发的花叶,带着这片广袤大地的土气息和泥滋味。路遥从来也不轻视独立、敏感的心灵,但更为看重人民和生活的天地,只有在这一意义上,才能充分、深入地理解他作品朴实、深沉、炽烈而又壮丽的风格与精髓。名为《痛苦》的短篇小说实际上并不是一味展览痛苦,而是咀嚼痛苦,化汁液为营养,从痛苦中获得力量。小说中的小丽是高大年痛苦的制造者,但生活的严峻并不在于痛苦本身,而是面对痛苦时的态度。小丽因为考上了大学而向落榜的恋人高大年委婉地提出了分手,在小丽自己也许并没有什么过错,正像父亲高仁山和大哥在大年考上了大学之后所持的同样态度一样。路遥的气魄恰恰就在于他对于包括痛苦在内的苦难的尊重,以及战胜苦难的意志和力量,正如高大年心里所想"痛苦的火焰同时也烧化了痛苦本身"。在高大年看来,"我曾痛苦过,但因此也得到了幸福"。路遥认为,"文学本身就是一种困难的事业"①,因而,以"困难的事业"的文学去讲述生活的困难在路遥来看就是一致的。高大年能够化痛苦为幸福毕竟还是理想结果,到了《月夜静悄悄》中的大牛却没那么幸运了。大牛心中的恋人高兰兰就要嫁给地区商业局的司机,在她出嫁前的一夜,大牛痛苦至极,即便兰兰本人也没办法平复他悲伤失望的内心,难怪他要以砸汽车来泄愤了。表面上是借爱情的失落来写痛苦,实际上却是路遥对于程度不一的农村痛苦甚至痛苦本身的理解。在很多时候,痛苦就是生活,甚至就是人本身。

路遥正视苦难的勇气和毅力不仅仅来自他在小时候就已经习惯和适应

---

① 路遥.答《延河》编辑部问[M]//路遥.路遥文集:2.西安:陕西人民出版社,1993:392.

的艰苦环境,更主要的还在于他超越性的精神高度和力量。没有哪一个从他那个时代走来的作家不经历苦难生活的磨砺,但深刻、独特地化为文字烙印的却不能不首推路遥。经历了"文革"灾难的作家中,路遥的乡村与文学情结是颇具代表性的,他"城乡交叉地带"的小说堪称乡村题材里程碑式的标志。作为承上启下的"地标"式作家,路遥及其作品的精神土壤就是土地和生活。只有在"土地"的层面上,才能理解他在文学创造和流派上的态度,也才能理解他急切想要表达的观点,即"只有在我们民族伟大历史文化的土壤上产生出真正具有我们自己特性的新文学成果,并让全世界感到耳目一新的时候,我们的现代表现形式的作品也许才会趋向成熟"①。只有在"生活"的标准下,才能理解他对于好人和坏人标准机械式分类的反感,也才能理解他所说"和真正现实主义要求对人和人与人关系的深刻揭示相去甚远"②的内涵。上述两者的结合成就了路遥的辉煌,反过来也助成了他作品中民族传统的鲜明和深厚。《平凡的世界》中孙少平的形象即是路遥诠释生活和土地精神的典型。路遥对于土地的赞美恰恰像是对于苦难的理解,生活不是苦难,但生活不能没有苦难精神。同样,土地就是家园,也是生命,但不应也不能束缚在土地上,故步自封。要拿土地和生活的精神来扩大土地和生活的空间。高加林的失败就在于他在泼掉脏水的同时却也一起倒掉了婴儿,成了对于二者同时的背叛。孙少平的可贵则在于他有闯荡世界、实现自我价值及确证自我力量的热情,但也同时怀着一颗土地般的心,诚实、坚定地召唤"世界"与"大地"(海德格尔语),求得与他们心灵的维系。所以,他才能够赢得信任和尊重,或者说赢得耕作土地般的回报。相比而言,哥哥孙少安则显得局促多了。作为社会大变动中的一角,作家毕竟没有囿于知识与环境的受限,而是更多地给予了同情,以艰难前行的面目加以呈现。两兄弟同样拥有土地般朴实而厚重的性情,小说对此并没有特别做一褒贬,但生活却在其间区别开来,正像路遥在好人和坏人间所做的对比那样。

---

① 路遥.早晨从中午开始:《平凡的世界》创作随笔[M]//路遥.早晨从中午开始.西安:西北大学出版社,1992:44.
② 路遥.早晨从中午开始:《平凡的世界》创作随笔[M]//路遥.早晨从中午开始.西安:西北大学出版社,1992:46.

(三)

作为20世纪80年代文学的标志性作家,路遥的意义不妨在理想和激情的层面或方向上来解读,不论理想还是激情都未远离那一时代很多人耳熟能详的"精神"一词。作为思想解放运动的产物,"精神"几乎成了文学的同义语。理想和激情在路遥不只是积极而热烈的追求,更是他把握世界和确证自我的主导甚至是唯一的方式。

在评价一直以来的"偶像"前辈作家柳青时,路遥的重心提到了"更宽阔的世界和整个人类的发展历史"①的空前高度,远远超出他曾醉心的"生活小故事"的范围。同样,在总结另一位成就卓著的陕西作家杜鹏程的经验时,路遥也偏重于"自我折磨式的伟大劳动精神"的追求和魔力上。最早带给路遥文学声誉的中篇小说《惊心动魄的一幕》就是如此。在他的"伯乐"——"百花"时代元老秦兆阳看来,小说的成就除了平凡而伟大的精神力量外,更多体现在"能够捕捉生活里感动人的事物"的敏锐和毅力,而这种"捕捉"的能力无疑是强大"精神"的结晶,是只靠技术不能做到的。如若离开了精神超越的"念头",《平凡的世界》的完成也将是不可思议的②。不难理解,在物质贫乏的年代里,支撑作家信念的再没有比精神更现实和合适的了。孙少平即使是在最困难的时候也没有停止对于书籍和精神的渴望,而那种最高境界的爱情必定是建立在精神的相知之上。田润叶和孙少安的爱情悲剧则更多归咎在后者的精神荏弱上,暗示了教育短缺和知识匮乏的精神症候,同时,田润叶和李向前的重归于好则很大程度上也是物质过旺得以削平之后的会师,是精神不懈的最好补偿。为此,连李向前的残废也成了可以乐观的代价。路遥十分在意精神的充实和饱满带给创作的效用,一旦遭遇精神危机,总会只身进入家乡的大沙漠里,"接受精神的沐浴",怀着"朝拜"的心情进入"人生禅悟"③。

---

① 路遥.柳青的遗产[M]//路遥.路遥文集:2.西安:陕西人民出版社,1993:432.
② 路遥.早晨从中午开始:《平凡的世界》创作随笔[M]//路遥.早晨从中午开始.西安:西北大学出版社,1992:34.
③ 路遥.早晨从中午开始:《平凡的世界》创作随笔[M]//路遥.早晨从中午开始.西安:西北大学出版社,1992:37.

与"七月派"的路翎相似,路遥的创作过程也像是精神搏斗的过程。《平凡的世界》的艰苦不必说了,即使是规模不大的中篇《人生》也"苦闷了三年——苦不堪言"。由此,他甚至还得出结论:"收益如何,看你对自己能狠心到什么程度。"①这一心境不仅说明了他对于精神的倚重,事实上还成为他自觉的理解和实践,如他自己所说:"准备去流血,流汗,甚至写得东倒西歪,不成人样,别人把你当白痴",所谓"燃烧自己。"②在这样的思路下,精神是唯一的,也是最可宝贵的。《匆匆过客》里的青年妇女和男青年的冲突就是为了共同的目的,为瞎眼老头买归乡票,一个精神的童话,而小说中的"我"也同样怀着庄严的心情让出了回家的票。一个高潮连着一个高潮,全是精神的仪式和感动。《惊心动魄的一幕(一九六七年纪事)》的感动同样在县委书记马延雄舍生取义、奋不顾身的崇高精神境界上。路遥虽然不止一次地对于流行的鼓吹好人和坏人的两极分化做法表达强烈不满,但在高加林的形象上,他也并没有因为性格的多样性和生活的复杂性而放弃了对来自最致命的精神缺失人生的深刻批判。笼统地说"精神"还不准确,它更多地表现在一个个具体的物象上,举凡生命、土地、路、河流、人民,等等,一切只有在精神的国度里才见意义,连路遥自己也在精神的长途上奔命。所以,《人生》《平凡的世界》既是他精神的成果,同时也是他克服和超越的精神长征里程碑。在《平凡的世界》进入"收官"阶段后,当他写字的手因发抖而"像鸡爪子一样张而握不拢"③时,路遥的精神"受虐"已经达到了难以想象的地步,他精神的乌托邦也跃升到了一个全新的高度。

路遥作品普遍性的一个重要因素是他对自己所最熟悉的农村和城市"交叉地带"生活的有力再现。某种程度上,农村和城市的对比未尝不可置换为物质和精神的对立。作为同时深入了解了两种生活的作家,路遥始终都没有动摇过他在彼此和轻重上的态度与抉择。1992年,当病症最危重的时候,路遥还是决定留在家乡延安而不是转到条件更好的省会城市。最能

---

① 路遥.关于《人生》和阎纲的通信[M]//路遥.路遥文集:2.西安:陕西人民出版社,1993:400.
② 路遥.写作是心灵的需要:在《女友》杂志社举办的"'91之夏文朋诗友创作笔会"上的讲话[M]//路遥.早晨从中午开始.西安:西北大学出版社,1992:17.
③ 路遥.早晨从中午开始:《平凡的世界》创作随笔[M]//路遥.早晨从中午开始.西安:西北大学出版社,1992:146.

说明问题的是,成名之后的路遥依然延续着朴素的风格,绝不措意于物质上的享受。一件五十块钱的仿羊皮夹克已足以安抚所有痴心。当然,最集中、最深刻的表现还在他小说人物性格和命运的设置。《你怎么也想不到》中郑小芳和薛峰之间的爱恋与否完全建立在乡村与大城市之间的取舍。《风雪腊梅》中冯玉琴的决断和思恋则是雄浑而广袤的山野的博大,与之形成鲜明对比的则是康庄瑟缩在城市之前的猥琐和奴相。高加林的人生悲剧实质上正是城市的悲剧,是离开乡村所付出的代价。有人曾把高加林和于连并举,但在路遥同情的态度上,包法利夫人在城市的堕落似乎在他作品中留下了更多的烙印。相反,以弟弟王天乐为模型的孙少平之所以不受侵袭和毒害,未在城市形色中陷落的最重要原因也在于乡村方式的维系。吃苦和精神生活的强健其实是一物正反的两面,却都源于乡村情结和诗意。孙少平也没在面对城市眩惑的震惊下迷失自己,而是顽强地外化自身,彰显力量,靠的就是双水村和东拉河家乡的心灵直觉。孙少平相信,"幸福不仅仅是吃饱穿暖,而是勇敢地去战胜困难",并且还要"忘掉温暖,忘掉温柔,忘掉一切享乐,而把饥饿、寒冷、受辱、受苦当作自己的正常生活……"显然,路遥不仅在乡村和精神之间画上了等号,而且还有意美化,直至塑身为精神源泉和圣殿。

农村和城市的交叉坐标决定了路遥的精神姿态和写作伦理。像大多数出身农村的作家一样,路遥的选择也未能离开植根于丰厚温暖的土地的引领和开导,也像他所譬喻的黄河和长江一样,路遥也不拒绝来自城市的蛊惑和向往。有意思的是,当抽烟成为精神凝定的惯常癖性的时候,路遥同时也发展了喝咖啡的精神召唤方式。时代的可能性提供了新的精神反思渠道。不过,路遥的精神资源始终维系在天空和大地的乡野之上,这不只是《平凡的世界》的命名根由,同时也是他在这部呕心沥血之作中之所以坚守传统现实主义方法而非"一窝蜂地用广告的方法构起漫天黄尘"[①]的现代派手法的最大动机,正像杜丽丽和古风铃的婚外情给丈夫团地委书记武惠良所带来的冲击一样。

[①] 路遥.早晨从中午开始:《平凡的世界》创作随笔[M]//路遥.早晨从中午开始.西安:西北大学出版社,1992:41.

路遥的苦难意义也许就在于"过渡",不仅文学史上的地位是如此,就是他自己也处在"过渡"的阶段中。"城乡交叉地带"的取材范围不必说了,就连他遽然病逝的年龄也在人生的中途,用他自己的话说就是"'正午'时光"①,一个"过渡"的时间。他最成功的艺术典型高加林和孙少平又何尝不是如此。不像祥子的悲剧收场,也不像陈奂生的阿Q式批判取向,路遥并不给他的主人公命定的结论,即便是走了弯路的高加林也不乏希望,"像一个热血沸腾的老诗人,又像一个哲学家"的德顺老汉就是他人生"紧要处"(柳青语)的"向导"。难怪很多人要求续写时,路遥不仅拒绝,还强调:"对我来说,《人生》现在就是完整的。"②"完整"的意义并非没有"不足",也不是不再需要"展开",也像路遥"想深入研究这个改革的各种状态,以及人们的各种心理变化"③一样,高加林的"还没有成熟到这一步"④的状况实际上是路遥"过渡"论的产物,正如他在回答"高加林下一步应该怎样走"时所说:"他将会是一个什么样的人,在某种程度上应该由生活来回答,因为生活继续在发展,高加林也在继续生活下去。"④源于生活的信念和实践甚至成为路遥批判的准则,如称赞李天芳、晓雷的小说《月亮的环形山》"最主要的是对生活的深切感受和理解"⑤。认为批评家李星文艺批评的最大优势,"在于他既拥有深厚的实际生活感受又有扎实系统的专业理论功底"⑥。看人如此,待己也一样。在《平凡的世界》后记中,路遥指出:"要旨仍然应该是首先战胜自己,并将精神提升到不断发展着的生活所要求的那种高度,才有可能使自己重新走出洼地,亦步亦趋跟着生活进入新的境界。"⑦从这一意义上来说,他对心灵的敬重正是生活题中应有之义,都是"过渡"的自然结果。路遥的价值和魅力在此,路遥之说不尽也同样在此。

---

① 路遥.早晨从中午开始:《平凡的世界》创作随笔[M]//路遥.早晨从中午开始.西安:西北大学出版社,1992:149.
② 路遥.答《延河》编辑部问[M]//路遥.路遥文集:2.西安:陕西人民出版社,1993:397.
③ 路遥.关于《人生》的对话[M]//路遥.路遥文集:2.西安:陕西人民出版社,1993:419-420.
④④ 路遥.关于《人生》的对话[M]//路遥.路遥文集:2.西安:陕西人民出版社,1993:414.
⑤ 路遥.无声的汹涌:读李天芳、晓雷著《月亮的环形山》[M]//路遥.路遥文集:2.西安:陕西人民出版社,1993:465.
⑥ 路遥.艺术批评的根基[M]//路遥.路遥文集:2.西安:陕西人民出版社,1993:473.
⑦ 路遥.后记[M]//路遥.路遥文集:5.西安:陕西人民出版社,1993:476.

第二节 生活的辩证法——陈彦长篇小说论

当代陕西长篇小说历来有从生活出发的现实主义传统,即便是在厉行规训、普遍遵从政治规诫的"十七年"时期,也十分偏重现实生活被再现的程度。《保卫延安》与《创业史》之所以能够成为经典,很大程度上是因为二者的生活含量。前者最初的形式是日记。因为五个"忘不了"①,以至"寝食难安""泪如泉涌"②,杜鹏程才写出了近百万字的长篇报告文学。后几经修改,终于"能够在一条主干上布开丰盛繁茂的革命战争生活的枝叶"③。连柳青也取经道,作者"自始至终生活在战斗中,小说是自己长期感受的总结和提炼"④。后者则是作者深入皇甫村生活六年的结晶。广为人知的"生活的学校"说更启发了路遥、陈忠实和贾平凹的现实主义创作。拿后来被删的梁生宝和徐改霞的恋爱,姚士杰和赵素芳、李翠娥的男女关系来说,就体现了"调整"时期的柳青对真实和细节的现实主义追求。三十年后的《废都》重构一男多女关系的初衷也在于此。后来的《秦腔》甚至在风骚女人白娥和黑娥的名字上,也与《平凡的世界》中的王彩娥、《白鹿原》中的田小娥一道,继承了《创业史》的衣钵。陈彦《主角》中的易青娥(忆秦娥)看似赓续了这一传统,实则大相径庭。不过,表面反差的背后仍是储量惊人的生活富矿。从不吐不快的第一部长篇小说《西京故事》,到入选"新中国七十年七十部长篇小说典藏"的《装台》,再到第十届茅盾文学奖的《主角》,以至断续十几年之久的新作《喜剧》,陈彦的成功再次证明了当代中国长篇小说的陕西经验的可贵。

---

① 杜鹏程.《保卫延安》1979年版重印后记[M]//杜鹏程.杜鹏程文集:1.西安:陕西人民出版社,2008:498.
② 杜鹏程.《保卫延安》创作的一些情况[M]//杜鹏程.杜鹏程文集:3.西安:陕西人民出版社,2008:574.
③ 冯雪峰.论《保卫延安》[M]//冯雪峰.雪峰文集:第二卷.北京:人民文学出版社,1983:262.
④ 柳青.一个总结(节录)[M]//蒙万夫,等.柳青写作生涯.天津:百花文艺出版社,1985:41.

(一)城市与乡村

《喜剧》的主线是主人公贺加贝喜剧事业的盛衰历程。清算起来,作为罪魁祸首的欲望和辅车相依的希望实质上是可以转化为城乡问题的。整体来看,贺氏喜剧不断扩张的过程是追逐名利和放逐道义的媚俗过程。城市化进程催生并红火了贺氏喜剧,利益驱动下的贺氏喜剧反过来又成为城市经验的征候。本雅明最早区分了现代经验的两种形式:"一种经验纯粹是身临其境地经历过的经验(Erlebnis),另一种经验是某种可以被收集、反思和交往的经验(Erfahrung)。"①从挂靠红石榴度假村,到独立经营"梨园春来";从南大寿(南大臀、南擀杖)、镇上柏树(彭跃进),到"王记葫芦头泡馍馆"老板、"牙客"王廉举、大学艺术系副教授史托芬(史来风)的编剧遴选,贺氏喜剧的经营之道不外乎迎合观众,为此提供的"经验"可想而知。下半部第三十七节上演了最后的疯狂。贺加贝"把自己打扮成媒婆,给胸前装了两个灌满水的避孕套",讨好看客的"两个假乳房,酷似两个蹦跳不已的兔子,在粉色褶子里,上下翻飞,左右摇摆,前后冲突"。如此鲜活、刺激的经验在被称为社会学的印象主义者的席美尔那里,恰是大都会心灵生活或情感生活的写照。席氏的城市是匆忙杂乱的感官轰炸,由过度刺激组成的空间。身处其中的人的日常生活被经验为方向紊乱的、攻击性的——由一系列的震惊所组成的障碍②。源自波德莱尔的"震惊"既是本雅明的Erlebnis,也是Erfahrung。耐人寻味的是,贺加贝的"假乳"奇观并没有招致现场观众的不满,反倒是一片哗然的舆论才发酵酝酿成为新闻事件。如果没有镇上柏树率先的发难,那些所谓"耍流氓"的"轰炸"与"刺激"的表演岂非众望所归,缓解焦虑的抚慰?陈彦设想的高妙在于:一方面表达了承受巨大生活压力的大众期望平复和疗救的心理诉求,另一方面也展示了净化社会空气的社会管理和监督机制的"亮剑"。两相博弈中,小说巧妙地提出了城市经验的普世性问题。用海默尔的话说,就是"情感性反应的逐渐减弱,普遍地从质转变为量"③。王廉举打破常规的火爆即为明证。

---

① [英]本·海默尔.日常生活与文化理论导论[M].王志宏,译.北京:商务印书馆,2008:111.
② [英]本·海默尔.日常生活与文化理论导论[M].王志宏,译.北京:商务印书馆,2008:74.
③ [英]本·海默尔.日常生活与文化理论导论[M].王志宏,译.北京:商务印书馆,2008:75.

陈彦在城乡问题上的思考既有当代陕西长篇小说传统延续的一面,也有立足于长远发展的独得之见。就"延续的一面"而言,鲜明地体现在人物视点的选择、故事情节的设计及因此征用的伦理叙事上。研读当代陕西长篇小说经典可知,在由以大唐盛世和延安圣地为代表的双重传统主导的社会文化心理结构下,陕西作家不约而同地选取了本土化或地方性的审美方案。如果说《保卫延安》中的李振德一家与《创业史》中在北京长辛店铁路机车厂当铸工学徒的徐改霞从相反的方向诠释了乡村本位的国家战略,客观上却遮蔽了地域文化策略的话,那么改革开放以来的《平凡的世界》与《白鹿原》则毫不掩盖孙少平回到惠英嫂身边的人生抉择,以及白嘉轩对城里二姐一家的反感。贾平凹的《废都》更借"哲学牛"的意象直击城市病乱象。陈彦的长篇小说重写了乡愁主题。《西京故事》《装台》与《主角》聚焦乡村或底层平民,厚描他们与城市的相遇。出现在三部小说中的人物和故事被移植到《喜剧》的脉络之中,表明了作者态度上的一贯。至于"独得之见",则在对于乡村日常的揭示中。在城镇化潮流轰轰烈烈、势不可当的今天,其实已不存在典型意义上的乡村。《喜剧》中再也难觅塔云山似的山乡。无论是潘银莲的老家河口镇,还是潘五福钉鞋的西八里村,都已弥漫了城市的气息。陈彦不仅大写了这一趋势,还在制衡的意义上开发了乡村日常资源,重构了城乡关系。从《西京故事》中的罗甲成,到《喜剧》中的潘上风(潘雨水),有力勾画了变异、扭曲的不平衡城乡图景。《喜剧》的突破在于,陈彦重建了乡村高地,重塑了卡里斯玛(Christmas)人格。出身卑微,被视同"影子",还带有羞于启齿的身体疤痕的潘银莲并非潘金莲一流女人,而是出淤泥而不染的莲花。借用镇上柏树的赞语:是三月的鹅黄柳梢,六月的荷塘水莲。汲日月精华而成,保持着对鹅黄与清纯的淡持。总之,是清纯味儿、草泽香木味儿、鲜花露珠味儿的好女人。潘银莲与贺加贝的婚姻与其说是替代性的补偿,不如说是一则寓言、一种象征。更多城市背景的万大莲并不能拯救贺加贝,反倒是有难言之隐的潘银莲被寄予了救赎和更生的希望。

早在写作《西京故事》的 2013 年,陈彦已在"后记"中表明:"城市与乡村,永远都是两个相互充满了神秘感的'不粘锅'营垒。"他断言:"城市与乡村'二元结构'的打破与融会贯通,将是一个长久的话题。"①的确,无论是罗甲成闻到的"芳香、甜腻、油润"气味,还是罗天福感到的"一阵阵的虚空",《西京故事》开端父子俩的西京第一印象都说明了城乡的格格不入。《喜剧》则做了更深层次的释义。作为乡村形象代言人的潘氏兄妹,更多是在对照和纠偏的意义上被描写的。有意思的是,河口镇上被调侃形似的贺加贝和潘五福,对待婚姻的态度却截然不同。碰壁后前者始终没有放弃对几百年才出一个的美人坯子,当家花旦万大莲的追求。在致力于城市空间研究的列斐伏尔看来,城市是通过"行和不行"的发信号方式,也就是通过允许和不允许的空间而存在的②。贺加贝的情感痴迷态度未必不是平面性的"信号"。相反,即便老婆劈腿,并因此喝了老鼠药的潘五福非但不嫌弃,还竭力维护,维系与好麦穗名存实亡的婚姻。不无列斐伏尔所说"比现在的社会更加充实的社会的赋予意义行为"③的"符号"意义。此外,围绕潘五福不同听戏场景的对比也暗示了城乡间的隔膜。潘五福酷爱苦情戏,为此还专门拿了毛巾擦泪。然而,为儿子学费上城的他却看不懂妹夫喜剧坊的谐谑,甚至在能掀翻剧场顶盖的笑声中"睡了一晚上"。他引人深思的"警句"是,"我不知道他们在笑啥"。如果说乡村是一种可共享的文化记忆的日常意象,苦情戏是一种伦理秩序和精神洗礼的仪式的话,那么城市则是震惊与奇观的策源地。贺氏喜剧无异于狂欢节。看似休闲的观众实则希望摆脱不正常生活束缚的无奈调控者。从这一意义上来说,陈彦的城市探究大有继续拓展的必要和可能。

(二)传统与现代

陈彦的小说之所以吸引人,除有强烈戏剧性和可读性的故事情节外,很重要的原因是他在所处理的传统与现代问题上的辩证立场和态度。作为流传广远的传统艺术,戏曲在现代社会中的境遇或遭际很难从某一方面来说明。《主角》的"后记"中便一再宣称:"一个行业的衰败,有时并不全在外部环境的销蚀、风化。其自身血管斑块的重重累积,导致血脉流速衰减,甚至

---

① 陈彦.后记[M]//陈彦.西京故事.西安:太白文艺出版社,2013:432-433.
② [英]本·海默尔.日常生活与文化理论导论[M].王志宏,译.北京:商务印书馆,2008:223.
③ [英]本·海默尔.日常生活与文化理论导论[M].王志宏,译.北京:商务印书馆,2008:222.

壅塞、梗阻、坏死,也当是不可不内省的原因。"陈彦的"自我谴责"又一次检验了内因与外因辩证关系的效用。也许是痛定思痛吧,《喜剧》中的贺加贝借机被提炼为没有"'大匠'生命形态"的反面典型,即"跟了社会的风气,虚头巴脑,投机钻营,制造轰动,讨巧卖乖。一颦一蹙、一嗔一笑,都想利益最大化"①。来自《主角》"后记"中的这番批评完全适用于《喜剧》。换用《喜剧》"后记"中的说法,便是"小说中大儿子贺加贝在喜剧的时代列车上一路狂奔时,就没有逃脱父亲对丑行的'魔咒'"。火烧天(贺少天,小名羊蛋儿)弥留之际回光返照式的劝诫:"凡戏里做的坏事,生活中绝对要学会规避",警告"不敢台上台下弄成了一个样儿"。同样的意思,"后记"中也重申道:"演丑的,在台上流里流气、油不拉唧,生活中再嘻嘻哈哈、歪七裂八、没个正行,那就没得人可做了。"②火烧天是秦腔界唯一得到过两位丑角大师——师父的"热料"和省上大剧院阎先生的"冷彩"("冷幽默")——真传的。他的临终教诲无疑是最可宝贵的箴言和遗产。对此,陈彦评价道:"一个成熟的喜剧演员,一定具有十分辩证的哲学生存之道,否则,小丑就不仅仅是一种舞台形象了。"③这里"辩证"一语既道出了喜剧演员的生存智慧,也昭示了舞台艺术的传统与日常生活的现代二者间的互证、互鉴和互动,指明了传统的现代再生之道。

"五四"新文化运动反传统的激进做法恐怕是受辛亥革命失败震动,知识阶级极度愤懑,有意反其道而行之的结果。百年后的今天,卓然屹立于世界民族之林,有信心告成复兴大业的中华民族亟待解决优秀传统文化的当代重建问题,以发扬光大古国文明,抵抗和制衡西方社会强权政治及意识形态成见。陈彦敏锐地把握住了这一时代脉搏,相继推出以《主角》为代表的四部长篇小说,目的便在强化戏曲"愉人""布道"和"修行",以及"知道'前朝后代',懂得'礼义廉耻'"④的文化教育功能。陈彦相信,"在中华文化的躯体中,戏曲曾经是主动脉血管之一。许多公理、道义、人伦、价值,都是经

---

① 陈彦.后记[M]//陈彦.主角.北京:作家出版社,2018:895.
② 陈彦.喜剧是人性的热能实验室:《喜剧》后记[J].当代,2021(2):108.
③ 陈彦.喜剧是人性的热能实验室:《喜剧》后记[J].当代,2021(2):108.
④ 陈彦.后记[M]//陈彦.主角.北京:作家出版社,2018:896.

由这根血管,输送进千百万生命之神经末梢的"①。可作参照的是,素来不喜欢京戏的周作人却对禁止演戏的官厅不满,原因就在于故乡海滨农人的反馈:"现在衙门不准乡间做戏,那么我们从哪里去听前朝的老话呢?"周氏"翻译"为"从何处去得历史知识"②。陈彦命笔的用意也在"历史演进"和"朝代兴替"的"血脉延续的可能",在对"偏执地将中华文化生生不息的进取精神发挥到了极致"③的秦腔的推广和讴歌。为此,他甚至称道一群排演出饱受赞誉的《杨门女将》大戏的十六岁孩子为"少年英雄",以褒扬他们让人感动的奉献牺牲精神。陈彦具体阐释这种精神道:"在官贪、商奸、民风普遍失范时,他们却以瘦弱之躯,杜鹃啼血般地演绎着公道、正义、仁厚、诚信这些社会通识,修复起《铡美案》《窦娥冤》《清风亭》《周仁回府》这些古老血管,让其汩汩流淌在现实已不大相认的土地上。"④"古老血管"里的"公道、正义、仁厚、诚信"与"现实已不大相认的土地"之间的矛盾,是陈彦长篇小说魅力、张力和动力之源。不仅体现在罗氏父子与房东郑阳娇(《西京故事》),父亲刁顺子与大女儿菊花(《装台》)及忆秦娥与楚嘉禾(《主角》)间,也新变至《喜剧》中的潘银莲与贺加贝乃至武大富(牛二、武大)中。谈到传统与现代的主题在《喜剧》中的应用时,陈彦剖析道:"贺氏父子也从最传统的秦腔舞台上退下来,融入了这场欢天喜地的喜剧热潮中。尽管'老戏母子'火烧天希望持守住一点'丑角之道',但终是抵不过台下对喜剧'笑点''爆款'的深切期盼与忽悠,而让他们的'贺氏喜剧坊',也进入了无尽的升腾跳跃与跌打损伤中。"⑤传统与现代的相遇、碰撞乃至短兵相接,生动地活现在火烧天与南大寿的理论及实践线索中。除了上述火烧天易箦前的三点"硬通货"家训外,南大寿也对不惜搬出死魂灵相恫吓,以便讨教的贺火炬补充了火烧天另外的三个三,即三不为:不唯财、不犯贱、不跪舔;三不演:脏话连篇的不演、吹捧东家的不演、狗眼看人低的不演;三加戏:给懂戏的加戏、给爱戏的加戏、给可怜看不上戏的人加戏,薪尽火传了老艺人的气象和

---

① 陈彦.后记[M]//陈彦.主角.北京:作家出版社,2018:895.
② 周作人.中国戏剧的三条路[M]//周作人.周作人散文全集:3.桂林:广西师范大学出版社,2009:315.
③ 陈彦.后记[M]//陈彦.主角.北京:作家出版社,2018:896-897.
④ 陈彦.后记[M]//陈彦.主角.北京:作家出版社,2018:892.
⑤ 陈彦.喜剧是人性的热能实验室:《喜剧》后记[J].当代,2021(2):107-108.

风骨。

火烧天的"师爷",号称"西京通、关中通、三秦通"的南大寿一直坚持传统的丑角艺术观。以为现在的舞台上只有杂耍、搞怪和胡闹的丑角,没有艺术,所以舞台需要净化,目的就是高台教化,而要义则是不能让台底下的笑声掌声牵着鼻子走。但自红石榴度假村起步的贺氏喜剧之路,显然违背了传统。劁猪骟狗、盖房搪墙的匠人出身的度假村老板武大富的看法:"人都忙忙的","来休息、娱乐的"他们就是要放松,要刺激,要好耍耍"。如果"没点荤腥、没点酥脆、没点时髦的玩意儿,只怕还是吸引不来年轻人"。因为"只有把更多年轻人吸引来了,才能拉动消费"。这样主张的结果不仅气走了坚守传统之道的南大寿,连心思并不在写戏,而是觊觎潘银莲美貌的镇上柏树也抱怨逾越了底线。不过,陈彦设置的有力之处,也是现实主义方法的着力之处在于,背离正道的演出背后却有巨大民众需求的现实合理性。因此,从没上台表演过的潘银莲、王廉举,甚至绰号张驴儿的流浪狗(柯基犬)也都粉墨登场,红极一时。推波助澜的结果就是打造包括贺氏喜剧大剧院和喜剧坊美食一条街的贺氏喜剧产业园区,以及贺氏喜剧坊四个剧场的喜剧帝国。构建这一帝国的史托芬甚至发展出了进一步激发观众优越感的理论,也就是让观众"在观剧中,充分享受比剧中人聪明、能干、所处地位略高或颇高的优越性"。至于价值和道德,他却恬不知耻地表示,"不能靠我们来负载这么沉重的包袱"。虽然另有致命性成因,但贺氏喜剧大厦最终坍塌的诱因,显然肇端于此。小说开端和结尾的父子俩看似不同的生死结局,实则蕴含了相同的喜剧嬗变之道,那就是传统的消亡与现代的阻谢。贺加贝的自杀与其说是再度失去酷似玛丽莲·梦露和山口百惠的万大莲的结果,倒不如说是现代性的某种困境。换句话说,当贺加贝没有了心向传统的虔敬和忠诚时,作为艺术生命象征的身体也随之不复存在。事实上,贺加贝对万大莲的痴情更近于戏曲舞台上的另类传统,赋予了作者给他重生的机缘。

(三) 女性与男性

男女爱情的讴歌向来是古今中外文学作品的永恒母题。20世纪以来的中国虽然经历了因"五四"思想解放而促成的恋爱题材热潮,但也遭遇过被指认为禁区的波折和尴尬。直到在市场经济大潮的冲击下，欲望书写及身体写作异军突起，几乎遮蔽了古典抒情的浪漫神话。似乎与众不同的是，陈彦却在戏曲的帷幔下做了新的诠释。不仅几乎每部长篇都加以演绎，还赋予了全新意义，扩大了情感指涉的范围，甚至延伸到伦理和社会领域。《西京故事》中的西门金锁与罗甲秀，《装台》中的三皮与蔡素芬，《主角》中的石怀玉与忆秦娥，三种炽热情感的具体情节虽然不同，但在表现男人如痴如醉的爱恋上，却是惊人地一致。拿一直在秦岭深山中修炼绘画和书法艺术的艺术家石怀玉来说，在看了重排的《狐仙劫》后，他就被主演忆秦娥迷住。扬言若是得不到忆秦娥，不仅在书画上一事无成，还将威胁团长薛桂生，从省城的最高楼上跳下去。至于内因，则与他野性的生活方式有关。石怀玉痛恨城市太虚伪，太讲究掩饰和装扮，故而恋慕忆秦娥的朴实自然与素面朝天。为此，他还绘制了以忆秦娥为模特的丈二画作《秦魂》，不仅自己最满意，以为最伟大，连业内人士也认为，代表了这个时代美术创作的某种高度。可惜却被忆秦娥用墨汁污损。石怀玉也因此挥剑刎颈自杀。与忆秦娥的纯朴相近，罗甲秀村姑般的腼腆、温柔，蔡素芬的体贴、善良，也都超出了漂亮美貌的范畴，升华到神祇和宗教的不凡境地。与上述情爱不同，《喜剧》中贺加贝的单相思更像是舞台与现实的错位对话。万大莲至高无上的小旦地位唯有小生廖俊卿与之匹配，老"摇旦"王妈的保媒拉纤可谓顺理成章。小丑贺加贝只能借万大莲的"影子"潘银莲求得安慰。颇有喜剧意味的是，尽管生活中的贺加贝一帆风顺，彻底改变了与廖俊卿对比的弱势地位，但在千钧一发的关键节点，却仍然不能摆脱成见，战胜自我。面对即将到来的销魂时刻，贺加贝"觉得对自己所爱的人，必须有一种圣洁的东西，他得像个正经角儿，而不是地痞流氓和什么采花大盗"。从另外的角度来看，贺加贝最终被包装为喜剧"剧帝"，成为异化的"非人"。与不计后果地离婚一样，贺加贝让洞房花烛之夜化为最经典喜剧场面的幻想再次实证了他的狂妄和病变。一如草环的痛骂，人一半的鬼一半，十足该进精神病院的疯子。

陈彦十分推崇陀思妥耶夫斯基的长篇小说理论，以为首要是描绘一个绝对美好的人物①。看罗甲秀(《西京故事》)、顺子(《装台》)、忆秦娥(《主角》)可知,所谓"绝对美好",在陈彦那里并非是完美的代名词,而是美好生活的奋斗者;崇高信仰的追求者;也是身在底层、处身贫困、逆来顺受、出淤泥而不染的洁身自好者。《喜剧》中的潘氏兄妹,尤其是潘银莲,绝非字面意义上的"绝对美好的人物",但在动荡而又充满挑战的现实生活面前,却能固守美德界限,坚守自我底线。两者都体现在她与镇上柏树的情感纠葛中。前者表现在她对由镇上柏树创作,经武大富修改的戏文的评价上。如围绕老夜壶展开爷孙冲突的《老夜壶》(原名《老伙计》)。根据村里老辈子论戏的干干净净标准,潘银莲驳斥道:"把尿壶说半天,笑是好笑,那是戏吗?那些话能拿到台上说吗?村里只有流氓,才爱当着别人家的婆娘说这些烂杆话。"再如,讲村长欺负在外打工男人留守老婆故事的《耍媳妇》(《听床》)。依据替可怜人申冤的农村人看法,潘银莲争辩道:"村长这么坏,你不替那些出门打工的出出气,还嘻嘻哈哈当笑话讲。村里人没有觉得这是好笑的,都觉得没世事了。"与更多保留了传统伦理价值的乡村戏曲观相近,现实主义的批判态度也是潘银莲是非评判的砝码和利器。炮轰经镇上柏树时尚化改造的《水浒传》故事就植根于此。出于一己私利,镇上柏树将大众接受定势下的淫妇潘金莲翻案为让美妙生命充分释放的巧妇,反倒伶牙俐齿、理直气壮起来。对此,潘银莲发挥婆婆草环的意思道:"你们老同情美化潘金莲,为啥就不从武大郎的角度想想,他苦不苦,冤不冤?"如此针锋相对、善恶分明的褒贬显然佐证了陈彦的戏曲理想。而她对镇上柏树纠缠的抗拒虽然不同于蔡素芬的方式,却也承载了作者的理想。借用《喜剧》"后记"中唯一对女性形象做出交代的原话就是,"一个一直都活在名角万大莲的影子当中的人物,她以她卑微的生命力量,努力走出'月全食'般的阴影,并发出了自己的光亮"。实际上,潘银莲的"阴影"不仅来自万大莲,还与隐秘的身体疤痕有关。这一"污点"的设计表征了陈彦塑造人物的辩证法。在《主角》"后记"中,作者坦言:"我十分景仰从逆境中成长起来的人。"具体到忆秦娥,则"是苦难的,也是幸运的。是柔弱的,也是雄强的"②。

---

① 陈彦.后记[M]//陈彦.主角.北京:作家出版社,2018:896.
② 陈彦.后记[M]//陈彦.主角.北京:作家出版社,2018:897.

而潘银莲却是灵与肉、城与乡、名与实的相反相成,是人间烟火气与天地间尤物的化合,也是日常生活与人文精神的融通。

陈彦长篇小说人物刻画上的最大特点是现实主义。众所周知,恩格斯在《致玛·哈克奈斯》中指出:"现实主义的意思是,除细节的真实外,还要真实地再现典型环境中的典型人物。"在陈彦那里,性格、人物和环境三位一体,生成内力,推动了故事情节的发展。《西京故事》中的郑阳娇和罗甲成,《装台》中的刁大军和顺子兄弟,以及菊花和韩梅姐妹之所以扣人心弦,引人入胜,关键就在于"鲜明的个性描写手法",即"每个人都是典型,但同时又是一定的单个人"①。《主角》中"光光鲜鲜、苦苦巴巴、香气四溢、臭气熏天"②的人物忆秦娥,既与她"憨痴"③的性格有关,也与"'全民言商'的生态"④环境相连。陈彦的"皮毛粘连、血水两掺地和盘托出"⑤式写作,意在提供"福斯泰夫式的背景",以烛照"五光十色的平民社会"⑥。作者在总结"抡圆了写"(王蒙语)的艺术经验时坦言:"想把演戏与围绕着演戏而生长出来的世俗生活,以及所牵动的社会神经,来一个混沌的裹挟与牵引"⑦。有如《红楼梦》的写法:松松软软、汤汤水水、黏黏糊糊、丁头拐脑⑧。拿《喜剧》中的好麦穗来说,虽着墨不多,却辐射了五光十色的乡村社会。诸如在石棉厂得尘肺病的爹;塌死在山西煤窑,却没得到赔偿的公公;从另一个县塔云山走了一天,还坐了半天拖拉机,才到"小西京"河口镇的被骗婚;与镇银行营业所主任张青山的婚外情;婆媳不和;孩子潘上风的心理阴影;等等。列斐伏尔曾以"一名妇女买一磅糖"为例分析资本主义社会的总体、国家及其历史,并辩证总结道:"一件细小的、个体的、偶然的事情。——同时又是一个无穷复杂的事件。"⑨显然,好麦穗的不幸婚姻及放纵自我的悲惨离世

---

① [德]弗里德里希·恩格斯.致明娜·考茨基[M]//中国作家协会,中央编译局.马克思 恩格斯 列宁 斯大林论文艺.北京:作家出版社,2010:135.
② 陈彦.后记[M]//陈彦.主角.北京:作家出版社,2018:894.
③ 陈彦.后记[M]//陈彦.主角.北京:作家出版社,2018:896.
④ 陈彦.后记[M]//陈彦.主角.北京:作家出版社,2018:891.
⑤ 陈彦.后记[M]//陈彦.主角.北京:作家出版社,2018:892.
⑥ [德]弗里德里希·恩格斯.致斐迪南·拉萨尔(节选)[M]//中国作家协会,中央编译局.马克思 恩格斯 列宁 斯大林论文艺.北京:作家出版社,2010:114.
⑦ 陈彦.后记[M]//陈彦.主角.北京:作家出版社,2018:893-894.
⑧ 陈彦.后记[M]//陈彦.主角.北京:作家出版社,2018:898.
⑨ [英]本·海默尔.日常生活与文化理论导论[M].王志宏,译.北京:商务印书馆,2008:238.

既是"细小的、个体的、偶然的事情",也是"无穷复杂的事件"。

(四)喜剧与悲剧

在为《喜剧》所做的题记中,陈彦提醒读者注意喜剧与悲剧的紧密联系,指出二者的急速互换才是生活与生命的常态。所谓物极必反,否极泰来。借对喜剧本质的阐释和命运无常的重写,陈彦揭示了中国人的生命形态。小说中几乎每一个人物都辗转在大起大落中。万大莲不必说了,即便是像下部第二十节偶然提到的"手头有很大资源审批权的处长的奶奶",也十分坎坷曲折。从小姐、窑姐到国民党情报处长的二房,再到窑姐、团长太太,老奶奶传奇的一生诠释了生命的吊诡。对喜剧本性的透视则阐发了中国文化的意蕴。下部第二十六节在征引了孟子的恻隐之心、羞恶之心、辞让之心和是非之心后,由顾教授加以引申道:"喜剧的根本,恐怕还是做喜剧的人须懂得端正自己的心性和良知,在人道上着力,而不是一味地消遣、消费什么。"南大寿则在驳斥唱戏的发财论时申明:"演一辈子丑,也是一辈子的修行过程。修行不好,你就演成真丑了。"火烧天也谆谆教诲:"啥事都没有让你永远红火的时候",告诫"不要把好日子,想成是千年瓦屋不漏水的事"。围绕着人本与物欲之争,陈彦并置了两种喜剧观,即以顾教授为代表的"良知"观与以史托芬为代表的所谓现代观。后者看似科学合理、与时俱进,实则是变相的唯效果论,仍然背离了人性、人本和人文正道。难怪作者宣称,喜剧是人性的热能实验室,是人类生存智慧的最高表现形式,代表着一个时代的智性高度[①]。

在与喜剧的地位对比中,悲剧明显占据优势。这一现象的形成与自古以来的人类社会体验有关。回顾改革开放四十多年来的中国社会,相比悲剧,喜剧发展更为迅猛,形式也愈加多样。究其原因,除了循环进化的艺术自身规律外,恐怕还是上升期当代中国社会的普遍情绪与文化心理使然。从一开始的《小丑》到《喜剧》命名上的变化,反映了陈彦扩大视野和直面现实的调整,尤其是后者。所以《喜剧》"后记"中特别提到了喜剧与民间的关系,指出喜剧"必须回到民间"。据熊佛西考证,喜剧是真正民间的产物,起

---

① 陈彦.喜剧是人性的热能实验室:《喜剧》后记[J].当代,2021(2):108.

源于古希腊的"崇阳教曲(phallic songs)",正如我国的山歌一般。但丁的《神曲》之所以取名《喜剧》,也是因为与先吉后凶的悲剧不同,属于后顺先逆的村歌(village song),而且文辞通俗,如出村妇走卒之口①。今天喜剧的繁盛同样离不开"会心捧场并甘愿喂养"②的民间。贺加贝的惨痛教训,既在于脱离民间的过度"包装",也因不计后果地过分迁就。喜剧一旦突破了底线,就将质变而为悲剧。譬如,造成"剧场被查封,个人演出被叫停"后果的"假乳穿帮"事故,显然是从红石榴度假村的武大富开始,中经镇上柏树和王廉举,直至史托芬喜剧坊蜕变的恶果。症结则在偏离了古往今来唱戏是唱道及高台教化的正路。至于性的玩笑,火烧天生前一再强调:一定得开得适当、节制。倡导"要让坐在台底下的男女老少,尤其是爷孙、父女都能一同看下去,这就是舞台上要把握好的男女玩笑标准"。自嘲从妖精打架上想出道德来的周作人认为猥亵是"一种违反习俗改变常态的事,与反穿大皮鞋或酒渣鼻有些相像",并据英国性心理学家蔼里斯的解释,以为"呵痒原与性的悦乐相近,容易引起兴奋,但因生活上种种的障碍,不能容许性的不时的发泄,一面随起阻隔,抵牾之后阻隔随去,而馀剩的力乃发散为笑乐"③。言下之意,与别的生理及社会现象并没有什么不同,一样须在人伦道德的范围内审视。作者认可潘银莲"不缺十分朴素的民间喜剧真理"④,实质上是对她坚守乡村戏曲传统,不满喜剧演出乱象的点赞。有意思的是,即便是宠物狗张驴儿,也在演出之余认识到:喜剧最好看的地方,恰恰是它的温情部分。更不必说象征了喜剧形象的火烧天对两兄弟如何做人的训诫了。按照南大寿的分析,火烧天的喜剧"有点苦涩,有点凝重,还得如履薄冰"。看似不谐调的背后实则是喜剧的辩证法。对在狂热激情状态下不可理喻的贺加贝来说,孤注一掷以致走投无路的败北自是无可奈何的结果。

《喜剧》不长的"后记"中,陈彦一再提及喜剧的界定及与悲剧间的转换问题。除对一直火爆的喜剧表演经验的总结,强调喜剧"投枪"的严肃性和"后劲十足"的艺术性外,作者更重要的意图还是张力空间的营建,核心是

---

① 熊佛西.论喜剧[M]//季玢.中国现代戏剧理论经典.苏州:苏州大学出版社,2008:226-227.
②④ 陈彦.喜剧是人性的热能实验室:《喜剧》后记[J].当代,2021(2):109.
③ 周作人.笑话论:《苦茶庵笑话选》序[M]//周作人.周作人散文全集:6.桂林:广西师范大学出版社,2009:172.

反讽修辞的运用。按照浦安迪在《中国叙事学》中的说法,反讽就是表里不一,"目的就是要制造前后印象之间的差异,然后再通过这类差异,大做文章"①。譬如《金瓶梅》中郑爱月的出场,就蕴含了西门庆与其他人物不同视角的反讽。为人所熟知的中国现代小说之父鲁迅的《补天》《采薇》《非攻》《起死》等《故事新编》中小说的首尾对照,也构成巨大的反讽裂隙。《主角》结尾的"泼画"和"后浪"养女宋雨庖代的故事情节设计,显然对冲了作者用心打造的女主人公形象。到了《喜剧》的下部,柯基犬张驴儿(威廉、汤姆)的第一人称视点不仅是"一种喜剧叙事风格的书写方式"②,还是陈彦反讽叙事的最新表现形式。作为伴生的人类宠物,狗的自由出入揭秘了不为人知的真相,爆料了阳奉阴违的伪装。如武大富的策反阴谋;"日弄客""史大谝"(史托芬)的专断策划:只要没把贺老师捧疯掉,做了王廉举第二,就还得加劲捧;论定贺加贝与王廉举的异曲同工,嘲笑他并非深谙喜剧之道的艺术家;特别是结尾的两节,收束了已经展开的多条线索,并巧妙地反讽了美与丑、喜与悲的对比。新实用主义者理查德·罗蒂一度勾勒出名为"自由主义的反讽主义者"的人物。依罗蒂的定义,"反讽主义者"(ironist)必须符合下列三个条件:第一,由于她深受其他语汇——她所邂逅的人或书籍所用的终极语汇——所感动,因此,她对自己目前使用的终极语汇,保持着彻底的、持续不断的质疑。第二,她知道以她现有语汇所构作出来的论证,既无法支持,亦无法消解这些质疑。第三,当她对她的处境做哲学思考时,她不认为她的语汇比其他语汇更接近实有,也不认为她的语汇接触到了在她之外的任何力量③。细究可知,反讽的精神实质就是质疑。也许是对让人开悟而警醒的悲剧(苦情戏)的致敬吧,陈彦的喜剧情结更多反讽的阑入。最强有力的支撑便是反讽焦点的男主人公贺加贝的双线溃败。

(五)结语

在阐述小说与故事的区别时,本雅明推断:"长篇小说在现代初期的兴起是讲故事走向衰微的先兆。"进而论断,与故事的"教诲"标签相比,"小说

---

① [美]浦安迪.中国叙事学[M].北京:北京大学出版社,2018:147.
② 陈彦.喜剧是人性的热能实验室:《喜剧》后记[J].当代,2021(2):109.
③ [美]理查德·罗蒂.偶然、反讽与团结[M].北京:商务印书馆,2003:105-106.

动作演绎的真正中枢"是"生活的意义"①。值得注意的是,新世纪以来中国的小说观似乎结合了二者。不过,对"生活的意义"的探寻仍是小说期待视野中的主流。从中短篇小说集《晚熟的人》(莫言),到非虚构《她们》(阎连科),再到长篇小说《吃瓜时代的儿女们》(刘震云)、《夏摩山谷》(庆山)、《月落荒寺》(格非)、《暂坐》(贾平凹)、《烟火漫卷》(迟子建)、《一把刀,千个字》(王安忆)、《文城》(余华)等,或历史,或现实;或对比,或揭秘;或宗教,或日常;或地域,或女性。五光十色的人事背后不乏读者力图探问的"生活的意义"表述。苛刻地判断,勘探民族传统矿藏,激发当下中国竞争活力的创获目下似不多见。从这一意义上来说,《喜剧》可谓有心之作。与《主角》相比,《喜剧》反思了传统的现代困境及其救赎问题。以贺加贝喜剧的兴衰为结构主线,实写了传统的断裂、落寞、补救及挣扎求生的境遇。概而言之,贺加贝串联了万大莲、武大富、镇上柏树、王廉举和史托芬的现代线与火烧天和草环夫妇、潘银莲和潘五福兄妹、南大寿及贺火炬的传统线。最终博弈的结果则关联了陈彦的忧虑和希冀。

《喜剧》中一再提及的"高台教化"传统,不仅是作者不满"娱乐至死"风气的有意矫正,更是阐发谦和、礼让、仁恕、道义文化,推送中华文明的大纛。早在韩剧《大长今》热播时,陈彦就提出:"《大长今》给我们最大的启示就是民族传统文化'出击'力量的不可小视,剧中充满了汉字、中药和饮食文化这些中华民族的国粹,它的思想内核更是坚挺地表达着'抑己利他'的儒家正统价值观念,且劝善、劝学、劝做好人,从骨子里透出的都是'全盘中化'的哲学意蕴。"②在"西化"似乎仍旧强势的外骛社会中,陈彦文化自信的反思发人深省,与他一贯推重的"生活"和"小人物"一道,塑造了《喜剧》,也重构了生活和艺术的辩证法。

---

① [德]瓦尔特·本雅明.讲故事的人[M]//[德]汉娜·阿伦特.启迪:本雅明文选.张旭东,王斑,译.北京:生活·读书·新知三联书店,2008:99,110.
② 陈彦.深厚的根植[M]//陈彦.打开的河流.西安:陕西人民出版社,2020:123.

第三章 贾平凹的日常生活诗学

第一节 《秦腔》的困境与日常生活的社会总体性

"迷惘和辛酸"是贾平凹在《秦腔》后记中的自述,也是他农村写作的困境、挣扎和呻吟的表述。不难看出,作者是个乐观、理想的道德之士,"秦腔"成了他安抚心灵创痛的精神寄托。

(一)死亡与疯癫

贾平凹自称"以这本书为故乡竖起一块碑子"[①],同时又不自信,"他们肯让我竖吗,认可这块碑子吗?"[②]这样的反复和追问折射了上述困境,其根源在于作者还处于接受社会历史嬗变的心理十字路口,小说结尾夏天义的死很好地证实了这一点。老主任夏天义被七里沟东崖大面积的滑坡埋没,尸首无法刨出,只好权当厚葬。夏天义之死象征了自然和历史力量的强大,是贾平凹对一个时代陷落的纪录和感受,白碑子就是这纪录和感受的集中和投射,是他无法概括、无从归结的"失语"状态的有力见证。

小说以清风街的夏家为中心,皴染了一幅当代农村社会变革的"清明

---

① 贾平凹.后记[M]//贾平凹.秦腔.北京:作家出版社,2005:563.
② 贾平凹.后记[M]//贾平凹.秦腔.北京:作家出版社,2005:565.

上河图"。与"十七年"时期工笔细描的革命现实主义创作方法不同,贾平凹的《秦腔》更多宋元文人画的传统,与新写实主义更近,人物塑造上即是如此。本来按照惯例,小说至少应该着力塑造一个正面英雄人物形象(主人公),但《秦腔》显然拿不出这一典型,几乎每一个人物都是那么本色化,连号称"清风街的毛泽东"的夏天义与辉映题名的以绘制秦腔脸谱马勺著称的夏天智也不例外。作为全书中最为重要的两个"象征",夏天义、夏天智兄弟承载了作者失落的记忆。夏天义"为民请命"的自负已经不能适应急剧变化的外部环境,他的村长位置也被更与时代合拍的晚辈夏君亭所取代。贾平凹并未把夏天义塑造成挺立于时代的末路英雄,更不打算为他造碑立传,而是平静又略带无奈地书写了历史洪流的泥沙俱下与起伏悲欢。夏天义无疑是一个时代的标志,这只要看他在"县志"上的记录即可知道,不过,贾平凹故意要给他开玩笑,先是"土改"时睡了俊奇的娘,后在运动重新分地签名时摔断了书正的左腿踝骨,有意无意地抵消了他在水库放水、七里沟淤地时的壮举。

如果说夏天义是政治的符号的话,那么夏天智则代表了文化的隐忧,他与白雪一老一少见证了秦腔的壮丽与悲凉。夏天智出了《秦腔脸谱集》一书,而白雪无意中写下的秦腔介绍材料成为该书的序言,不过,罩在翁媳两人之上的光环却不见亮。夏天智之死是全书丧葬中写得最详尽的一次,位于小说的收梢,明显带有挽歌的风味,是贾平凹文化没落情调的集中宣泄。同样,白雪也没能在秦腔中获得和她名字相称的礼遇,先是县秦腔剧团因团长夏中星的离开而解体,继之她自己的家庭生活也走向瓦解,甚至在要不要孩子的问题上也和丈夫夏风发生了分歧。虽然最终生下了孩子,但是"没屁眼"的噩运还是让这个家庭陷入了混乱,白雪也不得不和夏风离了婚,两代秦腔艺人就这样暗淡谢幕。贾平凹曾称秦腔是秦人"大苦中的大乐"[①],又说"恶的也在丑里化作了美的艺术"[②],也许贾平凹是在借生活之恶逼出艺术之美,作他牧歌的咏叹与沉重的悼唁罢。

作为全书的叙事视角,张引生是一个可资品评的"重镇"。贾平凹颠覆

---

① 贾平凹.秦腔[M]//贾平凹.丑石.南京:译林出版社,2012:325.
② 贾平凹.秦腔[M]//贾平凹.丑石.南京:译林出版社,2012:328.

了历来的审美正规,以缺失观照缺失,还原了生活现场,与他解构崇高、取法草根的策略相应。张引生本身就是作者的时代写真与投影,有"置之死地而后快"的清醒与机智,正如小说里所说:"清风街有我张引生不显得多,但一旦我离了,清风街就一下子空荡了,像是吃一碗饭,少盐没调和。"张引生的眼睛幻化了清风街,清风街就是张引生的外化世界,因而,张引生的疯癫、非理性的行为实际上是贾平凹关于社会变革的命名和按语。

福柯曾称疯癫是"一种宁静的透明状态"①,"一个庞大静止的结构",认为它"是一个使历史陷入既得以成立又受谴责的悲剧范畴的地方"②,张引生的清风街就是这样的"地方"。因为白雪,张引生的种种痴迷举动,目的在助成以白雪为化身的秦腔的文化魅力,否则,"秦腔"的题名恐怕也不比"清风街"之类更有优越性,同时,阉割本身也富于隐喻,暗示人与环境的变态和异化,连白雪也在内。

(二)日常生活碎事

和传统的农村题材小说相比,《秦腔》既少了明快,也少了整饬,挨挤在作品中的都是些零星的日常生活琐事,所以读来的最深印象就是"琐碎"。这在贾平凹并不是没有意识到的,在《后记》中,他坦率地承认:"我不是不懂得也不是没写过戏剧性的情节,也不是陌生和拒绝哪一种'有意味的形式',只因我写的是一对鸡零狗碎的泼烦日子,它只能是这一种写法,这如同马腿的矫健是马为觅食跑出来的,鸟儿的悦耳是鸟为求爱唱出来的。"最后的两个比喻贴切而神秘,想要暗示那种浓重的迷惘和辛酸的感受,这样"鸡零狗碎的泼烦日子"的写法是再合适不过了,以往宏大、整齐的史诗写法大都是创作者历史观和世界观的自然结果,贾平凹的"两次不能踏进同一条河"的体验式写法则是捕捉川流不息的时代面影的有效手段,正如夏天智死后小说中所说:"清风街的事,要说是大事,都是大事,牵涉到生死离别,牵涉到喜怒哀乐,可要说这算什么呀,真的不算什么。太阳有升有落,人

---

① [法]米歇尔·福柯.疯癫与文明[M].刘北成,杨远婴,译.北京:生活·读书·新知三联书店,2007:4.
② [法]米歇尔·福柯.疯癫与文明[M].刘北成,杨远婴,译.北京:生活·读书·新知三联书店,2007:5.

有生的当然有死的,剩下来的也就是油盐酱醋茶,吃喝拉撒睡,日子像水一样不紧不慢地流着。"其实,《秦腔》并不缺乏事件,举凡水库放水、退耕还林、改改计划生育、君亭走高巴、年终风波、夏天义七里沟淤地,等等。显然,贾平凹并没有放弃大规模展现农村社会变革的意图,正像他在"中街血案"中所说的,"故事都是一个环扣套着一个环扣的",仍是赵树理式传统和底子,然而,农村毕竟不是那个农村,思想和情感当然也不能沿袭以往的积习,贾平凹对于正在发生的农村的"巨变"深感困惑,他无法评价、更无力预测,只能在迷惘和辛酸中经受心灵的洗礼,所以作者很少理性地生发,而是本着对于生活的执着和敏感,一头钻进纷纭人世的杂沓与喧嚣,索性撇开是非,如他所说,"我为故乡写这本书,却是为了忘却的记忆"[①],"故乡啊,从此失去记忆"[②],这发自肺腑的慨叹无意中泄露了作家对于新的现实的隔膜和困惑的隐秘,而与他日常生活的写法一道,向一个时代致敬和送别。

  作为农民出身的作家,贾平凹的早期小说从来不缺在"城——乡"与"文——野"之间做出价值判断的勇气和热情,他甚至以略带狡黠的态度看待愚昧和憨实的他所从出的那一人群,然而,曾几何时,深刻的变动悄然滋长,一连串的疑问回环往复。作者承认,他已站在故乡的十字路口,时代和良知共同簇拥他走向历史的祭台。也许在物质文明发达的今天,痛苦的精神转型才刚刚开始,吼唱的秦腔有时可以相符,贾平凹无意间编织大网,打捞起浮游的悲伤,散发出浓重的颓废气息。小说在夏天智和夏天义之死中结束,并非偶然的巧合,而是作者灰色心境的集中体现。具有讽刺性的是,以君亭为代表的清风街新村政权钩心斗角、放荡逐利,无论君亭整垮秦安、嫖妓,还是会计李上善与妇女委员金莲的私情,都下意识地抵消了以建设农贸市场为大宗的村政实绩。其他如死于矽肺病的狗剩的爹、在省城卖淫的翠翠、在外因偷盗200元而杀人的羊娃、武进捉奸、李英民赔钱,等等,也都蒙上灾难性的阴影,特别是丁霸槽与夏雨合办的酒楼,容留按摩女郎及马大中一干商人,简直是清风街肌体上的毒瘤。贾平凹不愿看到火灭,也不能或无力探求新的现实的潜在希望,故而他一再展览和渲染伤痛。旧时代正在

[①] 贾平凹.后记[M]//贾平凹.秦腔.北京:作家出版社,2005:563.
[②] 贾平凹.后记[M]//贾平凹.秦腔.北京:作家出版社,2005:566.

逝去,新的一切却又是那么混沌、沉重,贾平凹处于新旧结合的夹缝中,暗淡地转看周遭此起彼伏的尘世人生。走出山村的知识分子夏风不是他心目中的救世主,聪明善良的白雪也不能担当转圜的大任,贾平凹所能做的只是埋葬和旁观。当然,文学从来没有建功立业的实用义务,没有人会要求《秦腔》承担经天纬地的重任,客观地呈现困境本身就是作家的胜利与贡献。

现代以来的作家向来留意农民的精神生态,鲁迅的阿Q、闰土、祥林嫂就带有强烈的控诉的力量,而赵树理的农民形象则第一次展现了明朗、乐观的世界,不过,随着20世纪90年代以来日常生活转型的完成,原来在横轴上的政治的方式逐渐被纵轴的文化的策略所取代,《秦腔》就是这转变的结果。贾平凹一向保有对于农村社会变迁的敏感与机智,不过《秦腔》却带给他挑战的极限,逼他走入了困境。如果说在夏天义和君亭之间的政治斗争还使他左右为难的话,那么在夏天智、白雪和夏风之间的"文化之争"则让他完全倒向了前者。即便如此,弥漫在整个清风街上空的云层还是令人窒息与颓唐,难怪学者称之为"废乡"①,以与《废都》相并。不过,《秦腔》并不是"废乡",不仅充满了文化隐喻的"秦腔"本身的生命力与感染力起到了抚慰每一个受伤的心灵的作用,就是哪怕最卑微扭曲的灵魂也有他生命群落的合法性,更不要说那些内涵邃密的能指符号了。就像夏天义,虽说他干过通奸的勾当,也曾挡修国道和抵制焦炭基地,却难免不在作家的情感上占据道德的高地,否则,那些"麦王""与狼面对面"的细节设置也就失去了意义。小说中"夏"姓及天字辈、"仁、义、礼、智"的名字都彰显了民族传统文化,然而,不论夏家,还是秦腔,都自觉不自觉地走向消亡,强化了贾平凹的认识困境。

清风街是贾平凹的清风街,是浸透了悲凉和失落的忏悔与放逐,虽说他一再念叨"生老病离死,吃喝拉撒睡"的所谓"密实的流年式的叙写"②,但这丝毫也未触动贾平凹内心的认识原点,只不过一变政治的颂歌而为文化的铭诔罢了。其实,缓慢地蠕动在历史大野上的古老村庄与农人何尝自命不凡,又何曾萧瑟、哀戚?没有比金字塔式的社会底层再稳固的了。贾平凹一

---

① 孙见喜.贾平凹传[M].上海:上海人民出版社,2008:326.
② 贾平凹.后记[M]//贾平凹.秦腔.北京:作家出版社,2005:565.

边感激着故乡给了他生命,送他到了城里,一边又哀怜像有了疤的苹果的腐败的老街的故乡,无疑带给全书难以名状的肃杀和阴冷,如狗剩喝农药、屈明泉砍杀金江义老婆后喝"3911"自杀、赛虎的惨死、夏天礼遇害,等等。此外,女孩子外出卖身、现代污染等都体现了贾平凹的士大夫式的不安和忧虑,是为民请命,还是良心不安抑或还债?也许答案并不重要,这样的悲情也无可厚非,就只是放大了困境罢了。

虽然贾平凹承认写作中"充满了矛盾和痛苦","不知道该赞歌现实还是诅咒现实"①,但事实是废墟遍布了空间,清风街没有了尊长,在贾平凹眼中,无异于荒原,而君亭们也成了陪衬,无法展开壮丽的新画卷。从这一意义上来说,贾平凹没能跨进新的状态和阶段。面对新时代和新世相,贾平凹抵抗的心态逐渐占了上风,君亭和秦安因赌博而凸显的权力斗争就是明证。因此,贾平凹写了社会变迁,同时,社会变迁也写了贾平凹,特别是他的困境。

《秦腔》中的"性"和"信"或"身"和"神"也是贾平凹创作的主体,前者作为文学的母题,历来备受争议。《秦腔》这方面的内容也不例外,不过,作者的态度是可控的、严肃的,几乎没有故意展览的变态。调侃不落俗滥,细微又不失从容,黑娥、白娥姊妹与庆玉、三踅的腻事是永远的乡村的一面相,而与以酒楼马大中为象征的朴野生活方式的污染和败落有所不同。尽管如此,所有"性"事本身还是流露出作者否定性的倾向,以和他"迷惘和辛酸"的心境相应,如白娥和白雪一字之差,却有天壤之别。引生对于白雪的喜欢与呵护是无以复加的,是精神悦乐,不惜阉割自虐,但对白娥,却可以率性享受身体,显示了灵与肉的两歧。后者指信仰、迷信,即神秘主义。贾平凹认为和他的生存环境有关,"我生活的那个地方佛和道都特别盛行,巫文化也特别盛行,无形中受这种东西影响"②,中星的爹是小说中唯一的卜卦测字的先生,但他从没有算准过。引生的爹病重脚肿,他打包票没事,然而不出十天病人就死了。他算自己死了会肉身不败,结果死在箱子里的他全身的肉都腐烂了。他小本子上的预言也一样都没能实现,贾平凹的讽刺可想而

---

① 贾平凹.后记[M]//贾平凹.秦腔.北京:作家出版社,2005:563.
② 孙见喜.贾平凹传[M].上海:上海人民出版社,2008:330.

知。在摧枯拉朽、泥沙俱下的时代,古老的星术走到了尽头,再也没有了昔日的威严和光荣。除了暗示乡村生活前路的渺茫、无从预知之外,贾平凹更多地是在叹息田园生气的不再、一种生活方式的消逝,从而深化了他关于困境的反映。

(三)困境与救赎

文学是救赎的事业。面对官能、纷乱的尘世,作家不能不在"怎么看"上反躬自问,贾平凹的琐碎写法正是困境看法的映射:一方面,最大限度地还原保有人生温度和密度的世态人情;另一方面,又在不经意间"致意",借以彰显困境。《秦腔》中的叙事主人公张引生就是作家尝试整合与同化的困境的视点,秩序和理性残缺,人在巨大的失衡前身不由己地分裂和疯癫。不过,面对新老权力代表夏君亭和夏天义,贾平凹显然把同情和希冀留给了后者,借用小说中的譬喻,夏天义是"人中龙",而君亭则被看作是狼。凡和城市有瓜葛的,无论县城、州城,还是省城,都程度不等地与败坏、颓废相连,诸如脚手架跌落的死伤、偷盗杀人、卖淫,等等,君亭无疑走上了这一方向,农贸市场建设就是明证,同时,万宝酒楼、七里沟换鱼塘、书正修公厕,甚至中街血案、年终风波等也都与此相关。相反,夏天义虽是一根筋,但他系念集体,亲近土地,不仅挡修国道、抵制炼焦厂,还愚公移山一般淤地七里沟,连同租种周俊德田地、建议重新分地、死前吃干土疙瘩都汇聚于一点,即土地情结。贾平凹倚重土地立场,尤其是土地公、土地婆,更是他土地图腾的徽记。

《秦腔》的困境基于两点:一是农村的动荡和紊乱,二是作家的迷茫和不安。像当年茅盾在民族资本上所做的调查和批判一样,贾平凹也试图由下而上地追踪农村社会变革的草蛇灰线。随着城市和"银元"(夏天礼因此丧命)的双重冲击,农村再次上演《山乡巨变》,只不过和半个世纪前的正好相反,土地不再是生命线。除了外出打工导致的人口结构和数量的改变之外,价值观念、社会关系也发生了空前的巨变。老主任夏天义跟不上时代的步点,312国道的抗争不仅没有避开清风街的后遗,还应运而生了诸如公厕、集市之类以金钱为主导的利益实体。集市产生了"争执和吵闹",王婶和狗剩家的寡妇甚至"抓破了脸",而"君亭走高巴"则滋生了夏中星式的官员不正之风,连文成一帮晚辈也在国道上伺机抢劫。贾平凹无法释怀,一再"扫描",陈星和翠翠就是其中的典型。恋爱中的男女迷失在"滔滔者天下皆是"的"大波"之下,翠翠在省城出卖肉体。为了钱,原本纯情的一对恋人最终分道扬镳。农村的嬗变显然没能在贾平凹那儿获得正面和积极的评价,代表新兴势力的君亭从一开始就惯于心计,出身"仁义礼智"四兄弟家族的他是个"独人",自以为是的气质在电话事件中初露锋芒,整垮了秦安,而笼络陈三趸、兴建农贸市场则直指夏天义。和清风街的君亭不同,夏风则联系着社会的风气,身为作家,却敷敷衍衍,鲜有警世和用世的气度与魄力。与峻洁温雅的白雪离异,不只暗示他在农村变革上的无力,还意指城市的变态和异化。小学教师庆玉则是知识分子破产的标志,与夏风一道,成为贾平凹困境写作的指标。

清风街犹如皮影戏,贾平凹坐看风起云涌的冷暖世相,回看潮起潮落的史诗气象,原因就在于困境,就在于他连着梦的记忆和心的柔软的村野万象。当一切都地震般摇动时,他不能不在精神的废墟里寻觅前梦。清风街的败坏不必说了,满具"梦"的神秘和魔力的情节线就有三个:一是引生对于白雪的痴恋;二是夏天智对于秦腔的迷恋;三是夏天义对于土地的眷恋。引生的感情是病态的,又是神圣的。小说的第一句话"要我说,我最喜欢的女人还是白雪",既昭示了作者无法摆脱感性情事的支配,无法理性观照世事的窘境,同时也在理想和希望的意义上营造了白雪的完美意象,正如小说结尾所说,白雪"身上有佛光","是菩萨一样的女人"。如果说白雪是在"唱"上分得了秦腔的荣光,那么夏天智则是秦腔人生的歌者。他的胃病是伴随着秦腔脸谱而好起来的,与高音喇叭播放秦腔一道成为他"与病和平共处"哲学的偏好。从翁媳到父女,再到无意识间合作《秦腔脸谱集》一书,两代秦腔人俨然造就了作家精神的偶像与故乡,而夏天义的土地缘同吃凉粉一样绵远,以至小说中把他淤地的七里沟美化成桃花源般的世界,不仅地形与富于生产和土地意味的女性生殖器相像,能够长出麦王,而且有大鸟(凤凰)和狼相伴,升华了贾平凹祥瑞和野性的"乌托邦"想象。

贾平凹无意贬损新形势下农村发展道路可能性的探索,而是打捞记忆与深长计议。一方面,自足的乡村记忆渐就逝去,小说后半部的暴风骤雨即是隐喻,同样,人的价值观念也在无形的洪流中倾塌;另一方面,新生力量是否妥善,贾平凹不能不心存疑虑。实际上,对于君亭,他并不一味反感,相反,在面对诸如马大中、秦安甚至夏天义上,君亭还不失智慧和风度,特别是夏天义,两人简直惺惺相惜。贾平凹客观地记录了农村新权力的政绩,不过,即便如此,也丝毫不能掩盖他内心的积虑和隐忧,人力为微,他只能在浩叹和无奈中安抚寂寞的心地。夏天智的秦腔回荡在暗沉沉的屋宇和人心之中,夏天义的七里沟也只有哑巴和疯子相伴,他们的衰老和离世预示了一个时代的结束,继起的君亭们终将开启别样的世界。有意思的是,整部小说以白雪始,而以夏风结,蕴含了一个理性的旁观者的回归,困境也因此淡化。

贾平凹热心于"裂变"的试验,他提出:"中国的作家怎样把握自己民族文化的裂变,又如何在形式上不以西方人的那种焦点透视办法而运用中国画的散点透视法来进行。"[①]《秦腔》的裂变试验是最彻底的一次,关键就在于同情与湮灭、抵抗与风尚的错位。贾平凹并没有回避和惶恐,而是以尽可能多的冷静和宽容来面对"残酷",无论是中星他爹夏生荣(钻箱腐烂),夏天礼(他杀),夏天智(胃癌),夏天义(土埋),白路(脚手架跌落),狗剩(喝农药),屈明泉(喝农药、斧割)的"死",秦安的脑瘤病,还是夏风、白雪之女牡丹的"生"(没屁眼),都是他迷惘情绪的反影,而"散点透视"的生活流写法又加剧了这种迷失感。贾平凹生性"孤独","喜欢躲开人"[②],然而却给了文学最大限度的方便,《秦腔》的困境正是他"孤独"天性的实现。贾平凹并不轻易把希望寄托在君亭们上面,而是在过去的时空里填充自己的未来之梦。清风街是衰败和病痛的清风街,秦腔是贾平凹的精神药方,正像小说中陈星的流行歌所受到的欢迎那样,土地和秦腔都仿佛是遥远的记忆,很难唤醒迷醉的众生。从这一意义上来说,贾平凹的困境仍将延续,小说最后一句的"盼着"正是无奈的自慰。

面对新的"大苦大乐"[③],秦腔还能够再一次迷醉、振奋秦人吗?贾平凹并不乐观,也许正是这"不乐观",才让人不满和反思,《秦腔》的用意未必不在此,那么贾平凹的困境或者正是出路也未可知。

---

① 李星.执着而艰辛的攀登[M]//贾平凹.贾平凹精选集.北京:北京燕山出版社,2009:7.
② 李星.执着而艰辛的攀登[M]//贾平凹.贾平凹精选集.北京:北京燕山出版社,2009:2.
③ 贾平凹.秦腔[M]//贾平凹.丑石.南京:译林出版社,2012:328.

第二节 乡村政治的写法——《古炉》与《带灯》合论

《秦腔》获第七届茅盾文学奖之后,贾平凹又写了《高兴》《古炉》《带灯》和《老生》等。就结构来说,《古炉》和《带灯》更为相似。两作深化了贾平凹对农村和民族国家问题的思考。

(一) 乡村圣像

也许是经验和态度的原因,贾平凹的两部小说没有牧歌田园境界的诗性书写,而是继承鲁迅非"田家乐"①的叙事传统。《古炉》"冬部"第5节结尾借霸槽和水皮的对话提到了作为思想家和文学家的鲁迅,并以主人公狗尿苔的口吻称之为"老汉"和"老人家"。相比之下,书中以高潮面目出现的惨烈暴力武斗场面更给人国民劣根性批判的鲁迅精神联想。与鲁迅乡土小说中外部世界的变动和冲击的思路相比,贾平凹的《古炉》和《带灯》已很纯熟,无奈的怅惘和忧郁的苍凉塑造了他深刻的矛盾感和悲剧感。两部小说中都谈到了"美丽"和"富饶"的不可兼得,如《古炉》重复出现的"冬部"第75节一开始就借小说中人物开石的话表明,"课本上有一个词是美丽富饶,这词儿不对,美丽和富饶就连不起来么"。同样,《带灯》中部"星空""美丽富饶"一节中也在"美丽"和"富饶"之间打上了问号,就像女主人公带灯所说的,"美丽和富饶其实从来都统一不了",难怪她"富饶了会不会也要不美丽了呢?"的迷茫一直没有答案,怅惘和苍凉之感也随之而起。

与鲁迅《故乡》和《社戏》中无忧无虑的童年世界相比,贾平凹的温暖表现在他心向往之的乡村"圣像"上。《古炉》中的善人(郭伯轩)、蚕婆和狗尿苔(平安)都有些异禀,葫芦媳妇也不同寻常,尤其前三个人,称得上俗世精灵,是贾平凹虔敬所在。拿善人来说,他一能接骨,二会说病,在身和心的两

---

① 鲁迅.风波[M]//鲁迅.鲁迅全集:第一卷.北京:人民文学出版社,1981:467.

面都护佑着村人,白尾巴红嘴鸟正是他的化身。蚕婆则善剪纸花,濒临失传的很多古老习俗都保存在她那儿,如染布时要敬奉梅葛二仙;中漆毒时需燃湿柏朵,而且要一边跳火堆,一边口念"你是七(漆),我是八";清水碗里立筷子;等等。蚕婆还"最能懂得动物和草木",小说第7节写道:"平日婆在村里,那些馋嘴的猫,卷着尾巴的或拖着尾巴的狗,生产队那些牛,开合家那只爱干净的奶羊,甚至河里的红花鱼、昂嗤鱼,湿地上的蜗牛和蚯蚓,蝴蝶、蜻蜓以及瓢虫,就上下飞翻着前后簇拥着她。"气度不凡的蚕婆简直是远古仙人,天人合一的象征。和蚕婆一样,狗尿苔也懂动物和草木的言语,更奇特的是,他能闻到一种气味,并且一旦闻到气味,村里就出怪事。按照第1节开头部分的描述,这种气味"怪怪的,突然的飘来,有些像樟脑的,桃子腐败了的,鞋的,醋的,还有些像六六六药粉的"。"闻气味"既是狗尿苔"懂得动物和草木"的灵性和神秘预感的集中体现,同时相对于成人世界,十二岁的狗尿苔自然宽广的心灵世界也是贾平凹孩童式的真实叙事姿态和精神拯救策略。巧合的是,三个人在古炉村里都不占有正常社会资源,身份上也没能取得为主导性政治权力所认可的合法性地位。因此,与上述异禀一道,客观上拉开了与狂热无序的异化环境之间的距离。实际上,就像生活于其中的拥有悠久而深厚历史文化传统的长安古城一样,贾平凹的文学世界也矗立着象征了灿烂华夏文明的"古堡",永远地提醒着对于先人智慧的感佩和敬重。不论是州河上的镇河塔,还是中山山顶上的白皮松,都不外是风水的隐喻性符码,共同指向平和宁静的乐园。不过,现实的结果却是,白皮松被炸,善人也被火焚,仅留下一颗心在世上。贾平凹笔下的善人其实就是圣人和凡人的结合,既有大哲孔子、释迦牟尼之风范,又是有血有肉活生生的普通人,虽然善人自己并不视同圣人,以为"不是孔孟,也不是佛老耶回,我行的是人道,得的是天道"。善人的居所,搬家后的山顶的山神庙也是某种暗寓,象征了民族的道德高地和宗教高度。善人讲说伦常道和性、心、身三界,不只在祛病救人,实际上还做了祖先经验的传人,诸如"贤人争'不是',愚人才争理呀!"(第39节)"一个人孝顺他的老人,他并没有孝顺别人的老人,但别人却敬重他;一个人给他的老人恶声拜气,他并没恶声拜气别人的老人,但别人却唾弃他。"(第9节)"用志做人就是金,用意做人就是银,以身心用事,就是走上了黄泉路。"(第45节)"有苦不要说,忍着活,就活出来了。"(第52节)等等。可以说,善人是典型化了的民间智者,是"古炉"的"古"之化身,但在摧枯拉朽、势不可当的"文革"大潮面前,他最终无能为力。善人的形象是贾平凹民间传统立场和智者理想的集中体现,受他赏识的葫芦媳妇的孝顺则是这一理想和立场的最有力典范。

如果说《古炉》以事为主,展现了村民群像的话,那么《带灯》更突出了个体的"人",是改革时代的英雄颂歌。《古炉》重在"炉",暗寓"燃烧"和"发热",《带灯》的题眼却在"灯",虽是人名,却有深意存焉。带灯的原名叫萤,因了"萤虫生腐草"的"不舒服"联想,才决定改名。又因了"夜行自带了一盏小灯"的灵感,最终将"萤"改名为带灯。"带灯"这一命名既含了对其美丽和光明品格的赞美之意,同时也暗示了与周围环境的对照。中部"星空"的"旧寺"一节中特别借了和尚活画出"许多活鬼"的众生相:"一个个都低眉耷眼,不说话,缩头鳖似的",尤其是其中穿了红袄"骂骂咧咧"的电工,"那德性真把一抹红色糟蹋了"。在"能认得哪个是人哪个是鬼"的和尚眼中,带灯是唯一的人,她所到之处,"所有的鬼就消失了",她经过后才"又恢复起熙熙攘攘"。作为从事维稳、上访等最棘手工作的乡镇综治办干部,带灯发誓不做男人婆,从没想过当官,连综治办主任的职务也是新任镇长的同学极力劝说的结果,但在做事上她一点也不含糊:给在大矿区打工患上矽肺病的老街上的毛林及东岔沟村十三户家庭申请赔偿;带领九个妇女去双平县永乐镇摘苹果;为大旱中的南胜沟村智借元黑眼沙厂的抽水机;与不孝顺老人的马连翘打架;与马副镇长一干人因苗子沟村老两口不必要的计生罚款做周旋;等等。加之其超凡脱俗的外貌,可以说,贾平凹在用心打造一尊女神雕像。小说中东岔沟村妇女崇拜她为"菩萨",并真心欢喜赞叹"遇上活菩萨啦"。比较而言,带灯就是《古炉》里的善人、蚕婆和狗尿苔。贾平凹借女性写他基层政治的朴素理想,不只是象征性的文学手法使然,还折射了他乡村想象之梦,正如"带灯"颠倒之后的"等待"所寓意的那样。

无论善人、蚕婆和狗尿苔,还是带灯以及与她如影随形的竹子,都不出老人、女人和孩子的角色范围。表面上是边缘的弱势群体,但在贾平凹的道德价值和文本结构中却最突出,好像现实社会的镜子,构建了意义生成的张力空间。

(二) 暴力叙事

和同样表现乡村社会变动题材的《秦腔》不同的是,《古炉》和《带灯》加大了高潮环节的写作力度。这一处理显然带有作家平衡和补偿的意图,以克服因琐屑的日常生活叙事而可能伴生的冗长和沉闷之弊。当然,技法仅是末节,并非刻意而为,起决定性作用的还是贾平凹的民族国家隐忧及因此所做的反思。

鲁迅曾感慨:"我们受了损害,受了侮辱,总是不能说出些应说的话。拿最近的事情来说,如中日战争,拳匪事件,民元革命这些大事件,一直到现在,我们可有一部像样的著作?民国以来,也还是谁也不作声。"①周作人在读了林纾小说《京华碧血录》后,认为书中"记述庚子拳匪在京城杀人的文章"最好,原因就在"外国人的所见自然偏重自己的一方面,中国人又多'家丑不可外扬'的意思,不大愿意记自相残杀的情形",而《京华碧血录》写出"愚蠢与凶残来",客观上"能抉出这次国民运动的真相"②。周作人的结论未尝不可移用到贾平凹的《古炉》和《带灯》上。前者写深写活了"文革",而《带灯》则是当前伟大时代的纪录,写尽了金钱的无孔不入对生命和人性的腐蚀与破坏。

贾平凹的"文革"反思植根于民族和历史的"大地"之上。《古炉》中的外部世界变动正是古炉村"文革"最重要的诱因。星火燎原独立战斗队的黄生生在洛镇和夜霸槽谈到北京的两个司令部时强调"把权力夺回来",霸槽和支书朱大柜虽有造反派和当权派的地位不同,但在根本态度上是一致的。前者硬气,后者也不甘示弱。公路上霸槽小木屋前步行的串联学生正是上述外因的具体体现。

贾平凹的重心在村人。具有反讽意味的是,包括黄生生和霸槽在内的打头者都不明白为什么要进行"文革"运动。对他们来说,只有一件事情是最清楚的,那就是利益上各不相让。面对霸槽的"横行",灶火就曾质问:"文化大革命就是他姓夜的文化大革命啦?"不管上面的意图如何,实际上

---

① 鲁迅.无声的中国[M]//鲁迅.鲁迅全集:第四卷.北京:人民文学出版社,1981:12.
② 陶然(周作人).读《京华碧血录》[M]//周作人.周作人散文全集:3.桂林:广西师范大学出版社,2009:419.

的运动只能有两种结果:要么是你死我活的血腥对抗,要么就是听天由命的妥协服从。在解释为什么没有谁出来反对霸槽的"破四旧"行动时,小说第33节给出了这样的答案:"依照以往的经验,这是另一个运动又来了,凡是运动一来,你就要眼儿亮着,顺着走,否则就得倒霉了,这如同大风来了所有的草木都得匍匐,冬天了你能不穿棉衣吗?"实际上正是善人所讲"忍"的道理。但事实是,正像运动本身就不乏狂热和放任一样,村里的不同家族之间也很快发展成为以夜霸槽为首的榔头队和以朱天布为首的红大刀队之间的对抗。从第50节开始,对应于上边"联指"和"联总"两大造反派的两支队伍之间的矛盾逐渐升级,以至最终演变成了惨烈血腥的巷战械斗。不管死伤结果如何,武斗本身正是所有问题的原点,也是贾平凹思路的起点和终点。是彻底否定"文革",还是继承国民劣根性的批判传统?抑或针对人性恶的借以展示?不论怎样,贾平凹的反思客观上树立了民族精神的纪念碑,并镌刻了"此路不通"的碑文。正像古炉村周边的下河湾、东川村、茶坊岔甚至是"连苍蝇也不下蛋"的王家坪都各自成立了"麦芒对针尖的对立着"的造反队一样,《古炉》抓住并展现了集体无意识原型,塑造了人性中的野性和本能,同时也拿批判做警世和希望,天布和霸槽的伏法就是最好的证明。

同样采取了家族对抗的方式,《带灯》却呈现了民族悲剧的另一种景观。如果说《古炉》释放了政治的激情,带有宗教原罪的批判指向的话,那么《带灯》则关注金钱和经济的后果,炮轰世俗欲望的罪恶。《古炉》偏古,《带灯》则说今。和引出民族国家问题,引发巨大历史回声的《古炉》不同的是,《带灯》更侧重经济建设的现实问题,诸如经济发展与人的生存状态,等等。从人本主义出发,贾平凹一直警惕潜在和可能的风险,一再直面物质与精神的失衡,《带灯》中的大工厂就是他为此所做的假定。经樱镇党委书记跑动,由在省政府当副秘书长的樱镇人元天亮促成的大工厂虽说是循环经济,光一年税金就有一千多万,但接连发生的一切都似乎对它不利。先有老上访户王后生说是蓄电池生产污染环境,再是破坏了带有"樱阳驿里玉井莲,花开十丈藕如船"十四个字的驿站旧址,就连寂静的夜也一去不复返了。"大工厂建在梅李园那儿"一节细腻翔实地记录了带灯睡不好觉的痛苦与折磨:"如今再也不能在夜里静静地想心事了,机器的轰鸣如同石头丢进了玻璃般的水面,玻璃全是锐角的碎片。把身子埋在被子里心跑出去逛一圈吧,逛了回来更是失眠。"实际上,未来的大工厂就是和樱镇只隔着莽山的华阳坪大矿区。后者不仅生产了毛林和东岔沟村的矽肺病人,还运回了栎树坪村王三黄的尸体。最为触目惊心也是全篇最高潮的元薛两家特大恶性的打架事件正是大工厂的直接恶果。沙场真正成了杀场,导致最终死亡一人,致残五人,伤及三人。正像《古炉》里的暴力和残杀一样,《带灯》也决不是写来好玩儿,或聊以炫技。打杀背后的呻吟与痛苦绝不止于伤残者。比较而言,大矿区似隐形杀手,大工厂却明目张胆。一暗一明,一隐一显。贾平凹在记述膨胀着的物质欲望及其罪恶的同时也揭示了人性的堕落和可怕。也许文学的使命正该如此,但贾平凹小说自身的力量与启示也不能遗忘。

(三)日常书写

善写农村与农民的鲁迅和赵树理的可贵之处就在于他们的熟悉程度与写实态度,特别是后者,连"劝人"[①]的小说创作初衷也是自觉的夫子自道。贾平凹的农村书写同样阐释了农民本位的思维。

《古炉》篇幅之长恐怕是创了贾平凹长篇小说之最的,"长"不仅是物理意义上的,更重要的还是心理之"长"。不同于20世纪五六十年代革命现实主义长篇小说的叙事形式,从《秦腔》开始贾平凹的长篇小说表现出了琐碎和细密的倾向,用他自己的话说就是"泼烦"。各色人物与婆婆妈妈的事件一道织成日常生活的无缝天衣,就像绵密结实、川流不息的日子一样。贾平凹曾戏称之为巴塞罗那足球队式的踢法,以为二者都"繁琐、细密而眼花缭乱地华丽",还具体解释说:"这样的消解了传统的阵形和战术的踢法,不就是不倚重故事和情节的写作吗,那繁琐细密的传球倒脚不就是写作中靠细节推进吗?"[②]当然,贾平凹的"证据"是与他对长篇小说的理解分不开的。在《古炉》后记中,他总结说:

---

① 赵树理.随《下乡集》寄给农村读者[M]//赵树理.下乡集.北京:人民文学出版社,1981:2.
② 贾平凹.后记[M]//贾平凹.带灯.北京:人民文学出版社,2013:361.

长篇小说就是写生活,写生活的经验。如果写出让读者读时不觉得他是小说了,而相信真有那么一个村子,有一群人在那个村子里过着封闭的庸俗的柴米油盐和悲欢离合的日子,发生着就是那个村子发生的故事,等他们有这种认同了,甚至还觉得这样的村子和村子里的人太朴素和简单,太平常了,这样也称之为小说,那他们自己也可以写了,这就是我最满意的成功。

贾平凹的"相信"说自有其道理,但像上述《古炉》中的善人、蚕婆和狗尿苔,《带灯》中的带灯却都不是简单的现实原型可比。其实鲁迅早就在"怎么写"的问题上讨论过事实与真实的关系,他指出"其实是大可以随便的,有破绽也不妨"①。剧作家曹禺也曾在《北京人》"后记"中谈到现实主义的误区,以为"坚持现实主义创作路子,并不是说都按现实的样子去画去抄",并强调,"现实主义的东西,不可能那么现实"。贾平凹的本意当然并非简单的"相信"可以概括,却是"没秩序""没工整"与"清明透彻"的统一。从这一意义上来说,他"写日常,写伦理"的境界其实就在"最朴实的其实是最繁华的"②一语之上。

贾平凹承认《古炉》和《秦腔》的写法没有什么不同,却指出《带灯》的变化,称"有意地学学西汉品格了,使自己向海风山谷靠近",并详论这种"品格"或"风格""没有那么多的灵动和蕴藉,委婉和华丽,但它沉而不糜,厚而简约,用意直白,下笔肯定,以真准震撼,以尖锐敲击"。显然,贾平凹在有意谈论语言,并借以区别此前他自称的"清新,灵动,疏淡,幽默,有韵致"的"明清以至三十年代的文学语言"③。《带灯》开篇"高速路修进秦岭"中的"劳力和资金往那里潮"中的"潮";中部"星空"中"电视机坏了"一节的麻雀"媚眼顾盼,尾巴划圆";"六斤也死了"一节中带灯和竹子在南胜沟村"吃喝得王朝马汉",以及带灯写给元天亮的信;等等,都是"以真准震撼,以尖锐敲击"的范例。实际上,同样是"写作欲望的冲动"④的产物,《秦腔》《古

---

① 鲁迅.怎么写:夜记之一[M]//鲁迅.鲁迅全集:第四卷.北京:人民文学出版社,1981:24-25.
② 贾平凹.后记[M]//贾平凹.古炉.北京:人民文学出版社,2011:607.
③ 贾平凹.后记[M]//贾平凹.带灯.北京:人民文学出版社,2013:361.
④ 贾平凹.后记[M]//贾平凹.带灯.北京:人民文学出版社,2013:362.

炉》和《带灯》三部作品之间并没有本质上的不同,只不过如从"繁琐、细密"的角度讲,《古炉》和《秦腔》较为接近,而与写作时间更晚的《带灯》略显不同。这一"不同"也不无写作规模上的原因。本打算拓展的人与事因此被压缩,接受起来自然就不同。从"精神"和"物质"的对比结构来看,《古炉》和《带灯》都存在相似的二元并置模式。前者的善人、蚕婆和狗尿苔与混乱狂热的群体武斗,后者的带灯、竹子和元天亮与比《古炉》有过之而无不及的使强斗狠的元薛两家械斗,都与安抚心灵创痛的《秦腔》的写法明显不同,而显示了贾平凹的变化。

比较而言,《古炉》和《带灯》的展开都基本符合"开端、发展、高潮和结局"的传统小说结构模式,实际上结构本身也与社会语境不无关联,特别是在高潮环节上的设计就显露了贾平凹突入现实的方式和主题升华的手法。围绕着善恶冲突,贾平凹呈现了三种情节力量:一是人情事理的守望者,二是邪念贪欲的附体者,三是惩恶扬善的权力者,尤其是前两者。值得注意的是,在强大的以"邪念贪欲的附体者"面目出现的"恶"势力面前,作为"善"的化身的"人情事理的守望者"不仅在身体上孱弱,就是精神上也有缺陷。贾平凹曾特别解释《古炉》里的善人"是宗教的,哲学的,他又不是宗教家和哲学家,他的学识和生存环境只能算是乡间智者,在人性爆发了恶的年代,他注定要失败的"①。同样,"在浊世索求光明"的带灯的行动也不妨说是女性自我的表露。带灯给元天亮的手机短信(几百字或上千字)既是她精神信仰的支撑和确证,也是某种自我消解或颠覆。作为家庭之外的内心告白,带灯的短信连同她游刃有余地置身其间的乡政府"空间"都程度不等地遮蔽了她本应该升华的精神和道德库藏。对此"空白"或"缝隙",贾平凹并不顾忌,反而感慨"环境的逼仄才使她的想象无涯啊!"甚至誉之为"江山社稷的脊梁"及"民族的精英"②。无论是善人,还是带灯,都是贾平凹内心投射的"神",也是他中国情怀和憧憬的造像。由此,贾平凹才大谈"在中国,以后还会不会再出现类似'文革'那样的事呢?"才考虑"现代意识"("人类意识"),才重视"提供的中国经验",以为关键要"正视和解决哪些问题是我们

---

① 贾平凹.后记[M]//贾平凹.古炉.北京:人民文学出版社,2011:605.
② 贾平凹.后记[M]//贾平凹.带灯.北京:人民文学出版社,2013:358.

通往人类最先进方面的障碍?"①也许是事实的严酷,也许是"杞人忧天"的"心情",贾平凹才不愿想当然地神圣化和理想化,而他作品的意义和魅力恐怕也正在于此。

《古炉》和《带灯》发展了贾平凹此前以《废都》和《秦腔》为代表的写作路径。与火热而伟大的时代相应,两部小说都瞩目于生命和人性的纠结与张扬,以至连作家自己也"烧"在里面,难怪创作完成后的自述里贾平凹都不约而同地提到了一个"老"字,甚至新作《老生》也不例外。"老"不只是时间,更是苦闷和忧虑。《古炉》结尾第88节中"把脑浆掬在馍里,要趁热吃"的嘲讽,及《带灯》下部"幽灵"中"带灯不但患了夜游症,而且脑子也有问题了"的沉重,都是贾平凹无奈和痛苦的表示。前者化用鲁迅《药》的寓意,后者则寓意辛酸于悲凉,连"如佛一样,全身都放了晕光"也不能掩过。贾平凹十分赏识"凹"是火山口的说法,以为"社会是火山口,创作是火山口"②,但在匆促沸腾的现实长河中,"凹"更提示着不足,并蕴含着一种境界:渊默与质朴同在,沉重和坚守共生。

第三节 故事与断片——《老生》的日常生活形态

(一)故事、经验与生命时空

《老生》的主体是四个连续性的故事,由唱师在弥留之际复现。作为交流经验的传统样式,故事的主要功能是智慧和教诲。本雅明指出:"一个人的知识和智慧,但首要的是他真实的人生——这是故事赖以编织的材料——只有在临终时才首次获得可传承的形式。"③《老生》中的唱师就是这

---

① 贾平凹.后记[M]//贾平凹.带灯.北京:人民文学出版社,2013:360.
② 贾平凹.后记[M]//贾平凹.带灯.北京:人民文学出版社,2013:362.
③ [德]瓦尔特·本雅明.讲故事的人[M]//[德]汉娜·阿伦特.启迪:本雅明文选.张旭东,王斑,译.北京:生活·读书·新知三联书店,2008:105.

样讲故事的人,不同的是,唱师还取得了历史性身份,就像小说中所说:"年轻人说他们小时候看见他就是现在这模样,老年人也说他们小时候看见他也是现在这模样。"故事本身天然富有真实而巨大的力量,也如本雅明所说:"讲故事的人取材于自己亲历或道听途说的经验。"①《老生》的故事化处理显然具有朝向"经验"的意图。唱师死后,"只有大贵人来了就往外流水"的棒槌山石洞"出了水,水很大"的奇迹就是致敬"经验"的暗示。

故事的民间化要求与它所表现的内容相谐和,而老唱师的经历正是中国人历史(集体)记忆的口述版。20世纪90年代以来,革命历史史诗叙事模式逐渐日常生活化为丰盈的可触摸的历史。在个人化历史记忆反拨的今天,故事化的处理已远不止于讲述历史方式的变化,而升华为历时性与共时性的生命哲思。贾平凹曾慨叹道:"我们既然是这些年代的人,我们也就是这些年代的品种,说那些岁月是如何的风风雨雨,道路泥泞,更说的是在风风雨雨的泥泞路上,人是走着,走过来了。"②唱师就是这"走过来了"的生命"标本"。他见证了生与死,致力于安抚人与鬼。他的传奇和长生本身就是对于生命的热爱与致敬。贾平凹小说的神秘性再次在唱师身上体现出来。唱师就是"老生",是"永恒"的"生命"。贾平凹进入世事经验,欣赏"唱师像幽灵一样飘荡在秦岭,百多十年里,世事'解衣磅礴',他独自'燕处超然',最后也是死了"③。唱师凝结了贾平凹一部分生命体验。他既是隐者,又是智者;既是生命的歌者,又是人间的长者;他为正义奔走,也为弱者祈福。唱师答应白土给王财东唱阴歌,也不拒绝墓生,为此不惜得罪徐副县长和过风楼公社书记老皮。唱师总结说:"我不唱的时候在阳间,唱的时候在阴间,阳间阴间里往来着。"善待"生",也不忽视"死"。给放羊父子家的孩子讲授《山海经》的镇街饱学老师曾为他写下的一句话"这个人唱了百多十年的阴歌,他终于唱死了",无疑是对他平凡而伟大的一生的生命礼赞。

和以往贾平凹的小说不同,《老生》里出现了平行的线索——对于《山海经》的引用和讲评。贾平凹称《山海经》是他"近几年喜欢读的一本书"。在"写出了整个中国"的意义上,贾平凹解释了《山海经》与《老生》的关系:

---

① [德]瓦尔特·本雅明.讲故事的人[M]//[德]汉娜·阿伦特.启迪:本雅明文选.张旭东,王斑,译.北京:生活·读书·新知三联书店,2008:99.
②③ 贾平凹.《老生》后记[J].当代,2014(5):105.

"《山海经》是写了所经历过的山与水,《老生》的往事也都是我所见所闻所经历的。《山海经》是一个山一条水地写,《老生》是一个村一个时代地写。《山海经》只写山水,《老生》只写人事。"①鲁迅曾说《山海经》是"最初得到,最为心爱的宝书"②,不难理解,想象的奇特事实上是对单调枯燥的学塾生活有意的反叛。颇具相似情形的是,贾平凹的"喜欢"同样基于自然与人事的勾连。《山海经》的嵌入并不是卖弄学问,也不只是经典普及,而是拓展和深化,是两种文学"空间"的交融互渗。从神话的《山海经》出发,贾平凹特别表明"现在我们的故事"为"人话",可以看出他的用意所在。在贾平凹看来,《山海经》虽不着意写人,却无处不在写人,像他在讲第二个故事借一问一答形式所说的那样:"书中所写的就是那时人的见闻呀,人在叙述背后。"随后他又举例说:"当它写道某某兽长着牛足羊耳,你就应该知道人已驯化了牛和羊。"诸如此类都彰显了"人"的存在及其意义。《老生》所写的历史就与《山海经》的历史具有了时空的同一性。《山海经》成了《老生》的潜文本,延伸和扩大了《老生》的意义空间。

贾平凹拿《山海经》做底子,借以铺排从老黑开始,中间经过马生、墓生,一直到戏生的故事,显然有他的思考和命意在。就像几千年来华夏民族一直生活于其上的土地一样,贾平凹也在属于他的时代和历史语境中重新演绎古老传统的传奇。《山海经》的神话时代已经一去不复返了,然而今天的人事一样是"传奇",一样创造了"神话时代"的永恒。贾平凹借"老"写"生",也借"生"写"老"。《老生》写作过程中,贾平凹曾拜访一位老人。老人因"没有私心偏见","能把话说公道"而受人敬重。像小说中的"老师"一样,贾平凹也称他为"老师",还借此悟出,"写小说何尝不也就在说公道话吗?"③此后,《老生》的写作非常顺利。姑且不论这"公道话"的含义,单就"老人"的隐喻就可以想见贾平凹创作心理与动力之一斑。《山海经》和唱师同样是"老"。后者洞察人心,经见各色人等,所以他"有些妖"。因他"没读过《山海经》,连听说过都没有"。所以,和唱师对于"生"的理解相比,《山海经》的"老"其实就是"生"。难怪第四个故事的开头在援引"西次四山之

---

① ③ 贾平凹.《老生》后记[J].当代,2014(5):104.
② 鲁迅.阿长与《山海经》[M]//鲁迅.朝花夕拾.北京:人民文学出版社,1979:18.

首"一段后,贾平凹特别以"答"的形式联系说:"《山海经》里上古人的思维是原始的,这种思维延续下来,逐渐就形成了集体意识,形成了文化。"这里"上古人的思维""集体意识""文化"等都是"老",同时也都是"生",并一道体现在四个独立的故事之中。

(二)死亡与生命追问

与此前的《秦腔》《高兴》《古炉》和《带灯》相比,《老生》并没有太大的不同。经验和反思不难从他对人物和故事的安排上感到。按照先后顺序,贾平凹既写了革命战争、土改、割资本主义尾巴等革命历史,也写了当前社会热点问题,诸如食品安全、假老虎照事件及瘟疫。值得注意的是,不论是小说中人物的命运,还是故事的结局,都给人以冷峻之感,"死亡"甚至成为主角。与建构在进化和正义基础之上的乐观叙事不同,贾平凹注重批判自觉和生命意识,有意在传统和文化的立场上来表达自省和良知。所以他特别强调"真诚",以为"要写出真实得需要真诚"。为此,他还论证了"真实"与"真诚"之间的关系,并解释说:"能真正地面对真实,我们就会真诚,我们真诚了,我们就在真实之中。"[①]死亡叙事既有他对于"老"的体验和理解,同时也表达了他面对巨变时代和功利现实时的心理自觉。第一个故事中秦岭游击队主力三海、李得胜、老黑和雷布的相继死去,第二个故事中玉镯和白土的死,第三个故事中墓生的死,第四个故事中戏生的死,连同唱师的"咯啷"(死),都是诉说,也是致意。是返回生命的直白,也是他对自我和苦难的献祭。

也许是年龄的原因,贾平凹一再就"老"这一话题发表意见,他曾借"吃烟"作比道:"现在我是老了,人老多回忆往事,而往事如行车的路边树,树是闪过去了,但树还在,它需在烟的弥漫中才依稀可见呀。"[②]语气中流露出对于往事的忆念和沉思。正是这一情怀,才蛊惑他进入历史和回忆的时空。不妨说,是"老"带动了"回忆"。也是"老",激发了贾平凹对于生与死的沉思。《老生》的"生"与"死"承载了历史与现实、传统与新潮的分量。贾平凹

---

① 贾平凹.《老生》后记[J].当代,2014(5):104.
② 贾平凹.《老生》后记[J].当代,2014(5):103.

笔下的"死"也是"生",至少是对于"生"深刻翔实的注释。从整体上来看,"生"是永恒的,特别是上下古今的"长生",以《山海经》为代表。山、水、物的变迁虽大,但它依然以集体无意识的方式活在今天,正如在第一个故事中就"经"字所做"经历"的解释一样。在谈到"物"对于人的借鉴作用时,他指出:"我们的上古人就是在生存的过程中观察着自然,认识着自然,适应着自然,逐步形成了中国人的思维,延续下来,也就是我们至今的处世观念。"显然,《山海经》的烙印不仅存在,而且在现代生活中发挥了根本性的作用。作为传统文化的一部分,《山海经》既神秘又幽深,连有着传奇经历的唱师也"没读过",甚至"听说过都没有"。

除了所说年龄的原因外,贾平凹展开的死亡叙事也是文学自身终极追问的结果。贾平凹的兴趣实际上是他不断的文学实践和探索的产物。当然,他并非"死之赞美者"。不过,"死"至少不是可怕的。《老生》中的"死亡"各不相同,但都不失悲哀和美丽。小说中最为成功的死亡叙事分别来自白土玉镯和墓生。两者凄凉而忧伤,沉重而哀静。也只有这般离世才能返顾历史,展望未来,才能细味人生的苦甜。同样,境遇的相同也升华了相同的悲剧人生。白土玉镯是土改时相依为命的伴儿。白土原是玉镯家的长工。因了丈夫王财东的卑弱和退让,受到村干部马生凌辱的妻子玉镯不仅最终失去了亲人,还因此精神失常。好心的白土成了她唯一的支柱,直到最后她死在首阳山上,而刚为老伴凿完崖腰一百五十个台阶的白土也追随而去。在作家笔下,白土之死既绵长又刚硬,就像唱师所说:"任何人死了都没有觉得他是死了。"白土也是一样,小说写道:"白土是死了,但是白土并没有觉得是他死了,他的脑子突然像灯灭了一样黑暗,而是保留着瞬间前他端了碗面条一边看着炕上的玉镯一边吃,吃了一碗站起来还要去锅里盛第二碗。"一个是被侮辱被损害的柔弱女人,另一个既善良,又富于同情心。两个卑微生命的逝去几乎是无声无息,孤独而又苍凉。具有相似境遇和实感的还有墓生之死。在开展割资本主义尾巴运动和批斗反革命分子的第三个故事中,作为反革命分子儿子的墓生每天都必须攀爬公社院后山头的婆椤树以升降红旗。不幸的是,正是这升降红旗葬送了他,"无声无息地死了"。又是一个"无声无息",又是一个卑微的生命,贾平凹写来却不轻松,不只是在静静之死上的伤感和用心,更是他无边的痛苦和祭奠。白土和玉镯虽死,那一百五十个台阶的子立却蕴含了深沉而强烈的真爱。即便是长满蒿草的坟上的地软,也是某种忧郁和深情的表示。同样,墓生之死也格外凄美而荒凉。这个实际上十七岁看上去却像八九岁孩子的孤儿死去三天后才被发现,连插进了脑顶上的石头也没拔出来,就被塞进空心断木里就地埋掉。贾平凹借以悼念,那长声短声的牛叫正是他源于内心的送别和声援。

(三)生命层次与生命精神

农村不仅是贾平凹写作的资源,更是他精神的热土。其重心往往集中在弱势一方。虽为弱势,却不失善良,也富于正义感,又在沉默中坚守。处于沧海桑田的历史巨变之中,这些沉淀在底层的小人物显得微不足道和不堪一击,不过,正是这种反差和挣扎才见可贵,才称得上"几乎无事的悲剧"(鲁迅语)。鲁迅曾在《再论雷峰塔的倒掉》中定义悲剧为"将人生的有价值的东西毁灭给人看",贾平凹的"毁灭"不仅是在"人生的有价值的东西",还在他"给人看"的对比和联系上。对比是在"人生的有价值的东西"和它所处的外在环境之间,属于空间范畴。联系则在现在与过去之间,特别是在过去的《山海经》与现在的悲剧小人物之间。两者的关联既暗含了赞美,也寓意着致敬。

和此前的长篇创作相比,《老生》的最大不同在于事件"退居二线",生命感增强,凸显为精神中心。从题目上来看,《秦腔》《古炉》和《带灯》都有强烈的象征意味,《老生》更是生气灌注之地,"后记"中表示:"看山是山看水是水,看山不是山看水不是水,看山还是山看水还是水,年龄会告诉这其中的道理,经历会告诉这其中的道理,年龄和经历是生命的包浆啊。"年龄和经历使得贾平凹超脱出来,不再太多关注于人与事的纠结或曲折,而是进到生命本体的层次。所说"看山是山看水是水"到"看山还是山看水还是水"的过程实际上包含了不同的三个层次的演变。"看山是山看水是水"只是表象的直觉,"看山还是山看水还是水"则是绚烂之极归于平静,是年龄、经历和生命的三位一体,其境界就在于此。从老黑、马生、墓生和戏生的四个故事到唱师的传奇,再到《山海经》的神话,可以看作《老生》生命的三个层次。从接受上来看,故事的层次是《老生》的主体,但它已不再是贾平凹的思想重心。故事中的生命体验和感悟才是他的兴趣所在,与《山海经》和唱师一道,合奏了一曲源自内心深处的生命交响乐。

文学"向外看"的势头逐渐转向"向内看"的历史传统和民族文化自觉,莫言的"大踏步撤退"就是集中而突出的表现。贾平凹对《山海经》的兴趣和引入也是有意义的尝试。在谈到"之所以起名《老生》"的原因时,贾平凹并没有提及《山海经》,但从生命的视角讲,《山海经》才是真正的"老生"。和这样的生命相比较,不仅是老黑、马生、墓生和戏生,就是唱师也失色不少。书中有一个很有意思的细节:老师和学生两人的《山海经》教学一直与弥留之际的唱师相伴,唱师"咯啷"后教学也随之中止,但四天的教学问答远不能穷尽《山海经》广博的思想和深刻的内涵。这一象征性细节有力地烘托了生命的大与小、强与弱、广与狭、盛与衰。贾平凹强调:"《山海经》只写山水,《老生》只写人事。""山水"是仁者和智者的世界。和"人事"相比,"山水"更是永远的人事。贾平凹借《山海经》的永恒和神圣来写他"所见所闻所经历的"生命的"伟大"和"卑贱"。

从《山海经》到唱师再到四个故事中的各色人物,是他不同层次的生命形式。具体到四个故事,又贯穿了贾平凹强烈而深沉的生命精神。作为小说的主体,四个故事的历史顺序显然代表了贾平凹人生和生命体验的客观进程。生命体验是生命精神的源泉,而生命精神则是生命体验的升华。前三个故事的生命精神更多张力的体现,是不同文学观念相遇的产物。按照革命现实主义创作方法的要求,第一个故事中的英雄人物三海、李得胜、老黑、雷布和四凤应该以大团圆收场,结果却是全都死去。主人公老黑更是悲惨,不仅和四凤的婚事没有结果,就连心也被残忍地剜出来了。幸存下来的匡三也在戏生的故事中扮演了不大让人舒服的角色。在表现"土改"的第二个故事中,历来形成的正面和反面人物的定位与思维惯例也被彻底打破。居于领导地位的洪栓牢和马生甚至连起码的"人"的资格也都成问题。前者强奸了自己的养女翠翠,后者不仅诱奸大地主王财东的老婆玉镯,还无耻地纠缠姚家的媳妇白菜,简直是地痞无赖,老城村第一号恶人。相反,本应是批斗对象的地主却多受同情。这里的"错位"并不是有意颠覆,而是贾平凹生命精神的调整和纠偏。与著名的"土改小说"《太阳照在桑干河上》和《暴风骤雨》相比,贾平凹对具体细节和问题的呈现实际上也是他生命精神的体现。第三个故事墓生的主人公地位本身就是一种反讽,也是对生命的凝视和敬畏。最后一个故事里的戏生则是贾平凹加工和包装生命的结果。同《秦腔》里的引生一样,戏生也有生命上的缺陷(半截子),但正是缺陷才使得包括假老虎照和瘟疫在内的社会问题的暴露具有了生命反思和自新的永恒意义。

(四)生命反思:在日常生活与民族历史之间

看多引"山经"而少涉及"海经"可知,《老生》的生命不仅在人,更在民族,在古老土地之上的华夏文明。从《山海经》中的山和水,到四个故事中的秦岭和倒流河,都和个人的生命与民族的生命密切相关。贾平凹呼唤强大的民族的生命,希望发掘和弘扬民族的生命。在他看来,《山海经》就是民族生命的最初记录。故而,他称"写人类的成长"的《山海经》是"九州定制之前的书"。不过,成长期的人类并不羸弱,而是充满了神的力量。贾平凹猜测"神或许是人中的先知先觉,他高高能站山顶,又深深能行谷底,参天赞地,育物亲民。或许就是火水既济,阴阳相契,在冥冥之中主宰着影响人的生命生活的一种自然能量"。即便是先知先觉的人,也要"参天赞地",师法自然。民族生命之所以强大,正是某种意义上的自然。和民族的生命相比,人的生命从来都不长久,主要原因就在于对自然的违反。在贾平凹看来,科技成为现在的神。他对人与自然之间的生命冲突深表忧虑,认为"人是产生一切灾难厄苦的根源"。他指出,"当人主宰了这个世界,大多数的兽在灭绝和正在灭绝,有的则转化成了人",批评"现在的人太有应当的想法了,而一切的应当却使得我们人类的头脑越来越病态"。为此,他提出"本性美"观,也就是"纯然存在的美,那属于本性的无限光芒"。拿第一个故事来说,游击队的三海、李得胜、老黑、雷布和匡三都是英雄。前四个还是为革命而牺牲的先烈。但从生命的意义上来讲,他们又都是有缺点见个性的普通人。像名字的表面意义那样,老黑"实在是长得黑"。他自幼父母双亡,跟随正阳镇公所党部书记王世贞当"粮子"混饭;三海却是个阉客;李得胜打死过跛子老汉;雷布一直打麝打野猪;匡三更是以乞讨偷抢为生。在贾平凹笔下,英雄革命战争的传奇与民间传说信仰的神奇相互交织,一道成就了生命的离奇。没有了光明和正义的宏大叙事,小说呈现出源于《山海经》的雄厚和丰沛。个人的生命和民族的生命同样广大,也同样深邃。像老黑之死,就是生命精神的迸发和激扬。与"十七年"时期革命战争小说中的正面英雄人物相比,似乎还有更多震惊的力量。写生命在贾平凹那里更多地表现为还原,表现为日常生活的在场。表现土改和阶级斗争的第二个故事就模糊了此前土改小说的思维范式。正像赵树理善写农村政权中混入了坏分子的问题小说一样,贾平凹也在民族和民间的立场上写出了权力带给农村的翻天覆地巨变。马生这一典型就最大限度地指向了日常生活的历史可能,批斗王家芳(王财东)、张高桂、李长夏;调解邢轱辘和许顺的核桃树纠纷;过生日迎春;引发邢轱辘家火灾;奸污玉镯;陷害白菜和铁佛寺和尚;等等。都是他生命败坏和罪恶的表征,难怪作家在"马和驴交配生下的儿子"和"骡子"的意义上来解释他的名字。和马生相反,第三个故事中的墓生则是受害者。除了成为政治环境的牺牲品外,墓生还表达了对无视与践踏生命的暴力的不满和反抗。如他不愿再去窑场,虽以学习班的形式接受劳动改造,但严酷的体罚本身还是触目惊心。和《古炉》中以闻气味见长的狗尿苔一样,墓生也时不时地感到脑子嗡嗡响,这一细节象征了他对生命的预感和敏感。除墓生外,棋盘村最漂亮的媳妇马立春也近乎生命之觞。村干部冯蟹和刘学仁以掷硬币的方式,决定了她的命运。批斗过后的马立春不堪羞辱,喝六六六药水自杀,虽经抢救"活了过来,却从此傻了,什么活也干不了,终日坐在村道里瓜笑"。以戏生为主人公的第四个故事与此前的《带灯》多有相近处,如后者"中部""星空""旧寺"一节能看鬼的和尚认出除带灯外的路上来往的人都是鬼。同样,《老生》中的唱师在和回龙湾镇政府文书老余谈鬼时也说过"咱们都是活鬼"的话。再如,两部小说中都提到了"美丽富饶"的冲突与融合。当然,细节只是其一,更重要的还在两者的生命关怀。这在《老生》中更概括而集中。在金钱诱惑和利益驱动下,生命走向硬化,甚至是物化。

  文学的生命是对生命的反思,是放眼开处的生命追问和凝想。《老生》的意义正是"生"。老黑、白土和玉镯、墓生、戏生和唱师就是贾平凹的生命雕塑。和古老的《山海经》相比,《老生》就是一部文学的生命经。贾平凹曾不满"人的秉性是过上了好光景就容易忘却以前的穷日子"。墓生的命运似乎不合时宜,戏生的遭遇也是个莫大的讽刺。本想在匪三司令前表演剪纸花花的他却被警卫员误会,当胸踢了一脚,正如贾平凹所称:"《老生》中,人和社会的关系,人和物的关系,人和人的关系,是那样的紧张而错综复杂。"戏生的被羞辱正是这紧张而错综复杂的关系的注脚。《山海经》的"紧张而错综复杂"体现在人和物的纠葛,而在今天,或许更多表现在人和社会、人和人之间。

善写农村社会变化的贾平凹在《老生》中尝试了更大的变化,不仅跨越了当代,还穿越到了古代。看得出,贾平凹有意在做调整,以整合长期以来他对农村的观察和认识。《山海经》就是这"来龙",所谓"去脉",贾平凹并未明言。正是这"并未明言",才让人沉思,让人回味。从这一意义上来说,《山海经》未必不是他的解答,正如他自己所说"我们已经在苦味的土壤上成了苦菜"①一样。

第四节　日常生活的他者视像
——《极花》与《望春风》对读记

新世纪以来,随着底层写作、打工文学等创作潮流的涌现,贴近市井和大众的日常生活诗学越加繁盛起来,特别是在长篇小说领域。究其原因,不能不归结到相对承平而有活力的时代。经济增长带来的生活水平的提高使得全社会能有更多的时间与精力去关注最大多数的平民世界,探究"金字塔"基础的奥秘。如果说建国后三十年是社会主义的政治和革命时代的话,那么20世纪八九十年代以来不妨称之为改革开放的日常生活时代。长篇小说的繁荣无疑标志了这一时代在文学上最有影响的成就。莫言的获奖及成功得益于对僵化史诗模式的反拨,同样,贾平凹和格非在长篇小说上的实验和创造也是日常生活诗学的体现。同在2016年第一期发表的《极花》(《人民文学》)和《望春风》(《收获》)就是上述实验和创造的最新硕果。

---

① 贾平凹.《老生》后记[J].当代,2014(5):104.

(一)高潮或主体的日常生活化

《极花》延续了贾平凹长篇小说在结构上的特点,即对高潮的建构。拿无垠的大海来比,高潮可谓海上的仙山,再现了奇特的景观。《古炉》和《带灯》是如此,《极花》也不例外,蕴含了贾平凹平淡而又绚烂的长篇小说制衡美学。

事实上,《极花》对高潮的处理并不像此前作品那般明晰,因此也就不无可议之处。小说的叙事主人公是一位名叫胡蝶的女性。她虽有中学文化,却不幸遭拐卖,从打工所在的城市被骗到偏远贫穷的高巴县圪梁村。从那里"到镇上开手扶拖拉机得四个小时,步行得两天。到县上那更远了,开手扶拖拉机得七个小时,步行得四天"。就是这样的荒僻之地,却让誓死反抗近一年的受害者模糊了底线和防线,沉入了日常生活的川流之中。表面看是被强暴和怀孕的结果,实际上贾平凹写出了日常生活的厚望。作为物质的身体就范的结果是精神上的认同。果然,知道自己怀孕了的胡蝶适时地在老老爷的导引下看到了属于自己和孩子的白皮松上空的星,从而坚定了她"命里属于这村子的人,以后永远也属于这村子的人"的想法,以至在解救她的最后关头及此后都节外生枝,发生了意料之外的变故。是孩子和日常生活的潜能,还是派出所所长的解救壮举拯救了胡蝶?贾平凹并未明言,但梦的方式正是他内心迷惘的表征。

《极花》大可以处理成正邪较量的故事;或是胡蝶的智慧、坚强,或是派出所所长的足智多谋、英勇顽强。不过,实际上却正相反。胡蝶放弃了为自我辩护的机会,干脆与"被拐卖的那个地方"的极花相合。后者更被做了"水墨画"化处理。这个"全市的英雄所长"竟然连姓名都没有。贾平凹没有在放大和致敬"正能量"的地方大做文章,而是弱化处理。实际上,作者还故意加入了办案经费的细节,有意无意地昭示了生活本身的残酷。贾平凹的高明之处正在于他的"后"式设计。正大光明之处固然来得痛快,但接下来发生的事情却让人哭笑不得。对胡蝶而言,社会好奇的是"我是怎么被拐卖的,拐卖到的是一个如何贫穷落后野蛮的地方,问我的那个男人是个老光棍吗,残疾人吗,面目丑陋可憎不讲卫生吗?问我生了一个什么样的孩子,为什么叫兔子,是有兔唇吗?"对隐私的嗜痂之癖和阴险打探是野蛮和卑劣的表现。贾平凹的笔触显然深入种族和时代的根处,响应了鲁迅小说的传统。贾平凹的故事既有真实的素材做依据,更为重要的是,还有他自身的问题谱系,如他在《极花》后记中所说:"我关注的是城市在怎样地肥大了而农村在怎样地凋敝着。"面对城市化进程不可阻挡的后果,贾平凹的忧虑也许不合时宜,但正是这份执着,才警示了不能预知的危险,提醒了日常生活的宽广和通达。

与观照当下现实题材的《极花》相比,格非的《望春风》对共和国的审视就敏感多了。也许是写完了《江南三部曲》的第二部《山河入梦》还意犹未尽的缘故吧,格非借《望春风》扩大了"文革"日常叙事的影响。之所以把《极花》与《望春风》并论,很重要的一个原因是它们都以困惑或迷惘的方式加入了时代和社会的喧哗与骚动的合奏之中,只不过前者表现为女性的迷失,而后者则二重唱了男性的悲歌罢了。通过传记的方式,格非树立了两座英雄纪念碑。这纪念碑是对正义和人性的追悼。写父亲的第一章俨然人道主义的案例,父亲赵云仙极富人格魅力。在普遍凝重而肃杀的硬化社会里,赵云仙和儿子之间的关系充满了人情味。虽被村人称为"赵呆子""大呆子"或"赵大呆子",给人算命又被称为"大仙",但正是这算命的从业才使他谙熟人情物理。"天命靡常"这节就通过给野田里村一对年轻夫妇算命烘托了父亲的精明和睿智,树立了民间智者的形象。"预卜未来"一节则进一步渲染了父亲的慈爱和宽厚,如"不管在什么地方生活,最重要的是要了解那个地方的人,越详细越好",及"不能老是从自己的立场来看一个人。要学会从别人的立场看问题"。在复杂严峻的形势下,父亲预估到自己的噩运。上述人生智慧的上课未尝不是民族精神和非物质文化遗产的保护。正是这样日常生活经验的传承,才造就了古老传统和悠久历史文明的永恒和辉煌。父亲在变通庵悬梁自尽,既是他个人的悲剧,也是时代和民族国家的悲剧;既是他对自身人格和尊严的誓死维护,也是他以死抗争和警世的伟大壮举。难怪送行的葬礼如此惊心动魄。儒里赵村"大人小孩无不落泪",连平时反对父亲最有力的农会骨干梅芳的泪水也"掉落在我的额头上,顺着我的鼻梁往下淌"。天地之所以仍然"清明、周正和庄严",原因恐怕也正在于此。

如果说审父和弑父是对父亲的放逐,是某种清算或解放的话,那么《望春风》中父亲之死则恰恰相反,意味着家庭和伦理秩序的破坏,亲情和温暖的不再。源于父亲的"小呆子"的我的外号也说明了我同父亲一样与这个社会格格不入。随着第二章德正要做的第三件大事"死"的到来,"我"也被推上了风口浪尖。正如父亲临死前告诫的那样,要是遇到什么自己应付不了的急事时,大事找德正,以示信托。从某种意义上来说,德正正是父亲的继续,是社会尚可信赖的证据。德正在小说中最突出的行动是做了三件大事,即1969年的儒里小学(向阳小学)正式落成;开出了一片新田;患上了白血病,几乎与判定死刑无异,所谓正在做"死"这件事。赵德正造福于社会,留给自己的却是病痛和苦难。他的奉献精神虽崇高,在作者笔下却并非神圣不可侵犯。相反,伴随着他的不乏质疑和反对的声音,如小学的建成在异议者梅芳看来就大可怀疑,因为"这学校早不建,晚不建,等到他们家矮冬瓜长大了,到了入学的年龄,嘿,这学校也像变戏法似的建成了"。同样,新田的计划也在一波三折中才告实现。具有讽刺意味的是,德正的善举并没给他带来好运,反倒让他得了一种怪病:"只要一闭上眼睛,他就能感觉到,有一个穿红衣服的小孩,躲在他背后,朝他冷笑,窸窸窣窣地跟他说话。"这种英雄与反英雄双线并行的对立化处理显然并非内耗,毋宁说是格非在有意制造张力,以期达成与日常生活的和解,构建日常生活景观。寓崇高于日常,这是格非的时代书写,也是《望春风》的魅力所在。

(二)叙事的日常生活化

正如《秦腔》中的叙事者张引生的疯癫象征了贾平凹关于社会变革的命名和按语一样,以女性身份和视角出现的胡蝶也给《极花》的世界带来了细腻和温婉。如果说《带灯》中的女主人公以萤火虫般的微光映照了现实世界的话,那么《极花》中的胡蝶则带给人们无尽的迷惘和沉思。无论是细腻和温婉,还是迷惘和沉思,都与胡蝶的日常叙事有关。

作为一部十五万字的聚焦拐卖案的长篇小说,《极花》的重心显然是在乡村传统常态的建构之上。胡蝶发现象征自己的被星星的过程实际上是寻根和归乡的过程。一个残酷而又严峻的事实是,城市才是拐卖案的真正元凶,正如黑亮所痛骂的那样,城市"成了个血盆大口,吸农村的钱,吸农村的物,把农村的姑娘全吸走了!"也如訾米所说,城市是大磨盘,"啥都被磨碎了"。贾平凹对农村的倚重同样是他日常生活诗学的基础。胡蝶从农村到城市的迁徙无异于一次脱逃,与她被解救后从城市到拐卖地的第二次逃脱相比,更充满了欺骗和虚幻。农村的粗鲁和戆直却是健壮,所以贾平凹才大写了胡蝶和訾米融入农村生活的过程。对于她们而言,城市正是欲望的代名词。胡蝶被人叫作"破烂",而訾米更是沦为妓女,躲避不了欲望消费的命运,无异于物自身。只有到了农村,到了最真实和朴实不过的土地上,她们才被需要,才被还原成为日常生活的身份或主人。

和男性立场不同,女性叙事天然地具有反中心、反崇高的日常生活性质,表现在《极花》中更是显著。除上述因孩子兔子而造成解救过程的波澜和延宕外,更为重要的是,贾平凹对女主人公所处环境的情感和态度。虽然呈现了破败和荒芜的废村景象,但在贾平凹看来,这一切的根源却都在城市,都在传统乡村秩序的被破坏。就像闻一多所期望的中西结合的宁馨儿一样,贾平凹也在原始强力的男性姿态上改变和塑造了偏见,拐卖和贫瘠并非山村的标签。有意思的是,上城打工的胡蝶仅仅是在自恋的状态下才保持她与城市之间的关系,重新回到城市的她并没有体验到新生的喜悦,反而陷入更大的苦恼和抑郁之中,倒是包括黑亮爹、黑亮叔二瓮和黑亮在内的圪梁村蛊惑着她。第五部分"空空树"中的六个"学会"就细腻地写出了她在伺弄鸡、做搅团、做荞面饸饹、做土豆、骑毛驴等方面的劳绩,实际上即是她日常生活化的蜕变历程。第四部分"走山"中的六个"比如"、第三部分"招魂"中的四个"我在想"也有异曲同工之妙。不管过程如何缓慢、如何艰难,但不容否认的是,贾平凹正是要在这猎奇的故事躯壳内吹进直面受难乡村的救世主精气,意在打捞和拯救,重奏日渐消失的日常生活乡村牧歌。不消说,贾平凹并不乐观,残酷的自然和人为灾难正是他沉重的暗示,也是他沉痛的悼念。

晓畅作风的追求使得贾平凹不太喜欢废名的作品,相反,身为清华大学教授的格非却对废名赞赏有加。不仅课堂上开设"小说创作"选修课赏析废名小说,将废名纳入中国现代抒情小说的研究课题之中,还选编《废名小说》,并从废名与中国小说的叙事传统的关系,废名与现实和时代的关系及废名文体与汉语写作诸方面挖掘废名资源。整体来看,像《桥》《莫须有先生传》及其姊妹篇《莫须有先生坐飞机以后》,以及《毛儿的爸爸》《火神庙的和尚》等作品真正代表了废名的成就和水平,写出了日常生活之美。正如周作人在为《莫须有先生传》所作的序中以水和风相比,称之为"情生文,文生情"一样,格非也欣赏废名"重视感觉的自然联通,'让字与字、句与句互相生长,有如梦之不可捉摸'"①的写法,废名对莎士比亚戏剧的这一看法被格非在《废名小说》前言中戏称为废名"自己创作的绝好的注解"。显然,"废名喜欢'省略'"的写法直接影响到了格非。大约1985年前后,格非开始接触废名作品,也就在这段时间,他写出了《迷舟》《褐色鸟群》等先锋小说。这类小说被认为"把叙事本身看做审美对象"(洪子诚语),"致力于叙事迷言的建构"(陈思和语)。实际上,除博尔赫斯式的"游戏"说和"我们只能生活于每一个稍纵即逝的瞬间之中"②外,格非小说也有鲜明的废名色彩。就像废名在《桥·故事》中所说"人生的意义本来不在它的故事,在于渲染这故事的手法,故事让它就是一个'命运'好了"一样,格非对叙述的兴趣和讲究也未尝不可以在此找到答案。《望春风》中往往并不给你接受故事的自然心理,而是想象、暗示、交叉和引申等互相结合,形成文本和读者联动的有意味的空间,这与废名所创造的充满张力的诗意空间恰相一致。格非曾拿《桃园》中阿毛说"桃子好吃"时爸爸"一声霹雳"的感觉为例,说明废名小说的"晦涩"。其实,在他《望春风》的时间链条中,也有很多欲言又止的可疑缝隙。这些"呼吸"也未尝不是废名式自我搏斗的现场,格非所说"全新的叙事的时空观"③,恐怕正是他自己作品引人深思的关键所在吧。

《望春风》显然富有象征意蕴,但格非的处理不仅是对宏大史诗叙事模式的改写,更重要的是,它还深入历史现场,感受日常生活的温度和脉搏,从而实现日常生活的召唤和还原。格非对小说的戏剧性极感兴趣。在谈到卡夫卡时,除指出卡夫卡的写作"起源于个人和他面对的世界所构成的紧张关系"外,他还认为"其巨大的功绩在于,他改造并重建了传统小说的戏剧性结构",即"不受因果律的限制"④。另一位美国作家雷蒙德·卡佛之所以受格非赏识,也因为"对叙述的戏剧性的一种改造",即悬念和"事件之间的

---

① 格非.废名的意义[M]//格非.博尔赫斯的面孔.南京:译林出版社,2014:144.
② 格非.博尔赫斯的面孔[M]//格非.博尔赫斯的面孔.南京:译林出版社,2014:315.
③ 格非.1999:小说叙事掠影[M]//格非.博尔赫斯的面孔.南京:译林出版社,2014:145.
④ 格非.1999:小说叙事掠影[M]//格非.博尔赫斯的面孔.南京:译林出版社,2014:278-279.

暗中联络"①,两者在《望春风》中都有所体现,堪称解构或祛魅的后现代主义手法。以算命为业的赵云仙和村主任、朱方公社党委副书记赵德正或自杀或病危的结局无疑是"不受因果律的限制"的产物,而像第一章"半塘"结尾牵涉父亲"戴天逵是怎么跟他圆梦的,那个坐在船头的尼姑到底是谁"的问题时,文本却故意遮蔽,留置悬念。至于父亲和春琴的关系,赵德正与王曼卿的关系,高定邦、高定国兄弟与梅芳的关系等则模糊了传统是非评判的边界,保证了日常生活的密度和深度,特别是赵德正和梅芳二人,看似分裂和复杂的背后是格非回归日常生活的非凡努力,正如他所称道的加西亚·马尔克斯意义上的"回归种子"②一样。

(三)日常生活寓言

《极花》对日常生活的塑造不只反映在女性主体的设定和地理民俗的书写上,还表现在日常生活寓言的开掘和建构之中,由此深化了小说的日常生活主题。

中国文学历来有家国天下的用心,即便是吟风弄月的诗酒风流也不乏忧时伤世的士人忠心,变革时代的作家更借了沸腾的现实生活来寄寓挽狂澜于既倒的雄心。留意近年的长篇小说创作可知,罪案题材颇受青睐,诸如苏童的《黄雀记》、王安忆的《匿名》、迟子建的《群山之巅》等。罪案的发生有秩序紊乱和道德失范的背景。巨变中的社会难免不在日常生活上引发动乱,在人心上引起恐慌。作家间不约而同的选择透露了查验和疗救的消息。罪案既是日常生活的脚本,又是日常生活的标本。对罪案的追问过程正是查找日常生活缝隙和症候的过程,又是回归和坚守日常生活的过程。贾平凹的《极花》借拐卖案呈现了异化了的城乡日常生活风景。一方面是城市日常生活的乱象。出租大院里胡蝶对房东老伯的小儿子青文的爱恋终究抵挡不了王总招聘陷阱的诱惑,她的城市梦不仅被践踏,也彻底破灭。一方面又是乡村日常生活的惨淡。无论是营盘村的胡蝶一家,还是圪梁村的光棍

---

① 格非.1999:小说叙事掠影[M]//格非.博尔赫斯的面孔.南京:译林出版社,2014:283.
② 格非.加西亚·马尔克斯:回归种子的道路[M]//格非.博尔赫斯的面孔.南京:译林出版社,2014:147.

们,都揭示了农村日常生活的残损和困窘。在贾平凹那里,城市解救不了农村。城市自城市,农村自农村。农村自有其繁衍生息的逻辑,未必适用城市文明之路。庶代的后果和代价触目惊心,胡蝶和訾米就是最好的佐证。

《极花》展示了城市与乡村的巨大落差,但贾平凹在乡村主体上写出了传统的面影。每天都在进行着的日常生活固然重大,但千百年来积淀而成的日常生活原型却更是博大。也是有意纠偏太过松散的日常生活,贾平凹精心设置了日常生活结构,象征化的意象有效地诠释了日常生活哲学,包括"极花"在内,诸如老老爷、麻子婶,甚至是硷畔沿的四棵白皮松和乌鸦及村子都是作者匠心独运的日常生活意象。一方面是生生不息的日常生活河流,一方面则是日常生活的河床和堤岸。没有了前者就失去了活泼和充沛的日常生活生命,而没有了后者,也就没有了心魂。极花与极草(冬虫夏草)相对;老老爷是村里班辈最高的人,知识多,脾性好,极花正是他首先发现和起的名,他也会看星,"浑拙又精明,普通又神秘",无疑是贾平凹笔下又一个乡村智者形象;麻子婶又叫剪花娘子,同老老爷一样,表现了乡村生活的深度和风度。可资比较的是,贾平凹追溯村子的历史直至远古神话传说,与《老生》中的《山海经》串联相像,尤其是村子四面八方的六个梁,像"一个躺着的伸了腿露着胸的人形",大有图腾和精神肖像之意。然而,在贾平凹笔下,这一切都已不复往昔。极花几乎不能寻见,老老爷也在捉蝎子时从坡上滚下来,他虽坚信"死不了",自信"村子成了这个样子了,阎王也不会让我死的",依然在二月二为村里人拴彩花绳儿,但终究难掩凄凉和落寞。与之相比,走山(地震)则是更大的灾难,寓蕴了日常生活所遭受的空前冲击。

"文革"题材虽不是禁区,但在怎么写的问题上依然敏感,格非的高明在于以现在照亮过去,即在日常生活的视阈下审视和总结新中国三十年史。与其他类似处理的长篇小说相比,格非的特别在于他以自己的智慧和经验建构了象征性的日常生活世界,诸如歧义、拼贴、悬念、分裂等一道实验了日常生活的神秘和复杂,像唐文宽(老菩萨、卢家昆)、赵德正,高定邦,赵同彬和王曼卿的关系;梅芳前后的变化;龙英刀砍唐文宽;老牛皋的"作死";等等。放逐颂歌和史诗,回到日常生活现场,正是格非回看共和国史的深度反省。与此相连的是,格非有意转换叙事场域,扩大日常生活容量,如第一章

"妈妈"一节谈到在我们今天所处的社会中,都热衷于说起梦来。再如第二章"告别"一节提到"当今社会的有钱人,将自己山清水秀的国家糟蹋完了,然后拍拍屁股,移居澳洲和加拿大了事"。看似批评,实际上还有日常生活实践的命意在,而与对建国史的日常生活描述形成互文性关系。有趣的是,格非的加西亚·马尔克斯式时间叙述强化了日常生活意义,如第一章"父亲"中"走差"一节最后"很多年以后,到了梅芳人生的后半段……"及第二章"德正"中"猪倌"一节"很多年后的一个初秋,同彬来南京出差……"都增强了日常生活的命定感。最耐人寻味的还是在对妈妈的处理上。本来,作为男性庇护者的父亲的死和德正的病危已然宣告一个无父的新时代的到来,但在所身处的成长时代里,"我"仍然孑然一身,连最亲的婶子一家也不能凭靠,妈妈的缺失更暗示了日常生活的缺陷。小说中"妈妈"一节中声称:"我应当坦率地承认,我不愿意提及我的母亲。"接着解释道:"最根本的原因在于,我确实不知道应当如何去谈论她。"这一"失语"状态弱化了恋母情结,正如不知如何去谈论日常生活一样,妈妈也成为异化了的日常生活的意义符码。

英国本·海默尔对"日常生活"的含义做了以下两方面的界定:一方面,日常生活指的是那些人们司空见惯、反反复复出现的行为;另一方面则是日常作为价值和质——日常状态①。海氏解释说它那特殊的质也许就是它缺失之质。格非的《望春风》在上述两方面都有所体现。文本开始分别引用了刘禹锡的《再游玄都观序》和蒙塔莱的《如果有一天清晨》。前者的"兔葵、燕麦,动摇于春风"可与"反反复复出现的行为"的日常生活的第一个定义相比,而"我将带着一个秘密,默默地行走于人群中"的蒙塔莱语则具有日常伦理和质的第二种意义。这里的"秘密"意蕴深厚,体现在故事中极具反讽意味。当代文学史重视的"潜在写作"或"地下写作"显然带有"秘密"的性质。格非也许有意继承这一传统,厘理肇自现代的日常生活源流。像"曼卿的花园"一节,与时代背景恰成鲜明的对比。在单一年代的映衬下,不论是灵是肉,都饱含着人的气息,正如小说中所写:"正是这春天的芳香,将这座迷人花园的精华萃取出来并加以提纯,最终变成了某种尘世声色

---

① [英]本·海默尔.日常生活与文化理论导论[M].北京:商务印书馆,2008:4-5.

的象征之物。正如王曼卿自从有了'逢人配'这个雅号以来,她的美貌和风韵,在各种或真实或虚幻的传说中,也被勾兑成一杯琥珀白的美酒。"王曼卿并没有被推向道德高地审判,而是在人性中陈列和展览,成为某种自由自在的平衡之物。相近的还有唐文宽的英语,赵梦舒的古琴"碧绮台",赵锡光的捕虾、喝奶,猪倌赵礼平的人工授精法等都不啻日常生活的复制和写真,更是姿态和致意。

(四)日常生活的隐喻

贾平凹新世纪长篇小说有一个主题,那就是乡村的衰败。借黍离麦秀的形式来写美丽的忧伤,这美丽就是如歌的乡村日常生活,就是过往日常生活的田园诗。像《病相报告》《秦腔》《高兴》《古炉》《带灯》和《老生》都在不同的视角和侧面上写出了繁华背后的苍凉,流露出对日常生活失序的无奈。与上述作品相比,新作《极花》更近于《秦腔》,只不过后者是借新旧对比表达了沧桑和悲凉。在不断膨胀的城市欲望的挤压下,乡村再也不是桃源和净土,而成为直接的受害者和牺牲品。贾平凹并不只在温饱的日常生活层面逡巡,和"食"相比,来自"色"的危机也许更可怕。正像黑亮爹担心弟弟和儿子的婚事一样,没有了女人,圪梁村才真的陷入灭绝的灾难。保卫日常生活的焦虑使得圪梁村出现立春、腊八兄弟俩共娶一个媳妇訾米,以及光棍做石头女人的荒唐事,而其罪魁祸首就是城市。一个有象征意味的事实是,黑亮娘的死就与城市不无瓜葛。正是为看飞机,她才"脚下一滑滚了梁,昏迷了三天死了"。黑亮娘长得干净,性情安静,被县上旅游局来考察的人称为"好女人"。她的死寓示了乡村日常生活链条的缺失,直接、间接的后果就是家庭和村庄的消失。在贾平凹那里,看似被解救的胡蝶的愈加不幸和下意识的"回返"正是成全,而成为乡村日常生活得以延续的希望。

贾平凹虽自称农民,但也同样是文学家和知识阶级。对于文学家和知识阶级,鲁迅曾做过考察。他认为,文学家的话"其实还是社会的话,他不过感觉灵敏,早感到早说出来"①。在鲁迅看来,文学家的"理想和现实不一

---

① 鲁迅.文艺与政治的歧途[M]//鲁迅.鲁迅全集:第七卷.北京:人民文学出版社,1981:116.

致,这是注定的命运"①,他进而指出,"真的知识阶级是不顾利害的"②,此外,"他们对于社会永不会满意的,所感受的永远是痛苦,所看到的永远是缺点"③。借"碰死在自己所讴歌的希望的现实碑上"的苏俄两位文学家叶遂宁和梭波里的例证,鲁迅得出结论说:"文学家便是用自己的皮肉在挨打。"④鲁迅所说"感觉灵敏"也正是贾平凹自己的写照。"文革"中"成了'黑五类'的狗崽子",同时"知道了什么是世态炎凉,什么叫看人的眉高眼低"⑤的贾平凹曾就自己的"敏感"举例说:"我的屋子里一旦有人来过,我就能闻出来,就像蚂蚁能闻见糖的所在。"⑥他还就所"感受"的"痛苦"和所"看到"的"缺点"解释说:"我们弄文学的,尤其在这个时候弄文学,社会上总有人非议我们的作品里阴暗的东西太多,批判的主题太过。大转型期的社会有太多的矛盾、冲突、荒唐、焦虑,文学里当然就有太多的揭露、批判、怀疑、追问,生在这个年代就生成了作家这样的品种,这样品种的作家必然就有了这样品种作家的作品。"⑦确实,正像极花的珍稀和衰落一样,小说投射的世界也在无形中做了警示。不仅拐卖和走山的天灾人祸沉重、绝望,就是贾平凹念兹在兹的乡村日常生活记忆也遇到了不能承受的冲击和危机。小说结尾胡蝶的"眼泪"和"瘦"正是对日常生活逝去的祭奠,也是作者极度煎熬的自剖。

贾平凹对农民的态度与格非对建国后三十年的评价在根本精神上是一致的。除了淡化政治色彩,凸显日常生活内容外,格非还发挥了五彩缤纷的叙事优势,最大限度地凝聚日常生活力量,展示日常生活的魅力,拓展日常生活空间。不论是歌颂还是暴露和批判,以往的"文革"书写总还不能摆脱政治的规范,格非却在儿童和个人的视角上呈现民间生活的万花筒。之前作为主要内容出现的政治、阶级和路线之争退为背景,日常生活本来的质地显露出来,如赵梦舒不堪羞辱服毒自杀后,遗孀王曼卿以"碧绮台"弹奏《杜

---

① 鲁迅.文艺与政治的歧途[M]//鲁迅.鲁迅全集:第七卷.北京:人民文学出版社,1981:119.
② 鲁迅.关于知识阶级[M]//鲁迅.鲁迅全集:第八卷.北京:人民文学出版社,1981:190.
③ 鲁迅.关于知识阶级[M]//鲁迅.鲁迅全集:第八卷.北京:人民文学出版社,1981:191.
④ 鲁迅.文艺与政治的歧途[M]//鲁迅.鲁迅全集:第七卷.北京:人民文学出版社,1981:119-120.
⑤ 贾平凹.父亲的往事[J].收获,2016(3):114.
⑥ 贾平凹.《极花》后记[J].人民文学,2016(1):92.
⑦ 贾平凹.《极花》后记[J].人民文学,2016(1):93-94.

鹃血》,县里主要负责人严政委"默默地听完了这首曲子,两次掏出手帕拭泪"。一代伟人去世时,救火会会长朱虎平拒绝大队革委会副主任梅芳默哀的要求,加速前进,赢得了姑娘姜维贞的芳心等等。两相对比,没有剑拔弩张气氛的渲染,也没有动辄得咎的危机四伏,《望春风》的字里行间流贯着生活的气息,各不相同的态度、情感、心理和生活方式交汇缠绕。既不乏熙熙攘攘的清明上河图的风韵,又兼得鼓乐齐鸣的百鸟朝凤曲的精神。原本几乎成为禁区的性爱描写也被彻底解放了出来,成为市井街巷的日常生活风情的表征。除妓女王曼卿悠然穿行于男人之间外,这一两性想象不只是对政治和革命的消解,更为重要的还在承载日常生活的意义策略。在以"伦理学暗夜"解释《金瓶梅》的性爱描写时,格非得出"'性'始终是一个象征着征服与权力的隐秘中心"[①]的结论。同样,上述《望春风》中的女性也在性的"征服与权力"之中,尤其是王曼卿。正像人事的死和天命的不死所暗示的日常生活的辩证法一样,社会氛围的压抑和两性的释放也构成隐喻的平衡,象征了日常生活的弱势和反抗。

  小说的情节、细节和隐喻几乎都在指向一种价值判断,那就是否定和希望。否定的是压抑人性的僵化和教条做法,希望的是拨乱反正的崭新时代。作为题目出现的"望春风"正是后者的隐喻性表达。有意思的是,虽然"春"这一符码并非小说的原创,但它与妈妈的联系还是鲜明地再现了成长和温暖的寓言,正像"妈妈"这一节里"我"的心声一样:"妈妈,妈妈呀,你究竟去了哪里?你会不会像老福奶奶说的那样,到了春天,当河边的野蔷薇全部开的时候,你就会'一下子'出现在风渠岸的春风里?每当这个时候,我的眼前就会浮现出王曼卿那俏丽而娴静的面容。"妓女王曼卿与妈妈的相提并论也在隐喻的意义上与往南京找妈妈的结尾达成一致。和"希望"相比,"否定"来得更密,更有力量。除上述父亲和赵德正的死和病外,举凡对"背起包,跟我跑"的青年突击营的讽刺;对大队书记兼革委会主任高定邦晚年困苦生活的交代;梅芳"还不如一条狗"的辞职时的伤心话;出演过《红灯记》中李铁梅的"龚西施"的纵火自杀等都是对革命时代审视态度的明证。无论否定还是希望,都是日常生活视阈的结果。且不说"老菩萨"制造的高

[①] 格非.伦理学的暗夜[J].收获,2014(5):151.

桥哑巴和金雀子、银雀子的噱头,就是梅芳与父亲、德正之间既对立又亲近的言动,也是对日常生活诗学的注释和应用。

(五)结语

"新常态"背景下的不同作家不约而同地走向日常生活写作并非偶然。时代赋予了使命,社会提供了良机,几乎每一个关心中国命运的人都在追问日常生活背后的深意。作家们更是高屋建瓴、身体力行。如果说以《四十一炮》《生死疲劳》和《蛙》为代表的长篇小说作为莫言犀利社会观察的结果赢得了世界范围的认可和接受的话,那么以《秦腔》和《春尽江南》为首的贾平凹和格非的长篇小说也通过了国家体制的审查,成为讨论我们所处时代问题的主流话语。值得注意的是,不论是莫言,还是贾平凹和格非,都在内容和形式上实践了长篇小说与日常生活的融合。莫言的生命意识、贾平凹的巴塞罗那足球队踢法式及格非的开放写法,都与日常生活诗学息息相通。

《极花》几乎可以视为对《望春风》的接续和呼应。两部长篇的叙事角度也多近似,弱势地位暗含了日常生活的旁观和负重。《极花》中胡蝶的尴尬困境在《望春风》那里早已埋下伏笔。后者虽以与妈妈团聚的喜悦和对未来的希望作结,但也不无"去分家财"的嫌疑,正如婶子所说:"也不会有什么好果子吃!"何况还有春琴所担心的与雪兰的结婚呢?不管怎样,《望春风》总还怀着希望。到了《极花》那里,却几乎不留希望。女主人公被从城市骗卖,但乡村似乎也没有做好接纳她的准备。拯救使命并没有天然落在青年一代,然而老辈却又行将逝去。贾平凹不取乡村视点自有其用意,但对日常生活的期待又何尝不与《望春风》相契,同有困苦和呼唤呢?

第五节 塑造日常:《山本》二题

一、历史、女性与《山本》的日常生活叙事

历史小说在现代中国的境遇并不稳定。排比陈寿《三国志》的罗贯中

本《三国志演义》就被鲁迅指摘,所谓"据旧史即难于抒写,杂虚辞复易滋混淆"①。维新以后,小说势力大增,有识之士欲"使今日读小说者,明日读正史如见故人;昨日读正史而不得入者,今日读小说而如身亲其境"②,利用小说作工具,大张历史旗鼓。直到"五四"新文学才发生根本性变化。鲁迅在《〈故事新编〉序言》中所说"只取一点因由,随意点染,铺成一篇"式的历史小说奠定了现代中国历史小说的基础。他自己有关杨贵妃的创作设想虽未实施,但在郁达夫看来,也已"妙不可言"③。新中国成立后,日常生活策略和范式在20世纪八九十年代以来的新历史小说中得以延续。此前多写改革开放以来农村现实题材的贾平凹也在《病相报告》《古炉》和《老生》后再度集结。建立在"二三十年代的许许多多传奇"④基础之上的《山本》就是他历史转向的最新收获。贾平凹坦言,构思的过程"像一头狮子在追捕兔子"⑤。狮兔的形象毋宁说是文学与历史关系的隐喻。

(一)革命的日常生活化改写

与周作人在《希腊之余光》中推崇的古希腊史家都屈迭台斯"超然中立的态度"不同,意大利史学家克罗齐在《美学原理》中表示,"自认只审问事实而不参加己见的历史家们都不可靠"。《山本》的意义就在这"己见"上。或者说,贾平凹借由直达历史现场的文学通道,彰显了固有的审美方式。处理历史题材的《山本》就延续了早在第五部长篇小说《白夜》"后记"中就明确的"说平平常常的生活事"的理念。以题材(历史)注释文学,而非文学解释历史。最典型的例子是对包括游击队在内的红15军团的描写。如井宗丞与还在经期的杜鹏举女儿杜英的野合;桑木县口镇太峪村首富周长安被灌半盆烧煎蓖麻油致死,主事的长工张栓牢成为农民协会会长;游击队周瑞政和黄三七的欲望(对财东儿媳及遗散红军战友白秀芝);醒悟"信错人了"的麦溪县县长李克服被地下县委的许文印枪杀;井宗丞枪打安邑县碛口镇大财东柴广轩一家数口等都对历来的接受美学提出了挑战。不只是对日常生活的忠实遵循,还是对鲜活历史生气的灌注,巨大文学能量的释放,从而

---

① 鲁迅.中国小说史略[M]//鲁迅.鲁迅全集:第九卷.北京:人民文学出版社,1981:129.
② 吴沃尧.历史小说总序[M]//舒芜,等.近代文论选.北京:人民文学出版社,1959:217.
③ 郁达夫.历史小说论[M]//郁达夫.艺文私见.上海:复旦大学出版社,2004:148.
④⑤ 贾平凹.后记[M]//贾平凹.山本.北京:作家出版社,2018:523.

有效置换历史惰性和重负。

贾平凹处理历史题材的做法带有詹姆森意义上的存在历史主义色彩。存在历史主义源于德国生命哲学。在后者看来,"人类象征行为的无限多样性表述了非异化的人类本质的无限潜力"。这样的潜力可以在历时性的经验那里得到激发,"历时性的经验""是通过现在历史学家的思维同过去的某一共时的复杂文化相接触时体现出来的",也是"超越历史事件的经验"。一句话,存在历史主义认为,"历史经验是现在的个人主体同过去的文化客体相遇时产生的"①。证之于《山本》,无论文学,还是历史,都经过了作者的"个人主体"。拿井宗丞来说,作为平川县发展的第一个共产党员,为去省城买枪的他亲自谋划了绑票亲爹水烟店老板、互济会长井伯元的行动。因内部分裂和不同派别间的争斗,忠于革命的井宗丞反倒死在了自己人手上。与革命史诗的主流英雄形象塑造不同,《山本》采取了消解和颠覆的另类策略。其他如"和人打麻将,赢上一个钱了就会把钱贴子额颅上,生怕人不知道"(茶行岳掌柜语);攻打桑木县城受伤后截了小拇指算为断骨,气得说:"往后掏不成左耳朵了";杜英死后的悔恨,自责和自虐(扇打、杀、火柴点着了去烧);在拿下财东家后吃了三碗炖黄豆、萝卜和腊肉,半夜里肚子胀得睡不下,在地上双脚蹦跶;与投奔游击队的阮天保较劲,合吃三只烤野雁和四个苞谷棒子,晚上挺着肚子往一截木头上撞等都满带了土气息泥滋味,却也并不逾越红军(游击队)及共产党员的纪律和信念底线,如误杀老婆婆和她的孙子后,摸出大洋放到死去的老婆婆那儿。再如攻打野狐坪大户家时,出于人道,没杀装睡的王护院,结果反害了自己人黄三七(虽也图谋不轨)等等,都分享了更多个人经验,从而使所呈现的历史经验具有了"无限潜力",敞开了血肉现实的全部复杂性和可能性。

即便是对历史素材本身,贾平凹也往往独出心裁,充分放大历史细部的褶皱,呈现与生活世态的各种有机联系,而非平常看过,流于想当然的世俗成见和偏见。游击队从诞生到合并,再到壮大成为军团的历程带有野史的复杂性,但在实际上却是世相和历史态度的迭现。历史并不总是宏大,更多

---

① [美]弗雷德里克·詹姆森.马克思主义与历史主义[M]//张京媛.新历史主义与文学批评.北京:北京大学出版社,1993:28.

是与现实相互交织混杂的复合景观。逛山、刀客、土匪、保安队、政府军、西北军等各显神通,游击队也只是在夹缝中生存,并非一开始就超凡脱俗。正是在这里,显示了贾平凹转化历史的文学能力,也就是鲁迅在《关于左翼作家联盟的意见》中所说的"污秽"和"现实"。当方塌县同济药房叶掌柜刮掉他人结婚证书上的名字,撮合井宗丞和杜英结婚时,井却不愿结婚,直言"我这是革命哩,过不了日子"。看得出,贾平凹有意重构新英雄人物形象。革命者也是人,也有七情六欲和日常生活。就像和尚并不总是念经和跪拜一样,革命也不总是拼杀和冲锋。如鲁迅在《"这也是生活"……》中所说:"战士的日常生活,是并不全部可歌可泣的。"贾平凹在日常生活的生态中书写生命的簇集(constellation),实际上已超越了革命的意义,而达到通向人本身的高度。历史讲事实,重鉴戒。文学却偏想象,求情思。历史景观更多是叙事者所处社会语境的表现,澄明与遮蔽辩证统一,相得益彰。历史的复杂和曲折也在一定程度上表征了现实的深度和文学的广度。游击队缴武器以壮声威,打土豪以利人民,崇高与平凡的对话实现了贾平凹文学转化的最大化。

在井宗丞线索的转化上,贾平凹注意到历史和文学的不同规律,并以历史丰富文学。在海登·怀特看来,历史本来就是文学。他举例说:"米歇利特(Michelet)把法国大革命的历史描写成浪漫主义超验论的一个戏剧,而他的同时代人托奎维利(Tocqueville)却把法国大革命描写成一个令人啼笑皆非的悲剧。"①而在贾平凹那里,历史却被祛除了标志性成分,经过了日常生活化筛滤。"法国大革命"式的重大历史事件并不出现,而代之以相对碎片化的民间野史和传奇素材。《山本》里的游击队到军团的壮大历程并不特出,正是发挥想象力的便宜空间。除对题材性质的限定外,贾平凹还在人物刻画上做了"大踏步撤退"的文学化处理。蒋介石、冯玉祥等虽实名出现,但正面历史人物都匿名化设置,像通过秦岭去陕北延安的重病中原部队首长就是。此前的《老生》中已做了交代,这里的无名化策略也从一个方面透露了《山本》朝向日常生活的意图,至少是有意突出了普通人在革命斗争

---

① [美]海登·怀特.作为文学虚构的历史本文[M]//张京媛.新历史主义与文学批评.北京:北京大学出版社,1993:164.

中的重要地位。如护送首长安全转移的张老仓一家四口(儿子、儿媳和小孙儿),就被黑沟的黄伯项告密,惨死在保安手中。《白鹿原》在南梁根据地内乱的情节安排中,三十六军廖军长被毕政委扣上了右倾机会主义路线的帽子,白灵随后被活埋,成为内讧的牺牲品。同样,《山本》中的团长井宗丞也被冠以右倾主义而被阮天保杀害(刑瞎子执行)。陷害井宗丞的刽子手阮天保还兼有两人不和的私人情感成分,也将革命阑入日常生活的轨道,强化了文本的日常生活张力。

(二) 革命的日常生活框架

如果说杜鹏程在《保卫延安》中大写了英雄和人民的形象,而构建了革命史观的话,那么贾平凹则有意在祛魅中去神话化,另行打造了日常生活的异质性"装置"(柄谷行人语),从而把革命嵌入日常生活"大地"之中。井宗丞的革命热情并不比周大勇逊色,但不同的设计却带来殊异的风景。也许红色经典的后者更被尊崇,但前者更多普通人的喜怒哀乐。唯其如此,才更融入日常生活时代的当下。由此,贾平凹打破了此前单一僵硬的边界划分,再现了日常生活的异质性丰富。对游击队的描写就带有较多的日常生活色彩。譬如复仇,如果说对黄伯项的惩治还是出于正义的必要行动的话,那么因锄奸而打死薛宝宝,却致薛宝宝媳妇流血流产的后果就是扩大和深化了的真实。再如麦溪县暴动中,地下县委的程国良和农民追杀逃跑的县粮秣局管粮员,就在生命的意义上嫁接了伦理亲情,使得人性本身的意义凸显出来,从而超越了非此即彼的一元论价值阈限,加载了人道和人类的"多边主义"意蕴。接纳阮天保也是游击队发展和壮大自己过程中的权宜之计,埋下了后来重大内乱的隐患。贾平凹突破了机械和僵化现实主义的禁区,勇于审视不能规避的日常生活话题。如两个队员在云寺梁东七里村子的铁匠铺对小媳妇的侵犯。再如不止一次发生的内奸破坏、"左"倾路线错误等都显示了革命胜利之不易,昭示了革命与日常生活的有机关联。

贾平凹没有孤立地为革命而写革命,而是既深入革命内部,又抽身出来,以更大的意义框架或系统来补充和阐释革命。或者说,在将革命经典化的同时又加以现实化和日常生活化。因此,贾平凹着意营造革命本源的现实生活基地,以远望或遥测革命的诗性和弹性,从而还原历史本相,铺设历史与文学的直道。这一思路最重要的步骤和措施就是恢复革命的日常生活地位。对《山本》而言,历史之日常生活化的最重要表现就是井宗秀线索的设置。在贾平凹那里,红色革命并非一时的心血来潮,它还有相互映照和诠释的"兄弟"。当辗转听说井宗丞被"清洗"的消息后,井宗秀特地找来一向信任的陆菊人,诉说"满脑子都是他",感慨"我们是树上的两个枝股",并亲自审讯捉来的凶手刑瞎子,由夜线子和马岱卸头剜心,将人肉割成条喂给拴在北城门口的两只狼。几近凶残的报复表明了两兄弟关系的不同寻常,也暗示了对日常生活的揄扬。贾平凹搭建的对立结构不只是烘托,更是强化。

如果说20世纪八九十年代之交的新写实小说还只是下意识选择的话,那么新世纪以来的底层热潮就是水到渠成的结果。世纪初的贾平凹出版了爱情和历史相交织的《病相报告》,与2014年年初完成的《老生》都围绕了革命及其当代境遇的问题,但零散化和片段化的掺加显然不能满足从革命时代走来的贾平凹重构革命的热情。后革命时代的转型有意无意地预设和赋予了贾平凹当代日常生活基础上的历史测绘和编纂者角色。对此,贾平凹自己有着非常清醒的认识,曾自述"我要做的就是在社会的、时代的集体意识里又还原一个贾平凹"①。大有荣格的"不是歌德创造了《浮士德》,而是《浮士德》创造了歌德"的意味,也就是"它所代表的东西尚未认识清楚,然而却根深蒂固地存在"的"表现"的"象征"②。具体到《山本》,却是寻找革命与历史在新时代的合法性的问题。贾平凹在自我和时代的结合点上完成了历史与现实的联通及再造,其意义已不止于他本人的突破和超越。逞一时之快的戏说和滥造暴露了民族和社会心态中的硬核和瓶颈,不乏历史虚无主义的飘渺魅影,妖魔化了历史的本来面目。贾平凹刻意疏通,却不妄意蹈空,抹杀底线和界限,而是直面现实,燃烧创新激情。"集体意识"和"还原"的对立就暗含了两相结合的逻辑。前者意在警惕马克思在《致斐迪南·拉萨尔》中指出的"把个人变成时代精神的单纯的传声筒"的席勒式倾向,后者则是恩格斯《致斐·拉萨尔》意义上的莎士比亚"福斯泰夫式的背景"的"情节的生动性和丰富性"保证。这一策略无疑激活了历史,也烛照了现实。

---

① 贾平凹.后记[M]//贾平凹.山本.北京:作家出版社,2018:524.
② [瑞士]荣格.心理学与文学[M].冯川,苏克,译.北京:生活·读书·新知三联书店,1987:142-143.

贾平凹接触了革命与日常生活的矛盾。按照阿伦特的观点,革命意味着"历史进程突然重新开始了,一个全新的故事,一个之前从不为人所知、为人所道的故事将要展开"①。而在列斐伏尔看来:"日常生活是由重现的事情组成的。"基于此,海默尔指出,日常生活是所有活动"相交会的地方,是它们的纽带,他们的共同基础"②。作为游击队线索的主人公井宗丞就是这一矛盾的焦点。连家族和婚姻都置之度外的他却受以阮天保为代表的各种自发性势力的钳制,最终陷入了革命之外的日常生活性泥淖。贾平凹并没有受制于好坏或敌我的对立程式,而是交错混杂,复制了本真鲜活的日常生活实物。如攻入麦溪县天主堂后,农民抢拾神父为脱身而撒下的银圆;被收买的奸细王三田、刘兴汉等人的得逞;强娶救下的遗散红军白秀芝做老婆的山民钱老大被井宗丞和元山勒死;红15军团内部以宋斌为首的平原游击队和以蔡一风为首的秦岭游击队之间的内讧等都全息投射了日常生活的历史场景。更重要的是,以井宗秀、陆菊人为代表的日常生活线索补充和延伸了革命线索。前者的分量略显重大,意在交代和放大革命的社会背景。先是土匪五雷的作乱,后是阮天保的分裂,都更行放大,翻出日常生活的多样和意蕴出来。

(三) 日常生活的女性视角

无论形象传统资源优势,还是文本分量的较量,开头和结尾两句中的陆菊人都透露了贾平凹的兴趣所在。换句话说,贾平凹通过女性这一日常生活视角实现了历史与现实的融通。贾平凹善写女性,不仅因为熟悉,更重要的还在他借以表达的错位和旁观态度。或者说,以疏离和放逐的姿态诠释了文学的意义。与英雄的井氏兄弟主宰的男权世界相比,陆菊人隐喻了政治/革命之外的日常生活世界,象征了梦的日神精神。菩萨般的贾氏诗意女性(井宗秀曾向陆菊人磕头表白:"你就是我的菩萨")如小水(《浮躁》),西夏(《高老庄》),白雪(《秦腔》),孟夷纯(《高兴》),带灯(《带灯》)等都承载了红尘与"红晕"的二元审美理想,诠释了日常生活的长篇小说诗学。《山本》更化而为精神理想。小说结尾,涡镇被炸成废墟,幸存下来的陆菊人悲

---

① [德]汉娜·阿伦特.论革命[M].陈周旺,译.南京:译林出版社,2007:17.
② [英]本·海默尔.日常生活与文化理论导论[M].王志宏,译.北京:商务印书馆,2008:211-212.

从中来。贾平凹有意叠化和幻化,不难看出他对常与变的理解。法国哲学家亨利·列斐伏尔曾从妻子对洗涤剂"太棒了"的自语中悟出,妇女最容易受到日常需求的影响。或者说,日常生活最沉重地压在妇女身上[①],很难分拆。贾平凹未必不在男权上用力,但他的基点却根植于女性的日常生活大地之中。一方面,女性意味着孕育和生生不息,是延续和希望所在。另一方面,女性又寓示了仁爱和宽厚(陆菊人送人桂花布袋等)。当井氏兄弟和阮天保彼此仇视,明争暗斗乃至血流成河时,作为一种符号,一个象征系统,陆菊人却在修复中体现了生命至上的人道气度和日常生活风度。如果没有这一角色的加入,整部作品将失色不少。"山本"更多展示的是山之本,也暗含了人本。这人本的轴心就是陆菊人,就是她所呈现的日常生活之本、之美。

《山本》的转圜在陆菊人的塑造。"菊人"之名大有"人淡如菊"之意,寄寓了作者淡雅而传统的文化理想。统观全篇,叱咤风云的井宗秀、五雷等在混战和厮杀后都灰飞烟灭,即便是除去井氏兄弟的阮天保,虽未交代,也未必能保证大胜之后的"大命"。巩百林和赖筐子的投降就埋下伏笔。陆菊人则是日常生活的"母体"。从纸坊沟娘家带来的三分胭脂地成全了井宗秀的"官人"地位,与阮天保的矛盾和井宗丞的遇害都由此生发。小说刚开始的赶龙脉两人就预示了日常生活的力量。其他如三合县凤镇人的"用鸡占卜";任老爷子的徒弟严松被打,"偷偷把一块削成尖头的木楔插在檩条下","使钟楼有邪气,而邪气会影响涡镇",用以报复;安仁堂陈先生解释"百病":"天都有个刮风下雨的,痛苦、揪心、烦恼、委屈、置气、不如意,就是人一生中的必需的粗粮么,就是那些刮风下雨么"等都寓示了日常生活世界的神秘性和交关性。如此广大和深厚烛照了生命的奇丽和深邃。面临决断时,陆菊人拷问内心,打问超自然的神祇。借由所谓"迷信",贾平凹审视了理性的限制。正是理性驱使,疯癫和欲望才主宰了世界。陆菊人则是道德化和秩序化了的人性世界的化身。对井宗秀虐杀行为的不满和阻止就是她宽大心性的流露。炮轰下的花生和右半个脸全没了的戏子之死则是最深沉的悼叹和控诉。

---

① [英]本·海默尔.日常生活与文化理论导论[M].王志宏,译.北京:商务印书馆,2008:208.

《山本》之"本"并不局限于"山"(自然)。它至少还隐含另外两层含义。贾平凹为此安排了三条线索,即以井宗丞为代表的为理想而献身的"民本",以井宗秀为代表的"官本"和以陆菊人为代表的"人本"。该当"祭奠"的还是前者,所以小说的结尾特别安排了缉查凶手和公开正法的环节,实际上是对革命先烈的追悼和致哀。相比而言,建立在日常生活基础之上的陆菊人的"人本"线索最显眼,仿佛文化的密码与文明的基因,而与井氏兄弟大相径庭。无论是井宗丞,还是井宗秀,都有各自追求的目标和严密的组织。为此,不惜毁家纾难,付出生命。陆菊人却不同。站在大历史和文明史的高度,作者精细描画、透视和求证历史,尤其是经营涡镇茶行和上任总领掌柜的后半部,更在女性身份的基础上加上了创造和建设的砝码。或者说,与战争的杀戮和破坏相比,财富积累更是女性介入历史的舞台,影响深远,也最有价值。透过陆菊人,贾平凹呈现了现代历史碎片的当代面影。吴晗曾在《历史中的小说》一文中认定历史的意义是"记载着过去人类活动的故事,生活方式演进的过程,文化嬗变的痕迹",小说则是"记载一个或若干个相联系的寻常或不寻常的故事,加以渲染"①。显然,《山本》已不满足于讲述井宗丞和井宗秀的英雄传奇,而是链接了大量生活和文化的内容。这生活和文化内容的承担者就是陆菊人,甚至还包括文人麻县长;治霍乱的瞎眼郎中陈先生;会吹尺八的哑巴尼姑宽展师父及会做应验的梦,能听懂鸟语狗话的周一山等人。在鬼神报应的空气中,作者渲染了陆菊人的日常生活气韵和神光。既主导了井宗秀的"官人"人生,又波及了井宗丞的起伏。贾平凹不取宏大历史的硬化摹写,而是在历史与生活的接合部寻求突破。作为叙事中枢的陆菊人不只是文本生命的需要,更重要的还在她看取历史的方式和进入历史的形式。日常生活的女性视角不仅重申了文学的性质和范围,也把写作所处语境及其时代精神显露无遗。《山本》既书写了历史,也历史化了书写。比较起来,后者也许更为重要。因它更自觉、更清醒,对今人而言也更有意义。

《山本》的历史观与作者的长篇小说观密切相关。贾平凹崇尚足球的

---

① 吴晗.历史中的小说[M]//吴福辉.二十世纪中国小说理论资料:第三卷.北京:北京大学出版社,1997:250.

巴塞罗那风格,在长篇小说实践上坚持大众化和生活化的现实主义传统,聚焦内在化了的日常现实。即便处理历史题材,也从小处和细处着眼,《古炉》就是如此。《山本》也不例外。譬如阮天保的形象就在历史和文学之间架设了桥梁,很多难以捋顺的棘手问题通过投机革命的阮天保得到了解决。作为主导性历史线索的井宗丞极写了革命斗争的艰险和曲折,虽有杜撰成分,但基本上还原了秦岭革命力量发生发展的真相和全貌。弟弟井宗秀的预备旅线索也不乏现实基础,但与井宗丞线索相比,有更多传奇和虚构的因素。到了陆菊人那里,却是民间野史和文化历史的素描。与井氏兄弟的小历史相比,陆菊人凝聚了贾平凹的人性理想,及对中国历史和文化传统的解读。陈先生则从道理上加以说明,如"世上的事看着是复杂,但无非是穷和富、善和恶,要讲的道理也永远就那么多,一茬一茬人只是重新个说辞,变化个手段罢了";"昨天吃过的饭,今天还吃饭,上个月剃过头了,这个月就不剃啦? 人这一生就是堆积日子么";"我是把不熟悉的东西尽量地变成熟悉,把熟悉的东西不断地重复,在重复中不断体会道教的东西"。陆菊人、陈先生与秦岭的收尾凝结升华了贾平凹的日常生活史观。尘土与秦岭的对比则深化了陆菊人和陈先生的日常生活形象,特别是陆菊人。表面看来,井宗秀的关键性抉择都离不开陆菊人的提醒,实际上,对井宗丞而言,也未尝不是暗示。譬如井宗秀杀人与井宗丞所在红15军团的分裂,都在陆菊人那里引起反响。前者不必说了,后者则在陆菊人经营茶行的人事管理(三合县分店掌柜崔涛)上相映生辉。宋斌和蔡一风的矛盾导致了井宗丞的被杀,反观陆菊人却处置得当,化干戈为玉帛。从这一意义上来说,陆菊人既是现实的望远镜,又是历史的放大(显微)镜。

(四)女性角色与日常生活诠释

《山本》很特别,"特别"不只表现在书名上,还在叙事角度上。原居重心地位的革命力量退居三线,反倒是此前可有可无的附属角色"逆袭"成为主角。前者的代表是井宗丞,后者则为陆菊人。毫不夸张地说,如果说"自杀"了的老皂角树是涡镇魂的话,那么陆菊人则是全书之眼、之魂。不仅承担了叙事转换的枢纽任务,还制造了氛围,主导了进程,难怪作者以其始,也以其终。其实,在贾平凹多达16部的长篇小说中,从来都不缺少女性的身影。陆菊人在对比和制衡的意义上改写了革命历史长篇小说的审美方式。

从英雄的壮美史诗到美人的凄美传奇,贾平凹的倒置和翻转表面上看似"修辞"的更换,实际上却是"语法"的新变。女性身份的陆菊人解构了杀戮和破坏的男性价值主体,提示了善意和建设的可能性。作者笔下的陆菊人不只承担了角色功能,更是一种回看,一种评判。如果说井氏兄弟代表了历史和记忆的话,那么陆菊人则意味着现实,象征了当今经济时代的新思维和新观念,一如她名字中的"人"所传达和暗示的那样。

在题为《写完〈山本〉所记》的旧体诗的尾联,贾平凹总结道:"世道荒唐过,飘零只有爱。"这里的"爱"也许别有所指,但无疑涵盖了陆菊人和井宗秀的情感纠葛。对前者而言,父母之命的丈夫杨钟只"是一种搭配","就像一张纸,贴在窗上了是窗纸,糊在墙上了是墙纸"。后者之所以迎娶了白河岸孟家庄孟星坡的大女儿,恐怕正如从小玩大的好伙伴陈来祥对杨钟所说的那样:"新娘子长得像你媳妇哩!"后娶刘花生则是陆菊人牵线操办的结果。既有外界的传言,又彼此挂心,陆、井二人为何不在杨钟和孟家女人死后结合呢?显然,陆菊人的选择最关键。一方面,出于冥冥之中的官人寄托,她对井宗秀情有独钟,但止乎礼不逾矩。另一方面也寄托了作者的理想——善良、宽广、高洁、守正。就像她对公公杨掌柜所表明的那样:"我不会改嫁也不会招了人进咱家",显示了对传统的传承,对日常生活的守卫和顺应。更重要的是,陆菊人的独立表达了一种立场,那就是对井宗秀偏激做法的疏离和批判,生与死的不同结局就是最有力的说明。反之,有情人终成眷属的大团圆结局便难有这样的张力,贾平凹所据以进攻的堡垒也将不复存在。有意思的是,在对比和审判的同时,贾平凹也反思了日常生活自身。陆菊人的帮助成就了井宗秀的建树,但几乎同时,动力却变成了阻力。换句话说,日常生活生成了反日常生活因素。为此,贾平凹特别写了胭脂地坟相见一节。小说末尾,陆菊人"或许是我害了你"的心声即是上述反思的佐证。

日常生活是个描述性概念,意指人的常态性、稳定性和永恒性。与意识形态不同,日常生活显示了人类最基本、最重要的生存状态。从这一意义上来说,《山本》书名的敲定就带有浓厚的日常生活色彩。同样,面对被炮弹炸成一堆尘土的涡镇,陆菊人和陈先生都把目光投向了秦岭。这样的归结也极富象征意味:人事的渺小和自然的博大形成了强烈的反差。劫后余生的陆菊人和陈先生仿佛日常生活精神的雕塑。后者的治病救人不必说了,前者也是一幅凄美动人的日常生活肖像,既细密又恬静。所谓"细密",是指日常生活的做派和作风。打捞碎片,凝视本体,被架空的麻县长就是明证。无所事事的他终日研究秦岭草木和禽兽,所记草木形状和习性,颇类《红楼梦》中的药方和租单。陆菊人更有叙事的方便。前半部尚不明显,直到刘花生的出现和上任涡镇茶行(美得裕)总领掌柜,才蔚成大国。诸如如何做女人、怎么做饭、治病防病秘诀等,甚至讨论井宗秀的嗜好及与男人相处的法门。其他如教花生走路、包地衣馅饺子、做糊塌饼、讲究穿戴打扮、列黑茶制作工序单、耍铁礼花等都不厌其烦,娓娓道来。这些材料本来上不得台面,贾平凹的掺入不仅是一种扩大,更在于由此表明的态度,那就是超越生死和历史的生命方式。至此,便与上述"恬静"联系了起来。"恬静"是生命自由的姿态。在你死我活的双方对峙中,井宗秀对阮氏族人的斩草除根,剥三猫皮蒙鼓、抠刑瞎子眼、卸头剜心以祭井宗丞,活埋挖坟扬尸的县保安队两人以祭城墙等似乎言之成理,如主任周一山所说:"面对的题目不一样啊!"但在打上鲜明日常生活印记的陆菊人看来却是恐怖,总想办法干预。然而,她阻止不了最终悲剧的发生,就像她在高台上的悖论和荒谬感一样。

《山本》的日常生活叙事之所以重要,主要就在于它提供了新的写作伦理和可能性,触及了亟待解决的难题。譬如游击队和红军自身的日常生活问题、写作立场的转移、井宗丞英雄形象的日常生活化书写等都挑战了文学的难度和限度,试验了日常生活的力度和深度。最值得注意的是对日常生活民间信仰的置重。故事初"起"就直指胭脂地与赶龙脉人的官人预言。此后千头万绪,几乎充斥了全书的各个角落。如土匪王魁嘴被蚊虫叮了一下,竟昏迷了三天,原因就在他扇了宽展师父的嘴,地藏菩萨不高兴了;井宗秀受伤后,陆菊人臆想:如能碰着个穿白褂子的人了,伤就很重,如碰着穿绿衣裳的了,伤就无大碍;老魏头能见鬼,家里挂有钟馗像;刘老庚嫁女儿陪对碗;等等。与宽展师父的西来佛教不同,这类巫道和萨满信仰凝练了几千年来中华民族的传统文化,提炼了民间日常生活经验的结晶和精华。较早提倡民俗学研究的周作人曾在《拥护〈达生编〉等》一文中表示,将"不成文(却更为重要)的风俗礼节,广加采集,深加研究,所得结果也要比单从十三经二十四史研究出来的更能得到国民思想的真相"。无疑,《山本》便是一部秦岭"风俗礼节"的大全,而陆菊人则是中心的"环节",诠释了日常生活的深刻和繁华。此外,为提高与当下日常生活现实相关联的程度,贾平凹还别出心裁地增加了陆菊人经营黑茶的情节。从金蟾托生的传说,到抓住黑茶商机的敏锐,再到对各分店掌柜管控和实行银股制的魄力等,都渲染了陆菊人的商业头脑和致富才能,呼应了当今中国以经济建设为中心的新发展理念。与井宗秀的打仗和破坏相比,搞建设、重民生的陆菊人才最永生。如果说心爱秦岭并写出《秦岭志草木部》和《秦岭志禽兽部》的麻县长是为秦岭而自杀的话,那么陆菊人则是秦岭精神的体现者和守护者。具体来说,就是对伦理的坚守、对生命的看守和对生活的执守。在《山本》的"后记"中,作者并没有大谈人物和情节,而是清算了历史、现实与自我的关系。看来,陆菊人既是和平与建设的寓言,又是中国形象和文化的人格重构。从这一意义上来说,秦岭便是陆菊人,陆菊人也便是秦岭。作者曾在"题记"中盛赞秦岭是"中国最伟大的山"。同样,陆菊人也是"中国最伟大的女性",是中国文明和日常生活的见证与写照。

作为新中国成立前的革命小史,《山本》的叙事展示了贾平凹日常生活诗学的风貌。简括起来,就是革命并非戏剧化预设的康庄大道,而是从社会和生活生发,兼有社会和生活的特点和缺点。贾平凹客观呈现了这一过程。更重要的是,他没有为革命而写革命,而是把革命带入日常生活的历史长河中来观照,来评判,也就是"念头"的生生灭灭中[①]。同时,革命与日常生活紧密相连,相辅相成。在小说的前半部分,每当涉及游击队的活动时,总有不同人物完成的过渡,或井宗秀,或杨钟、陈来祥,或阮天保,维持了革命传奇与日常生活的关联,包括自身分裂在内的革命内部的矛盾和困境也在这样的背景下得到了有效的说明。为增强小说的表现力和感染力,贾平凹运用了象征的传统比兴手法。本来的"革命"线索虽也跌宕起伏,但究竟不便大范围地加工和改造。为此,贾平凹有意"二度包装",将"革命"的改编压力释放出去。井宗秀和陆菊人的两条线索就是为此所做的假设和转移,保证了《山本》文学性的实现,并使革命及其日常生活"大地"凸显出来。结尾的阮天保暗杀及炮轰则把这种日常生活表达推向了顶点。贾平凹曾寄望

---

① 郜元宝."念头"无数生与灭:读《山本》[J].小说评论,2018(4):95-102.

"《山本》该从那一堆历史中翻出另一个历史来啊"。这"另一个历史"就是庄子意义上的文学的历史,所谓黍离麦秀之感。超越死生,致敬永恒,贾平凹直面现实,重构历史,既站在文明中国的高度,又潜入日常生活的深处,告慰英灵,抚慰人心。无论是井宗丞的"红",还是井宗秀的"黑",都融入了陆菊人所凝望的黛青山峦之中。贾平凹的结论也许并不时髦,却耐人寻味,发人深省。

二、游击队、女性与贾平凹长篇小说的抒情传统——以《山本》为中心

《山本》(2018)是贾平凹致敬秦岭的方志式长篇小说。与此前出版的15部长篇小说相比,《山本》最大的变化体现在对历史记忆的持续发掘上。贾平凹擅长处理城乡二元结构题材,直到"使命"①之作《古炉》(2011)才有了整体转换的新变。自此,他才真正确立了历史记忆写作的范式。如果说《古炉》的"新变"还建立在亲历和熟稔生活的历来写作惯性的基础之上的话,那么《老生》(2014)和《山本》的题材范围便是对更遥远过去的回望。尤其是《山本》,进一步拓展了《老生》的第一个故事空间,贾平凹的历史小说也因此跃进到空前的高度。概而言之,《山本》的历史题材设定并没有相应的创作方法设限,而是敞开文本世界,开放性地吸收从第一部长篇小说《商州》(1984)以来不断探索和积累的经验。因此,与个人记忆的《古炉》和片段历史簇集的《老生》相比,《山本》的历史书写更典型,也更有清算的意义。

(一)游击队:日常生活改写

贾平凹写作游击队的历史可追溯至荣获美国美孚飞马文学奖的长篇小说《浮躁》(1988)。作为地方政治斗争的源头,游击队被阑入"下卷"关键时刻的扑朔迷离之中。值得注意的是,在田、巩两大家族斗法和金狗、雷大空合力反抗官僚主义的复杂纠葛中,带有游击队革命历史背景的省军区司令员许飞豹被分裂成为两种声音的发出者:一方面"廉洁做人,清心寡欲地修身,严肃为官,废寝忘食地济世",故而,在石华的请求下,才出面过问雷大空之死和金狗被捕案,最终撤销了目无党纪国法的巩宝山的专员职务。另一方面则是被蒙蔽,未能明察秋毫,客观上造成了小水丈夫福运之死及养子

---

① 贾平凹.后记[M]//贾平凹.古炉.北京:人民文学出版社,2012:847.

许文宝对石华的侵犯。正反相对的两种结果的形成揭示了革命者的当代处境,贾平凹辩证写来,目的就在于渲染改革的艰难及和平年代里没有硝烟的战争的酷烈。在不多篇幅的游击队回叙中,田家游击队长田老六和警卫员许飞豹死里逃生的故事与围猎狗熊和身体欲望之间构成了跨越时空的对话关系。看得出,《浮躁》触及了游击队叙事的主要情节,如被围、告密、复仇等成为后来被改写的游击队要素原型。写作姿态也从民间视角出发,并不忌讳诸如"抽签""命大"和救命封王的话题。应该说,游击队题材在贾平凹创作最初阶段的出现就已成熟,与新世纪以来再描述的形象相比并没有太大的变化。究其原因,不能不归结到 20 世纪 50 年代作者的童年时期就已耳闻目睹的部队生活记忆上。贾平凹出生在由陕南游击队整编的解放军团部队大院里,因为姨父团长的关系,幼年所受的教育除土改外几乎全是陕南游击队的故事。70 年代走上写作道路后,耳熟能详的游击队素材自然进驻了商州"根据地"[①]。《浮躁》随手写来,突破了现实和地域的局限,大有路遥名作《平凡的世界》中的"世界"气象。

在不断回到商州的过程中,游击队故事也被多次重写。如果说《病相报告》(2002)涉及意图成立独立王国的游击队司令造成内部分裂,终至全军覆没,从而出现了前所未有的变化的话,那么,2014 年的《老生》则告别了插叙或背景式写法,第一次将游击队记忆衍化为完整和独立的故事,尝试了全面总结的超越。现在看来,记忆可以说是贾平凹新世纪长篇小说创作的动力源:《秦腔》(2005)"后记"中曾慨叹"故乡啊,从此失去记忆";《高兴》(2007)和《极花》(2016)可谓对商州拾破烂群体的记忆;《带灯》(2012)涉及"海风山骨"[②]的记忆;《古炉》的"文革"记忆是追问;《老生》则是发掘,打捞记忆碎片,反思新中国的产生和发展,叙述革命的由来和"当代中国"的生产。《老生》的游击队故事延续了《浮躁》和《病相报告》中的基本架构,不过,没有了《浮躁》的藩篱,也充实了内容相对单薄的《病相报告》。《老生》中的游击队员既非刀枪不入的天兵天将,也不自恃为英雄。为此,贾平凹采取了自己颇为得心应手的"写实"策略,盘点了"生活"库存,进而诉诸坐标

---

① 贾平凹.答《文学家》编辑部问[M]//贾平凹.访谈.北京:生活·读书·新知三联书店,2015:7.
② 贾平凹.后记[M]//贾平凹.带灯.北京:人民文学出版社,2012:361.

定位,在日常生活和风俗人情中全息呈现。拿游击队正副队长李得胜和老黑来说,就至少写出了三种偶然:一是表兄弟关系;二是到城隍庙去看银杏树冒黑烟的偶遇;三是打死无辜的跛子老汉。不仅如此,贾平凹还渲染了神秘和通灵色彩,营造了某种超自然的宗教氛围,某种意义上隐喻了国族深层集体无意识的文化心理结构。比较来看,贾平凹的建国史既非《保卫延安》式的纪实性战争史诗,也不是《创业史》似的社会主义农业合作化赞歌,而是在原生态的生命和生活真实中逼近历史。之所以选取游击队题材作为新中国产生历史的写作视角的原因就在于此。借用王一燕的说法,贾平凹叙述中国(Narrating China)[①]的起点便是他与历史相交的切点。由此生发,他写出了生命和人性,同时也就写活了历史。《老生》中李得胜的决策失误;老乡媳妇半夜里的尿声与同住游击队员的欲念;游击队骨干三海、李得胜、老黑和雷布的相继死去等都祛除了以往革命历史长篇小说的固有观念,活现了小历史的人本身。得益于此,革命者的无畏气概和牺牲精神也便更加震撼,更能打动人心,老黑之死就是这样"震撼和打动"的顶点。

游击队记忆在《老生》中以"第一个故事"的形式展开,到了《山本》,则以平行线索的空间设计贯穿全书。相比而言,后者不仅内容增多,愈加翔实,还更彻底地兑现了贾平凹写实的主张。将人物和情节还原到日常生活之中,以平视或俯视的态度召唤记忆,从而在过去和现在之间建立基于生命的联系。形象点说,贾平凹借用生命和日常生活的两条腿走进历史,编织记忆。这一姿态带有詹姆森所说的存在历史主义的色彩。存在历史主义认为,作为历史性的经验是通过现在历史学家的思维同过去的某一共时的复杂文化相接触时体现出来的,或者说,历史经验是现在的个人主体同过去的文化客体相遇时产生的[②]。用贾平凹自己的话说,就是"我与历史神遇而迹化"[③]。显然,贾平凹的游击队不同于知侠的《铁道游击队》,其中最重要的一点就是主客体相遇方式的差异。后者从革命理想主义出发,碰撞产生的火花来自集体的大我与被意识形态规训的历史。相反,贾平凹的"个人主

---

① Yiyan Wang. *Narrating China:Jia Pingwa and His Fictional World*. London:Routledge,2006.
② [美]弗雷德里克·詹姆森.马克思主义与历史主义[M]//张京媛.新历史主义与文学批评.北京:北京大学出版社,1993:27,30.
③ 贾平凹.后记[M]//贾平凹.山本.北京:作家出版社,2018:525.

体"主导了叙事逻辑,写来便大不相同。同样是写战争,"十七年"文学致力于正义伦理书写,镌刻勇猛而坚强的战斗英雄的伟业,但在《山本》中,原来处于边缘或略去不写的生活化场景却上升成为焦点。如红15军团联手逛山伏击6军的骆驼项战役就没有突出指挥战斗的副参谋长井宗丞,而是突出主动承担点燃导火索任务的战士元小四。值得回味的是,炸药包出人意料地爆炸,既消解也强化了元小四牺牲的庄严和壮烈。战斗前后的"炖猪蹄焖鸡"和"肥肉块子"的对比细节也将战争纳入日常生活"括号"中。日常生活文化理论学者列斐伏尔曾论及资本主义日常生活批判的反抗意义,倡言"商品、市场和货币,以它们无可替代的逻辑紧紧抓住了日常生活。资本主义的扩张无所不用其极地触伸到日常生活中哪怕是最微细的角落"①。同样,在经济社会发达,日常生活能量被充分释放的今天,游击队革命历史的再解读也必然经过日常生活文化的浸润和过滤,《山本》就是书写日常生活"典型环境"的标本。吃喝拉撒、内讧、叛变、欲望等都是表征,回答了游击队在今天的镜像和被描写问题。具体来说,就是不唯正统,不取单一,而是散点透视,众声喧哗,就像生活本身一样千变万化,贯通交错成为共同体。譬如阮天保的保安队和游击队的先后身份转换;麦溪县县长李克服投诚后的被杀;矮小老头形象的中原部队重病首长;被罚游击队员遭受野生动物攻击后的惨死等都打破成规,解放了文本。即便是作为主人公的井宗丞也不例外:与发展自己成为平川县第一个共产党员的杜鹏举之女杜英的野合;借纸烟、山炮和麝香羞辱阮天保;打死高云干的保镖;被害前"气从喉咙里往出喷,断断续续,疙疙瘩瘩,但没有眼泪"的放声恸哭等也都重返日常生活现场,在自然和本色中创造了个人的历史,也塑造了历史的个人。

(二)陆菊人:传统与现代的融通

对"第三世界"概念有所保留的詹姆森曾在分析鲁迅时表示:"第三世界的本文,甚至那些看起来好像是关于个人和利比多趋力的本文,总是以民族寓言的形式来投射一种政治:关于个人命运的故事包含着第三世界的大众文化和社会受到冲击的寓言。"②所谓西方主导了世界,现代性遮蔽了民

---

① [英]本·海默尔.日常生活与文化理论导论[M].王志宏,译.北京:商务印书馆,2008:193.
② [美]弗雷德里克·詹姆森.处于跨国资本主义时代中的第三世界文学[M]//张京媛.新历史主义与文学批评.北京:北京大学出版社,1993:235.

族性。现当代中国文学便是这一"冲击"的产物。置身于社会底层,被塑造为"物件"的女性首当其冲,茅盾写于 20 世纪 20 年代末的时代新女性形象系列就是"受到冲击"的见证,而贾平凹则记录了新时期以来"冲击"的大波。有着惊人相似的是,茅盾笔下《创造》的失败却在贾平凹那里获得了共鸣。正如娴娴背离了君实一样,《废都》里赞美庄之蝶"最善于写女人""写女人都是菩萨一样的美丽、善良"的保姆柳月后来也说:"是你把我、把唐宛儿都创造成了一个新人,使我们产生了新生活的勇气和自信,但你最后却又把我们毁灭了!而你在毁灭我们的过程中,你也毁灭了你。"与《创造》中不辞而别走向新生的娴娴不同,不论是柳月,还是唐宛儿,都心甘情愿地追随和接受,哪怕是扭曲和畸变。对她们来说,与其称之为启蒙的悲剧,不如说是"厚描(thick description)"了从乡土传统走来的女性遭遇现代都市的先定命运。贾平凹在城乡的对立结构中隐喻传统与现代的两歧。对从陕北和陕南乡村流落到都市西京的柳月和唐宛儿来说,要么像七巧一样,嫁给市长患过小儿麻痹的残疾儿子大正,要么像祥林嫂一样,被抓回原在潼关县城的夫家。耐人寻味的是,这一异化和被侮辱、被损害的过程都建筑在与作为现代性知识谱系和文化符码象征的菲勒斯中心主义(作家庄之蝶)的结盟基础之上。具有相近意味的是,书中阿灿"最后"的"美丽"仪式也同样是"结盟"的形式。

贾平凹曾自述他写女性人物的经验主要来自《红楼梦》与《聊斋志异》两书。《红楼梦》"第一次把女子当作与男子平等的人"来写,《聊斋志异》则"写透了女子之美,写活了女子之美"[①]。据此,贾平凹塑造了一批"女菩萨"式的女性典型。从《浮躁》中的小水,到《秦腔》中的白雪,再到带灯,都尽显中国女性的纯洁和善良之美。给人留下深刻印象的是小水在关押金狗的号子外连唱的行船号子,及"如同墙上画着的菩萨一样"的白雪的秦腔,就是"萤火虫"带灯也"如佛一样",辗转于樱镇"特大恶性的打架事件"中。然而,她们也时常处于被戕害和虐杀的危险之中。就像超现实主义代表作家布雷东笔下的娜佳一样:"一方面,她被看作是已经逃避了日常的日常状

---

① 贾平凹.与穆涛七日谈[M]//贾平凹.访谈.北京:生活·读书·新知三联书店,2015:399.

态,而另一方面,她又处于重新陷入它的固定程式的危险之中。"①换句话说,"娜佳的行为举止具有非常迷人的女性气质,超越了日常的单调乏味,同时,作为一个家庭主妇(受到管制的女性气质),她的行为又不断地有使她重新回到尘世,只是能够活着(吃、喝)的威胁"②。贾平凹笔下女性形象的传统性与现代性的关系也正如此:在传统与现代裂变的背景下,一方面,女性解放了自己,顽强地表达着自身。另一方面,在男权社会中,她们又极易成为牺牲品,从而面临迷失自己与被压制和摧残的风险。单色调的传统和现代女性几乎没有,贾平凹长篇小说中大量出现的是那些融传统与现代于一身的混合型女性。如珍子(《商州》);石华、英英(《浮躁》);虞白、颜铭、邹云(《白夜》,1995);梅梅、眉眉(《土门》,1996);西夏、菊娃、苏红(《高老庄》,1998);江岚(《病相报告》);孟夷纯(《高兴》);杏开(《古炉》);胡蝶(《极花》)等,都程度不等地标识了传统与现代相博弈的刻度。

相比男人,社会转型过程中地位更低的女子所受的冲击更大,蕴含的审美价值也更高。反思由传统向现代过渡时期社会文化心理结构的贾平凹自然选择女性作为自己解剖的对象。像上列的石华、颜铭、孟夷纯、胡蝶等都打上了鲜明的现代印记。不过,与其说是女性的现代化,倒不如说是现代化的女性。20世纪90年代以来的贾平凹长篇小说创作实践表明,现代性给予女性的冲击最大,带来的异化也最触目惊心。如傍大款的邹云(《白夜》);沦落的翠翠(《秦腔》);被城市的"大磨盘"磨碎了的"人样子"訾米(《极花》)等都是城市或金钱消费社会的人设。相比而言,真正代表了贾平凹女性观,体现他女性理想的形象还在传统范畴之内,《山本》中的陆菊人就是其中的集大成者。

贫寒出身的陆菊人兼有传统与现代的双重性:一方面是家庭妇女,是循规蹈矩的传统秩序的恪守者。她不愿意去做童养媳,却到底没能反抗;丈夫杨钟战死后,有关她和井宗秀的谣言多了起来,为此,她向公公表明道:"我不会改嫁也不会招了人进咱家,我就伺候你,把剩剩拉扯大,杨家还是涡镇的杨家";为井宗秀"调教"花生,手把手传授怎么做饭,如何收拾打扮自己,

---

① [英]本·海默尔.日常生活与文化理论导论[M].王志宏,译.北京:商务印书馆,2008:89.
② [英]本·海默尔.日常生活与文化理论导论[M].王志宏,译.北京:商务印书馆,2008:93.

甚至一言一行,日常礼仪等,都悉心指导,而言传身教的目的就在服侍井宗秀,诸如"男人衣着邋遢了,那是媳妇的过错";"你把你不当个女人看待,丈夫就也不会心疼你";"你要他不花心少花心,你首先是一朵花"等都诠释了她作为传统知识教化者的身份。可以互鉴的是,吕斯·贾尔曾在关于《厨房·女人·民族》的论著中指出,对女人烹调艺术的颂扬"经常伴随着驱之不散的怀旧感。每一种姿势,每一种气味,每一种烹饪技巧都充满了浓缩了的回忆"。因此,下厨烹饪"总是在嗅到和品尝过去的味道",也就是"在现在中认识到过去"①。陆菊人的"教化者"身份也促成了她对"过去"的返魅。由此,既维护了"官人"和"英雄"幻象井宗秀,也重塑了她自己的替身花生。另一方面,陆菊人绝非普通的家庭妇女,赋有非同一般的才干和见识。几乎在井宗秀发展壮大过程中的每一个关键时刻都起到了至关重要的作用。第一,打消了井宗秀为父迁坟的念头,实言相告赶龙脉人和三分胭脂地的来龙去脉,并鼓励井宗秀行动起来,不要辜负"天地",以免错过冥冥之中的官人缘分,从而点化了极具传奇色彩的井宗秀辉煌的一生。第二,上任总领掌柜,经营茶行,解除了井宗秀经济上的后顾之忧。更为重要的是,凸显了陆菊人聪明的商业头脑和卓越的管理才能:派方瑞义到关中平原的泾河畔学习黑茶制茶工艺;妥善处理三合分店掌柜的贪污问题,取得了崔涛的信任;请县长赐题"美得裕"商号匾额;推行银股制,调动了各分店掌柜的积极性等都是对她"金蟾(蛤蟆)转世"的证实。第三,机智过人,解决了连井宗秀、麻县长都不能解决的问题。如扔锣槌到空中,诱使野蜂蜇死了土匪玉米;预先交代弟弟陆林防范,避免了井宗秀爹的坟丘被阮天保的保安队挖坟扬尸;给井宗秀出主意,安置平川县政府到涡镇凶宅——阮家;崔涛因红军窝点案被逼自尽后,提出将茶行收归预备旅,并关押作为茶总领的她自己的应对办法等。难怪井宗秀称她为"菩萨",麻县长也把她与慈禧相比。可以设想的是,涡镇最高大的老皂角树"自杀"后,因"涡镇魂老皂角树"的刻字曾一度引发众人不满,字里行间的言外之意不言而喻,实际上,陆菊人才是真正的涡镇魂。贾平凹曾说明陆菊人的原型是陕西历史人物周莹(安吴寡妇,电视剧《那年花开月正圆》的主角)和本家的三婶。如果说三婶资源更

---

① [英]本·海默尔.日常生活与文化理论导论[M].王志宏,译.北京:商务印书馆,2008:252.

多形成了陆菊人形象的传统性内涵的话,那么周莹的营商传奇则丰富了陆菊人的现代性意蕴。《山本》"后记"中提到写作过程中悬挂的"现代性、传统性、民间性"条幅,对贾平凹来说,"三性"不仅是对自己创作原则和方法的提醒,更重要的还是对以陆菊人为代表的女性形象进行创新刻画的南针。

(三) 贾平凹长篇小说的抒情传统

十九岁之前的贾平凹生长在秦头楚尾之间,融汇了北方的厚重和南方的灵动,表现在作品中就将现实主义与浪漫主义结合了起来。20世纪80年代获得较大反响的那些作品诸如《小月前本》《鸡窝洼人家》《腊月·正月》和《浮躁》等虽然都被冠以"现实主义"[有关贾平凹创作现实主义特征的论述,请参看段建军 李荣博《贾平凹的现实主义探索及其贡献》(《中国文学批评》2017年第3期)及周燕芬《论胡风主体性现实主义理论的经典价值与实践意义——以路遥、陈忠实和贾平凹的创作为例证》(《西北大学学报》(哲学社会科学版)2013年第6期)两文]的徽号,但正如"笔耕"文学研究组(1980年12月成立于西安)所指出的那样,贾平凹小说的特色"是强烈的表现欲望,是浓重的主观色彩"①。贾平凹的人格气质是以艺术为生命的"生命审美化"②。面对创作困境,贾平凹曾以《浮躁》为例做了清算,表示"再也不可能还要以这种框架来构写我的作品了",以为"这种流行的似乎严格的写实方法对我来讲将有些不那么适宜,甚至大有了那么一种束缚"③。此后,不论是《废都》"后记"中的"安妥我破碎了的灵魂",还是所谓"废乡"和"乡土叙事的终结"④的《秦腔》,几乎都灌注了贾平凹抒情气质的生气。

贾平凹不止一次谈到孙犁、沈从文、张爱玲等《红楼梦》路子的抒情主义者的影响在他成长道路上的意义,也曾表达先后阅读废名和沈从文的不同感受。从早期阅读所受的触动看,贾平凹最初的小说启蒙教育很大程度上来自京派,后来创作的基因中也就不无京派精神领袖周作人的元素。周

---

① 刘建军.贾平凹小说散论[M]//林建法,李桂玲.说贾平凹.下.沈阳:辽宁人民出版社,2014:218.
② 费秉勋.生命审美化:对贾平凹人格气质的一种分析[M]//林建法,李桂玲.说贾平凹.下.沈阳:辽宁人民出版社,2014:330.
③ 贾平凹.序言之二[M]//贾平凹.浮躁.北京:作家出版社,2009:3.
④ 陈思和,丁帆,苏童,等.作家,是属于时代的:贾平凹作品学术研讨会发言摘要[M]//林建法,李桂玲.说贾平凹.下.沈阳:辽宁人民出版社,2014:407.

作人最早提倡牧歌小说,称道其"结构至简朴,而文特佳妙"①。"五四"时期又明确主张:"小说不仅是叙事写景,还可以抒情",并提出"抒情诗的小说"②的概念。此后,周作人大力表彰废名小说的"文章之美"③,直到20世纪40年代还赞成废名"结构便近于一个骗局"的小说观,重申"读小说大抵是当作文章去看"的审美观,并变而为"随笔风的小说"④提法。这种小说在废名和沈从文的创作实践中取得了成功,贾平凹曾比较他们各自不同的特色道:"沈从文的作品气大,是喷发和扩张性的,废名的作品气是内敛的,往回收的,所以沈从文的成就高于废名。"⑤同样是从作者个性出发,沈从文及物,废名则内倾。贾平凹的高下判断和自觉选择决定了他小说探索的方向。长篇小说处女作《商州》几乎就是修订版的《边城》,尤其是每章第一部分的风俗人情铺垫与男女主人公的爱情传奇(同样是两男一女的三位一体结构)皴法。

贾平凹独特的个性气质与周作人基于个性的散文化小说理论产生了共鸣,却与以柳青为代表的革命现实主义文学传统发生了龃龉,《浮躁》就保留了两相搏斗的痕迹。除"作废过十五万字,后又翻来覆去过三四遍"⑥外,更重要的是学术界对其内在矛盾的揭示。如引周作人从浮躁到平和的前车之鉴,批评贾平凹对"回到他(她)出发闯荡的原生地;认同于传统文化中的善"的人物最后归属的处理⑦;提出"前现代化"中的乡间儿女与"后现代"艺术手段的奇妙拼贴,导致了作家作为一个现代知识分子的立场的缺席,并进而构成与中国传统文人角色的对接、暗合以至完全认同,从而落入转型期

---

① 周作人.《黄华》序说[M]//周作人.周作人散文全集:1.桂林:广西师范大学出版社,2009:211.
② 周作人.《晚间的来客》译后附记[M]//严家炎.二十世纪中国小说理论资料:第二卷.北京:北京大学出版社,1997:91.
③ 周作人.枣和桥的序[M]//周作人.苦雨斋序跋文.石家庄:河北教育出版社,2002:107.
④ 周作人.明治文学之追忆[M]//周作人.周作人文类编:日本管窥.长沙:湖南文艺出版社,1998:459.
⑤ 贾平凹.贾平凹谢有顺对话录(节选)[M]//贾平凹.访谈.北京:生活·读书·新知三联书店,2015:195.
⑥ 贾平凹.序言之二[M]//贾平凹.浮躁.北京:作家出版社,2009:3.
⑦ 刘火.金狗论:兼论贾平凹的创作心态[M]//郜元宝,张冉冉.贾平凹研究资料.天津:天津人民出版社,2005:155.

中国作家的最大陷阱①。这一传统和现代的裂缝暴露了作为早期贾平凹精神源头的废名与沈从文创作中主观形式和客观内容之间的矛盾。随笔风小说的作者偏重个性主观,不大注重故事情节的锻造和人物性格的塑造。从20世纪80年代主导陕西的现实主义文学语境来看,希望兼顾二者的贾平凹自我分裂的矛盾也就不只是他个人的问题,而是从废名到沈从文的现代中国抒情小说传统自身矛盾的反映。具体到《浮躁》中,就是"保留着更多的生活自然色彩的混沌世界"与"强化着艺术家的主体精神,使其呈现出现代艺术的新秩序"之间的对立②。可供考察的是,贾平凹调整后的策略并非二律背反式的非此即彼,而是对沈从文艺术传统与当代中国社会生活的双向调适。这种调适发端于《妊娠》(1988),生成于《废都》。《废都》与其说是对经济社会浮世绘的现实主义的顶礼,不如说是对"随笔风"小说观的检讨,所谓"文章并不是谁要怎么写就可以怎么写的",而是"属天地早有了的"。与写作《浮躁》时的十年前相比,贾平凹有意淡化了"艺术家"的作用,增加了"灾难"与"事实"的分量。③

沈从文认为"抒情"是知识分子见于文字、形于语言的表现,其核心在"我",也就是"照我思索,能理解'我'。/照我思索,可认识'人'"④。在谈论跟周作人学习抒情时,沈从文突出强调了"心"和"内面",宣扬"周作人在这方面的长处,可说是近二十年来新文学作家中应首屈一指"⑤。而在比较自己和废名的不同时,沈从文直言:"冯文炳君只按照自己的兴味做了一部分所欢喜的事。使社会的每一面,每一棱,皆有一机会在作者笔下写出,是《雨后》作者的兴味与成就。"⑥言下之意,废名太过自我,无裨于社会,而他自己则有所不同,意在写出大千世界来。正是在这一意义上,贾平凹才"不

---

① 范家进.“前现代”与“后现代”的奇妙拼贴:贾平凹《浮躁》新探[M]//郜元宝,张冉冉.贾平凹研究资料.天津:天津人民出版社,2005:224.
② 李星.混沌世界中的信念和艺术秩序:《浮躁》论片[M]//郜元宝,张冉冉.贾平凹研究资料.天津:天津人民出版社,2005:138.
③ 贾平凹.后记[M]//贾平凹.废都.北京:作家出版社,2009:460.
④ 沈从文.抽象的抒情[M]//沈从文.沈从文全集:16.太原:北岳文艺出版社,2002:527.
⑤ 沈从文.从周作人鲁迅作品学习抒情[M]//沈从文.沈从文全集:16.太原:北岳文艺出版社,2002:260.
⑥ 沈从文.论冯文炳[M]//沈从文.沈从文全集:16.太原:北岳文艺出版社,2002:150.

满了废名而喜欢上了沈从文"①。不过,经由废名征用的"个性"却被贾平凹活用,也就是将自我思想与个人情感化用在小说形式和内容之中。具体表现在以下三个方面:一是意象经营。《浮躁》中"考察人"的出现及其说论很明显是作者主观个性强行介入的结果。还在"序言"中,贾平凹就表达不满,并提出建构意象世界的纠错办法,以化解《创业史》似的涉及路线方针和意识形态斗争时的长篇大论风险。此后,像奶牛(《废都》)、钥匙(《白夜》)、女人手(《土门》)、石头的画(《高老庄》)等意象被大量使用,却不无生硬和做作之嫌。所以,到了《怀念狼》(2000),就干脆直接将情节处理成意象。二是叙事角色和身份选择。叙事角色和身份设计既是对讲故事的最佳方案的策划,也是意义生产和伦理表达的形象载体。作为"认识的装置"(柄谷行人语),叙事角色和身份既敞开了文本的故事世界,也召唤了读者的期待视野。对叙事角色和身份的选择既简洁凝练地表达了作者意图,也清晰独到地阐释了文本策略。即如贾平凹长篇小说中仅有的两个女性叙述人,《土门》中的梅梅和《极花》中的胡蝶,就表达了不同阶段的作者在城乡态度上的常与变。其他如阉割自身的疯子张引生(《秦腔》);热情拥抱城市的刘高兴(《高兴》);熟知秦岭,唱了百多十年阴歌的唱师(《老生》)等都作为象征符码,标示了贾平凹内在的社会和文化心理结构。三是复调与对话机制。一般小说叙事讲究起承转合,看重故事线索的清晰和情节的生动。在当代市场经济社会的氛围和格局中,诗人气质的贾平凹有意调适了叙事的审美惯例,创造性地引入了复调和对话机制,有效解决或绕开了单一视域有可能引发的无谓争议难题。像《土门》中的梅梅和眉眉;《高兴》中的刘高兴和五富;《高老庄》中的子路和西夏;《极花》结尾错杂梦境和现实的蒙太奇等都是不同甚至相反价值取向的通约、拼贴和并置。贾平凹多次强调,不论写什么,其实都是在写自己。追溯起来,源头之一恐怕就在周作人、废名与沈从文之间吧。

当写到灾难过后的秦岭什么也没改变时,贾平凹在《山本》"后记"中笔锋一转道:"没改变的还有情感",同时慨叹"爱的花朵仍然在开"。不难感

---

① 贾平凹.对话大散文:《纸生态书系·美文典藏前言》[M]//贾平凹.访谈.北京:三联书店,2015:122.

受,字里行间散发着抒情气息。概括起来,《山本》的抒情遗绪首先表现在文本里强烈的作者主观色彩上。在对创作缘由和过程进行交代的"后记"中,贾平凹一再强调自我,阐释自我在他写作中的意义。如"我要做的就是在社会的、时代的集体意识里又还原一个贾平凹,这个贾平凹就是贾平凹";"那一堆历史不也是面对了我吗,我与历史神遇而迹化";"我写的不管是非功过,只是我知道了我骨子里的胆怯、慌张、恐惧、无奈和一颗脆弱的心"。表现在作品中除了多次提到"念头",以及在此前的长篇小说中一再出现的悲剧结局外,最重要的措置还是大量使用意象来实现意图。如像太极图和磨盘的涡潭;德行好的人经过时会自动掉下皂荚的老皂角树;陈先生安仁堂大门外的娑罗树;身子的二分之一是脑袋,而脑袋的二分之一是眼睛的黑猫;从黑军装到黑茶的黑色;130 庙宽展师父的尺八和《虚铎》;井宗秀送给陆菊人的铜镜等都是作者干预文本的痕迹,表现了抒情气质和气象。其次,周作人、废名和沈从文作品平和冲淡的日常生活风格渗透进贾平凹的小说观。从《废都》开始,发扬光大于《秦腔》,到成功运用于《古炉》的日常生活诗学也在《山本》中取得了更加绵密和精练的进展。井宗丞和井宗秀兄弟被塑形为英雄(小说反讽性地插入了送鹰和熊画的画家的情节)的过程实际上是日常生活被体验(本雅明意义上的 Erfahrung)的过程。贾平凹有意避开大的战争,而只涉及"林中一花、河中一沙"。从"一个木头一块石头"①中想象历史,就像井宗秀进入的梦境一样:以前、现在和以后(历史)的人都消失于涡潭(自然)之中。小说中随处可见的交感、神秘和超自然巫术景观也弥漫了日常生活气息,诸如用鸡占卜的三合县凤镇习俗;女儿出嫁要陪对碗的老规程;秦岭里的杀羊领牲;井宗秀受伤后,陆菊人默想:如果碰着穿白褂子的人了,井宗秀的伤就很重,如果碰着穿绿衣裳的了,伤就无大碍等"天窗"②,都传达了集体无意识的民族日常生活信息,传播了源远流长的老中国日常生活文化。

(四) 结语

如果说井宗丞的悲剧是以追随杜鹏举走上革命道路作为开端的话,那

---

① 贾平凹.后记[M]//贾平凹.山本.北京:作家出版社,2018:525.
② 贾平凹.后记[M]//贾平凹.山本.北京:作家出版社,2018:526.

么井宗秀的死则是陆菊人的娘家陪送的胭脂地所招致的结果。相比而言，后者所占篇幅更大，意蕴也更深厚。从庄之蝶（《废都》）、成义（《土门》），到夏天义（《秦腔》）、五富（《高兴》）、夜霸槽（《古炉》）等都被置入某种异质情境。同样，井宗秀的官人和英雄神话也是人性生命本质和民族文化遗传的结果，他的励志传奇从一开始就带有阴暗和狡诈的灰色。诸如不动声色地报复茶行的岳掌柜和盐行的吴掌柜；做空井台上的一块砖，谋害与土匪头子五雷相好的媳妇；使用美人计，离间大架杆五雷与二架杆王魁等，验证了他"忍耐"和"大智若愚"的"鳖"的特性。后来更发展到用人祭奠城墙；剥三猫人皮蒙鼓；暗地里指派孙举来"通敌"后杀人灭口；自认城隍，黎明前巡镇挂马鞭等凶残冷酷的地步。而在作家的叙事伦理中，井宗秀始终处于篇幅最大的正面叙事中心位置，他在耍铁礼花、银花镇战后、与陆菊人的关系等节点上的表现堪称完美。对比来看，井宗秀的悲剧是一种错位审美表达，是"历史的必然要求和这个要求实际上不可能实现之间"①的冲突，而井宗丞的悲剧则立足于真实，"将人生的有价值的东西毁灭给人看"②。早在谈《白夜》的答问中，贾平凹就表示："我是反英雄主义的"，所以他小说的悲剧很大程度上是英雄的悲剧。千禧年的《怀念狼》就抨击了英雄的屠杀，还最早写到挂马鞭到有女儿人家的闯王李自成。井宗秀的悲剧既是"英雄得不大"（陆菊人语）的悲剧，也是命运的悲剧。在贾平凹看来，"如果一件事的因已经开始，它不可避免地制造出一个果，被特定的文化或文明局限及牵制的整个过程，这可以称之为命运"③。陆菊人造"因"后，井宗秀的"魔鬼"性及内讧、民怨等内外不利因素都在"官人"文化中发酵成为恶"果"。

《山本》以山为本，写"最伟大"和"最中国"④的秦岭中的人、地和物。英雄易逝，秦岭永恒。全书以陆菊人始，也以陆菊人终，蕴含了以女性为表征的日常生活的重复和循环之义。同样，安仁堂陈先生在结尾的露面也暗示了他在灵魂救赎和抚慰人心（说"让人开窍的话"）上的作用，所谓"人这

---

① ［德］恩格斯.致斐迪南·拉萨尔[M]//中国作家协会,中央编译局.马克思　恩格斯　列宁　斯大林论文艺.北京:作家出版社,2010:114.
② 鲁迅.再论雷峰塔的倒掉[M]//鲁迅.鲁迅全集:第一卷.北京:人民文学出版社,2005:203.
③ 贾平凹.后记[M]//贾平凹.古炉.北京:人民文学出版社,2012:848.
④ 贾平凹.后记[M]//贾平凹.山本.北京:作家出版社,2018:522.

一生都是昨天说过的话今天还说,今天有过的事明天还会再有"。自《废都》开始的从不同角度书写的散点透视策略也在《山本》中制造了日常生活氛围。太过传奇的井宗秀和陆菊人都不能创造日常生活的涡镇。那么,谁将演绎新城镇日常生活的传奇呢?也许第 17 部长篇小说《暂坐》可以提供答案。

第六节　贾平凹长篇小说的城乡空间

城乡问题实际上是个现代性问题。随着经济的快速发展,城乡贸易和流通的增加,作为社会巨变的体现,城乡差距进入了知识分子的视野:或被视为文明和野蛮的对立而成为国民性批判的场域,或被冠以城市病而发起民族传统的抵抗。前者以鲁迅为先锋,后者则首推沈从文。百年来演绎推进,未尝歇止。新世纪以来,"打工文学"的兴起使得城乡问题再度凸显出来。下面拟以贾平凹长篇小说为例,讨论城乡的互动与纠结,或可作 20 世纪 80 年代以来的长篇小说研究之一助。

(一)城乡失衡:贾平凹长篇小说的审美视点

"文革"结束后开始的新时期文学某种意义上是走向世界的文学。改革文学的出现、人道主义的讨论与现代派的崛起,都在昭示实现四个现代化的时代背景下文学所做的反应和调整。快速发展的同时也伴有令人忧虑的现象,贾平凹就在长篇小说里表示了不安和反思。第一部长篇小说《商州》一开始便推出了厌烦省城生活的后生形象。后生承认,世界的发展趋势应是城市化,但他困惑:"商州和省城相比,一个是所谓的落后,一个是所谓的文明,那么,历史的进步是否会带来人们道德水准的下降而浮虚之风的繁衍呢?"(《商州》)这一提问仿佛是斯芬克斯之谜。从老庄到卢梭的答案尽管各不相同,不乏争议,但小说中还是相信,"'文明'的省城应该注入商州地面上的一种力"(《商州》),也就是所谓的"野蛮"。值得注意的是,贾平凹并不以人为的硬加的"时代精神"为然。他相信"势",实际上就是自然的力量。故而他主张:"真真实实写出现实生活,混混沌沌端出来。"①在《浮躁》的"序言"中,他更提出了"中国画的散点透视法"的观点,并分享心得,以为艺术家最高的目标在于"表现他对人间宇宙的感应,发掘最动人的情趣,在存在之上建构他的意象世界"②。显然,贾平凹重直感和表象,所谓天然凑泊。城乡问题的价值归趋也由此而出。较之农村的本色自在,城市的人欲世界就是扭曲和异化。这一态度一直都未改变,连《极花》和最新的《山本》也不例外。

《商州》的主线是两个年轻人的爱情故事。刘成和珍子与商州后生恰在互相说明,共同诠释城市对人的逼迫和剥夺。最终轰轰烈烈的悲剧并不说明乡村的破产,反倒是直指城市的罪恶。与此相应,《浮躁》中的金狗也是抵抗城市的改革英雄典型。他与石华的偷情也是城市催生的怪胎,而与小水的分合则是乡村情感的诗意表达。如果说《商州》中秃子与城市的遭遇,《浮躁》中金狗与城市的邂逅还带有感情成分的话,那么《废都》里牛的反刍则上升到了哲学高度,具有理性品质了。借"牛"这一意象,贾平凹表达了自然生命的美景。混沌时期,"天地相应,一切动物也同天地相应,人与所有的动物是平等的"(《废都》)。这样天人合一的境界最自由,是人类大同极乐世界。在此基础上,贾平凹提出了城市消亡论。因为人建造的城市反而将人本身"退化,心胸自私,肚量窄小"(《废都》)。究其原因,还是人自身出了问题。拿主人公庄之蝶来说,与牛月清、景雪荫、唐宛儿、柳月、阿灿、汪希眠老婆等女人的肉欲纠缠是小说的一大主体。快感却不快乐,难怪贾平凹慨叹:"西京半坡氏人,这是人的老祖先,才是真正的人"(《废都》)。现在城市中人却"是退化了的人太不适应了自然宇宙,怕风怕晒怕冷怕热而集合起来的地方"(《废都》)。牛甚至产生闯进人家强奸女人而让人种强起来野起来的想法。对牛而言,城市就是寂寞、孤独和无名状的浮躁的代名词,到城市来就是悲惨的遭遇和残酷的惩罚。牛的病死和庄之蝶的惨死正是对城市的有力控诉和鞭挞。

---

① 贾平凹.《妊娠》序[M]//贾平凹.贾平凹文集:第10卷.西安:陕西人民出版社,2008:3.
② 贾平凹.浮躁[M].武汉:长江文艺出版社,1999:4.

贾平凹情系乡村,但多年来的城市生活却使他在《废都》里火山般爆发。如果《商州》《浮躁》和《废都》还是分别表现的话,那《土门》则是一次近距离的短兵相接。小说中的仁厚村是个面临被拆迁现实的城中村,城和村在此正面交锋。贾平凹不失时机地塑造了一个悲情英雄的形象。作为村长的成义"能领着仁厚村抗拒这块地方不被侵占吗?"(《土门》)显然,象征着现代化成果的城市正在彻底改变着它所能碰到的一切,处在城市之中的村庄当然不能逃脱被改变的命运。极富意味的是,有过西藏旅行经历的成义和古格王国的佛石发生了神秘的关联,佛石的质朴、荣光和圣洁也打造了成义的壮美品格。成义的被枪毙和仁厚村的解体都被罩上了纯净的光环,就像村中治疗肝病的云林爷一样,肝病本身就是表征,意味着城里人动辄生气,拳脚相向的报应。只有土地和地气才能消灭病菌,就如梅梅所说:"我终于明白云林爷为什么是瘫子,这四肢着地行走的人是上苍的秉意,是给世人的一种启示,云林爷若是神的话,他并不是医神或药神,他实实在在是一个土地神"(《土门》)。如果说云林爷是冥冥之中的救世天神的话,那么成义则是叱咤风云、不可一世的民间英雄,如他自己所说:"我的村长是仁厚村在存亡之时上台的,我的使命就是抗拒仁厚村被消灭"(《土门》)。但作者也通过范景全之口批评成义"偏执得像个孩子"。范景全理性地指出:"你们一味反对城市,守住你们村就是好的吗?"毕竟城市化是大趋势。范景全警告:"现在是产生陈胜吴广的时代吗?"(《土门》)针对梅梅所说村子让拆除,村人去流浪,姑娘做三陪的恶果,范景全预言,城里人和乡下人都面临着困境,最好的办法是"走出浮躁,超越激愤,告别革命"(《土门》)。为此,他还特别提到神禾塬的大同理想:融城市与乡村为一体。然而,这样的天堂究竟可望而不可即。贾平凹也无意走向这一乌托邦的世外桃源。成义最终做了魔鬼,与仁厚村一道消灭。不过回到子宫的隐喻和成义女人手或者相像,都有反讽的意义在。

(二)城乡互动的现代性景观

在《高老庄》的"后记"中,贾平凹声明:"反对将题材分为农村的和城市的甚或各个行业。"他强调:"我无论写的什么题材,都是我营建我虚构世界的一种载体,载体之上的虚构世界才是我的本真。"城乡问题也应做如是观,厚此薄彼或你死我活的二元对立结构并不符合他在城乡问题上的初衷和目标。毋宁说,他是在做某种中庸的折中,以求得精神的慰藉或平衡。

从《商州》的后生像雕鹰一样扑向赫赫洪洪荒荒的故土开始,到《妊娠》中回城后的赵怡的尴尬和夜游症,以及《浮躁》中面对城市的轻视没落,金狗强烈自卑中的自尊,似乎都在投射贾平凹的"农民"情结。这一情结最终在《废都》中达到高潮。"废都"意象与拾破烂的老头正相对照,都市病也在老头的谣儿中一览无遗。不过,从《白夜》开始,贾平凹调整了方向。原来愤激的情感渐趋平和,他对小说的认识也发生了根本性的变化,即"小说是一种说话,说一段故事"①。改变的不仅是小说的做法,连城乡问题这样唇枪舌剑的辩论性的母题也不再那么尖锐敌对了。上述《土门》中范景全的调和派论调即是有意妥协的反映。其实,《土门》之前的《白夜》就已不再剑拔弩张,而代之以市井男女的柔软抒情,就像小说中虞白所醒悟的那样:"平常就是道",或者"真正仙佛的境界,是在最平常的事物上"(《白夜》)。唯一可作材料的乡村女子刘惠惠由丑变美的大城市整容突变也没有了由头的锋芒。同样,《高老庄》结尾乡村出身的高子路和城市妻子西夏的相反抉择也透露了城乡边界和缝隙祛除或抹平的消息。

《高老庄》和《怀念狼》是早在《商州》时就已设定的主题的延续。《商州》的后生与《高老庄》的子路后先辉映,替"五四"以来的知识分子返乡题材拓展了新的空间。同时,《怀念狼》也放大了《商州》注入"野蛮"之力的理想。这一源于沈从文的道德用心更大规模地演绎到城市问题上来,使得贾平凹与沈从文有着某种程度的亲缘性。拿沈从文的《边城》和《八骏图》来看《商州》和《废都》,不难理解两人都以"乡下人"或"农民"自居的深意。《高老庄》一改"商州"的命名惯例,显然与《西游记》猪八戒的故事有所关联,子路的陪衬地位再次凸显了城市"误判"的历史课题。西夏的选择毋宁说是贾平凹的价值错位。先前的"野蛮"也需"文明"的濡染,乡村不再是桃花源般的净土。当苏红式的现代污染侵入传统和文明积淀的神秘世界时,西夏的壮健和高雅就像是会诊后的药方。这在《怀念狼》里则是日渐消失的狼性。"狼"或者与上述"野蛮"相关,但它更多是生气和精神的象征,是

---

① 贾平凹.白夜[M].北京:华夏出版社,2017:288.

对城市病的疗救之道,正如小说开头所写,在无敌之战的城市,生命坠落下去,"气仍是不打一处地来"(《怀念狼》)。而城市和"我"的关系,"是丑陋的身子安顿了灵魂而使我丑陋着"(《怀念狼》),是狼激发起了活力和美丽,但这样完善的生物链和生态平衡却不复再来。贾平凹的悲剧中的喜剧和喜剧中的悲剧都是他城乡问题的言说方式,也是他斯芬克斯之谜的叙事万花筒。

古代的"城"字更多政治共同体的意味,而"市"则为经济的代名词。现代意义上的"城市"则扩大了人与人之间关系的内涵。与乡村相比,20世纪审美意义上的"城市"多与现代性关联。而从鲁迅、老舍到茅盾、沈从文再到钱锺书、张爱玲的城市书写,大都呈现出与主流文学基本相近的价值选择。乡村的优势地位无疑主导了此后城市问题的平衡,无形中也表征了传统乡土中国的本性,贾平凹自然也在这一范围。不同的是,他并不仅仅停留在彼此对立的二元判断上,而是深入错综复杂的网络之中,显示了互动和缠绕的风景。拿他最受重视的"茅奖"获奖之作《秦腔》来说,乡村困境的直面使他再也鼓不起城市批判的勇气,先前西夏式的拯救也在"菩萨一样的女人"的白雪那里无能为力。作者只想"为故乡树起一块碑子",以纪念"为了忘却的回忆"①。贾平凹打捞乡村碎片的努力实际上是他保卫乡村梦的理想主义姿态。然而,其间也并非没有对于城市的瞭望。小说最后一句"从那以后,我就一直在盼着夏风回来",正是某种坚守和向往。虽然"与峻洁温雅的白雪离异,不只暗示他在农村变革上的无力,还意指城市的变态和异化"②,但正如子路一样,夏风同样是乡村走出融入城市之中的知识分子的象征,本应做到考察人(《浮躁》)和范景全(《土门》)的纵横捭阖的地步,但实际上他们都落荒而逃,贾平凹这种态度的复杂性正是他对于城市问题的焦虑和惶惑的体现。

(三)城乡的制衡与救赎

如果说《废都》代表了贾平凹对城市的基本态度的话,那么这种批判性

---

① 贾平凹.秦腔[M].北京:人民文学出版社,2013:424.
② 关峰.《秦腔》:贾平凹的乡村困境写作[J].内蒙古大学学报(哲学社会科学版),2014(2):37-41.

态度似乎一直就没有发生变化,即便是《极花》和新作《山本》也不例外。在《极花》"后记"中,贾平凹注意到"几乎所有人都往城市涌聚",并对"城市夺去了农村的财富,夺去了农村的劳力,也夺去了农村的女人"表示不满。如黑亮所说:"城市就成了个血盆大口,吸农村的钱,吸农村的物,把农村的姑娘全吸走了!"(《极花》)这最后的一点体现在小说中就是女主人公胡蝶及立春媳妇訾米和黑亮娘等。正是到了城市,胡蝶才被骗卖。同样,农村出身的訾米也在城市沦落为妓女。而作为全村最漂亮的女人,黑亮娘的死表面上看是"脚下一滑滚了梁"的结果,但与飞机联系起来,矛头实际上还是直指以城市化为代表的现代物质文明。就像曾经沧海的訾米对城市所做的描述:"那里是大磨盘么,啥都被磨碎了!"(《极花》)具有讽刺意味的是,历经磨难终于回到城市的胡蝶却没有得到农村式的朴实而真诚的安慰,反而遭到一连串被审判式的追问,诸如"是怎么被拐卖的,拐卖到的是一个如何贫穷落后野蛮的地方?问我的那个男人是个老光棍吗,残疾人吗,面目丑陋可憎不讲卫生吗?问我生了一个什么样的孩子,为什么叫兔子,是有兔唇吗?"(《极花》)难怪胡蝶"觉得他们在扒我的衣服,把我扒个精光而让我羞辱"(《极花》)。因为与被拐卖的虐待相比,城市的猎奇与刺探同样是精神虐杀。城里虽然也有像青文那样打抱不平的正直青年,作者却做了"在上大学"和"爱好摄影"的疏离处理,使得青文成为未受污染的理想智者形象。相似的是,圪梁村的老老爷和麻子婶作为圣贤的象征也在山村延续着老中国的生命。然而,让人感到苍凉和悲壮的是,同乡村一样,他们也在受难,也在经受致命的打击和冲击。无论是青文,还是老老爷和麻子婶,都暗示了城乡截然不同的命运,就像贾平凹所说:"我关注的是城市在怎样地肥大了而农村在怎样地凋敝着。"(《极花·后记》)

城镇化的推进使得原来的乡村不再。在《秦腔》"后记"中,贾平凹感叹"故乡啊,从此失去记忆",悲凉之情溢于言表。与《废都》对城市的批判相应,贾平凹虽身在城市,但精神所系仍是农村。他公开承认"我是农民",反省自己"有严重的农民意识,即内心深处厌恶城市,仇恨城市"[1]。贾平凹的农民自觉象征了传统和现代的对立。几千年根深蒂固的生命形式和生存状

---

[1] 贾平凹.高兴[M].北京:作家出版社,2007:446.

态塑造了衣食住行和喜怒哀乐。面对冲击和挑战,贾平凹也在努力调适和有意尝试,《高兴》就是这调适和尝试的结果。和后来的《极花》不同,《高兴》的乐观基调使它一开始还曾以《城市生活》的面目相号召,以拥抱也许不无合理性和可能性的新生活样式和姿态。值得注意的是,这一看似改变的"蹊径"仍是他原来主题的延续,生活中的刘书祯(刘高兴的原型)像"泥塘里长出来的一枝莲","在肮脏的地方干净地活着"①。贾平凹的这一灵感来源与其说是对城市生活的憧憬和追求,不如说是他痛定思痛的自豪。自豪乡村精神的传承和高扬。进城的高兴和五富再也不是二十年前的陈奂生所能比的了,他们有足够的智慧和热心去适应城市生活。然而,最终还是农民本性占了上风。不仅有着佛妓锁骨菩萨般内心的妓女孟夷纯不能掌握自己的命运,就是看似一帆风顺的高兴和五富也陡然陷入泥淖之中,五富凄然去世。显然,城市的阴影恐怕在贾平凹的内心依然存在。唯其如此,刘高兴乐观的城市生活心理和哲学才那么可贵,那般壮丽。

从《土门》开始,乡村衰落一直是贾平凹长篇小说的一大主题。在城市化的大背景下,这样的衰落显然寓示了城乡关系的某种隐喻,包括《土门》《高老庄》《秦腔》《古炉》《带灯》《极花》《山本》等在内的很多小说都设置了惊心动魄的"高潮"环节,而这一环节几乎都暗含了大变动的世界所带来的乡村社会的巨变。拿《带灯》来说,开门见山就是"高速路修进秦岭"。华阳坪的大矿区标志着"这年代人都发了疯似的要富裕,这年代是开发的年代"(《带灯》)。富有意味的是,樱镇的元老海阻止修路,保全了风水,结果出了个大人物元天亮。而元天亮的回报樱镇却带来了麻烦。大工厂的引进使得樱镇人"再也不能在夜里静静想心事了,机器的轰鸣如同石头丢进了玻璃般的水面"(《带灯》)。更为严重的是,为从大工厂得利,镇上不长的河滩上居然开办了两家沙厂。以元老三和换布为首的元薛两家最终大打出手,结果两败俱伤。镇综治办主任带灯也受连累,不仅被撤职,还在事故中受了伤,脑子出了问题。带灯及其萤火虫意象表达了贾平凹对乡村精神的颂扬和守望。同《怀念狼》中的生态平衡,《病相报告》中的执着爱情等一道,成为贾平凹心目中乡村长河最后的堤坝和港湾。这也是贾平凹称赞带

---

① 贾平凹.高兴[M].北京:作家出版社,2007:449.

灯为"江山社稷的脊梁"和"民族的精英"①的根本原因。与之相映的是,城市似乎是厚障壁,给本应亲密无间的友好关系带来了某种疏远和分离。带灯与元天亮的通信未尝没有这一底色,而《老生》第四个故事中的戏生被匡三司令的警卫员踢翻在地的场景却鲜明地体现了这种隔阂。同样,《古炉》中古炉村的运动和武斗也是大气候影响的结果,与城市的引领作用不无关系。说到底,混战与械斗的背后毕竟有没落与兴盛的城乡背景在。

(四)结语

在《致林建法的信》中,贾平凹特别强调"文化背景的问题"②。的确,系统或有机体的意义重大。中国、陕西乃至当代陕西文学传统都注定了贾平凹是"被定型了的品种"(《带灯·后记》中语)。那就是写农村,并将价值、立场置于农村一边。这也就解释了他之所以最喜欢湖南作家沈从文的原因。沈从文自称"乡下人",贾平凹也毫不讳言自己是农民,甚至在以《我是农民》的长篇小说中写到当着女儿的面"弯腰捏起一撮泥土塞到嘴里嚼起来",并从"真正的苦难在乡下,真正的快乐在苦难中"出发,劝告女儿"到乡下"或"到类似乡下的地方去"(《我是农民》)。而在具有某种隐喻色彩的选择中,贾平凹也始终推崇写实而不是更时尚更先锋的现代主义。诸如"我主张脚踏在地上,写出生活的鲜活状态"(《关于写作——致友人信五则》),"越写得实,越生活化,越是虚,越具有意象"(《高老庄·后记》)。其价值旨趣恐怕也是乡村社会的投影。需要指出的是,贾平凹的城市结构是共生而非互相拒斥的,不仅《高兴》展示了融入城市的积极姿态,就是《废都》也只是城市的一面,而非全部。正是在这一意义上,他在《贾平凹答问录》中才对"越有地方性越有民族性,越有民族性越有世界性"的议论有所保留。

应当加以说明的是,上述城乡表达在贾平凹那里并非偶然,而是地域文化和个性心理综错融通的结果。从前者来看,上到秦汉唐历史传统,下至包括柳青的城乡偏重(《创业史》中徐改霞到西安当工人被作为不良倾向对

---

① 贾平凹.带灯[M].武汉:长江文艺出版社,2015:416.
② 贾平凹.前言与后记[M].北京:海豚出版社,2013:2.

待)、路遥的城乡交叉地带和陈忠实的城乡对比(《白鹿原》中住在城里的白嘉轩二姐及皮匠二姐夫即为一例)在内的乡村书写范式,都在有形无形中制约了作家的价值选择,贾平凹自然也不例外。就后者来说,最初十九年的农村生活经历也使得贾平凹深入其中,不能忘却,如他在《秦腔》"后记"中所说:"做起城里人了,我才发现,我的本性依旧是农民,如乌鸡一样,那是乌在了骨头里的。"最近的《山本》"后记"中也是,贾平凹依然相信:"生在哪儿,就决定了你。"不过,需要指出的是,情感立场的说明并不意味着一清二楚或是非分明的两相对立。也就是说,贾平凹并没有廉价地褒贬,而是有意识地探寻和规划,以达成城乡冲突的和解。《土门》中范景全的神禾塬理想及《高兴》中农民工身处城市的自觉融入就都是解决之道。当然,随着城乡一体化的实施和城镇化步伐的加快,城乡问题也许最终将不复存在也未可知,其最新力作《山本》并没有突显这一问题便是征候或征兆。实际上,《废都》的极端化处理或有"人文精神"的时代失语焦虑在内,可以对比的是,有"废乡"之称的《秦腔》却对兼容并包的中庸意向做了阐释。一个明显的例证是代表土地和农耕文明的老主任夏天义淤地七里沟的结果是大面积滑坡的三月廿四日灾难,相反,象征城市化思维的现主任夏君亭的农贸市场却逢凶化吉,连丁霸槽(丁燡子)和夏雨合办的万宝酒楼也在内。到了新作《山本》(原名《秦岭》)那里,则有了超越性的"本来"追求。在贾平凹看来,城乡问题也许最多只是表征,与之相比,自然("天")本身才最根本、最长久。从这一意义上来说,无论是城市化,还是乡村本身,可能都不成问题了。

贾平凹有意大写日常生活现场,又在芸芸众生的世事无常中咀嚼悲戚和酸辛。这一审美旨向决定了他长篇小说创作的丰富性和复杂性。城乡问题就是这一"丰富性和复杂性"最有代表性的景观。正是在这一意义和乡村振兴战略的大背景上,贾平凹的思考才不无启示,耐人寻味。

第七节 《暂坐》与贾平凹长篇小说诗学问题

在题为《怎么写》的"夜记"体文中,鲁迅曾提醒世人,创作乃是"个人的造作",而"作品大抵是作者借别人以叙自己,或以自己推测别人的东西"①。贾平凹的长篇小说新作《暂坐》就是"她们在写我"②,或者说是"在社会的、时代的集体意识里又还原一个贾平凹"③的"造作"。体现在小说中,就是诸如"寻对象呀,寻来寻去,其实都是寻自己"④(羿光语)和"交朋友不也是交自己"(希立水语)似的告白。这样看来,不论是写什么,还是怎么写,其实都是作家处境和思想的反映,是作家日常生活的折射和投影。看得出,《暂坐》延续了贾平凹历来长篇小说的写法。借用《白夜》"后记"中的说法,就是"开始的时候或许在说米面,天亮之前说话该结束了,或许已说到了二爷的那个毡帽",酷似"平平常常"和"自自然然"⑤的生活流。不过,需要辩明的是,贾平凹的"日常生活"绝非鲁迅所讽刺的那种"和不创作是很少区别的"⑥《新月》风,也不同于"气是内敛的,往回收的"⑦废名式"有意低徊,顾影自怜"⑧,而是与"意义、哲理和诗性"⑨("虚"、意象)融合起来的"实"或物象。所谓以实写虚,则是对过去现实主义创作中贬低日常生活态度的反拨和纠正。

---

① 鲁迅.怎么写:夜记之一[M]//鲁迅.鲁迅全集:第四卷.北京:人民文学出版社,2005:23.
② 贾平凹.《暂坐》后记[J].当代,2020(3):118.
③ 贾平凹.后记[M]//贾平凹.山本.北京:作家出版社,2018:524.
④ 文中对贾平凹长篇小说中语句的引用,参考文献中不做处理。
⑤ 贾平凹.后记[M]//贾平凹.白夜.北京:华夏出版社,2017:288-289.
⑥ 鲁迅."硬译"与"文学的阶级性"[M]//鲁迅.鲁迅全集:第四卷.北京:人民文学出版社,2005:203.
⑦ 贾平凹.贾平凹谢有顺对话录(节选)[M]//贾平凹.访谈.北京:生活·读书·新知三联书店,2015:195.
⑧ 鲁迅.《中国新文学大系》小说二集序[M]//鲁迅.鲁迅全集:第六卷.北京:人民文学出版社,2005:252.
⑨ 贾平凹.《暂坐》后记[J].当代,2020(3):118.

(一)"西京十一块玉":迷茫与挣扎

与此前所有17部长篇小说(《我是农民》有时也被视为长篇小说)相比,《暂坐》最引人注意的变化是对女性群像的形塑。本来贾平凹长篇小说中并不缺少性别景观,但像这样"簇集"或汇集的现象却不多见。《废都》也许是唯一的例外,可以列举的就有唐宛儿、柳月、阿灿、景雪荫、汪希眠的老婆、牛月清等不下十人。不过,明显不同的是,《暂坐》中的女性不仅在数量上更多,而且角色和身份意识也更强。现在看来,《废都》中的性描写之所以成为被诟病的对象,除了伦理道德的敏感因素外,很大程度上是由于对女性介入方式和态度的处理所致。换句话说,女性被在传统的意义上描写,缺乏现代合法性身份的认证。庄之蝶与不同女性的关系仅在身体解放的层面上提供了朝向自觉的可能,对更进一步的女性独立而言,显然是不够的。由此,庄之蝶出走的悲剧性结局也是水到渠成的。就像出嫁前夜,"偏放更亮的光芒"的柳月所述:"是你把我、把唐宛儿都创造成了一个新人,使我们产生了新生活的勇气和自信,但你最后却又把我们毁灭了!而你在毁灭我们的过程中,你也毁灭了你,毁灭了你的形象和声誉,毁灭了大姐和这个家!"女人被启蒙,命运也被决定,却不能被真正救赎。差不多三十年后,庄之蝶的难题还在,羿光却依然无能为力。发生较大变化的是,女性远非二十多年前的面貌可比,经济独立的她们一改从前的依附地位,几乎每人都做了老板就是最有力的证明。小说的第六部分非常重要,不仅第一次集中展示了众姊妹相,还安排羿光和众姊妹促成对话的动力和张力。特别是围坐于圆桌喝茶的情景,宣示了女性主体的发达和强大。当小唐介绍的"月光美人"茶引起好奇,吊足了大家的胃口时,大姐大海若却表示:"不要喝统一茶,这些人个性各异,口味难调。"姊妹之一的向其语更补充道:"喝一样的茶了,那只是一种人,而我们是每个自己。"不消说,结果是各取所需,人都不同。这一场景充分表明了女性独立精神的壮大和自主意识的增强,就像她们都是独身,因而挣脱了性的枷锁,获得了身体自由一样。

那么,经济独立的女性是否能够精神独立,就像壁画中的"飞天"呢?女性又是否能够取代男性成为自己命运的主宰呢?事实显然并不乐观。被羿光称为"西京十一块玉"的每一位女性几乎都无力摆脱困境:模特夏自花罹病(白血病)死去;画家冯迎遭受家暴,后空难殒身;同性恋人司一楠和徐栖与市书画研究会的范伯生爆发冲突;应丽后和严念初因贷款纠纷互相敌视;陆以可和向其语生意上的不顺;伊娃的离去等都揭示了源自生活深处的无奈和挣扎。对此,羿光表示,她们所处的社会仍然是男权的社会,据此怀疑她们"就真的自由自在啦,精神独立啦?"并提醒"升高了想着还要再升高,翅膀真的大吗? 地球没有吸引力了吗?"最终断言:"你们不是飞天,飞不了天的。"确实,看似解放了的她们实则仍受牵制,做医疗器材生意的严念初与芙蓉路口腔医院的王院长的交易就是明证。不过,就像《高老庄》中的西夏,《秦腔》中的白雪,《带灯》中的同名女主人公和《山本》中的陆菊人等被视为菩萨一样,"西京十一块玉"也都有她们各自的善心和玉洁。贾平凹曾将自己作品中的女性分为传统与现代两大类型。对"十一块玉"而言,就更多传统或善良的天性,与以雾霾为象征的环境污染形成对照,表达了生命与人性中的坚守之美。举凡轮流照顾病中的夏自花;应丽后的主动终止与讨债公司的合约;众姊妹的抱团取暖等,都是心灵的共鸣,就像文末"呐喊"的秦腔一样,呼应了精神的吁求。作为有意味的观照,女性书写隐含了纠偏和制衡的文学理想,也在日常生活诗学的意义上寓示了繁富而细密的审美理想。如果说以"三红一创"为代表的红色经典大都以男性为载体来抒发豪放雄壮的革命激情的话,那么20世纪90年代以来的女性再发现则返照了日常生活时代的面影。放大范围来看,西方日常生活文化理论的一条重要线索就是对女性与日常生活关系的阐发。著名范例如超现实主义代表作之一的《娜佳》,就"描绘出一个非常含糊不定的日常(日常既是奇迹般的,又显得愚蠢可笑),并且通过女性气质来为之塑形"[①]。他如列斐伏尔的"一名妇女买一磅糖",也把日常生活"放置到一个批判性的交叉学科的框架当中",揭示了"各种关系的总体性"[②]。反观《暂坐》,茶庄女性群落也关联了中国与世界、过去与现在、家庭与社会、城市与乡村,构筑了精密而结实的日常生活堡垒。

作者曾在"后记"的结尾自述"困扰",发问"这些女人是最会恋爱的,为

---

① [英]本·海默尔.日常生活与文化理论导论[M].王志宏,译.北京:商务印书馆,2008:93.
② [英]本·海默尔.日常生活与文化理论导论[M].王志宏,译.北京:商务印书馆,2008:237-238.

什么她们都是不结婚或离异后不再结婚？"①实际上，"最会恋爱"与"不结婚"或"不再结婚"的矛盾已在文本中得到了诠释。概而言之，就是因经济独立而来的精神能量的释放。这种能量是如此的巨大，以至日常生活的传统形式（婚姻）再也不能够容纳了。最典型的例子是未婚的陆以可的"恋父情结"。作为武汉人，几经漂泊的陆以可最终选择西京作为栖身之地，连成都小叔的设计公司副总经理诱惑也不为所动。究其原因，就在作为精神和意义象征的"父亲"符码。不论是在西涝里柿树下的再生人修鞋匠，还是走路时一斜一斜的肩头，眼睛的忧郁和长相上都与父亲"一模一样"的夏自花的情人曾姓男人，都提醒她与这座城市的深刻因缘。难怪面对应丽后的假设——"如果让你现在回去二十年，你愿意不？"陆以可举手表示赞同。当然，各不相同的选择背后都有基于现实的考量在。拿唯一希望再婚的希立水来说，事前打听的详细和考究与在茶庄的调侃和戏谑简直判若两人。对待男友截然相反的谨慎和洒脱态度既透露了生存现状中的女性消息，也表现了希立水建立在日常生活基础之上的精神气度。其他如虞本温对西京老照片的喜爱；向其语的心直口快；司一楠的打抱不平等，都在个性中管窥了共性，在一己中推断出关系。贾平凹提倡阐释生活经验的长篇小说写法，《暂坐》同样不以故事为中心，而是关系："铺设了十多个女子的关系，她们各自的关系，和他人的关系，相互间的关系，与社会的关系，在关系的脉络里寻找着自己的身份和位置。"②这一表述再次强调了此前《老生》"后记"中所说"生活就是关系"及"表达生活当然就要写关系"的观点。可以联想的是，上述"一名妇女买一磅糖"就暗含了各种关系，诸如"这个女人的生活、生平经历、她的职业、她的家庭、她的阶级成分、她的家庭预算、她的饮食习惯、她怎么花钱、她的观点和观念、市场状况，等等"。一句话，可以"大体把握了资本主义社会的总体，国家及其历史"③。《暂坐》在差不多二十位的女性关系中还原日常生活真实，厚描了当代日常生活的深邃和博大，也敞开了女性与日常生活相互激发的生产性空间。

---

① 贾平凹.《暂坐》后记[J].当代，2020(3)：118.
② 贾平凹.《暂坐》后记[J].当代，2020(3)：117.
③ [英]本·海默尔.日常生活与文化理论导论[M].王志宏，译.北京：商务印书馆，2008：237-238.

(二)海若与菩萨型女性

《暂坐》中的女性大体上可分为四类:一是仿佛海上灯塔的海若;二是包括夏自花、陆以可、希立水、虞本温、司一楠、徐栖、应丽后、向其语、严念初、冯迎和伊娃在内的"西京十一块玉";三是好像第二个徐栖,接受海若赠送团扇的辛起和茶庄二老板小唐(唐茵茵)、小苏、小甄、小方和张嫂;四是夏自花娘(老太太)、房东大妈、胖老太太、吴小琳的妈、吴小琳妈的姐姐、严念初的老姑、刘老板、汪婆婆等。四组女性中最体现创作意图的中心人物就是暂坐茶庄老板海若。

"海若"语出《庄子》。顾名思义,既寓意了海纳百川的广阔和宽容,显示了日常生活的特性,又象征了洁净和神圣,昭示了醍醐灌顶的精神洗礼,就像鲁米"人在真理路上的七个阶段"的第六阶段"赐福的自我"所达到的境界一样。海若的吸引力并不在她的财力,也不在经营管理茶庄的能力,更不在她背后的权力——落马的市委书记戚家元和市政府宁秘书长,而是关爱和温暖的亲和力与富有人格魅力的号召力。用她自己的话说,就是"解决生活生命中的疑团的想法和力量"。贾平凹长篇小说中最重要的女性形象是能超越和转化身体(性)欲望的女神(菩萨、观音)型圣女。这类女性表征了节制和善良的伦理传统。像与英英和石华形成鲜明对照的小水(《浮躁》);与放纵于身体狂欢的唐宛儿、柳月和阿灿不同,特别在篇尾被定格特写的汪希眠的老婆(《废都》);与白娥和黑娥恰成对比的白雪(《秦腔》)等都被寄予了醒世和救世的深意。需要特别提及的是,《秦腔》篇末的白雪在引生看来"就如同墙上画着的菩萨一样,一圈一圈的光晕在闪"。同样,在起着烘托和陪衬作用的竹子看来,樱镇特大恶性打架事件后不但患了夜游症,而且脑子也有问题了的带灯也"如佛一样,全身都放了晕光"。

对女性"佛"或"菩萨"的神化源于贾平凹受《红楼梦》和《聊斋志异》女性观的影响,也就是"女子是集大美于身心的,丑的只是男子及社会"[①]。十年来,除《老生》外,自《带灯》以来的四部小说都以女性为主人公。特别是《山本》中的陆菊人,不仅经营茶行,还"竟然使涡镇的世事全变了"。对预

---

① 贾平凹.与穆涛七日谈[M]//贾平凹.访谈.北京:生活·读书·新知三联书店,2015:399.

备旅旅长井宗秀来说,"夫人"陆菊人身上也有一圈光晕,"像庙里地藏菩萨的背光"。与助成英雄大业的陆菊人不同,"磁铁"海若却在佛堂里凝聚团结了众姊妹。值得注意的是,暂坐茶庄所在的独立二层小楼几乎是对日常生活和精神殿堂(经济基础和上层建筑)关系的实物展示:一楼供奉茶祖陆羽(后又请敬了武财神关公像),二楼则陈设佛像、书册、古琴和壁画。上下关联互通,体现了贾平凹寓虚于实(形而下与形而上、物象与意象)的创作理念。对二楼壁画既详密又明晰的描述则彰显了恢宏庄重的格调,寓示了对凡尘俗世的升华。如海若所言:"不管当今社会有什么新名堂,新花样,新科技,而释迦牟尼要让我们众生解决的问题一直还在",所谓"消业"。难能可贵的是,贾平凹没有太过理想化,也没有简单延续历来观音型女性的写法,而是置海若于日常生活关系的错综复杂和矛盾冲突中来踏看。与因贪污而被抓的权贵的瓜葛和留学儿子的不成器就是其中不能承受之"辎重"。即便如此,海若依然自若。第十一节"海若·筒子楼"中往见夏自花娘的情绪转换就是"心有猛虎,细嗅蔷薇"的体现。除对病中夏自花一家的照应外,海若还自始至终都不遗余力地调解因合约而翻脸的应丽后和严念初;说服辛起放弃打算以试管婴儿胁迫香港老头的计划;打发小唐给逆境中的马老板买衬衣等。道教中有"骊山老母"的说法,据提倡民俗学和社会人类学研究的周作人考证,"人类根本的信仰是母神崇拜",原因就在"母性的神秘是永远的,在主观的一面人们对于母亲的爱总有一种追慕,虽然是非意识的也常以早离母怀为遗恨,隐约有回去的愿望随时表现"①。看姊妹们的依托可知,海若即分有"母性的神秘"和"母亲的爱"的"母神崇拜"。较之维稳的带灯和扶助的陆菊人,也更有普遍性和感染力。

  带灯和陆菊人虽都赋有菩萨的神性,但不论是带灯,还是陆菊人,都没有海若的居士身份,也就是"在日常生活中做禅修,去烦恼"的志趣和笃定。就像《高兴》中所写的"专门从事佛妓的凡世之职",观音化身的锁骨菩萨一样,海若形象的典型性就在于,在迷茫无聊而羁绊困惫的日常生活中福佑他人和世界。——老家在陕北黄土高原上的停车场管理员老汉的"人还不是

---

① 周作人.无生老母的信息[M]//周作人.周作人散文全集:9.桂林:广西师范大学出版社,2009:548-549.

活着?"一语道破天机。一方面,在参与姊妹们生活的同时却不干预。与有窥探癖的范伯生形成鲜明对比的是,虽有向其语告密,但在海若,却不像对待应丽后和严念初那样居中斡旋,而是尊重各自偏好和选择的权利。另一方面,又有云林爷(《土门》)、善人(《古炉》)、老老爷(《极花》)等历史文化传统化身的贤人风范,突出表现在她对美德的揄扬上。暂坐茶庄的员工守则("美德十三条")就是最集中而醒目的展现。与极具理念化色彩的云林爷、善人和老老爷相比,海若的伦理化日常生活实践更有传统思想在当代中国的古为今用和推陈出新问题。在她看来,"大家都是土地,大家又都各自是一条河水,谁也不要想着改变谁,而河水择地而流,流着就在清洗着土地,滋养着土地,也不知不觉地该改变的都慢慢改变了。"言下之意,个人与社会的关系就像河水和土地的关系。二者改变的关键就在"清洗"和"滋养"的道德力量。对个人来说即是自律。用希立水的话说则是:"要富裕、自在、体面,那么自己所做的一切,比如心存远志,踏实做事,待人忠诚良善,肯帮助人,即便仅仅给人一个笑脸,一句客气话,那都是有意义的。"这番话是对上述两面的最好说明,也是提高自我修养的箴言和南针。"五四"时期,随着思想解放运动兴起的对新生活的讨论同样强调对自我的设计,朱自清的"日常生活中和主义"就厘定为"摆脱掉纠缠,还原了一个平平常常的我"①。在鬼市和雾霾的氛围和语境中,海若和她的茶庄同样在还原"平平常常的我"中坚守和独行。火锅店老板虞本温一语破的:"如果延安是革命的圣地,茶庄就是我们走向新生活的圣地。"这里的"新生活"既是对自尊自强的呼唤,也是宣扬互助友爱的福音。望眼欲穿的藏传佛教的活佛(转世尊者、智者)虽然最终也没有到来,但在日常生活中修行的海若未尝不是活佛的化身。众姊妹的拥护和维护就是最有力的说明。

(三)羿光与伊娃:日常生活现代性情结

20世纪八九十年代之交的社会转型带来了文学观念的深度变革,新时期文学遭遇如何适应市场经济要求的调整和转换危机。基于日常生活转向的《废都》产生的轰动效应,贾平凹开始探索在长篇小说的写实与达意之间

---

① 俞平伯.读《毁灭》[M]//俞平伯.俞平伯全集:第三卷.石家庄:花山文艺出版社,1997:570.

形成互动和融通的可能性。"关系"理论就是尝试和参悟的成果。在"三十三 海若·停车场"中,借死去的冯迎夹在《妙法莲花经》中的读书笔记,贾平凹重申:"生活是各种关系,是关系的过程,是与他人,两个人或十个人,与社会建立关联的过程。"建立在"关系"基础之上的"观念"至少可分为两个层次:一是宗教,象征人类对肉身和苦难的永恒超越。二是艺术与文学。在《暂坐》中的"作家"和"诗人"看来,"把实用的变成无用的过程就是艺术"(羿光语),而"文学艺术都是建立在观象和想象上"(高文来语)。不过,与身处尘世和众生之中的菩萨型女性相比,无论是宗教,还是艺术,都是可疑甚至是无望的。《废都》中的孕璜寺、清虚庵和庄之蝶;《秦腔》中的夏风和南沟的寺庙;《古炉》中的善人和山神庙就是自相矛盾的反讽。就《暂坐》而言,活佛的搁置未必不是委婉而含蓄的趋避,借以表明神道角色向大众日常生活的下移。与恋人梁磊出访菲律宾的冯迎记录的"感悟"就是生活智慧的"语录",像"幸福是一种没有任何依赖的存在状态。有依赖,就会有恐惧";"没有欲望就是神,是天使";"现在,科技就是神吗,就是宗教吗?"等充满疑虑和纠结。作为西京名片,庄之蝶重生、再版和化身的作家羿光在无聊中打发和消磨时光,无力面对现实发言。矛盾大爆发中的缺席是对他再好不过的安排。与庄之蝶相比,羿光已从狂欢退居旁观。在作家笔下,羿光与海若和众姊妹的关系既暧昧又模糊。可以推测的是,经夏自花介绍进入海若及其姊妹圈的羿光更多扮演了心灵共鸣的惺惺相惜角色。一个极富想象力的细节是,每位姊妹的头发都被分别保存在不同颜色和形状的小瓷罐中。在为茶庄起名"暂坐"并书写牌匾的同时,羿光几乎影响、提高和帮助了姊妹圈中的每一个人,也营造了茶庄的精神文化氛围。对最苦恼于"求不得"的羿光来说,姊妹们就像此前长篇小说中多次出现的"铜镜",照出了他日常生活与精神世界的冲突和分裂。他与众姊妹建立了"最好的朋友"关系,尤其是海若,"没有拥抱,没有接吻,甚至在认识之后连见面握手都没有",所谓"乐意相关禽对语,生香不断树交花"。(第一次写给夏自花的挽联)但与伊娃却正相反,耐人寻味。

羿光的复杂性在于,他在形容茶庄姊妹们为"蜂"、为"蛇"时,也表征了自己在传统与现代上的双重特性。一方面,他书房的布置,古玩和民间艺术的配置隐喻了自然和历史空间,连同茶庄一道,构建了古老中国的意义系统。这从羿光不断引用的古文可知。在他看来,"世上的道和理,古人都已讲透讲完了,后人仅仅是变着法儿解释罢了"。更有说服力的细节是,每到不好意思时,便"用手摸脸,像猫儿一样",连海若也称赞"他好就好在那种不经意间流露出的羞涩感",不无传统中国文化所保有的朴质和内秀之感。另一方面,又继承了庄之蝶的衣钵,建立了日常生活意义生产机制。个人生活被政治和经济化地组织起来。不仅被市组织部长邀请共宴北京来的"重要人",还打麻将和写字发财,其中一幅书法作品就标价十万元。更重要的是,在羿光看来,写小说就是写日常生活,也就是写出由于各种关系结合而产生的各种现象(缘生)。此外,还积极评价海若她们"在路上了捡起一个烟头放进垃圾桶里"之"琐碎无聊"的意义。而与伊娃的遇合则是日常生活现代性的寓言。看《废都》可知,与庄之蝶构成身体欲望关系的女性几乎都来自乡下或他处。同样,伊娃的异国外来者或闯入者身份也意在重建日常生活失序或混乱后的平衡,并在文化和社会意义上"以民族寓言的形式来投射一种政治"①。

早年在故乡被分配与妇女一块劳动的经历,奠定了贾平凹对女性生活熟悉的基础。回忆中坦言"许多读者认可我作品中的妇女形象,其实都是那一段生活得益",并交代:"我的小说里女的差不多都敢作敢为,泼辣大胆,风情万种;而男的又常常木讷憨厚保守,那是有生活依据的,是我从小就耳濡目染深深体会到的。"②伊娃和羿光的拾云堂故事就是地域文化影响下错位嫁接的结果。事实上,伊娃形象设置的巧妙性远不止于此。除了首尾照应和情节表达的需要外,不同叙事线索的引入还利用了历来受到好评的异质性叙述资源优势。与《秦腔》里的张引生、《古炉》里的狗尿苔、《老生》里的唱师等相比,《暂坐》激发了此前或缺的全球化和现代(人类)意识叙事框架的活力。形成对话和多文本语义叠加的是,还直通了《废都》及其他涉及城市生活领域的长篇小说现场,链接了历史记忆与意义高地。对于既疏离又认同中国的伊娃而言,她与羿光的亲密接触也在某种程度上返魅了改革开放以来的中国与世界的合作共生关系。与伊娃相似,来自乡下的辛起

---

① [美]弗雷德里克·詹姆森.处于跨国资本主义时代中的第三世界文学[M]//张京媛.新历史主义与文学批评.北京:北京大学出版社,1993:235.
② 贾平凹.我是农民[M]//贾平凹.贾平凹文集:第16卷.西安:陕西人民出版社,2008:23.

和徐栖则从另外的维度上激活了贾平凹长篇小说中的城乡问题。从陕南乡下走出来的辛起颇有《白夜》中颜铭（刘惠惠）的影子，两人都像外国人，也都对自己的农村出身极为敏感。因家暴而与城里人丈夫离婚的辛起索性做了小三，傍了香港大款，并辩解"我是乡下人么，必须表现为城市人啊"。为此，宁愿不吃不喝，也要买衣服和鞋子。实际上，她对伊娃的喜欢和追随也未尝不是这种心理的体现。而看似相反，平时注重养生保健，把钱都花在吃上的徐栖却同样敏感。不仅对好友陆以可"从县上来的"话风表达不满，还拒绝了也是姊妹的严念初在县城找保姆的请求，甚至为同性恋人司一楠的村姑口误动气。《暂坐》在表现进城民工生存现状的同时也表明了一贯的态度。就像海若对古树移栽的"最不满意"那样："城市是美化了，可乡下被破坏了。"不幸的是，"废乡"带来的讨债民工和城中村又何尝不是城市病的症候。

（四）日常生活诗学：观念与表达

对《浮躁》的清算是贾平凹现实主义长篇小说创作历程中的一个转折点。从《妊娠》开始，贾平凹认识到"真真实实写出现实生活"①的必要性，中经《废都》"囫囵囵是一脉山"②的转化，最终在《白夜》"后记"中凝练为"小说是一种说话，说一段故事"，而"生活本身就是故事，故事里有它本身的技巧"③的主张。继荣获第七届茅盾文学奖的《秦腔》在熟人进村子写法上的尝试取得成功后，《暂坐》更发挥到极致，继续了《古炉》《带灯》和《山本》等不同题材长篇小说的日常生活诗学探索。不同女性的视角交织成生活和社会的网络，再加上女性自身的细密、琐碎和繁复的特点，使得小说呈现出纵横交错、融会贯通而又井然有序的城市道路交通面貌。有意思的是，除对"相"和"识"的划分外，贾平凹还区分了"说话"中的现实主义和超现实主义。其中"超现实主义是生活迷茫、怀疑、叛逆、挣脱的文学表现"④。在贾

---

① 贾平凹.悲喜相伴：《妊娠》序[M]//贾平凹.君子赠言重金石：贾平凹散文 卷六.南昌：江西教育出版社，2012：15.
② 贾平凹.后记[M]//贾平凹.废都.北京：作家出版社，2009：460.
③ 贾平凹.后记[M]//贾平凹.白夜.北京：华夏出版社，2017：288-289.
④ 贾平凹.《暂坐》后记[J].当代，2020(3)：118.

平凹看来,"这种迷茫、怀疑、叛逆、挣脱是身处时代的社会的环境的原因,更是生命的,生命青春阶段的原因"①。显然,这里的"超现实主义"并非"心灵在它的纯粹状态中的自动作用"的模仿和移植,就像"精美的尸体将喝下新葡萄酒"的游戏那样②,但对日常生活的审视、反思和陌生化处理却都建立在使日常变成奇异非凡之物的相同诗学基础之上。诸如公交车门的关闭,像是双手合掌;阻止辛起前往香港的海若告诫:"如果啥事只顾自己,其实自己就是弱者,而且一辈子都发达不起来";对家具声音和城墙疼痛的敏感;对非人类和风水的议论等都是日常生活中的"奇迹"和生产性表述。从文学史向度来看,新时期以来的现实主义在经历了人道主义、新写实主义、现实主义冲击波、底层文学等阶段之后,寻求本土化突破的贾平凹设想在日常生活维度上重新描述现实主义的新变。事实上,《暂坐》中的人物、事件、细节和环境等素材几乎都源于写作过程中的西安当地社会生活热点话题,即便是作为惯例性高潮的煤气闪爆也是轰动一时的街谈巷议事件。与传统现实主义对日常生活的改头换面和脱胎换骨不同,贾平凹不仅增加了日常生活写作的比重,还在观念上凸显了日常生活意义的主导地位。海若五种角色的实现就得益于她对当下日常生活事务的有针对性处理,而不是基于意识形态想象的比附和兑现。

从《废都》到《暂坐》的重心转移和形象演变不只是贾平凹更加熟悉女性的结果,更不是写作诗学范式的要求,而是变化了的时代和社会使然。在男权仍旧强势并主导的现代社会中,先天处于劣势和弱势的女性更见谈判、协商和博弈的对冲痕迹。若从1984年《商州》中的珍子算起,贾平凹长篇小说中的女性形象系列几乎可以折射和汇编出40年来中国的改革开放发展史。《暂坐》中就包含诸如政治(腐败),经济(各行各业老板、行贿),教育(出国留学),宗教(活佛、居士),历史(秦国打败六国的原因、西京现代史),文化(西京鼓乐、茶、玉等),社会(渣土车、碰瓷、马航飞机失事),公共卫生(医院),生态环保(雾霾、放生、豆瓣酱和酵面蒸馍),广告(广告牌、用语)等在内备受关注的民生问题。在表现不同女性各自特点的过程中,贾平凹并

---

① 贾平凹.《暂坐》后记[J].当代,2020(3):118.
② [英]本·海默尔.日常生活与文化理论导论[M].王志宏,译.北京:商务印书馆,2008:85-86.

不故意拔高,而是在客观现实的日常生活语境中直写。夏自花和冯迎的死不必说了,就是陆以可 LED 生意的失败;应丽后和严念初的相互敌意;司一楠和徐栖的同性恋,甚至相对平和的向其语的皱眉;希立水的爱情病;虞本温的言必称"吃"等也都是现实社会生态的投射。同样将女性作为切入点,刘震云的长篇小说《吃瓜时代的儿女们》牵一发而动全身,由女主人公牛小丽串联起各不相关的社会事件。阎连科的非虚构《她们》则犹如资料或档案集,记录了不同女性的情感和心路历程。相比而言,《暂坐》另从抱团取暖、体面自在的生存状态和精神生态的高度出发看待女性群体,并在城市空间的生命共同体(人、狗、猫、蜂、燕子、树等)中予以观照和建构。海若的挣扎和陷落就像"几乎无事的悲剧"(鲁迅语)。读书、弹琴和礼佛几乎使她和冯迎成为二楼壁画中最高飞天女神的化身,然而,她在日常生活中的境遇却如梦中滚向山顶的圆石和掉进水井的桶一样不可思议和无可救药。贾平凹在"后记"中特别提到对"我"的放逐,并称"众生之相即是文学"[①]。的确,在以海若为中心,以夏自花为线索的文本建构中,无"我"之境意味着散点透视的日常生活叙事的生成,每一个女性的故事则反映了日常生活世界的或一侧面。

20 世纪 80 年代初期的贾平凹曾对印象主义绘画理论产生了浓厚兴趣。这一兴趣对他后来文学创作中的日常生活转向影响较大。印象派绘画致力于反思以前被忽略了的日常世界的经验及其微不足道的对象。由此,"印象主义变成了一个对这个时代整体进行反思的范畴"[②]。在贾平凹那里,印象主义内化为"团块结构"与"写意"两种形式。前者富于冲击力,"就像冰山倒那种情景,一块子过来了,就像泥石流一样"[③]。《暂坐》里的海若及其姊妹圈就是这样的"团块结构",同时还伴有不同女性的线性素描。后者则在写实的基础上完成。《怀念狼》"后记"中的画家贾科梅蒂与常被提及的大师齐白石便兼具真实与写意之力。《暂坐》中的"壁画"就是作者刻意营造的意境。此外,小说还穿插了各种"印象":短暂逗留在西京的伊娃的印象;富有悠久历史传统的西京城市(所谓大农贸市场和现代都市)印

---

① 贾平凹.《暂坐》后记[J].当代,2020(3):118.
② [英]本·海默尔.日常生活与文化理论导论[M].王志宏,译.北京:商务印书馆,2008:63.
③ 贾平凹.关于小说创作的答问[M]//贾平凹.访谈.北京:生活·读书·新知三联书店,2015:53.

象;以海若为中心的都市社会交际(朋友圈)印象;包括茶、玉和笔墨纸砚在内的传统中国文化印象;等等。贾平凹在结构和关系的"留白"中不失时机地植入了五颜六色的日常生活印象。同时,也在冲击和刺激形成的震惊体验中炮轰了病态都市之怪现状。诸如司一楠和冯迎的"褪色论"、艺品店老板的"环境污染"论、火锅店里的繁华与荒芜论等都是贾平凹都市体验(Erfahrung)和不断反思的结晶。

(五)结语

出于对此前文学中太过追求意旨的反拨,新写实主义转而发掘先前被轻视和遮蔽的日常生活资源。近年来,随着经济社会的飞速发展,对日常生活丰富性和复杂性的发现和书写变得急迫和重大起来。《暂坐》就在近十年的背景下提供了理解新时代日常生活意义的可能性。有意思的是,书中最重要的两人羿光和海若都曾提到柳如是。前者借"桃花气中美人来"把美人与桃花相连,后者则网购了《柳如是传》一书。作为编码,"柳如是"的嵌入分别从两个方面诠释了日常生活的要义,即周而复始、持续重复的行为方式和天长地久、永恒常在的伦理道德。日常生活的当代英雄或社会主义新人便是既集结了日常生活社会关系,又疗治和弥合社会伤痛的菩萨,就像海若,或壁画中手持"莲花"的"引导人"那样。

在对《山本》的评价中,文学史家和批评家郜元宝提出:"抓住涡镇人'念头'的生灭,才算取得打开《山本》大门的钥匙。"[①]到了《暂坐》,"念头"被"人头"取代。茶庄朋友圈不同的声音交织汇聚成澎湃的长河,不断"清洗"和"滋养"着与日常生活同构的大地。可以对照的是,在小说的"十五 伊娃·拾云堂"一节中,海若以"一对初恋人"将"地上有许多草没了茎"与"旁边的土里却长了三四棵向日葵秧子"联系起来。其实,看似无关之处的连缀正是《暂坐》写法的特色。以菩萨型女性和悲剧性结局为骨架,贾平凹将雾霾、死亡、做生意、民间借贷、生态环保、双规等社会热点话题糅合起来,有力拓展和深化了他所推崇的《红楼梦》和乔伊斯《尤利西斯》[②]的日常生活

---

① 郜元宝."念头"无数生与灭:读《山本》[J].小说评论,2018(4):95.
② 贾平凹,郜元宝.关于《秦腔》和乡土文学的对话[M]//郜元宝,张冉冉.贾平凹研究资料.天津:天津人民出版社,2005:5.

诗学,并与"生死离别的周而复始地受苦,在随着时空流转过程的善恶行为来感受种种环境和生命的果报"①的生活意义相呼应。贾平凹一再提醒,要慢读他的小说。为此,海若似的女菩萨形象也被一再重写,乐此不疲的背后也许是别一种形式的日常生活,贾平凹的忧虑和不安也因此可见。

---

① 贾平凹.《暂坐》后记[J].当代,2020(3):118.

第四章 日常生活景观中的《白鹿原》：一个地方史和家族史问题

第一节 新历史视阈下当代中国的源流
——以《白鹿原》《活着》《丰乳肥臀》为例

（一）

与革命现实主义小说"历史的人"的叙事模式不同，三部长篇小说《活着》《白鹿原》和《丰乳肥臀》几乎都选择了"人的历史"的切入方式。这在刚刚经历了市场经济转型的20世纪90年代并非偶然。90年代社会语境使得个人和日常生活方式成为长篇小说创作新的动力和基点。作为常谈常新的论题，文学与历史的关系因为新历史主义的出现而变得越加热闹和富有生气起来，这在弗雷德里克·詹姆森的比较研究中表现得尤其明显。在《处于跨国资本主义时代中的第三世界文学》一文中，詹姆森提出了著名的"寓言"论："所有第三世界的本文均带有寓言性和特殊性，我们应该把这些本文当作民族寓言来阅读，特别当他们的形式是从占主导地位的西方表达形式的机制——例如小说——上发展起来的。"①詹氏还进一步强调："第三世界的本文,甚至那些看起来好像是关于个人和利比多趋力的本文,总是以民族寓言的形式来投射一种政治:关于个人命运的故事包含着第三世界的大众文化和社会受到冲击的寓言。"②显然,詹姆森的"寓言"论是现代性体系和范式的产物。对以《阿 Q 正传》为代表的鲁迅小说寓言化过程的剖析就是他为此所做的讨论。同样,对《活着》《白鹿原》和《丰乳肥臀》的解读也未尝不可借镜。

　　以《丰乳肥臀》为例,题目显然不大规矩,但就母亲形象而言,却也无可厚非。母亲传奇、苦难和伟大的一生正是民族国家历史的隐喻。上官鲁氏(璇儿)和上官寿喜夫妇俩生育不了后代,暗示了文明古国强健活力的消失。身体和精神虚弱,甚至连自保也不能,正像上官寿喜和父亲上官福禄先后惨死在日本侵略者刀下一样。事实上,母亲上官鲁氏的八个女儿和一个儿子都和丈夫寿喜没有关系。大悖伦理的情节本身正是寓言规范最生动的体现。秩序却等于无能,反常才有生命。反讽背后有文化和政治的大背景在。近现代中国政治上饱受列强欺凌,文化也不堪重负,呼唤变革。寿喜和福禄的"窝囊"软弱表明了男性传统力量的无力和破产。支撑门庭与延续香火的重任不能不落在上官吕氏、上官鲁氏和孙大姑这些被赋予种族繁衍责任和民族生存希望的女性身上。

　　如果说母亲是民族和土地生生不息的修辞符码的话,那么上官金童就是民族惰性和劣根性的人格寓言。这个单传的宠儿只会吊在奶头上,和鸡场场长龙青萍不伦不类稀里糊涂的"风流事"换给他十五年的牢狱之灾。出狱后的上官金童虽也有辉煌的经历,却都虎头蛇尾,以败退收场,最终穷困潦倒,孑然一身。小说中的男性并不短少叱咤风云的风度,譬如司马库、沙月亮、鲁立人、鸟儿韩、孙不言、杜解元等,然而大都谈不上高大和神圣。与上官金童相比,只不过是五十步和百步的差别。男性世界相对暗淡的"在场"实际上也是对于苦难历史的诠释。正是因为生命强力的缺失,个人

---

① [美]弗雷德里克·詹姆森.处于跨国资本主义时代中的第三世界文学[M]//张京媛.新历史主义与文学批评.北京:北京大学出版社,1993:234—235.
② [美]弗雷德里克·詹姆森.处于跨国资本主义时代中的第三世界文学[M]//张京媛.新历史主义与文学批评.北京:北京大学出版社,1993:235.

才一事无成,民族生存和国家富强的希望才变得渺茫。被寄予家族重大期望的上官金童正是无所事事和灾难深重的文化典型。有意思的是,大有诺贝尔文学奖指涉用意的瑞典籍牧师马洛亚彻底改变了母亲尴尬和无望的命运。只不过,马洛亚与母亲中西结合所生的宁馨儿仍然不是种性改善的良方。也许是马洛亚习得的高密东北乡民性使然,但在寓言的意义上,倒也似乎不失为拯救。母亲在《马太福音》中融入了身体的狂欢,同时也在《圣经》中安然升入天国。两个段落都很美,也都有所暗示,正如詹姆森所说,是"第三世界的大众文化和社会受到冲击的寓言"。

《白鹿原》这一题目本身就富于"寓言性"。既是地名,又是姓名,同时还是灵性、美丽与理想的象征。作为仙界精灵的"寓言","白鹿"在小说中化身为白氏父女,即白嘉轩和白灵,以及白嘉轩的姐夫朱先生。特别是朱先生,灌注了作家几乎全部的理想,是真正古风的民间大师。陈忠实有意强调传奇性与神秘性,借现代历史演绎地方变迁。不过,作家无意步趋政治立场,却从地方上写去,实际上一样在诠释"关于个人命运的故事包含着第三世界的大众文化和社会受到冲击的寓言"的詹氏结论。《白鹿原》命名就带有地方和民间色彩,与《创业史》和《红旗谱》等革命叙事显然不在同一诗学空间。小说中包括白孝文、鹿兆鹏、鹿兆海、鹿兆谦(黑娃)甚至白灵在内的白鹿两家后人都投入了不同党派间的政治斗争之中,或生或死,或善或恶,极富悲剧感。白孝文的沦落和发家无疑是最大的讽刺,暗寓作家对隐患和风险的忧虑。其他如鹿兆鹏的不知所终,鹿兆海不明不白的死亡,黑娃和白灵的非正常死亡,等等,都在共同指向一个民间"社会受到冲击"的现实。同样,两位斗法的主角也没能摆脱社会变动所带来的"冲击"。白嘉轩因"气血蒙目"而瞎眼。鹿子霖则受果报,暴风骤雨般的政治批斗运动彻底击垮了他,不仅"在裤裆里尿尿屙屎",甚至"他的有灵性的生命已经宣告结束",最终死在入冬后第一次寒潮的夜里。是现代政治历史塑造了白鹿原,还是白鹿原的历史诠释了现当代社会?都似乎是,但又都不完全是。整体来说,《白鹿原》故事本身就是个寓言结构。作为"民族的秘史",小说反映了正在变化着的世界:传统受到冲击,民情礼俗不断瓦解和消失,而美好品德同样遭到破坏,亟待重塑。

和其他社会现象一样,历史也是由"人"参与并创造的。文学同样强调

"人"。更为重要的是,"人"并非超人、圣人或伟人,恰恰相反,普通人才是文学和历史的主人。从这一意义上来说,《活着》就是与世界共舞的永恒思想文本。作者和作品的叙事本身已经不再重要,反倒是故事的"寓言"成了打动读者的"时间"①形式。"寓言"的实现方式主要诉诸以下两种方向上。首先是作为第一层次的内容层面。主人公福贵的故事蕴含着国家政治和革命历史的逻辑,这一政治和革命的背景显示了现代世界的法则。其次是第二层次的"真理"层面。在余华那里,"真理"几乎就是"高尚"。前者"是一种排斥道德判断的真理"②,属于"真理"的纯粹形式,而后者也"不是那种单纯的美好,而是对一切事物理解之后的超然,对善和恶一视同仁,用同情的目光看待世界"③。从《活着》到《白鹿原》再到《丰乳肥臀》,几乎都是有关民族及人的挣扎和追求的书写,苦难但也不失坚韧。具体到《活着》,可以说更纯粹、更简练,也更惊心动魄和耐人寻味。作为苦难命运的承受者,福贵传奇般的经历传达了古国的消息。伴随着社会和传统的大规模转变,人的历史几乎就是痛苦和负重的历史。福贵就是民族苦难的雕像,正如罗中立油画《父亲》一样。"真理"和"高尚"则是作者愤怒消退之后的默认和正视。第三层次牵涉到写作伦理。在"寓言"的框架和坐标下,余华的灵感资源和写作姿态也朝向了"第一世界"文学的写作规范,包括福克纳和美国民歌《老黑奴》在内的几位美洲作家都自觉不自觉地成为源头,就像"寓言"一样。

(二)

"文革"结束后的文学几乎走了"五四"的老路。不仅标志性的《班主任》同样疾呼"救救孩子",与鲁迅的《狂人日记》惊人地巧合,就是人道主义和现代化的讨论和提出也都相似。在"走向世界"的激情中,加西亚·马尔克斯的获奖是个巨大的启示,启发了中国作家"寻根"的灵感。"向后看"的热潮推动文学重新审视传统和"大地"(海德格尔语)。集体无意识无疑正是其中的关键词。荣格所说的集体无意识"是指由各种遗传力量形成的一

---

① 余华.日文版自序[M]//余华.活着.北京:作家出版社,2014:8.
②③ 余华.中文版自序[M]//余华.活着.北京:作家出版社,2014:3.

定的心理倾向"①。相对于弗洛伊德的个人无意识,集体无意识更强调"原型",带有传统文化心理的特点。荣格指出:"在集体无意识的所有表现形式中,对文学研究具有特殊意义的是,它们是对于意识的自觉倾向的补偿。也就是说,它们可以以一种显然有目的的方式,把意识所具有的片面、病态和危险状态,带入一种平衡状态。"②集体无意识显然拥有更强大的力量,以至在个人无意识的局限性上能够发挥"补偿"的作用。因此,荣格提出,"诗人本质上是他的作品的工具"③。对此,他具体解释说:"创作过程具有女性的特征,富于创作性的作品来源于无意识深处,或者不如说来源于母性的王国。"④在此基础上,荣格大胆推断,得出了惊人的结论:"不是歌德创造了《浮士德》,而是《浮士德》创造了歌德。"⑤客观地说,荣格的理论不无玄秘的成分,但不容否认的是,集体无意识的提法的确有它的合理性。在强调发扬传统和继承遗产的今天,集体无意识更有其重大的理论价值和现实意义。

集体无意识和遗传不无关联,上述《白鹿原》题记"小说被认为是一个民族的秘史"的巴尔扎克语正可以作为对照。就人物刻画而言,小说中的朱先生与白嘉轩最为"正面",他们株守传统,可以说是集体无意识的"代言人"。最能说明问题的是黑娃和田小娥。如果放在"五四"文学的谱系中,夫妇俩本应是大胆反叛传统和追求婚恋自主的典型,正像史涓生和子君一样。但在以"朱白"话语为标准的"白鹿原"价值语境中,二人都不被看作"新青年",小娥更是成了"烂货"和"灾星"。祠堂和县志编纂过程就成了某种符号和象征,寓示着对成法的敬畏和过往记忆的回归。土风民俗是集体无意识体现在《白鹿原》中的另一亮点。有"圆形人物"⑥气象的鹿子霖在《白鹿原》中颇具审美力度和深度。看得出,不同于白嘉轩,鹿子霖写来得心应手,作家无须背上圣道和拔高的包袱,尽可以在自由和写实中彰显人性的深度和生活的密度。陈忠实的"坏人"中也有人性的闪光,像鹿子霖,既有与田小娥和大儿媳及诸多女性的苟且之事,同时,作为保障所乡约的他也

---

①② [瑞士]荣格.心理学与文学[M].冯川,苏克,译.北京:生活·读书·新知三联书店,1987:137.
③ [瑞士]荣格.心理学与文学[M].冯川,苏克,译.北京:生活·读书·新知三联书店,1987:143.
④ [瑞士]荣格.心理学与文学[M].冯川,苏克,译.北京:生活·读书·新知三联书店,1987:142.
⑤ [瑞士]荣格.心理学与文学[M].冯川,苏克,译.北京:生活·读书·新知三联书店,1987:142-143.
⑥ [英]佛斯特.小说面面观[M].广州:花城出版社,1981:55.

作恶多端,横行乡里。但在作家笔下,鹿子霖还不乏可爱,不失乡情和人情之处。虽然简略,但像第二十四章鹿子霖荡秋千"以花样见长"的"闲笔"还是弥漫着民间狂欢的情趣氛围。不分贫富,不论好坏,全然一派民乐景象。即便像小娥那样"写坏了"的女人,在小说文本中也并非一塌糊涂,不可救药。被鹿三刺死时的"骤然闪现的眼睛"和"啊……大呀……"的"惊异而又凄婉"的眼神和惊叫恐怕多是不甘,又是悲哀而柔弱的生命叹息,无助又无奈。总之,是古老而厚重的"大地"成就了《白鹿原》的生命,也是集体无意识重塑了《白鹿原》的灵魂。当然,作家自己之力之心功不可没,虽然荣格所说并非毫无道理。

荣格曾在与个人无意识做对比时界定集体无意识的内容是"原型"。莫言的《丰乳肥臀》无论是题目还是书中的两个主要人物母亲与上官金童都具有"原型"的特性。按照荣格的说法,"原型(archetype)是领悟(apprehension)的典型模式"[①]。原型不是由内容而是仅由形式决定的。它"只不过是一种先天的能力,一种被认为是先验的表达的可能性"[②]。显然,原型并非固定和具体的实在内容,而是认识与阐释的基本结构模式。凭借这一模式,人们可以获得对于内容的理解,而《丰乳肥臀》这一题目正是母性特征的文字化概括。由于社会习惯使然,成语本身已经很难避免招致误会。有些人甚至建议作家改为《金童玉女》,但"原型"的力量还是挽留了莫言最初的美好想象。源于母亲的激情和震撼也是集体无意识能量的显现。八个女儿和一个儿子无一有丈夫血统,客观上昭示了原始本能的强大。实际上,母亲的伟大并不在笃守传统社会的道德习俗上,超越性的行为本身已然赋予了她宗教般的圣灵之美。不仅九个子女无一夭折,而且她还肩负起了再为不止一个女儿重做母亲的重任。战争年代的逃难显示了母亲的勇敢和智慧。在争相离乡的非常时期,她毅然决定返回还在战区的家园,实际上母亲已远非一般温良柔顺和舐犊情深的女性可比。"三年自然灾害"时期,母亲拿胃偷粮的做法更是大爱的感天动地之举。和母亲相比,上官金童的孱弱

[①] 冯川.译者前言[M]//荣格.心理学与文学.冯川,苏克,译.北京:生活·读书·新知三联书店,1987:5.

[②] 冯川.译者前言[M]//荣格.心理学与文学.冯川,苏克,译.北京:生活·读书·新知三联书店,1987:7.

和无能却与母亲恰好相反,是人类软肋和弊端的直面,更是烂熟文化的原型。莫言曾认同"把上官金童看成当代中国某类知识分子的化身"的说法,相信"中国当代知识分子灵魂深处,似乎都藏着一个小小的上官金童",并"毫不避讳地承认,上官金童是我的精神写照"①。庸碌而又懦弱的金童固然是某类知识分子的象征,但在同时,他又何尝不是大而化之的某类人性的原型呢?小说结尾,膨胀成世界第一高峰的乳房未尝不是对人类天性的极度放大和变形,同时也是人类大爱和幸福的原型。

如果说母亲是终极追问的集体无意识原型的话,那么《活着》则是苦难的集体无意识原型。《活着》最大的魅力在于苦中作乐。小说的主人公福贵一生坎坷,灾难深重。父母亲、儿子有庆、女儿凤霞、妻子家珍、女婿二喜、外孙苦根先后离他而去,只剩他一人活在世上。但苦难中的福贵并不消沉,反倒买下即将被宰杀的老牛,还给它起了和自己一样的名字。福贵对于生命的执着和守候正体现了"仁"的本质,正如他所唱的两句歌词:"皇帝招我做女婿,路远迢迢我不去。"苦难而不苦痛,艰辛却不失坚强,可以说是古老生存方式的精髓。福贵无疑是民族性格和集体无意识最艺术化的镜像。如果说福贵更多海德格尔意义上的"世界"②投影的话,那么小说中的"土地"就是更为基本的集体无意识原型,正如小说最后一句所说,"我看到广阔的土地袒露着结实的胸膛,那是召唤的姿态,就像女人召唤着她们的儿女,土地召唤着黑夜来临"。土地和黑夜回荡着远古的遗音。"土地"也是福贵命运的载体。因为赌博,他失去了土地;因为土地,他又获得了新生。生活正是土地本身。当同样名字的人和牛同时劳作在小说首尾出现的土地上时,作家其实是在故事的寓言上讲述土地的广袤和深厚,聆听历史的回声和集体无意识的交响。

(三)

"九十年代"关键词的多样性折射了"人"的思想的活跃性,同时诸如后新时期、多元化、后现代主义、私人化、消费主义、无名、民间、日常生活、新世

---

① 莫言.新版自序[M]//莫言.丰乳肥臀.上海:上海文艺出版社,2012:1.
② [德]马丁·海德格尔.艺术作品的本源[M].林中路,孙周兴,译.上海:上海译文出版社,2008:26.

纪等尖新的命名也透露了祛魅和历史化的消息。文学需要这样开放的王纲解纽时代。不仅人的活力能够得以激发,而且历史本身也获得了新生。文学打着"人"的大旗重新再描述和再评价。《活着》《白鹿原》和《丰乳肥臀》就是说不尽的九十年代文学强有力的范本。

　　发生在1993年的"文学和人文精神的危机"和1998年的"'断裂'行为"成为九十年代"精神史(Geistesgeschichte)"[①]事件。八九十年代之交,世界形势发生变化,国内也随之松动,经济热情空前高涨,不仅在社会上,就是文学也受到巨大冲击。有"第一文体"或"时代文体"之誉的长篇小说也不能不参与其中。是什么造就了今天"焦虑"[②]和"狂欢"[③]的世界?文学又该如何面对?三部长篇小说《活着》《白鹿原》和《丰乳肥臀》正是深度观察和严肃思考的结果。一方面是对于碎片、失语和躁动的诠释与制衡,另一方面则表现为呼唤、修补和拯救的热情与努力。大历史和"大写的人"被"小历史"和普通人代替,文学返回现场,个人和日常生活的景观成为时代精神的表征。确立"时代精神"是要"从一个时代不同的客观现状中重建时代精神,从这一时代的宗教直到它的衣装服饰。我们从客观事物的后面寻找整体性的东西,用这种时代精神去解释所有的事实"[④]。长篇小说的任务就是要在人和历史的"事实"中传达一种理解,接受一种信念,从而取得对于现实的平衡。

　　《白鹿原》写了地方史,一方灌注着秦汉唐生气的土地。小说顶礼古老发达的秦地文明,同时也向博大精深的关中传统文化致敬。陈忠实希望汲取民族历史深处的力量重行廓清的事业,借过去复兴现在和未来。迟至第二章才出场的关学大儒朱先生隐然成为《白鹿原》的圣神,"从头到脚不见一根洋线一缕丝绸"的装扮也仿佛是古圣先贤精魂的再现。姑婆坟之行、赈济灾民、投笔从戎,没有一件不是"砥柱人间是此峰"的感天动地。开篇亮相的白嘉轩融传说与传奇于一体,可以说是家族文化的象征。他主持乡

[①] [美]勒内·韦勒克,[美]奥斯汀·沃伦.文学理论[M].刘象愚,邢培明,陈圣生,等译.北京:生活·读书·新知三联书店,1984:124.
[②] 陈晓明.表意的焦虑:历史祛魅与当代文学变革[M].北京:中央编译出版社,2002.
[③] 孟繁华.众神狂欢:世纪之交的中国文化现象[M].最新版.北京:中国人民大学出版社,2009:4.
[④] [美]勒内·韦勒克,[美]奥斯汀·沃伦.文学理论[M].刘象愚,邢培明,陈圣生,等译.北京:生活·读书·新知三联书店,1984:124-125.

约、建塔等盛大民间仪式,德配蔼然仁人,既公正威严,又情理兼备,一副凛然长者风范。白鹿传说的又一美丽化身白灵可谓陈忠实女性形象画廊中难得的创造,"灵"这一单名也大有深意。既是精灵,美丽伶俐,又象征了心灵的纯洁。她的惨死不乏"对比"寓意,与对鹿兆鹏结局的淡化处理有异曲同工之妙。在作家笔下,上述三人以"白鹿"相连,合而为一,"三位一体"。按照弗洛伊德理论,白灵不妨说是"本我"(Id),白嘉轩则是"自我"(Ego),而朱先生堪称"超我"(Superego)。当然,三者的区分只是相对而言,并非界限分明。

《白鹿原》张扬传统的另一重要手段是民间习俗和信仰的展览。从开篇白嘉轩"一生里娶过七房女人"的浪漫轶事,到白鹿的神话传说和朱先生掐指占卜的神奇,再到小娥闹鬼的瘟疫,都是老中国村俗民情的结晶,其他如棒槌会、家族史等,都好像朱先生所编县志中的内容。陈忠实的传统态度和策略绝非偶然,正如风水宝地改变了白嘉轩家族的命运,鹿子霖作恶多端最终不得好死一样。没有传统就没有现代。现代"身体病症"也需要参考历来用"药"才不盲目,才见成效。

如果"传统"是《白鹿原》的"处方"的话,那么"爱"就是《丰乳肥臀》的希望。爱是文学永恒的母题,体现在《丰乳肥臀》中却不一般。母亲照顾不同的女儿留给她的孩子,并不是毫无怨言和心甘情愿。然而,这就是真实,这就是苦难生活里的大爱。同样,对于唯一的老头儿子金童,她也不是一味放纵。母亲的爱深沉宽广,为世所知,基督教之爱也是由来已久的话题,两者密不可分。小说中有两处讽刺性细节,即马洛亚牧师和母亲偷情,及马洛亚牧师和回族女人所生长子马牧师。显然,母亲的爱升华了基督教之爱。不可思议的是,战争、饥饿和阴谋之恨却反倒主宰了世界。在不爱中写爱,才真写了爱。母亲杀死上官吕氏,上官想弟的"自卖自身",上官玉女的"投河自尽",等等,可谓触目惊心,却也无不源自爱。莫言并不幻想童话式的无我之爱,他笔下的"爱"最见老中国神采。不必讳言,爱是救赎,民族有爱才有未来。

《丰乳肥臀》的开头大有深意。从小说的结构安排来看,莫言未必抱有世纪书写和史诗规模的雄心,纪念过世的母亲才是初衷。不过,饶有趣味的是,开篇却从抗战写起。一边是日本马兵的屠杀,一边则是上官鲁氏和黑驴的生产。一边是死,一边是生。大栏镇的生死象征着民族的存亡,而20世纪初的德国军队入侵沙窝村却被置后。莫言曾提出"结构就是政治"的著名命题。他还具体解释说:"好的结构,可以超越故事,也可以解构故事。"①显然,《丰乳肥臀》的结构设计不无宏大和悲壮的意义在。最危险的时候也就是最辉煌的时候。意义的阔大不只超越了故事本身,还有效遮蔽和淡化了道德拷问和人格审判的难堪,同时也意指九十年代的社会现实,提醒生命的庄严和伟大。

《活着》更有针对性。它写尽了遥远和苍凉,正如寂寥的原野伸向远方的小路,又好像俄罗斯广袤辽远的黑土地。事实上,小说不少肖洛霍夫《一个人的遭遇》(又名《人的命运》)的影子。福贵的遭遇和索科洛夫的经历也相近。余华自己虽未提及,但他灵感来源的美国老黑奴何尝不让人联想起海明威的《老人与海》。桑提亚哥与命运抗争的勇气和意志一如索科洛夫和福贵,彼此互相联系,息息相通。与战争和大海相比,福贵的苦难更是日常生活本身,而他忍辱负重的豁达与坚韧也更为感人。活着本身就是苦难,重要的还是人置身其中的态度。像福贵,遍尝痛苦却始终没被打倒,依然与生活平和相处,这才是人生。福贵也才是历史真正的主人。余华曾自述自己与现实之间的紧张关系,甚至还一度希望成为一位童话作家。其实,在他"超然""一视同仁"和"同情"的态度下,《活着》又何尝不是一部童话?否则,福贵的结局恐怕也没有"老年做和尚"的"歌声"飘扬了。在童话和寓言中,时间才是象征,直到成为意义本身。

和莫言、陈忠实的办法都不同,余华致力于个人的强大,以倔强和坚硬的方式直面人生,任何残酷和粗暴都不能撼动源于内心深处的意力。这是说不尽的鲁迅和"五四"精神的世纪末回音,一样振聋发聩和惊心动魄。阿Q始终没有清醒的自觉,福贵却最终捍卫了自己。余华坚信,"一旦了解了自己,也就了解了世界"②。看上去似嫌偏颇,实际上却是他个性启蒙的呼喊,也是他在现实审视上的痛定思痛,就期待改革创新的中国而言更是意义非凡。

---

① 莫言.捍卫长篇小说的尊严:代序言[M]//莫言.丰乳肥臀.上海:上海文艺出版社,2012:6.
② 余华.中文版自序[M]//余华.活着.北京:作家出版社,2014:1.

九十年代文学开启了"人的文学"的新阶段。著名文学史家韦勒克和沃伦曾提出,"文学分期应该纯粹按照文学标准来制定",并认为,"一个时期就是一个由文学的规范、标准和惯例的体系所支配的时间的横断面"①,九十年代文学就是这样"文学的标准"的时期。《活着》的福贵、《白鹿原》的"地方"和《丰乳肥臀》的母亲都是以"人"为目的的文学回归的标志。莫言曾提出"长度、密度和难度"②的长篇小说标准,"密度和难度"里显然有深度和高度在,体现在《活着》《白鹿原》和《丰乳肥臀》中则是历史的热度和人的风度。

第二节 论《白鹿原》的历史叙事策略——以《山本》为参照

在对文学和历史关系的处理上,中国现代历史小说大概建立了两种传统:历史教育与文学抒情。前者强调客观,注重史实,追求本真,提倡教化,早在民族革命深入人心的晚清时期就受推崇。新文化运动后才受重估一切价值的解放思潮影响,转向以文学为重心的抒情。破天荒的《狂人日记》即为解构历史的寓言。在《补天》(《不周山》)还没问世之前,鲁迅曾就历史小说和"历史的小说"做出区分,明确后者乃"取古代的事实,注进新的生命去,便与现代人生出干系来"③。拿他自己有关唐玄宗和杨贵妃爱情传奇的设想来说,就多对历史缝隙的解读,堪称精妙。受杜威影响的胡适更是"新历史"观的信徒。他在《论短篇小说》中宣称,"凡做'历史小说',不可全用历史上的事实",告诫"全用历史的事实,便成了'演义'体",提议"最好是能于历史事实之外,造成一些'似历史又非历史'的事实"。郁达夫则批评历

---

① [美]勒内·韦勒克,[美]奥斯汀·沃伦.文学理论[M].刘象愚,邢培明,陈圣生,等译.北京:生活·读书·新知三联书店,1984:306.
② 莫言.捍卫长篇小说的尊严:代序言[M]//莫言.丰乳肥臀.上海:上海文艺出版社,2012:1.
③ 鲁迅.《罗生门》译者附记[M]//严家炎.二十世纪中国小说理论资料:第二卷.北京:北京大学出版社,1997:185.

史家"常根据了精细的史实来批评历史小说"。他所说的历史小说,不论是"把我们现代人的生活内容,灌注到古代人身上去",还是"在现实生活里,得到了暗示",而"向历史上去找出与此相象的事实来,使它可以如实地表现出这一个实感",都偏于"空想"①和文学。20世纪40年代的唐湜在谈到冯至的《伍子胥》时,曾定性为"诗,抒情的诗,却不是它应该是的严格意义的小说"②,也不乏对"强调个人心境的"③个性历史书写的有意提倡。有意思的是,在政治与革命主导的"十七年"时期,历史却被征用,《李自成》《陶渊明写〈挽歌〉》等都在历史的脉搏和节奏上塑形。直到八十年代才逐渐转变,日常生活化历史的叙事策略就是值得注意的趋势,《白鹿原》和最近的《山本》则是可供剖析的范例。

(一)《山本》:历史的日常生活化

在为《山本》所做的"后记"中,贾平凹提到了自己收集的"秦岭二三十年代的许许多多传奇"史料,并提出"这些素材如何进入小说,历史又怎样成为文学"的问题。随后,他提醒自己道:"我面对的是秦岭二三十年代的一堆历史,那一堆历史不也是面对了我吗,我与历史神遇而迹化,《山本》该从那一堆历史中翻出另一个历史来啊。""另一个历史"当然已非所面对的"那一堆历史"本身,而是"在社会的,时代的,集体意识里又还原一个贾平凹,这个贾平凹就是贾平凹,不是李平凹或张平凹"④。换句话说,就是贾平凹对"那一堆历史"的解读,是贾平凹接受和选择的历史。实际上,他此前的作品中早有尝试。还在他新世纪的第一部长篇小说《病相报告》中,就刻画了一个青年和中年时代"参加过革命与革命革过他的命"的老头。在作者看来,"老头不是一个坚定的革命党人","但是老头却是活得最真实的人"⑤。沿着"真实",贾平凹走进了主人公的情感世界。还是"真实",引领

---

① 郁达夫.历史小说论[M]//郁达夫.艺文私见.上海:复旦大学出版社,2004:146-147.
② 唐湜.冯至的《伍子胥》[M]//钱理群.二十世纪中国小说理论资料:第四卷.北京:北京大学出版社,1997:430.
③ 张香山.目前的日本历史小说[M]//吴福辉.二十世纪中国小说理论资料:第三卷.北京:北京大学出版社,1997:425.
④ 贾平凹.《山本》后记[M]//《收获》文学杂志社.收获长篇专号:2018春卷.武汉:长江文艺出版社,2018.
⑤ 贾平凹.后记[M]//贾平凹.病相报告.上海:上海文艺出版社,2002:299.

了贾平凹进入记忆和历史的现场。《古炉》的成功就是他实践"写实"原则的结果,所谓"什么叫写活了,逼真了才能活,逼真就得写实,写实就是写日常,写伦理"①。"文革"题材的深度和难度不言而喻,贾平凹的"写日常,写伦理"有效化解了潜在的风险,也再次验证了他"密实的流年式的叙写"和"一堆鸡零狗碎的泼烦"②写法的生命力。当然,对《山本》也一样适用。

概而言之,《山本》的策略就是历史的日常生活化。从题材上来讲,不涉及重大历史事件,只聚焦地域性人事,借以规避可能的阈限,敞开自由发挥与想象的世界。即如冯玉祥就只作为背景提及,并没有深挖和直写。叙事上更见特色,具体说就是不端架子,敢于"写实"。还在几年前,贾平凹就曾批评写"文革"的作品"过于表象,又多形成了程式"③,《山本》的突破或"智慧"就是对此所做的反拨。他坦言:"我提醒自己最多的,是写作的背景和来源,也就是说,追问是从哪里来的,要往哪里去。如果背景和来源是大海,就可能风起云涌,波澜壮阔,而背景和来源狭窄,只能是小河小溪或一滩死水。"④与传统的现实主义写作相比,贾平凹所"提醒"的"背景和来源"更宽阔,也更有力,所谓"风起云涌,波澜壮阔"的"大海"般的日常生活。摆脱了缠缚的人物和故事都灌注了源自地气的生气,充满生机和活力。拿作者着力塑造的英雄形象井宗丞来说,显然赋予了更多世俗性面目,诸如出主意绑票他爹水烟店掌柜、互济会长井伯元;刚成立的红15军团副参谋长蔡太运病死,原平原游击队和秦岭游击队中有关井宗丞补缺的闲言碎语;井宗丞与阮天保的暗斗等等,都不同于既定的审美规范,有时甚至是消解和颠覆,目的就在重构和还原。重构此前神化了的英雄,还原日常生活中的肉身。简言之,井宗丞并非高高在上的神祇,而是不乏常人错误和缺点的凡人。唯其如此,才更真实,也更值得同情。相似的例子还有红15军团内部的矛盾;游击队对败逃的原平川县保安队长阮天保及其手下刑瞎子的接收;游击队员的身体欲望及斗争和生存需要的杀人等都很敏感,却极富烟火气。就像

---

① 贾平凹.后记[M]//贾平凹.古炉.北京:人民文学出版社,2011:607.
② 贾平凹.后记[M]//贾平凹.秦腔.北京:作家出版社,2005:518.
③ 贾平凹.后记[M]//贾平凹.古炉.北京:人民文学出版社,2011:607.
④ 贾平凹.《山本》后记[M]//《收获》文学杂志社.收获长篇专号:2018 春卷.武汉:长江文艺出版社,2018.

人物和故事一样,贾平凹并不把历史刻板化和神秘化,而是拉近前来,植入日常生活之中,给人自然亲切之感。既有历史信息,也弥漫了日常生活气息。在此笔墨之下,连过境的中原部队重病的首长也被刻画为矮小老头的形象,而非应有的人高马大和想当然的气宇轩昂,以此带入了日常生活情境,渲染了日常生活的视觉盛宴。

正如本雅明笔下的"历史天使"一样,贾平凹也在极力"唤醒死者,把破碎的世界修补完整"①,无奈"过去了的历史,有的如纸被糨糊死死贴在墙上,无法扒下,扒下就连墙皮一块全碎了,有的如古墓前的石碑,上边爬满了虫子和苔藓,搞不清那是碑上的文字还是虫子和苔藓"②。面对被固化和被遮蔽的历史,贾平凹索性超越和旁涉,在现实的此岸别寻天地。上述井宗丞的游击队和红军线索即致此意。更大规模的行动是井宗秀和陆菊人线索的设置。这一沈从文式的用笔不仅丰富了内涵,拓展了文本空间,更重要的是填充了历史,实现了历史与现实的融通。特别是陆菊人,女性身份表征了日常生活世界,同时,也在日常生活表达中审视和反思了历史。譬如教刘花生如何打扮、做饭,以至言行规范,讲井宗秀的嗜好等都显示了她迥异于男性的日常生活魅力和魔力。与男人的打仗和厮杀相比,陆菊人对生命的看重及对伦理道德的坚守无异于某种抗衡。同样是带有日常生活色彩的线索,井宗秀机敏的背后却暗含了阴鸷的杀气,害死和土匪五雷相好的媳妇便是明证。相反,陆菊人则善良而有智慧。赠人小桂花布袋的细节和诱杀土匪的情节从一开始就指示了穿越历史迷宫的便道,与上述井宗丞线索一道,建构了交相辉映和交融互渗的历史与现实世界。如果说井氏兄弟代表了历史的"破碎"和迷茫境地的话,那么陆菊人则象征了现实的清醒和审判。从对"英雄"的前者和"菩萨"后者的不同态度可知,贾平凹感念英雄和历史的神话,却致敬日常生活的永恒。如"后记"中所说:"当这一切成为历史,灿烂早已萧瑟,躁动归于沉寂。"面对倏忽的巨变,他感慨道:"巨大的灾难,一场荒唐,秦岭什么也没改变",此外,"没改变的还有情感"。相比于秦岭的地

---

① [德]瓦尔特·本雅明.历史哲学论纲[M]//[德]汉娜·阿伦特.启迪.张旭东,王斑,译.北京:生活·读书·新知三联书店,2008:270.
② 贾平凹.《山本》后记[M]//《收获》文学杂志社.收获长篇专号:2018 春卷.武汉:长江文艺出版社,2018.

理性永恒(山本),陆菊人的情感(爱)永恒(人本)也许更有意义和价值。有着"金蟾"美誉的她即便成功管理和经营了涡镇茶行(美得裕),但在炮弹轰炸的"人祸"面前却束手无策,无能为力。小说中有一段极有意义的描写。在井宗秀特地为她而建的高台上,心灰意懒的陆菊人痛感梦境的虚空,"觉得所有的东西正与自己远去,越来越远"。在强大而冷峻的历史面前,陆菊人孤独而无力。她无法阻止最后悲剧的发生,唯有哀念和伫望。贾平凹慨叹:"作为历史的后人,我承认我的身上有着历史的荣光,也有着历史的龌龊。"①事实上,很难辨别"荣光"和"龌龊"的场合。唯一可以确证的是,贾平凹坚信日常生活永在,历史也将不断被重写和指认。

(二)《白鹿原》:精神剥离的日常生活还原

与"十七年"长篇小说的政治和军事叙事不同,《白鹿原》聚焦了文化史意义上的村庄史和家族史。书中虽也涉及诸如围城、抗战、"文革"等历史性大事件,但多从侧面写来,表现了地方性、文化性和个人性的独特视角。即如农协,就没有沿袭历来的写作成规。主事者之一的黑娃(鹿兆谦)远非"完美无瑕"的革命者。且不说与大户家妾的私奔不算光彩,以致连进祠堂的资格都没有。即便去省城参加"农讲所"受训的目的也不明确。事实上,就是负责农运工作的领导者鹿兆鹏也被嗤笑。娶妻(冷先生的大闺女)却不同房,使得爷爷鹿泰恒气愤不过,亲自出面干涉。在乡村传统的民间框架下,陈忠实另辟介入历史的蹊径,自然不无价值选择的考量。不跟风普世现代性的被贴标签的历史,也不径直站队,谋与古老乡村的价值规范为伍,陈忠实基本上采取了相对中立的客观立场。既不抹杀"农协"实际所做的工作,诸如提倡女人剪头发、放大脚;禁烟,砸烟枪、烟盒子;刀铡三官庙老和尚及南山根碗客(庞克恭、冷三冒);砸祠堂;查田福贤账等,也在本位态度上赋予朱先生和白嘉轩以旁观和审视者的角色定位(如鏊子说)。在以田福贤、鹿兆鹏、白嘉轩、黑娃等为代表的原上势力博弈的夹缝中,陈忠实整合了丰满而又充实的日常生活景观。拿上述黑娃来说,与田小娥的儿女私情本

---

① 贾平凹.《山本》后记[M]//《收获》文学杂志社.收获长篇专号:2018 春卷.武汉:长江文艺出版社,2018.

来可以包装和打造成追求婚恋自主的"五四"女性和个性解放原型,但在积重难返的乡村现实中,如此另类的看法恐怕不合情理,也失之牵强。对他们而言,只能委曲求全,在压抑和煎熬中苟且偷生。相比之下,白灵的出走和反抗则是另外出路的补充和映衬。

《白鹿原》对新的表达方式和空间的探索值得称道。拿当代陕西长篇小说来讲,要么是像《保卫延安》式的宏大史诗的颂歌,要么是像《创业史》式的个人生活与家国远景的融合。《平凡的世界》则是社会转型的居间过渡。在思想解放的现代化大潮中,人的主观能动性被激发和释放,人本身成为中心和主人。《白鹿原》的出版毋宁说是深刻转折的标志。坐标的两轴转换到地域和传统上来,也就是说,地方(小)时空塑造了历史。主流意识形态不再居于主导地位,相应地,敌我和阶级对立的板块格局也淡化开来。原本政治视阈的远点设置惯例一下子拉近到身边熟悉的现场,叙事的日常生活世界也随之建立。书中作为重大历史事件的辛亥革命只通过白鹿镇中医堂冷先生对城里反正的亲历、鹿子霖的上任乡约及朱先生的姑婆坟之行来间接透视。至于震动一时的"白狼"更只是空气的散播和情绪的感染而已。倒是白嘉轩的困惑关乎生活,切中实在,诸如"没有了皇帝的日子怎么过?皇粮还纳不纳?是不是还按清家测定的'天时地利人和'六个等级纳粮?剪辫子的男人成什么样子?长着两只大肥脚片的女人还不恶心人?"由此促成了《乡约》的发布和实施,推动了乡村现代性的进程。沿着日常生活通道,陈忠实走进了历史。两者互不凌驾,而是两相结合,故而没有琐碎零乱的感觉。同时,也不僵硬呆板,体现了日常生活的温度和深度。即便土匪大拇指也被嵌进故事的网络之中,展现了生活在这片土地上的人们的另一片风景。更值得注意的是,陈忠实试图清理本土化历史的来龙去脉,以原发性而非植入性的路径来追溯历史的起源,考察它的因缘际会及在转折时期的应变和调适,测试其本性和弹性。因此,各类人物的命运就被赋予了某种文化特性的意蕴。无论鹿兆鹏、白孝文、鹿子霖、黑娃,还是朱先生、白嘉轩,都在守与变的演化中诠释了历史中国的或一面相。客观来讲,进化史观主导了近现代乃至当代中国的复兴实践,但在走向世界的大潮中,却反讽性地启示了地方和民族的内生动力。《白鹿原》之"原"不无巧合地暗示了追踪的痕迹,呈现了内在而非外设的景观。有意思的是,小说开头和结尾的对照不无某种寓意。作为家族势力的代表,白嘉轩传奇性的"豪壮"经历象征了某种强大,男性的威猛不无文化修辞的隐喻。与之相反,具有挑战和另类意味的鹿子霖却在投机和弄权中毁灭了自己,显示了非主流文化的某种困境和尴尬。

《白鹿原》的写作得益于作者的"精神剥离",而这"剥离"的源头则是拉美文学的风暴。在现代派风起云涌之时,古巴作家卡彭铁尔"在现代派的旗帜下容不得我"的宣言和路遥在河北涿县"农村题材创作"研讨会上的"我不相信全世界都成了澳大利亚羊"的发言激发了作者了解自己"生活着的土地的昨天"①的愿望。此后的查县志及所做阅读的准备都增强了他"垫棺作枕"的自信。前者是对地与人查考的"丰厚"的"收获"②,后者则扩大开来。除对中国近现代史的总体趋向和脉络的把握外,陈忠实还特别提到了研究关中的《兴起和衰落》及美国日本通赖肖尔所写的《日本人》两书,特别是《日本人》。同样受到西洋文明的巨大冲击,日本与中国被动应对的现代化选择却截然不同。残酷现实的对照使得陈忠实认识到:"所有发生过的重大事件都是这个民族不可逃避的必须要经历的一个历史过程。"或者说:"所有悲剧的发生都不是偶然的,都是这个民族从衰败走向复兴、复壮过程中的必然。这是一个生活演变的过程,也是历史演进的过程。"③这一结论直接影响了他对传统价值立场的态度。有意思的是,写作过程中几乎每次重大的突破都与乡土本位的历史观息息相关。诸如中篇小说《蓝袍先生》中徐家镂刻着"耕读传家"的古老宅院;县志中的"贞妇烈女"卷;腰杆儿总是挺得又端又直,吓得门楼下袒胸露怀给孩子喂奶的女人藏躲起来的曾祖父;深夜厦屋爷沉重舒缓的呻唤声等都复活了历史迷雾中的日常生活。如陈忠实所述:"形成独立的自己的欲念",并"以自己的理解和体验审视那一段历史"④。这一看待和进入历史的方式明显带有革命性意义。疏离意

---

① 陈忠实.寻找属于自己的句子:《白鹿原》创作手记[M]//陈忠实.我与白鹿原.天津:天津人民出版社,2017:25.
② 陈忠实.关于《白鹿原》与李星的对话[M]//陈忠实.陈忠实文集:第5卷.北京:人民文学出版社,2015:589.
③ 陈忠实.关于《白鹿原》与李星的对话[M]//陈忠实.陈忠实文集:第5卷.北京:人民文学出版社,2015:591.
④ 陈忠实.寻找属于自己的句子:《白鹿原》创作手记[M]//陈忠实.陈忠实文集:第9卷.北京:人民文学出版社,2015:339.

识形态界定,回归古老地层,释放日常生活活力,融通现实与历史的鸿沟。由此,陈忠实实现了自我超越和历史跨越。几乎每个出场的人物都经受了日常生活的洗礼,连朱先生也不例外。正像田小娥的鬼魂附体一样,朱先生的神圣也有爱国行动的另外一面,展现了"为万世开太平"的义胆风采。而包括田小娥在内的书中女性的命运也不脱日常生活的轨道。田小娥被公公鹿三拿梭镖戳死;白灵在内斗中的被活埋;鹿子霖儿媳被生父毒死;孝文媳妇(大姐儿)的饿死等都是那个时代女性悲剧的真实写照。即便是声言"一生没做过见不得人的事"的白嘉轩也演出了一场换地的大剧。同样,被冷先生讥讽为"又在原上蹦跶开了"的鹿子霖也有活泛亲切的一面。清明节荡秋千的他以花样见长,"一会儿坐在踩板上,一会儿又睡在上面;他敢于双足离开踩板只凭双手攥住皮绳,并将身体缩成一团;他可以腾出一只手捏住鼻子在空中擤鼻涕,故意努出一连串的响屁",一派谐谑狂欢气象,渲染了富于浓郁民俗色彩的日常生活气氛。

(三)历史生活的真实与日常生活的诠释

同样是写现代史,《白鹿原》和《山本》的思路并不相同。比较而言,《白鹿原》是在个人生活记忆的基础上联通历史现场。如陈忠实在获茅盾文学奖后的"答问录"中所说:"我是企图追求一种历史的真实",后又补充强调:"如果说《白鹿原》有值得大家称道之处,我想无非是我做到了历史生活的真实。"[①]"历史的真实"和"历史生活的真实"都源于作者再熟悉不过的日常生活经验。相反,《山本》不追求历史进程和节点的绝对真实,而是致力于历史与日常生活的遇合和化合,也就是将革命带入日常生活之中。整体来看,《白鹿原》是在历史架构下的日常生活再现和还原,而《山本》则是在日常生活参照下对历史的展示和解释。两者的不同,鲜明地体现在对女性几乎相反的态度上。《白鹿原》的历史架构决定了再现其中的日常生活的时代性局限。古老大地上的普通女性无法跨越日常生活的鸿沟。开篇的白嘉轩与七房女人的秘闻趣事直指失衡的现代世界,就像同是女人的白嘉轩

---

① 陈忠实.《白鹿原》获茅盾文学奖与远村答问录[M]//陈忠实.陈忠实自选集.海口:海南出版社,2008:605.

的母亲白赵氏所说:"女人不过是糊窗子的纸,破了烂了揭掉了再糊一层新的。"辛亥革命时西安反正领头人物之一的魏绍旭先生的遗孀魏老太太也开导白灵道:"女人要看透世事,先得看透男人。"相反,以日常生活观照历史的《山本》则带有鲜明的女性中心主义色彩。虽然杨钟死后,陆菊人曾向公公表示不会改嫁也不会招了人,杨家还是涡镇的杨家,但包括宽展师父和刘花生在内的书中主要女性角色大都不落窠臼,远非一般男人能及。陆菊人更是象征了日常生活的宽阔和深厚。一个颇有意味的细节是,连井宗秀和麻县长都一筹莫展的几个关键时刻,都是陆菊人挺身而出,化险为夷,张扬了日常生活中女性的气度和风度。

　　大写生活的陕西长篇小说(特别是柳青)的传统遗传给了《白鹿原》和《山本》强烈而鲜明的现实基因,也濡染了历史以朴实而细腻的日常生活色彩。两方面的叙写可为佐证:一是对红军受挫和失利的表现。《白鹿原》第二十二章写到姜政委的叛变,为此,红36军几乎全军覆没。更有悲剧意味的是,已和鹿兆鹏生活在一起并且有了孩子的白灵并没有死在敌人的枪口下,却被南梁红军根据地的自己人在清党肃反时以右倾机会主义分子的借口活埋。同样,《山本》中的红15军团内部也矛盾重重。以军团长宋斌为首的平原游击队与以政委蔡一风为首的秦岭游击队因去留问题意见不合,最终导致了井宗丞的被杀,口实同样是右倾主义。从日常生活出发,陈忠实和贾平凹揭示了革命内部的顿挫和波折。这在传统现实主义写法的长篇小说中要么回避,要么淡化。两人的正视和审视既是社会转型的结果,又是日常生活时代的必然要求。就像《白鹿原》中白灵的儿子,后来成为作家的鹿鸣所说:"重要的是对发生这一幕历史悲剧的根源的反省。"贾平凹也表示:"《山本》里没有包装,也没有面具,一只手表的背面故意暴露着那些转动的齿轮。"[1]不论是"反省",还是拒绝包装和面具,都源于日常生活的现实主义精神。二是对乡民信仰和乡间传统的刻画。在科学发达和理性昌明的时代,巫觋道士和鬼神崇拜一概被斥为糟粕和迷信,遭到唾弃。《创业史》和《平凡的世界》中的民间信仰几乎都在这样的态度上被否定。但在陈忠实

---

[1] 贾平凹.《山本》后记[M]//《收获》文学杂志社.收获长篇专号:2018 春卷.武汉:长江文艺出版社,2018.

和贾平凹笔下,延续几千年来的社会心理和集体无意识却在日常生活的大纛下整合了起来。《白鹿原》中的白嘉轩在死了六房媳妇后"迅猛而又果敢"的行动——自导自演了一出换地的大戏,一举扭转了家运衰败的颓势。同样,《山本》中的井宗秀也在偶然的机缘里转运,以陆菊人陪嫁杨家的胭脂地(真穴)埋葬了父亲而飞黄腾达,实现了"官人"梦想。此外,两部小说都在风土人情上不遗余力,着力营造日常生活气氛。如《白鹿原》中第一章和第二十五章打鬼的法官一撮毛先生;大瘟疫的蔓延与田小娥鬼魂的附体;白灵死后给白赵氏、白嘉轩和朱白氏(碧玉)的托梦及朱先生绝妙而诡秘的掐算等都充满了神秘而深邃的日常生活气息。《山本》中更是几乎随处都可遇到。如安记卤肉店安掌柜所收孙举来买三斤卤肉的阴票;县保安队攻城时的老阿婆诅咒王路安,后者果然中弹瘫了;任老爷子的徒弟严松把削成尖头的木楔插在钟楼的檩条下;方塌县黄柏岔土匪牛文治和井宗丞的死都犯了地名(卧牛沟和崇村)等也昭示了日常生活传统的力量和分量。

在回答文学理想和长篇创作追求的问题时,陈忠实直言:"我对《白鹿原》的选择,是因为我对我们这个民族在历史进程中的一些别人没有写到的东西有了自己的感受,或者说对民族精神中鲜见的部分有了重新的理解和认识。所以,我规定了《白鹿原》向秘史的方向发展。"还坦言,"在《白鹿原》中,我力图将我们这个民族在五十年间的不断剥离过程中产生的种种矛盾冲突和民族心路历程充分反映出来。"[①]所谓"别人没有写到的东西",就是"剥离过程",也是"民族心路历程",或者说是日常生活的演化和转变过程。诸如族长白嘉轩的"心硬"与顺应;白孝文跌宕起伏的戏剧性人生;从土匪到学为好人的黑娃;田小娥的人性的闪光;从坟场到战场的朱先生等看似冲突,实质上都暗含了日常生活的逻辑,表征了"剥离"的痛苦。就像白嘉轩的哥哥和鹿兆鹏的小名都叫栓牢,白赵氏先是器重女婿朱先生,后来不明因由地一味厌烦一样。《白鹿原》如实再现了关中地域村落文化的一隅,涉及政治、经济、风土、信仰、灾害、民俗、语言、人情、社会、军事等状况,不啻一部概要的百科全书。书中并不忌讳在"洋"和"土"之间所做的价值

[①] 陈忠实.《白鹿原》获茅盾文学奖与远村答问录[M]//陈忠实.陈忠实自选集.海口:海南出版社,2008:606.

选择,即便是冷先生和白嘉轩也嘲笑过大瘟疫中用石灰杀病菌的鹿子霖。而当夜间郭举人马号里的大炕上三个长工沉迷于"四硬""四软"和"四香"时,几乎同样的话头也出现在《山本》中画师的三个徒弟之间。贾平凹刻意在日常生活场景中凸显风云变幻的历史图景。早在《古炉》中,贾平凹就确立了"从我的生活中去体验去写作"的策略,作为历史记忆的"文革"便设定于"怎样在一个乡间的小村子里发生"①的基础之上。虽然直到《老生》,作者仍苦恼于"历史如何归于文学"的问题,但把"真实"和"真诚"结合起来,"老老实实地去呈现过去的国情、世情、民情"②的思路却没有改变。创作过程中的作者更是祭挂了"现代性、传统性、民间性"的条幅,用以自励。"民间性"虽居其末,却最有分量。所谓日常生活,既体现在女性身份的陆菊人角色设置上,也弥漫在文本的张力结构之间。就像鹿兆鹏和鹿兆海兄弟的分道扬镳一样,井宗丞和井宗秀两兄弟也走上了歧异的道路,表征了对社会和人生的不同理解和期待,也寓示了参与日常生活的不同方式。虽间有裂缝,但在祭奠仪式和几乎相同的结局上还是完成了日常生活的团圆。在传统和民间的日常生活维度上建构现代,是《白鹿原》和《山本》的共同选择,也是日常生活历史还原的生动写照。

(四)社会心理真实与日常生活土壤

受国内外拉美文学和寻根文学的共同影响,陈忠实"触发"和"点燃"了"从未触动过的生活库存"③。谈到20世纪80年代的"整体性反传统主义",有研究者指出:"只要想想伴随着'反传统'的呼声,迅速举办的各种关于传统文化的讲习班,毫蓥将至的国学大师,海外'新儒学'的大家,令莘莘学子毕恭毕敬,就不难推断激进之十分有限。事实上,80年代对国家以及对新儒学的兴趣至少与西学平分秋色。"④《白鹿原》恐怕是一种文化意义上的反拨,是对改革(传统)和开放(世界)两个维度的呼应。肇始于1986年

---

① 贾平凹.后记[M]//贾平凹.古炉.北京:人民文学出版社,2011:603.
② 贾平凹.后记[M]//贾平凹.老生.北京:人民文学出版社,2014:291,293.
③ 陈忠实.关于《白鹿原》与李星的对话[M]//陈忠实.陈忠实文集:第5卷.北京:人民文学出版社,2015:588.
④ 陈晓明.反激进与当代知识分子的历史境遇[M]//孟繁华.九十年代文存.北京:中国社会科学出版社,2001:133-134.

而构思于1987年的酝酿时机不无较量和制衡的节点意义。最初"古原"的命名也反映了陈忠实从民族生态和命运的高度来反思文化和社会中国的深心。值得注意的是,作者所述的1989年秋冬长达四个月的中断。作为"一个历时性的界标",八九十年代之交完成了"商业化及其与之相伴的消费主义文化渗透到社会生活的各个方面"的过程。研究者注意到"知识界重新思考80年代的思想运动的含义,反思自身从事党的文化运动与中国历史的关系,因此,把研究的目光转向中国历史包含了内在的现实需要"①。现在看来,《白鹿原》的规划更有重构和干预的自觉。勘测现实裂缝,倾听历史回声。几乎同时的《废都》也未尝不是对此"裂缝"的回应。二十年后的"民国文学"讨论热潮里,随着《古炉》等鲁迅意义上的"历史的小说"写作的成功,已逾耳顺之年的贾平凹再度打量起他深入生活的副产品——20世纪二三十年代的秦岭传奇来。在高速发展的经济及日常生活时代语境下,贾平凹更多关注的是现实和历史"相遇"的问题,或者说是日常生活如何透视与诠释革命历史的问题。"后记"中,作者援引曾以"一说便俗"一语闻名的倪云林所做"悲"和"笑"的对比。所谓"达者"和"拘者",既是"生存"和"毁灭"的古老历史抒情,也是对日常生活史观的推崇和顶礼。全书结尾,贾平凹刻意凸显了"静"与"动"的对立景观:一方面是"炮弹把天震破了,这日子破了,心也破了"。另一方面则是一动不动的陈先生、剩剩和猫,连同陆菊人,几近雕塑,融入了远处的山峦之中,也在象征意义上召唤和守候了《白鹿原》式的日常生活传统。

在答《人民日报》记者问时,陈忠实提出:"所谓历史,就是人的心理秩序不断被打破,又不断寻找到新的平衡的历史",而"感受历史,就应该是把握住那个时代社会心理的真实"。因此,他主张,把握历史,"关键在于要有一定的系统的历史知识,尽可能准确地把握住那个时代特定的社会环境和社会心理的真实"②。为此,他认真阅读了范文澜的《中国近代史》。从"文化心理结构"出发,有意溯源鲁迅《风波》中剪辫子式的历史细节和心理真

---

① 汪晖.当代中国的思想状况与现代性问题[M]//孟繁华.九十年代文存.北京:中国社会科学出版社,2001:243-244.
② 陈忠实.从生活体验到心灵体验:与《人民日报》记者高晓春的对话[M]//陈忠实.陈忠实文集:第6卷.北京:人民文学出版社,2015:299.

实。最具历史内涵的朱先生的心脉和气质就是作者通过县志"编者按"的细节所做的推定,如在对谈中所说,把握住了"独特的生命体验"和"这个民族的灵魂"①。如果说陈忠实祭拜历史,在历史的熔炉中吹进日常生活气息的话,那么贾平凹则融入现实,在日常生活的土壤上寻觅历史的踪迹。此前处理历史题材的《老生》和《古炉》都打上了作者记忆的烙印,或阑入了作者生发生活的成果。在有关《古炉》的访谈中,贾平凹批评了"翻译的那种调整过来调整过去"的写法,以为"比较难弄,稍微弄不好就走形了",而主张"老老实实从日常生活这个方面去写"②。在他看来,"文革"发生的原因就很复杂。和北京等大都市不同,农村基层"是盲目式的",混杂其中的传统道德、不满和压抑情绪、贫穷、基层干部腐败现象、小恩小怨及小摩擦等各种因素交相为用。因而,贾平凹提出要写出"土壤"来,唯此"才能挖出最根本的东西"。具体说来,就是"必须要有生活,平平庸庸、普普通通,很琐碎的这种生活它埋藏了各种种子。就像世界上有各种颜色,红黄青绿紫,实际上各种颜色都在土壤里面,只是用庄稼、草把它表现出来。我感觉'文化大革命'各种因素也都在日常生活里面,遇上土壤、时间就成熟了,就长出了红花或者黑色的草"③。所谓文学是记忆的,生活是关系的。要想写出鲜活的历史来,就要写出作为关系的生活本身。否则,作为生活的历史也便不能成立。老实说,《古炉》的题材极为敏感。《山本》对游击队和红军的处理也易受挑剔和诟病,但贾平凹却能别开生面,根本原因就在于对日常生活的厚描。仍就结尾来说,《山本》最后的炮轰已不止于两军对垒,更有家族仇恨和个人恩怨的缠结。同样,阮天保也不单是红军的标志,更有复仇的意蕴在。贾平凹并不细分,而是在错综杂糅的复合景观中凸现日常生活化的历史。由"一分为二"到"一分为多",贾平凹对历史的文学改写带有浓厚的新历史主义诗学色彩。

与20世纪五六十年代的《保卫延安》《林海雪原》《红岩》等红色经典不

---

① 陈忠实.关于《白鹿原》与李星的对话[M]//陈忠实.陈忠实文集:第5卷.北京:人民文学出版社,2015:596.
② 贾平凹.一种历史生命记忆的日常生活还原叙事:关于《古炉》的对话[M]//贾平凹.访谈.北京:生活·读书·新知三联书店,2015:320.
③ 贾平凹.一种历史生命记忆的日常生活还原叙事:关于《古炉》的对话[M]//贾平凹.访谈.北京:生活·读书·新知三联书店,2015:321.

同,《白鹿原》超越了革命历史的事件表层,而深入到如何发生和发展的日常生活底层。与新历史主义对"旧历史主义"的批评相像,《白鹿原》也把视野延伸到了文本与语境之间关系的领域,塑造了历史与日常生活交融互渗的"交易"形象。如县长何德治对民主政治的议论;鹿兆鹏对婚姻自由和自由恋爱的解释;剪辫子;女子读书等经由白嘉轩、黑娃、鹿子霖和白灵透示出来,有力建构了历史化的日常生活和日常生活化的历史。陈忠实没有刻板直写,而是借用了"谈判"策略。近代史和党史在白鹿村的镜像折射了革命的命运和前程,鹿兆鹏和白灵的爱情传奇便是两相结合的结果。先前政治型的革命历史长篇小说都由意识形态权力管控,表现出单向度的逻辑架构,但在《白鹿原》所处的规训体系中,不论"活动场所",还是"抵抗的战场",都"位于日常生活的微观政治学之中"。如凯瑟琳·伽勒尔(Catherine Gallagher)所说:"那些传统的重要经济与政治代表人物及重大事件,业已由以往看来是极其卑微琐碎的人和现象所取代或补充。确实,现在被重视的大多是些历史之外的人与事:比如妇女、罪犯、疯子、性行为及其话语形成、乡镇集市、民间庆典,以及各种类型的游戏娱乐。"①《白鹿原》的生产不乏消费时代和大众文化的面影,不过,更为重要的是"使历史'再现',为历史确定一个现在的位置",或者说,"'再现'历史的同时,阐释者必须显露出自己的声音和价值观"②。如果说《白鹿原》是以圣人朱先生为时空对话的视点的话,那么《山本》则充分体现在陆菊人和陈先生的救世之义上。所谓"救世之义",就是"自己的声音和世界观",就是作者透过时间的距离与过去的对话。盛极必衰,自然化的中国历史惯例制造了文本的警世寓言。就像听到"挂马鞭"的传言,陆菊人所责问的那样:"涡镇人能长久地拥戴你吗,五雷当年是多凶的,阮天保又是多横,你不是把他们都弄下去了?"她还逼问道:"把那么多的女人招到屋院,你以为人家都心甘情愿吗?你这样做公平吗?想没想到还会有李宗秀张宗秀来弄了你井宗秀?!"新历史主义提出"恢复的是谁的历史"③的问题,井氏兄弟的悲剧同样是今天世界格局中的人们的

---

① [美]凯瑟琳·伽勒尔.马克思主义与新历史主义[M]//《世界文艺》编辑委员会.文艺学和新历史主义.北京:社会科学文献出版社,1993:170.
②③ 张京媛.前言[M]//张京媛.新历史主义与文学批评.北京:北京大学出版社,1993:7.

鉴戒。犹如《老生》中的唱师,富有象征意味的陆菊人和陈先生赋予了日常生活集体无意识的荣格色彩,与以白嘉轩和鹿子霖为代表的民族和家族史写作异曲而同工。具体说来,就是陈忠实有关民族历史的生命体验及贾平凹的"情感"和"爱"的力量。

《白鹿原》和《山本》的写作语境不同,对待历史的态度自然也就不同。在社会转型和历史意识觉醒的 20 世纪八九十年代之交,深入民族传统,确立内发动力成为以诗歌和小说为中心的不同艺术样式的共同追求,《白鹿原》也不例外。詹姆森曾指出:"过去是关于匮乏(Privation)的一课。"也就是说,"不是我们评判过去,而是过去以其他生产模式的巨大差异来评判我们,让我们明白我们曾经不是、我们不再是、我们将不是的一切"①。朱先生和白嘉轩就是这样的"匮乏"和"生产模式",代表了陈忠实对民族历史根源和文化原型的思考。与《白鹿原》以生活打开历史的路径不同,《山本》反思了中国历史由来已久的盛衰和常变问题。对贾平凹而言,由盛而衰的变化是历史的常态,而见证这一常态的则是恒久不变的日常生活状态。鲁迅曾将过去与现在的关系形象化为祖母和孙女儿之间的相似,以为"不同是当然要有些不同的,但总归相去不远"②。周作人更表示"历史所告诉我们的在表面的确只是过去,但现在与将来也就在这里面了"③。所谓"鉴戒",犹如《山本》中的铜镜。不论是《白鹿原》,还是《山本》,都从现实进入历史,又在历史中烛照现实,在日常生活叙事中实现现实与历史的对话。

---

① [美]弗雷德里克·詹姆森.马克思主义与历史主义[M]//张京媛.新历史主义与文学批评.北京:北京大学出版社,1993:47.
② 鲁迅.这个与那个:读经与读史[M]//鲁迅.鲁迅全集:第三卷.北京:人民文学出版社,1981:139.
③ 周作人.闭户读书论[M]//周作人.周作人散文全集:5.桂林:广西师范大学出版社,2009:510.

第五章　当代陕西长篇小说掠影

第一节　当代陕西长篇小说中的河南人形象

从自身感受出发,作家惯常写他最所熟悉的生活,包括人、地、语言、习俗等等,像莫言的高密东北乡、金宇澄《繁花》的上海方言就是可以列举的耳熟能详的例证。看老舍的北平(北京)和赵树理的农民形象可知,传诵的经典大都是熟稔和积累的结晶,既融地方于世界,又寓普遍于特殊。当然,生活本身的复杂、多变也诱使作家别开幻化和创构生面,如"十七年"文学中的历史剧和历史小说,阎连科的神实主义,就内含了与生活关系的某种调整。从这一意义上来说,当代陕西长篇小说中的河南人形象也是回答生活问题的有益尝试,像第一部在全国产生广泛影响的"英雄史诗"[1]《保卫延安》的作者杜鹏程就特别重视"独特"和"细节",相信"不仅文字是有生命的,甚至连每个标点符号都是活生生的"。在这一原则指导下,他小说中人物的籍贯也传达了当时"社会关系的总和",反映了"时代的缩影"[2],譬如,老一辈无产阶级革命家彭德怀、贺龙和主人公周大勇及旅长陈兴允就都来自毛主席的家乡湖南,而作为争取、转变和锻炼对象的宁金山、宁二子兄弟

---

[1] 冯雪峰.论《保卫延安》[M]//冯雪峰.论文集:下.北京:人民文学出版社,1981:230.
[2] 杜鹏程.日记摘录[M]//杜鹏程.杜鹏程文集:3.2版.西安:陕西人民出版社,2008:262-263.

俩则被打上了河南人的烙印。无独有偶，第三章"陇东高原"中听说部队到甘肃去，害怕苦得撑不住的五班一个战士也被贴上了河南人标签。再联系山西籍的一班长王老虎、炊事班长孙全厚及山东人团参谋长卫毅等英雄形象，字里行间似乎无形中或不自觉地"簇集"（constellation）了某种政治和文化无意识想象。同样，受毛泽东"解剖麻雀"①思想的影响，以"三红一创"著称的柳青的经典"史诗"《创业史》虽然聚焦渭原县黄堡区下堡乡第五村（蛤蟆滩）的"生活故事"，目标却颇远大，就像作者自己拟定的"中国农村社会主义革命"及其"社会的、思想的和心理的变化过程"的"出版说明"所述，所以并不拘泥，视野所及，不仅有本省的延安、汉中、宝鸡、商州、潼关、富平、华阴、郭县等地，还有同属西北地域的甘肃、青海和新疆等省（自治区），河南豫西（第一部下卷第三十章）就是在这一意义上被阑入文本的。看得出，除在西安民乐园收破烂的前国民党军下士、大车连副班长白占魁外，村里出外者几乎都被冠以工人、军人和干部的合法性身份，如在朝鲜上甘岭战役中负伤，轮换回国驻守吉林省某县的英雄炮长杨明山及其妻子梁秀兰；在兰州部队上的梁生荣；在西安电厂当电工的郭振江，以及在北京长辛店（与沈阳苏家屯、湖南衡阳并称）铁路机车厂当铸工学徒的徐改霞。正是在这一意义上，"题叙"提及的"一九二六年军阀刘镇华围西安"的史实也化为河南的隐性符码，作为地方社会文化生活的生产性意义空间被设置和引用。同"闯关东"的山东人一样，河南人移民陕西也不失为可资探察的历史记忆和社会征候。本文拟以路遥、陈忠实和贾平凹的长篇小说为中心，梳理并考察河南人书写背后陕西社会与民间的协商与博弈。

（一）

《平凡的世界》很重要的一点是对"世界"的表述。这里不仅有作为全书中心的双水（东拉河和哭咽河）村，以及逐级归属的公社所在地石圪节村、原西县、黄原地区（城）、省城乃至首都北京，还有省内的其他地方，如与孙少安极有关系的米家镇、孙少平"掏炭"的铜城大牙湾煤矿、田晓霞"牺牲"的"南部那座著名的城市"、省委书记乔伯年召开紧急会议的省农业科

---

① 柳青.二十年的信仰和体会[M]//柳青.柳青文集：第4卷.北京：人民文学出版社，2005：270.

研中心所在地的小镇(计划"将这里的镇一级建制改为县一级建制")等等。难能可贵的是,路遥还突破地域限制,放眼全国、全球乃至宇宙和外星人,特别是对外省的用笔,有力地建构了本土的文化和社会心理想象,诸如山西、河南、上海、青海、广东(包括深圳)、安徽、四川、江苏、内蒙古、甘肃、新疆、宁夏、湖北、天津、香港、台湾等省、市和地区都在书中有所体现,有如陕西人眼中的文化中国地图。其中与陕西相邻的山西、河南两省内容最多,分量也最重。兹以后者为中心,考察《平凡的世界》中的河南人形象。

与山西一样,对于陕西来说,河南也在地理和政治上互为亲缘关系。第一部卷二第四十六章谈到"黄土覆盖面积"时,就把山西、河南与陕西并列。政治上的"农业学大寨"和昔阳县陈永贵固然有名,卷一第十六章提到的"学习无产阶级专政理论"的河南"新乡经验"同样享誉一时。可作参照的是,"革命家"孙玉亭与在山西柳林镇的小学同学贺凤英、孙少安与二妈娘家族里的远门侄女贺秀莲的"秦晋之好"也有呼应,那就是孙少平与河南籍的惠英嫂之间波澜不惊的人间温情。稍有不同的是,历史上的晋商虽很是有名,但这名誉却被书中的河南人抢了去。卷三第五章就写到,同是山西人的省委常务副秘书长张生民向在省城办事处养病的黄原地委书记苗凯表示:"人家都说咱山西人会做生意",省委副书记吴斌也开玩笑说:"你们山西人都是九毛九。"另外,卷二第三十一章也见缝插针地交代了贺秀莲的父亲贺耀宗"是远近出名的酿醋好手",全家"靠卖老陈醋的收入,光景不仅没垮过,反而比村里其他人家要宽裕一点",可见山西人经营之才与经商之财。但这些都只作为背景,并没有正面铺开,反倒是无处不在的河南人大被渲染。在与河南人有瓜葛的孙家王满银(孙玉厚女婿)、孙少安和孙少平三人中,王满银和孙少安最见现实,尤其是王满银,开篇第五章即见交关:"从一个河南手艺人那里买了些老鼠药。"姑且不论王满银因此而落得的劳教下场,单就特别点明的"河南"源头,就可想见河南人之多且敢了。好在还是真药,这在卷四第三十一章孙兰花喝了老鼠药(系王满银假造)没死的悲喜剧中做了补充交代,否则,造假行为极有可能冲淡甚至抵消书中对河南人形象所做的定论。

如果说"逛鬼"和"坏松"王满银从与河南人打交道开始的浪荡行为还带有某种暗示和贬义色彩(与郑州火车站相连也是一例)的话,那么孙少安与河南人的交往则要中性、常态得多,似乎像是过渡到高扬和盛赞的弟弟孙少平阶段的桥梁。同样是做生意,孙少安前后雇用的两个河南师傅却大不相同。第一个河南师傅主管砖厂的生产流程,尽管月需一百五十元工资的大工钱,但两人"相处多时,关系很融洽;他的技术也是呱呱叫的"。与之相反,后请的卖瓦盆河南师傅"实际上根本不懂烧砖技术",可以预见,烧制的成品砖"成了一堆毫无用处的废物"。细究起来,河南师傅的不懂装懂和唯利是图固然是"这场大灾难"的主因,但略嫌隔膜和草率的孙少安也不能不负失察的责任。吃一堑长一智,卷土重来的孙少安重请了"最初用的那位烧砖师傅",并决心认真去"学各个环节上的技术,而且要搞精通"。显然,掌握核心技术,才能不受制于人,孙少安的教训和应对直到今天仍有意义。在实现四个现代化的改革开放大背景下,"面朝黄土背朝天"式的传统农耕生活已难以为继。得风气之先的孙少安第一次走出陕西,去往与经济发达的东部更近的河南追梦。可以猜测,两省的结缘大有改革开放的中国与世界的关系之势,难怪在县农行贷款万元去河南巩县买400型制砖机的孙少安感叹:"过去,都是河南人到他们这一带来做生意;而现在,黄原人也要涉足那个漂泊者们的故乡去了(第十三章)。"这里,"河南人"成了敢闯敢干的时代精神的代名词,所谓"中国的大变革使各省的人都变成了不安生的'河南人'"。无论是"漂泊者",还是"不安生",都表达了吃苦耐劳和开拓进取的独立自强和勇敢自信的精神。不必说,这正是现代化建设的中国不容轻视、不可或缺的气魄和气质。怀着改变贫穷落后面貌的家乡的热望,作者身处百废待兴的改革开放时代,跂望国富民强的夙愿使他在主人公孙少安刚一出现的第十章就安排了与河南人的遇合,并借此由衷地赞叹:"河南人是中国的吉普赛人,全国任何地方都可以看见这些不择生活条件的劳动者",甚而设想,"如果出国就像出省一样容易的话,那么全世界也会到处遍布河南人的足迹",推崇和赞誉之情溢于言表。较之吉普赛人的"只爱漂泊,不爱劳动",作者还意犹未尽地补充道,"河南人除了个别不务正业者之外,不论走到哪里,都用自己的劳动技能来换取报酬"。后来的情节发展证明,这一批语既是伏笔,又是基调。

  不无巧合的是,兄弟俩的人生都与出外谋生的河南人结有不解之缘。正是在"总工程师"河南师傅(没有姓名)的帮助下,孙少安才拥有了乡、村两个营利砖场。同样,与河南师傅王世才一家的投缘也使得孙少平体验了新生活,提升到新境界。换句话说,包括惠英嫂和明明在内的王家让孙少平感受到了日常生活的幸福和力量。因血压太高、急需买醋而误闯到河南人家里的孙少平曾追问自己,什么应受珍视,金钱、权力、荣誉还是温暖的人情?他得出的结论显然与这家人的热忱接待不能分开,如小说中所写:"河南人最大的秉性就是乐于帮助有难处的人,而且豪爽、好客,把上门的陌生人很快就弄成了老相识"(这样的评价也曾出现在深夜米家镇街头的孙少安寻找住处被河南铁匠师傅收留的情境中)。在他病倒时,又是师傅一家给了他亲人般的关怀和照顾,使他感到"幸福在任何地方都是相同的"。当师傅突遭意外撒手人寰后,孙少平和这个无异于遭受灭顶之灾的河南家庭更是确立了愈益亲密深厚的关系。惠英嫂无微不至的侍候和聪明可爱的小明明的信赖带给他不同于"青春的激情和罗曼蒂克的东西"的另外的生活感觉,那就是"一切都安安稳稳,周而复始……""安安稳稳,周而复始"可以说是日常生活的最大特点。英国的本·海默尔(Ben Highmore)曾就"日常生活"的含义指出:一方面,日常生活"指的是那些人们司空见惯、反反复复出现的行为"。另一方面,"日常作为价值和质——日常状态"。海氏解释说,日常生活"特殊的质也许就是它缺乏质。它可能是那不为人注意、不引人注目、不触目惊心之物"①。在孙少平与河南家庭的因缘上,路遥不乏日常生活的博大和深刻的思考。与省委书记乔伯年乘坐公共汽车、市委书记田福军的女儿田晓霞牺牲在抗洪一线比较起来,孙少平在医学院大学生金秀和带着孩子明明的寡妇惠英嫂之间所做的选择充分而深刻地诠释了"平凡的世界"的伟大意义。有意思的是,在两面镜子前,孙少平和王满银同时照出了不切实际的想当然之虚幻,而回归日常生活的"平凡"状态。也许,这就是路遥在拨乱反正的当年所做的最引人深思又最耐人寻味的提醒和反省。

(二)

在陕西(西安)的外来人口中,河南人占比最大,数量最多。究其原因,

---

① [英]本·海默尔.日常生活与文化理论导论[M].王志宏,译.北京:商务印书馆,2008:5.

除了毗连的地缘因素外,一个历史的解释是因天灾人祸而引发的逃难所致。刘震云曾在《温故一九四二》中表示:"我故乡遇灾遇难,流民路线皆是向西而不是往北。"在表现黄泛区难民生活的著名小说《黄河东流去》中,李准也借徐秋斋之口明言:"能往西走一千,不往东走一砖。"对此,路遥溯源道:"河南人迁徙大西北的历史大都开始于一九三八年那次有名的水灾之后。当时他们携儿带女,背筐挑担,纷纷从黄泛区逃出来,沿着陇海铁路一路西行。"这样"迁徙"的结果就是陕西成为河南人重要的聚居地之一,影响所及,路遥笔下的铜城"公众交际语言一般都用河南话。在铜城生活的各地人,都能操几句河南腔,哼几句嗯嗯啊啊的豫剧",类似的细节还有大牙湾矿部高音喇叭里的女播音员是河南腔的普通话,而在铜城发往省城的列车上检查孙少平车票的列车员也是操河南腔的女高音。作为"中国西部的阿拉斯加",煤城铜城俨然独立王国,河南省的飞地。同样,陈忠实的垫棺作枕之作《白鹿原》也不乏河南人的面影。作为陕西近现当代生活叙事的"秘史"式经典,《白鹿原》全方位多角度地书写了陕西视角的河南人形象史。

与《平凡的世界》一样,《白鹿原》对河南人的评价也表现出一分为二的辩证倾向。首先,作为不容忽视的存在,在陕河南人已成功融入了当地生活,初步形成了互补共存的和谐态势。对此,路遥曾大加赞赏道:"河南人豁达豪爽,大都直肠热肚。"《白鹿原》虽没有这般的热评,但历史形成的关联还是在其中得到了充分的反映。从现代史上来看,因水灾而逃难至此的河南人多能吃苦耐劳,随遇而安。他们在坎坷生活中顽强地表达自身,几十年来已发展成为不容小觑的民间势力。两个例子可为佐证:一是第二十九章中所写茹师长率领的十七师关中军。从师部到士兵"几乎是清一色的三秦子弟",所谓"况复秦兵耐苦战"(杜甫诗)的"关中冷娃"。不过,仍有"个别军官和少数士兵属河南籍的关中人,他们是逃荒流落到关中的河南人后裔"。陈忠实没有抹杀这批"河南人",而是特别拈出,足见接受和赏识之意,远没有国民党在"亲生娃"和"后娘带来的娃"之间的人为歧视。另一个例子也与这支军队有关:鹿兆海团长的遗孀,"操一口河南陕西混杂的口音",带孩子来白鹿村鹿家认亲。因"家住北边的金关城,父亲是个挖煤工",这个孀妇不由人不联想到《平凡的世界》中河南人"几乎占了三分之一"的"大城市"铜城,也让人想到触发了《白鹿原》写作动机的中篇小说《蓝袍先生》中大财东杨龟年的二儿子在河南娶下的小老婆（这个"洋婆娘"被怀疑是"开封府里一家妓院的窑姐儿"）。只是因为"像神了"自己的初恋情人白灵，军官身份的鹿兆海才不免心动，上门求婚。联系鹿兆海对白灵所发"永生不娶"的誓言，不用说，这位河南人后裔的女人恐怕也只是精神抚慰的替代品。值得注意的是，河南女人并不懦弱，很有自己的主见。不仅"替死去的丈夫尽到唯一能尽的责任"，在决定嫁给生意人之前，送还鹿家孩子，"不能让兆海的孩子接受任何继父坏的哪怕是好的印象"，而且把鹿兆海生前留下的和死后队伍上给的抚恤金的剩下银元和纸票全都交给了阿公鹿子霖。这个儿媳虽着墨不多，甚至连姓名都没有，却有力地表达了质朴、善良、孝顺而又重情义的河南人形象，怪不得鹿子霖"舍不得放走这个好媳妇了"。

实际上，河南人与《白鹿原》的历史可上溯至宋朝年间，早在全书的第二章就被作为"带着神话色彩的真实故事"来叙述。调任关中的河南吕姓小吏的四个孙子成了四位进士，为表彰他们的功德，皇帝钦定修祠并御笔亲题"四吕庵"匾额以示纪念，这就是后来"白鹿书院"的前身。至此，精研程朱的关中学派代表人物朱先生就与河南有了某种关联。无论古时、现今，还是思想传统和社会生活，河南与陕西都有着这样那样的丝连，连言语也不少相像。《黄河东流去》中算卦的徐秋斋"不懂陕西话，又是'哦娃'，又是'言传'，把徐秋斋听得满头大汗"，很是狼狈。陕西人也以为"拗口赘牙的河南话"别扭。但事实上，两地也有不少互见影响、可以比附之处，如《白鹿原》中多次出现的"大""干大"；车小翠嗔怪郑芒娃"不好好烧火光迈眼"中的"迈眼"（第二十一章）；"不要她（鹿子霖儿媳、冷先生大女儿）胡呲"（第二十八章）中的"胡呲"；白嘉轩站庭院里宣布："今个喝汤喝早些"（第十六章）中的"今个"和"喝汤"等词，同样适用于河南。其他如"把汤水滗入一只土黄色的小碗"（第二十五章）中的"滗"；"我还有两双棉窝窝没绱完哩！"（第二十八章）中的"绱"等字，也都是两地民间通用语言的案例，显示了语言、风情与民俗融合的趋势。

《白鹿原》的地方色彩极为浓郁。在当地人看来，连本省的汉中人（皮匠大女儿后嫁的茶叶铺掌柜）、渭北高原上的人（鹿子霖后雇的长工三娃）发音也觉干涩和奇怪，就更不用说外省了。书中出现的大多数地名都带有某种政治或商业寓意,如汉口、保定、延安、瑞金、潼关、兰州、四川什邡、杭州、榆林、骊山及茂钦、南梁等等。上海也许算是例外。第十章写鹿子霖为安抚儿媳,假意宣布鹿兆鹏到上海去了。这一消息激起了巨大反响,"整个家庭里立即腾起欢乐的气氛"。在乡民眼中,上海是全中国最富庶,又最具吸引力的地方,去上海无疑是身份和能干的象征。此外,第十三章开头白嘉轩买回的上海所出的轧花机,及第二十三章啰嗦巷15号四合院的大公子从上海捎回的有"洋人大笑"唱片的留声机,则充分表明上海工商业经济的发达。当然,作为时尚和新潮的代名词,上海也有势利和虚荣的另一面,就像第二十四章提前取鞋的地下党人黄先生所抱怨的"上海那鬼地方以貌取人",以示世俗和洋场的人心机微。与之相比,对河南人的言说和评议则要复杂得多。除了上述积极的一面外,更大比重的表现还源于"抵抗"的展现。如果说《平凡的世界》里河南人的渊源是与灾难的历史相衔接的话,那么《白鹿原》则与西安围城的战争对接在一起。镇嵩军军长刘镇华给西安乃至陕西带来的灾难似乎掩盖了因水灾而起的同情,《白鹿原》中的河南人形象也因此被涂上了灰暗的色调。小说中的镇嵩军无恶不作,八个月的围城不仅造成"战死病死饿死的市民和士兵不计其数",以至"挖万人坑('革命公园'),抬埋死人",而且以刘军长和杨排长为代表的"白腿乌鸦兵"横征暴敛,糟蹋女人,直至东逃时还"烧毁民房五十七间,枪杀三人奸淫妇姑十三人,抢掠财物无计"。田福贤、白嘉轩等人大骂"河南蛋儿"(非"河南担儿"),另一更直白的咒骂则是"四条腿的畜生"。如果说乌鸦兵的败逃是得益于国民革命军冯部五十万人马的话,那么刘军长最刻骨铭心的记忆则要算他与朱先生之间的"文斗"了。朱先生机智周旋,从容应对,那碗熬成糊涂、熬得发苦的豆腐和生硬不烂的肉块正是再好不过的嘲弄。与"想在西安称王"的"地痞流氓"刘军长相似,"闹得河南民不聊生"的白狼也被县长何德治妖魔化为"烧杀奸淫无恶不作"。两起事件虽都有政治的背景在,但在客观上却成为隔膜和仇视的源头。一个突出的例子就是鹿家家族的秘史。与白家有进口无出口的木匣子故经的传奇励志不同,鹿子霖往上数五辈的祖宗勺娃的发家史更多了些尴尬和难以启齿的民间口述色彩。所谓"骂打操"[最后的'操(走后门)'被鹿马勺修改为'尿']隐喻了畸形和扭曲的异化人生,而这一切都与一个河南人炉头密不可分。炉头的变态心理背后无疑是个巨大的黑洞,这在他同勺娃子所讲的"你知道我学这手艺花了多大血本"一句话中无疑做了暗示。正如鹿兆海的金关城河南女人一样,炉头的河南身份背后恐怕也浓缩了一部河南人的苦难史和流浪史。值得注意的是,鹿子霖被收监后,白嘉轩并"没有幸灾乐祸,反而当即做出搭救鹿子霖的举措,就是要在白鹿村乃至整个原上树立一种精神",所谓"真正的人是怎样为人处世,怎样待人律己的"。同样,解救伤害过自己的黑娃(鹿兆谦)的念头和行动也是"仁义"的举动。反观鹿家,却崇尚既能忍着辱贱也要记着报复的勾践精神,上述河南炉头就是这勾践精神的牺牲品。此外,陕西乃至西北唯一一支由共产党人按自己的思想和建制领导的正规军习旅在河南的失败和完结,白嘉轩三儿子孝义被征丁到河南打仗幸免于难逃回家乡等,也意在说明河南战事之密集,河南人生存之苦境与不易,由此在不经意间提供了解读炉头变态心理的支撑材料。

(三)

在《河南巷小识》中,自称是河南人女婿的作者对河南人的"耐忍"和"吃苦能干"大加赞赏,并表彰河南人"注重本质的淳朴、正直和自强不息,也讲究着外表的端庄、大方和修饰打扮"。众说纷纭的《废都》里就特别留出了"河南籍人居住区"的城市空间。命名为"普济巷"的这一空间狭小拥挤,活动其间的人物却逍遥快活,充满了人间烟火气,如几个抹花花牌的老太太;赤了上身,背上却同时背着两个孩子擀面条的老太太;等等,与因钻研《邵子神数》而瞎了一只眼睛的孟云房所讲的德功门低洼地"河南特区"走错门的夫妻趣事相映生辉,连同北郊小杨庄说儿歌的老者儿媳,以及孟云房卜卦提及的河南蓍草等共同打造了一个因黄河泛滥而逃难到西京的河南人的民间世界。有意思的是,这个尚俭路以西的河南籍人居住区却冒出了宿州籍贯的安徽女性阿灿。作为河南人的媳妇,与书中的其他女性相比,阿灿的错位承担着作者对她超凡脱俗的境界和追求的定位,就像鲁迅论域下的世纪末才子庄之蝶所说,"真可惜是这巷子的"。与陕南(潼关)的唐宛儿、陕北米脂(以婆姨闻名于世)的柳月、山西的景雪荫(其父调任山西当官)、关中的牛月清(与哲学牛相连)及汪希眠老婆(没有具体姓名)相比,名字极富南方意味的阿灿不无贾平凹早年游记《宿州涉故台龙柘树记》所写"不飞不罢、欲飞不能的龙柘树"的影子。相反,在新疆支边时走到一起,现在建筑队做绘图员的河南丈夫穆家仁则全然枯燥乏味和生存奴隶的卑微面目:蹲在自家门口洗衣服,饭后洗刷锅碗,栩栩然一副少男子气的家庭妇男形象,正好对应了他名字中"家"的意义。同时,被能说会道的媳妇在外人面前怪道之"窘"以至脸色黑红,及上班离家前拿河南人浆面条劝诱客人的热情挽留则别又彰显了"穆(木)"和"仁"的含义。与少"脂粉气"的阿灿相比,穆家仁人虽老实,却"是个没多大能耐的人",心性清高的阿灿自然"没有多少热情",加之妹妹阿兰的疯癫,这个天赐体香和舞蹈才艺的"好女人"才一见钟情,投怀庄之蝶。像《高兴》中的孟夷纯一样,阿灿"给你生个孩子"和"再美丽"的自道不妨说是脱胎换骨的"佛光"仪式,借以摆脱纠缠其中的穆家仁式生存困境,而与同样是肉体狂欢和盛宴的唐宛儿(与董小宛相连)、柳月(与唐侍女相连)、火车站暗娼(性病)、牛月清("奸尸")、景雪荫(撩拨复仇)和汪希眠老婆(适可而止)不同。贾平凹在《文学与地理》中坦言:"对于我本人,我作品中的地理,则是非常真实的。从这一意义上来讲,阿灿在河南籍人居住区的安徽身份既是偶然,也赋予了必然。略带讽刺的是,她的离婚救赎和从美到丑的毁容反抗并没给她带来好运,反倒孕育了"肚皮透明,五脏六腑清晰可辨"的怪胎,应验了她对庄之蝶许诺的"玻璃人"誓言,而成为"都废"的垃圾美学的证例。其他如通往河南西坪(豫西)的长坪公路(《商州》);河南(洛阳)水席;打算沿着黄河徒步而行,到河南的驻马店治牛皮癣的宽哥(《白夜》);等等,都在某种意义上阐释了他所说的占了西安三分之一人口的河南人的"开放型的性格"。其中最典型的案例就是荣获第七届"茅盾文学奖"的《秦腔》中的马大中。

之所以取名马大中,小说中并未明言原因。推测起来,"马"恐怕源于"拍马术",也就是"从两岁娃娃到八十岁老婆婆都能受用他的拍马术"。名字虽不好听,却凝练了贾平凹所理解的河南人处世与交往态度之一斑。还在《河南巷小识》中,贾平凹就惊叹于河南人生活空间之逼仄与惊心动魄。环境造就人,相应地,也就形成了河南人"'克己复礼',利人利己"的特点。换句话说,对河南人而言,"作为人的本性恶的成分没有滋生和扩张,而是极大限度地萌长着美的成分"。"与人交往从来都是满脸堆笑"的马大中正是这一环境和性格最集中的体现。"大"则是肚子大。按马大中自己的谐谑说法,就是"已经五年没有看见过他的小弟弟了"。更重要的是,"大"是对上述"开放型性格"的回应。同时,"大"也是"大方""大气"的简称。一个明显的例子是在清风街过年的马大中出手阔绰,给了白雪的孩子牡丹"三张一百元的钞票"。显然,能给这么多压岁钱的马大中已远非当年逃荒的难民可比。"中"是河南方言土语的标志,体现了地理和历史文化特色,《河南巷小识》的结尾就曾提及。在全民下海经商的市场经济时代,马大中变化多端,左右逢源,如鱼得水。不仅收购木耳,还鼓励当地人投资香菇生产。为此,他专门"从河南请了技术员具体辅导",还"带着录像资料给他们看",俨然是下乡扶贫的慈善家,连马大中自己都承认,街上的人们"倒不怀疑我们是从中牟利的商人,倒是救苦救难的菩萨了"。事实的真相是,马大中的良苦用心却是别有用心,用来谋算更大的利润。对他来说,当地香菇一斤四元的预订收购价转手到福建就是四十元。粗略来看,马大中的形象就是市场经济催生的怪胎或游走的幽灵。在支书夏君亭的农贸市场还没有建成之前,街上虽也有像陈星陈亮兄弟做鞋、补轮胎,而后又承包果园的外乡人,但并没从根本上败坏清风街的乡风民俗,唱流行歌的陈星连雷庆和梅花的女儿翠翠的芳心也没赢得。相反,马大中却带来了"震惊"①经验(是Erlebnis 而非 Erfahrung),这"震惊"经验源于新旧两任支书的不同思路。在旧支书"清风街的毛泽东"夏天义看来,"土农民,土农民,没土算什么农民",所以,他坚持在七里沟淤地。而新任支书君亭则表示:"现在不是粮的问题,清风街就是两年颗粒不收也不会饿死人;没钱,要解决村民没钱的问题。"正是这样的分歧和冲突,才塑形了《秦腔》的价值形态和情感方式。概而言之,贾平凹没有预设非此即彼的敌对立场,而是错杂浑融,以日常生活的方式写社会变迁的巨细。河南人马大中就是这样的复合体,彰显了观念和行为的驳杂和整一:一方面烛照了贾平凹心目中的河南人形象,另一方面也渲染了拜金主义下的市场经济时代一时的乱象。

马大中之所以能成为不可或缺的人物,很重要的一个原因是他集中概括了市场经济时代的一种倾向,那就是金钱至上、唯利是图的欲望。准确地

---

① [德]瓦尔特·本雅明.论波德莱尔的几个母题[M]//[德]汉娜·阿伦特.启迪:本雅明文选.张旭东,王斑,译.北京:生活·读书·新知三联书店,2008:175.

说,马大中是快速发展的社会生活中的一个病灶和标本。在《秦腔》中最突出的表现就是组织卖淫。名义上是帮金莲的侄女办了个外出劳务介绍所,实际上却是挂羊头卖狗肉,借机敛财。窑厂陈三踅就告发道,马大中原在青海干过事。已去那里的西街的李桂花打电报给金莲侄女,称"人傻,钱多",言下之意是油田工人常年见不到女人,可以大发不义之财。在马大中的操纵下,西街老韩头的女儿、俊德的女儿、翠翠等都先后去了省城,连丁霸槽和夏雨合办的万宝酒楼也成了妓女窝点。马大中自己不仅吃住在酒楼上,还与原是三踅相好的武林老婆黑娥的妹妹白娥睡到了一起。万宝酒楼的魔力是如此之大,以至连支书君亭也身陷其中,遭老婆吵闹。马大中与君亭之间本应是你中有我、我中有你,彼此分拆不开,所谓一而二、二而一的关系,但在贾平凹笔下,欲望没有止境,钱包鼓胀,随之刺激势力扩张和欲望膨胀。外乡人陈星就对在乡政府做饭的厨子书正直言:"他马大中派头倒比君亭还大了,听说君亭去求过他,让他为农贸市场寻些大买主,他是拒绝了。他现在倒不像个老板,像个村主任。"难怪君亭发难,指责"马大中把咱这儿是搞乱了"。在君亭的默许下,三踅率先发起"文斗",仿效"文革"做法,在土地神庙门口贴了小字报:"万宝酒楼没万宝,吃喝嫖赌啥都搞。住着一个大马猴,他想当头头,人心都乱了。人民群众要清醒,孙悟空要打白骨精。"犹如社会象征性符码,马大中在清风街上的出现既是偶然的,又是时代发展的必然。他的被攻击,既是资本本性的产物,也是清风街权力制衡和谈判的结果。同样是市场派,君亭的排斥自有权力维护的居心。在酒楼一方的丁霸槽和夏雨则各有预谋。后者的极力维护就是既得利益者的有意之举。前者为吃土地转租差价,不惜牺牲马大中,反向君亭讨好道:"他马大中要做清风街待,就好好搞他的香菇,他要披了被子就上天,那他就走人,最起码万宝酒楼上没他的地方。"其他如陈星、夏天智、三踅、赵宏声、夏天义等也都从各自立场的原点上链接了利益最大化的不同诉求。

之所以强调马大中这一角色设计的河南人身份,而不是经济大潮和改革开放前沿的广东人、海南人或上海人,很重要的原因是贾平凹的地域文化考虑,或者说是对河南人的熟悉和理解。正像路遥所做的吉普赛人的譬喻一样,贾平凹也写了河南人的流动、顺应和周旋。马大中在清风街的飞黄腾达包含了一部创业史或发家史,某种程度上也是河南人在陕西生存境遇的隐喻。与相对闭塞的本地人相比,河南人打开了通向外面世界的大门,如马大中对丁霸槽的笑骂所说:"别人做不成呀,只有我有销售网啊!"对于河南人的生存方式,贾平凹始而惊叹,继而佩服他们"苦要耐得,福得知享,大苦中才有福"①的处世哲学。但与此同时,河南人之多与杂也带来了冲突与和谐、多元与宽容的社会问题,河南人符号的马大中与组织卖淫的不法牵连就是表征。在贾平凹那里,马大中成了金钱与病象的代名词。不仅交换李三娃手扶拖拉机的夏天义家的八仙桌因二儿子庆玉的阻拦而与马大中联系了起来,就是书正和媳妇打架也因马大中种香菇赊账的许诺而被劝解。君亭的思路在解决农民缺钱问题的同时也带来了"人将不人"的困境和苦痛,翠翠和陈星的悲剧就是最明显不过的证据。连马大中自己也称道赵宏声为他所写的对联:"忆往昔,小米饭南瓜汤,老婆一个孩子一帮;看今朝,白米饭王八汤,孩子一个老婆一帮。"马大中带给清风街的变化是《秦腔》对淤地派夏天义之死态度暧昧的原因。值得注意的是,两个外乡人陈星和马大中的不同结局也暗示了社会嬗变之大势所趋。前者的离开和后者的回归再清楚不过地表明了市场经济大潮的不可逆转。从《平凡的世界》中的铁铺、砖窑和煤矿,到《白鹿原》中的煤矿和饭馆,再到《秦腔》中的种香菇及劳务输出,河南人不乏做生意挣钱的"漂泊"之徒,恐怕这也是贾平凹特意点明马大中的河南人身份之一因,特别是当陈星只被笼统冠以外乡人,而马大中明确定位为河南人时,《秦腔》的命意就更是耐人寻味,引人深思。

(四)

正如20世纪八九十年代的南下深圳、海南与出国移民潮一样,河南人西迁也成为中国人口流动的一大景观,只不过更早,又更多逃难的色彩罢了。而陕西之所以成为他们最重要的落脚地,除地缘空间的因素外,很大程度上是因为生存利益上的考虑。陕西作家大写生活的传统使他们无法不正视这一人文景观,特别是在全面深入地再现现实的长篇小说创作上。如果说在表现陕西之河南人上路遥最深,贾平凹最近而陈忠实最正的话,那么在《生我之门》中自称"经过中原文化熏陶"的高建群则最密。高建群的母亲

---

① 贾平凹.河南巷小识[M]//贾平凹.贾平凹文集:第11卷.西安:陕西人民出版社,2008:250.

是河南扶沟(小说中尚属许昌,现归周口管辖,即豫东地区)人,因黄河花园口决口而逃难陕西。这一血缘决定了高建群对河南人的同情与敬重,就像他在《每一条道路都引领流浪者回家》一文中所说:"且让我脱帽,向历史致敬,向流浪者的模糊的身影致敬,向河南人致敬。"这"致敬"是"给每一个流浪的河南人,给每一个像风吹蒲公英种子一样撒落在北方大地上的河南人"。在高建群看来,河南人之所以值得"致敬",是因为他们的生活态度值得敬佩,所谓"他们那种落地生根的本领,他们那种随遇而安的生活态度"①。更为重要的是,"他们反客为主",能给居住地文化以重要的影响。长期生活在河南人占四分之一的西安的高建群在《感觉西安》中举例说:"老一点的西安人都会说河南话。"像铜川(曾有《铜川的河南人》一书出版)和西安的"道北地区"(有电视剧《道北人》播出)就是焕发生机和打造文化品牌的河南人聚居区。有感于"与我们这个民族,与黄河同样久远和持续的迁徙"的河南人的苦难和顽强,年轻时写过《河南人赋》的高建群仍不满足,2009年又完成了以母亲为原型、荣获政府最高奖的长篇力作《大平原》。与作者在全书"后记"中所述"古老村庄被从地皮上抹掉的悲壮"的震撼相反,书中以顾兰子为代表的河南人形象看似平淡,实际上却意蕴幽远,正是这苍茫、辽远的大平原式的性格才蕴蓄了生命之韧、之大。高建群曾酝酿过几近十种的书名,最终取名"大平原"的意义就在于,人与地的相生相契,就像豫东平原和渭河(关中)平原的相辅相成和相得益彰一样。结尾"平原公园"的创意不无河南人性格的或一侧面。在《大平原》的第五十二章"父亲的儿子大了(二)"中,高建群相信,"你已非你,你只是一个被动的抄写员"才是"最好的艺术创作状态",这一自述恰好印证了荣格的"浮士德创造了歌德"观:"每当创造力占据优势,人的生命就受无意识的统治和影响而违背主观愿望,意识到的自我就被一股内心的潜流所席卷,成为正在发生的心理事件的束手无策的旁观者"②。顾兰子的一生虽似琐碎日常,但就是作者集体无意识长河的自然流淌,是一曲河南人精神的颂歌,一方河南人实绩的丰碑。

---

① 高建群.每一条道路都引领流浪者回家[M]//高建群.生我之门.西安:未来出版社,2016:13.
② [瑞士]荣格.心理学与文学[M].冯川,苏克,译.北京:生活·读书·新知三联书店,1987:142.

法国的达尼埃尔-亨利·巴柔曾在《形象》一文中提出:"'我'注视他者,而他者形象同时也传递了'我'这个注视者、言说者、书写者的某种形象。"他表示:"他者形象都无可避免地表现为对他者的否定,对'我'及其空间的补充和延长。"①就陕西长篇小说而言,既有上述意义上的"否定",更重要的是,河南人形象也是或一形式的写照,是"注视者、言说者、书写者"自身"空间的补充和延长"。红柯的《西去的骑手》就在大漠戈壁辽远而壮阔的背景上抒写了古老神圣的英雄史诗。同是风云男儿和热血男儿的北方汉子,东北红胡子盛世才和中原硬汉子"吉大胆"吉鸿昌却只是陪衬,甘肃尕司令马仲英才是至高无上之不死的神话。不过,与后来蜕化变质的盛世才不同的是,河南人吉鸿昌却铁骨铮铮,始终如一。作为抗日英雄的他即便被何应钦处死时也仍然气冲霄汉,视死如归,连行刑者也不禁颤抖起来。同样耐人寻味的是,被宁夏回民亲切地称为"吉回民"的吉鸿昌也是作乱陕西之河南"白狼"的终结者。这是富有西部情结的红柯对中州大地的河南人别一意义的认同。关中平原以其得天独厚的水土自然优势而成为河南人(尤其是豫西)逃难最近又落户最多的外省区域。作为闯入者,河南人的被描写不仅验证了陕西长篇小说历来深入生活的现实主义传统,还表征了陕西本土文化的精神诉求。外来河南人为讨生活而争夺资源的面目终究掩盖不了对更见本色的向善和奋斗的张目。河南人形象的这一塑造是陕西形象自我策划和设计的结果,同时,陕西长篇小说也在对河南人形象的选择和指认中完成了自我阐释和重构。

"一带一路"的国家倡议昭告世人,古代中国人并非老死不相往来的桃源中人,而是敢为天下先、极富探险精神的先民。河南人也许可以称得上是这样"精神"的传人,路遥(《平凡的世界》)和贾平凹(《白夜》)都表达过的"吉普赛人"的类比或者可以做个说明。与世纪之交引起全国关注的"河南人现象"几乎同时,贾平凹的《饺子馆》以河南人为主角,也惹起了风波。这一篇幅不长的"幽默作品"拿董存瑞炸碉堡的流行段子"戏谑"河南人,又谐谑化河南人为大中华的第五十七个民族——担族(因河南灾民的挑担逃

---

① [法]达尼埃尔-亨利·巴柔.形象[M]//孟华.比较文学形象学.北京:北京大学出版社,2001:157.

难,西安人便称河南人为河南担),由此引发了"妖化河南人"的质疑。訾议者指责小说采取了一种"调侃中国农民式的开涮手法",声言"简直可以直截了当地将标题改为《戏说河南人》"。同时,还将矛头指向有"吹牛皮的河南人"(第三部第二十章)说法的路遥的《平凡的世界》和"对于河南人的妖化则达到了一种登峰造极的地步"的陈忠实的《白鹿原》①。辩护者则诋其为"小题大做""以偏概全,不合实情",以为"不可以张大其事,将它放大到作为整体的'河南人'身上"②。平心而论,"熟人社会"的"欺生"现象历来是人情之常,不必大惊小怪。就"陕西三驾马车"来说,对河南人的态度基本上是在情理之中,并不太过出格,触犯底线和红线的。《平凡的世界》中的两个河南烧砖师傅就是路遥周密设计的"小心"。《白鹿原》虽明确了炉头的河南人身份,但同时也不吝赞美鹿兆海操河南口音的"好媳妇"与关中军的河南人后裔。贾平凹更是分述了马大中的双面性格。上述《饺子馆》也别无恶意,何况还有河南人贾德旺与陕西人胡子文几乎同时倒毙的结局设置呢。

　　文学史家、批评家郜元宝曾提出"中国批评"这一概念,强调"文学批评的关键是要抓住文学的核心价值——作家的独特发现和独特体验——并善于用自己的语言释放这个核心价值"③。拿这一"知人心"的标准来衡量,在对河南人的描述中,不论《白鹿原》,还是贾平凹,都不算挑剔和苛责。至于路遥,则似乎更多好感。这只要看第三部卷五第十八章所写的祭文就可知道:"真正万古长青的却是普通人的无名纪念碑——生生不息的人类生活自身。"哲理化的悼词显然将为救徒弟安锁子而死去的采煤一班班长河南人王世才提升到了无与伦比的高度,连同惠英嫂和明明一道都已超越单纯的河南人范围而备具人性之全、之美。当然,离开家乡的选择与河南人追求幸福生活的愿望相关。历史上的河南或是"绑票"(鲁迅《幸福的家庭》),或是浮夸风(20世纪50年代末的"大跃进"),或为生活所迫(刘震云《一句顶一万句》、李佩甫《生命册》),老家的"蛊惑"显然不能抗拒远方的诱惑。能

---

① 唐小林.陕西作家为何总是妖化河南人[J].文学自由谈,2010(3):137-140.
② 李建军.路遥何曾妖化河南人?[M]//李建军.文学的态度.北京:作家出版社,2011:39.
③ 郜元宝.中国当代文学和批评八题议:答客问[M]//邵元宝.时文琐谈.北京:北京大学出版社,2014:167-168.

出外闯荡的河南人大都不满于现状,渴求新生,正如"南阳作家群"代表性作家周大新所说:"如果你没有因为那些流传全国的丑化河南人的虚构故事而带着偏见",那么你会听到"中原的口号":"到外边去"①。从路遥到陈忠实再到贾平凹,客观上反映了河南人在陕谋生的三个阶段,即天灾人祸的背井离乡、计划经济的养家糊口和市场经济的发家致富。作为战略资源配备的"不平衡地区",近年来河南人口流动大都朝向政治文化中心的北京和经济发达地区的上海、广东和浙江等。陕西长篇小说中的河南人形象既揄扬了勤苦和精明的积极一面,同时也抉发了恣纵和投机的恶劣天性。与前者相比,后者更源于造成这种现象的时代和社会,而并不只是丑陋的河南人形象之表征。如《白鹿原》中的炉头形象就是不把人当人的宗法专制时代苦学徒的生动写照,而与河南人身份并没有太多太直接的关联。正是在这一意义上,陈忠实才坦言:"我多年来偏颇的心性,以为和我住得相邻的省份大同小异。"②这"大同小异"就是平等相待的证言。况且,炉头的被报复也在一定程度上消解了正义与邪恶的对比,而冲淡了对"相邻的省份"——河南的排斥和敌意。

因河南省的陕县而得名的陕西虽然传统和乡土观念浓厚,但对河南人的接纳和容留却不失宽厚。河南人形象之所以成为陕西长篇小说中的风景或景观,不仅源于历史和数目的力量,更在于陕西之河南人所普遍表现出的性格和人情魅力。换句话说,河南人的生活态度与处世哲学有效地弥补和丰富了陕西本土的社会和文化结构,形成了多元互生、和谐共存的良性循环格局。从这一意义上来说,陕西长篇小说中的河南人形象既是对他者的审视和通鉴,又是对自我的分解和求证,客观上昭示和预示了陕西长篇小说的活力和潜力。

---

① 周大新.中原的口号[M]//周大新.长在中原十八年.北京:人民文学出版社,2016:213.
② 陈忠实.龙湖游记[M]//陈忠实.陈忠实文集:第9卷.北京:人民文学出版社,2015:94.

第二节 《丝路情缘》:"丝路文学"的尝试之作

长篇小说《丝路情缘》①是"70后"作家巴陇锋的丝路题材新作。2016年10月初刚一杀青,很快于12月初版。近年来,长篇小说年产量已近5000部大关,如此庞大的数量很难做到遍览。老实说,恐怕已到了"过剩产能"的地步。不过,《丝路情缘》却以其"为时而著"②(白居易语)的丝路特色而自有优势,值得关注。更为重要的是,"一带一路"国家战略的实施也为早已边缘化的文学提供了难得的打造"丝路文学"品牌,实现伟大复兴目标的良好契机。应当说,《丝路情缘》正是"丝路文学"创建的可贵探索和可喜收获。

(一) 丝路:故事与经验

"丝路文学"自然要讲丝路故事,介绍丝路经验。对此,《丝路情缘》显然做了精心准备。不仅"陕西村东岸子丫头雅诗儿回老舅家省亲寻祖车队"的逆向丝路旅程写来曲折生动,引人入胜,就是边走边看的沿途风景也栩栩如生,非亲历者不能知、不能言。从哈萨克斯坦的塔拉兹(临近李白出生地——吉尔吉斯斯坦的碎叶城)到中亚第一大城市苹果城阿拉木图,再到中国丝绸之路上最年轻的城市霍尔果斯;新疆维吾尔自治区首府乌鲁木齐;火洲吐鲁番;西域襟喉、新疆门户、瓜果之乡哈密;沙漠明珠敦煌;长城和丝路交会之所嘉峪关;"塞上江南"张掖;中国旅游标志之都武威;金城兰州;拥有伏羲庙和"东方雕塑馆"麦积山石窟的天水;"炎帝故里、青铜之乡、东方佛都"宝鸡,最后到达中国陆地版图中心、十三朝古都西安。全程4000多公里,历时17天。与《大唐西域记》相比,《丝路情缘》做了有意式的翻转

---

① 巴陇锋.丝路情缘[M].北京:北京燕山出版社,2016.
② 刘大杰.中国文学发展史:中[M].上海:上海古籍出版社,1982:502.

处理,给人耳目一新的感觉。

《丝路情缘》的故事和经验主要立足于以下三点:首先,深入历史文化传统,解读丝路精神内蕴。丝路文化是古人智慧的结晶,也是弥足珍贵的历史遗产。讲丝路就不能不回到日常现场,与历史和传统对话。女主人公雅诗儿的寻祖之旅既是回归故乡了却爷爷遗愿之旅,也是回望历史传统的爱国之旅。小说第二章雅诗儿与哥哥十娃子合唱张明敏歌曲《我的中国心》的情节设计就是丝路精神的集中写照。其他如与寻祖相关联的东干人及东干文学;"我是胡旋女"中的怛罗斯之战;西安历史文化古迹;等等,都体现了丝路文学特有的厚重、浓郁的文化品格,表达了致敬历史的审美意趣。

其次,《丝路情缘》仿佛一部包括中国和哈萨克斯坦两国(并及吉尔吉斯斯坦、乌兹别克斯坦、土耳其、希腊等国)丝路沿线重要城市的地方志略,举凡政治、经济、历史、宗教、地理、文化、教育、艺术、建筑、风俗等不一而足,就像缩写版的档案式"百科全书"。如第五章"多旋转和蹬踏动作"的胡旋舞;第六章从1943到1945年被迫滞留阿拉木图的冼星海(黄训);第九章的东干学;第十章的艾德莱斯绸围巾;第十三章的金城四名片;小说后半部分(从第十六章到三十章)的丝路起点西安;等等。情节交错展开,融知识性与趣味性于一炉,充分展示了丝路的魅力和活力。

最后,"丝路文学"当然要写丝路,但更重要的还是写人。《丝路情缘》除雅诗儿等主要人物外,还刻画了独具个性和灵魂的各色人等,如热情的伊万朋友买买提(第十章)、昌教授(第十三章);车队随行女伴小美(第十章);想以东干少女雅诗儿为主人公写长篇小说的男作家;丝路集团汪德福(Wonderful);等等。特别是第八章开头,用蘸了水的大毛笔在广场石板地上写字的老者刘望东的形象,一句"凡事不能急功近利"的肺腑之言足以彰显出老人乐观、豁达的人生感悟和境界,读来感人至极。其他如村长胡安彩;"很有血性、很真诚,是她(指雅诗儿——笔者)崇拜的普希金式的英雄,是比至尊宝更接地气的英雄"的记者王智;请大家吃从老家带回来的黄河蜜瓜的门房老人;武威和宝鸡的三弦艺人;女警察雅娟;美国导演奥利弗·斯通等都在不多的语言和动作中脱颖而出,令人难忘。丝路因人而骤然生动、焕然一新,人也因丝路而精神焕发、各显身手。

(二)情缘：物质与精神

顾名思义,除"丝路"外,《丝路情缘》的第二大关键词就是"情缘"。如果说丝路体现了历史与现实的对话的话,那么情缘则表现了物质与精神的冲突。冲突的双方包括伊万、康雅洁、法蒂玛、苏思思、王智和郑能亮(长安哥)、十娃子等在内,以雅诗儿为中心相互关联,会聚在一起。前者或多或少地带有物质的气息,能享受情爱于一时,却不能执守爱情于一世。后者却矢志不移,不为物迁,不为所动,可谓理想主义爱情的化身。

与"丝路文学"中丝路所特有的坚韧性和永恒性相应,爱情的炽热忠贞和天长地久同样是"丝路文学"题中应有之义。雅诗儿与郑能亮这对有情人正是丝路精神的见证。二人冥冥之中的神交通过丝路走到了一起,最终修成爱情正果。值得注意的是,看上去两人的形象和身份并不对等,甚至不属于同一阶层。作为伊万冠亚集团的形象代言人,雅诗儿仅仅一次佩戴古丝绸之路的活化石艾德莱斯绸围巾的玉照商业宣传损失费就高达30万元。而郑能亮却不过是个一文不名的"穷光蛋",一个十足的小人物。这样巨大的地位落差俨然是小说《红与黑》或电影《罗马假日》中男女主人公的中国版。实际上,与二者都不同的是,正是建立在爱情自身基础之上的恋爱才最稳定、最伟大。从最初见面时雅诗儿绊倒在"玄奘雕像下"到结尾双方的"热烈拥抱",中间虽几经坎坷和波折,但共同的爱情理想和精神追求还是让他们相信对方,彼此牵挂。丝路把他们联系在了一起,他们也让丝路成为了情感之路、友谊之路和希望之路。几乎是同时,郑能亮的"回不去了"和雅诗儿的"有我你就成"的心语回荡在他们中间,成为他们"4000里不相识,60天就这样"的闪电式爱情的天地不老誓言。

与郑能亮不同,作为冠亚航空公司的执行总裁,土豪和高富帅伊万却是物质和欲望的代名词。为讨雅诗儿欢心,他亲自开豪车进校陪送;专门花大价钱买从中国进口的豪华大床;手捧十克拉钻戒求爱;甚至不经商量,当众宣布全程资助雅诗儿的西安之行。其表现不可谓不积极,但具有讽刺意味的是,伊万的所谓爱情只不过是兽性的占有欲,不仅女友雅诗儿的任何行动都受监视,就连所有接近她的男人也都不问青红皂白,随意大打出手。不出所料,不能得到肉体满足的愤恨使他很快离开了雅诗儿,先与生活不知检点、风流成性的法蒂玛厮混到了一起,后来又与秦利达集团董事长的独生女、土豪剩女康雅洁举办了婚礼。然而,可悲的是,两人的婚姻并非爱情的结合,而是相互利用的"阴谋"。康雅洁(康师傅)自以为是,想当然地视"高大强悍、帅气富有"的伊万为自己的"标配",而伊万草率的选择则是"由于经济危机,冠亚集团财务出现困难"。这样"各取所需"的功利爱情是否可取?能否维持得久?不言而喻,法蒂玛的遭遇和下场就是明证。难怪雅诗儿"庆幸自己没有嫁给那个只有物质没有精神的'雄性动物'"。也正如十娃子临去秦岭卖八宝盖碗茶前送给妹妹雅诗儿的那句话:"生而为人,精神大于物质。"事实上,圣女雅诗儿逆丝路而行的旅程既是寻祖归根的生命之旅,也是超越物质欲望通达精神圣殿的情爱之旅。其成长的脱胎换骨诠释了丝路精神的博大精深。

(三)叙事:结构与日常

"丝路文学"最重要的不仅是写什么的问题,还有怎么写的问题。《丝路情缘》在这方面可谓用心良苦。首先,构思精巧,虚实结合,详略搭配,充分发挥了复调在结构上的作用,增强了文本的意义张力。《丝路情缘》有意无意地打造古今、时空、人事等要素的复调架构,客观上形成了立体交叉的错综复杂网络,不仅与飞速发展的现代中国相映生辉,而且成就了对称与和谐之美,在小说结构上具有至关重要的作用。小说丝路和情缘双线并行,在丝路之实与情缘之虚中交错互动,相辅相成。丝路线索又可分别为二:一是实写陕西村东岸子娃雅诗儿回老舅家省亲寻祖车队,二是虚写中国陕西卫视丝路万里行队伍及海上丝绸之路。前者的逆向丝路行不无历史的回声和重构,显然蕴含了拥抱强大祖国和伟大时代的作者自豪、自信的社会文化心理。同样,情缘线索也前后照应。雅诗儿与伊万错位的恋爱并没有经受住丝路的考验,最终成为陪衬,而与郑能亮的相恋则既是爱情的胜利,更是盛世的政治抒情。全书三十章,几乎一半的篇幅(后十五章)用在丝路起点城市西安(长安),这一安排既便于"情缘"的展开,也为丝路向纵深延伸预留了空间。如追求"中国梦 丝路情"的丝路集团所打造的《丝路追梦》舞台剧及其后续文化产业的设想;"陕西是丝路起点,甘肃是丝路脊梁,新疆是丝路重镇,罗马是丝路终点"的定位;探访西安大庆路与枣园东路三岔口的丝路起点;首届丝绸之路国际电影节;老舅家(中国)倡导的"丝绸之路经济带"好政策;等等。就连首尾也做了精心的对照,第一章"一百克拉爱"的世俗和浅薄恰恰是对第三十章"嫁回老舅家"质朴亲情的有力烘托。

其次,《丝路情缘》可谓接地气的走心之作。小说并没有简单化为主旋律的生硬图解,而是在日常生活语境下全方位营造时代氛围,触摸时代脉搏,如多次出现的康雅洁的趣语"当我们谈恋爱的时候我们在谈什么?谈什么?答案是,不知道";雅诗儿含泪郑重求婚郑能亮却得到"考虑一下"的答复的故意装傻和煞有介事;雅诗儿"寻祖"的腰牌等谐谑化风格;再如洪荒之力、怂管、《时间都去哪儿了》等流行和方言符码的使用;真实校名、地名和人名的采用;诗歌与歌词的引用;等等,都多元化地展示了以丝路起点城市西安为中心的西北乃至全中国社会情绪与心理之一端。以日常生活为表征的盛世中国为长篇小说的繁荣昌盛提供了源源不断的动力和潜力保障,同样,长篇小说日常生活诗学的形成和发展也反过来促进了底层社会日常生活的良性循环①。莫言等作家的新世纪长篇小说创作实践就在日常生活故事的叙事中敞开了中国经验表达的无限可能。值得期待的是,巴陇锋也正自觉朝向这一"可能"。最能说明问题的是对《丝路情缘》中枢性人物雅诗儿的情节设计:第一,女性身份本身就是日常生活的视角。与男权中心的社会结构相应,与伊万恋爱中的雅诗儿从一开始就处于被动和隔膜的地位,而在伊万和郑能亮之间的自觉选择无疑是对日常生活方式的肯定和张扬。第二,出生两月后的雅诗儿父母车祸双亡的悲惨遭遇却也给了她与爷爷相依为命和相濡以沫的境遇。这一断裂和接续的重叠暗喻了传统(日常生活)的嫁接,正像第二章中所写的"为了生命基因中的中国血液,为了爷爷的临终嘱托"一样,对雅诗儿而言,"她有更重要的事情要做,那就是回中国,寻找爷爷老相册里老舅家的省(中国陕西)的旧梦新景"。可以说,雅诗儿从寻祖(寻根)到寻亲(爱情)的过程实质上就是回归日常生活的过程。

(四)结语

在文学边缘化和阅读退化堪忧的今天,《丝路情缘》的写作策略和写作

---

① 关峰.论《极花》与《望春风》的日常生活诗学[J].小说评论,2016(6):50.

伦理都可资借镜,值得咀嚼和回味。直击丝路的敏锐、勇敢和美景、美食、美女及美丽动人的爱情传说都展现了扎根在大西北土地上的作家巴陇锋的热情爽快和不事雕琢的朴拙本色。青春、成长、旅游、时尚等元素的阑入和融合,既增加了吸引力,也增强了可读性,保证了市场和消费的生产性,为启蒙和提高都打下了坚实的物质性基础。而雅诗儿和郑能亮的最终结合,显然体现了以人为本、精神至上的社会主义核心价值观,蕴含了底层立场的价值取向,成为长篇小说日常生活时代的注释和见证。

难能可贵的是,在"丝路文学"资源也许并不丰富、"丝路文学"经验也还相对单薄的条件下,《丝路情缘》所采取的以游记和言情为主的大众文化方略事实上积极地传播了丝路的声音,扩大了丝路的影响,为"丝路文学"质量的提升提供了不乏亮点的借鉴。与之相应,追踪现实就成为应运而生的"丝路文学"的一大看点,同时也成为"丝路文学"探索的逻辑起点。

与唐僧西天取经的宗教色彩不同,《丝路情缘》"穿越"了"东土"西安和"大唐"的盛世繁华,实现了历史与现实的对话。难能可贵的是,雅诗儿和郑能亮的梦幻、纯洁之爱超越了历史和红尘,也升华到神圣的"精神"高地。这"精神"不只与"物质"相对,更为重要的还是丝路精神和人类精神的高扬,其纽带就是"爱",就是雅诗儿毕业的孔子学院所暗寓的伦理之爱。孔子讲"仁",所谓"里仁为美"①。仁者爱人,正是"爱"才从根本上联结了丝路沿线上的不同国家,就像书中所引歌曲《童话》里的歌词那样:"相信我们会像童话故事里／幸福和快乐是结局。"不必说,在丝路文学尚待正名的今天,也许这才是最可宝贵的财富,最引人深思的哲理。

---

① 李泽厚.论语今读[M].合肥:安徽文艺出版社,1998.

附录

一、中国现当代文学的日常生活诗学论略

作为现代性的标志和产物,日常生活在西方学界呈现出悖论而多向度的景观。早在20世纪80年代末就被绍介入中国的《日常生活》一书的作者卢卡奇的学生阿格妮丝·赫勒(Agnes Heller)提出,以重复性思维和实践为特征的日常生活结构"能够而且的确常常导致人的行为和思维中的某种僵硬"①。在她看来,这也是"日常生活的灾难"②。与此同时,日常生活也被寄予厚望,意在"使之人道化,即扬弃日常生活的自在化和异化特征"③,以"使所有人都把自己的日常生活变成'为他们自己的存在'"④。同样,《日常生活与文化理论导论》一书的作者本·海默尔也列举了日常生活不同的面目形式,还梳理了其含义的模棱两可:"一方面,它指的是那些人们司空见惯、反反复复出现的行为"⑤。另一方面,日常作为价值和质——日常状态"可

---

① 衣俊卿.中文第二版译序[M]//[匈]阿格妮丝·赫勒.日常生活.衣俊卿,译.重庆:重庆出版社,2010:12.
②③ 衣俊卿.中文第二版译序[M]//[匈]阿格妮丝·赫勒.日常生活.衣俊卿,译.重庆:重庆出版社,2010:13.
④ [匈]阿格妮丝·赫勒.日常生活[M].衣俊卿,译.重庆:重庆出版社,2010:290.
⑤ [英]本·海默尔.日常生活与文化理论导论[M].王志宏,译.北京:商务印书馆,2008:4.

能被经验为避难所"①。日常生活的歧义也许是革命动力和批判规划的结果。下面拟在诗学或美学意义上讨论其自"五四"以来在文学上的重构和生产,用以彰显日常生活诗学的意义和精神。

(一)现代启蒙与日常生活诗学的敞开

新文化运动转入低潮后,文学上出现了两种基本的对待日常生活的态度:一类好像"对付日常的萎缩性力量"的歇洛克·福尔摩斯,以为日常生活"目睹了最具有革命精神的创新如何堕入鄙俗不堪的境地"②;一类仿佛被视为社会学的印象主义者的席美尔意义上的审美先锋主义。日常栩栩如生,对审美关注始终保持敞开状态。周氏兄弟可作为上述两类的代表。继《呐喊》之后完成的《彷徨》历来被认为是鲁迅失望和迷茫的低潮之作,并赋予较多的社会色彩,实质上毋宁说是他痛定思痛的表达,是对日常生活琐屑单调和重复轮回的惰性的审美批判。其导火线便是1923年7月19日与1924年6月11日前后两次的兄弟失和事件。这一事件的直接后果在周作人是订正思想,"重新入新的生活"③,其标志就是《语丝》第1期(1924年11月17日)上发表的《生活之艺术》。这篇文章称得上是周作人生活转向的宣言,相比之下,小说集《彷徨》毋宁说是炮轰日常生活的寓言。对此,周作人生前便有所表示,即在"诗"(相对于"真"而言)的意义上解读"也不曾在杂志上发表过,便一直收在集子里了"④的鲁迅唯一的爱情小说《伤逝》。早在1958年1月20日致曹聚仁的信中他就流露此意:"因了所说背景是会馆这一'孤证',猜想是在伤悼弟兄的丧失。"⑤随后在《知堂回想录》里更明白地宣布:"《伤逝》不是普通恋爱小说,乃是假借了男女的死亡来哀悼兄弟恩情的断绝的。"⑥其实不只是《伤逝》,包括《在酒楼上》《孤独者》《弟兄》《幸福的家庭》等在内的几乎集内所有的小说都不无将矛头指向日常生活的用

---

①② [英]本·海默尔.日常生活与文化理论导论[M].王志宏,译.北京:商务印书馆,2008:5.
③ 周作人.与鲁迅绝交书[M]//周作人.周作人文类编:八十心情.长沙:湖南文艺出版社,1998:230.
④ 周作人.知堂回想录[M].石家庄:河北教育出版社,2002:484.
⑤ 周作人.与曹聚仁谈鲁迅[M]//周作人.周作人文类编:八十心情.长沙:湖南文艺出版社,1998:240.
⑥ 周作人.知堂回想录[M].石家庄:河北教育出版社,2002:485.

心。拿《在酒楼上》来说,已然"敷敷衍衍,模模糊糊"①的主人公吕纬甫未尝不是"生活中所有领域中的激进变革都变成了'第二自然'"②的牺牲品,而其先前"到城隍庙里去拔掉神像的胡子"③的壮举也依稀可见周作人1903年4月7日日记所记在南京卢龙山庙中和同学"毁其神折其首,快极快极,大笑而回"④的激烈的影子。当然,鲁迅并非完全抹杀日常生活,而是有意地超越和升华,客观上也规避了日常生活的风险。

与鲁迅的"反抗绝望"(汪晖语)不同,周作人相信人情物理或常识之"地"(即"忠于地"之"地",尼采语)。日常生活诉求使得周作人"反对中国人的好说理而不近情"⑤;以为《春秋》与《通鉴纲目》,《东莱博议》与胡致堂的《读史管见》,此外是《古文观止》"几部书"很是有害"⑥;对于文学的未来抱乐观态度⑦和反对"假风雅之流行"⑧。周氏的"凡人"姿态在弟子俞平伯和废名那里得到回应并发扬光大,诸如俞平伯的"我的中年之感,是不值一笑的平淡呢。——有得活不妨多活几天,还愿意好好地活着,不幸活不下去,算了"⑨。"说自己的话,老实地"⑩等等。废名的小说更是在20世纪20年代的白话小说创作领域中另辟蹊径,别开生面,所谓"只是平凡人的平凡生活"⑪。像《桥》《竹林的故事》《菱荡》《毛儿的爸爸》等似是日常生活的还原或实录,富于宁静幽远的时间之美。在周作人那里,日常生活成为一种趣味和象征,一个审美的世界或诗意的空间。在为"第一个现代主义者"⑫波德莱尔诞生一百周年所写的纪念文章中,周作人特别提到波氏的"'颓废的'心情",强调"所谓现代人的悲哀,便是这猛烈的求生意志与现在的不如

---

① 鲁迅.在酒楼上[M]//鲁迅.鲁迅全集:第二卷.北京:人民文学出版社,1981:29.
② [英]本·海默尔.日常生活与文化理论导论[M].王志宏,译.北京:商务印书馆,2008:5.
③ 鲁迅.在酒楼上[M]//鲁迅.鲁迅全集:第二卷.北京:人民文学出版社,1981:29.
④ 周作人.周作人日记:上册[M].影印本.郑州:大象出版社,1996:390.
⑤ 周作人.朴丽子[M]//周作人.周作人散文全集:7.桂林:广西师范大学出版社,2009:562.
⑥ 周作人.谈策论[M]//周作人.周作人散文全集:7.桂林:广西师范大学出版社,2009:42.
⑦ 周作人.文学的未来[M]//周作人.周作人散文全集:7.桂林:广西师范大学出版社,2009:157.
⑧ 周作人.《梅花草堂笔谈》等[M]//周作人.周作人散文全集:7.桂林:广西师范大学出版社,2009:188.
⑨ 俞平伯.中年[M]//俞平伯.杂拌儿之二.南昌:江西人民出版社,1983:58-59.
⑩ 俞平伯."标语"[M]//俞平伯.杂拌儿之二.南昌:江西人民出版社,1983:38.
⑪ 周作人.《竹林的故事》序[M]//周作人.知堂序跋.长沙:岳麓书社,1987:299.
⑫ [美]马歇尔·伯曼.一切坚固的东西都烟消云散了:现代性体验[M].徐大建,张辑,译.北京:商务印书馆,2003:169.

意的生活的挣扎"①,其用意便在现代人的日常生活镜像,与他自己所主张的"美的生活"相对照,也许蕴含了"新生活"建设的启蒙理想。值得深思的是,周作人的日常生活诗学并没有获得一般社会的认可,不仅他自己的战时行动被彻底否定,就连在对弟子废名的探索上也显得捉襟见肘。对《莫须有先生传》"好文章"的解读便引来"抗议"。废名在《莫须有先生传》自序中提示读者,"《莫须有先生传》实有一思索的价值也"②。周作人后来修正"但说得'语'"的前序之不足,承认系"贤者语录"或"言行录"派路,但终于不能"从别方面写一篇"③。对玄学或物理后学的隔膜显然限制了他更深的开拓,也在无形中印证了鲁迅对此所做的批评。

作为"民族寓言的形式"④,现代中国文学深刻揭示了日常生活的动荡和分裂。现代与传统,新与旧的碰撞重构了变异中的日常生活诗学,城乡冲突就是其中的典型。像吴老太爷的丧事(《子夜》);"个人主义"的末路鬼祥子(《骆驼祥子》);再也回不去了的陈白露(《日出》)等都暗含了城乡日常生活的交锋。在谈到城乡两种日常生活的对比时,席美尔认为,大都市创造了"与小城市和乡村生活的感觉——心灵阶段中那种慢腾腾的、已习以为常的、更为平缓地流驶的节奏之间的对立"。换句话说:"乡村的日常作为一种可共享的文化记忆而存在,与这种乡村日常的经验上的残余相对立的是,大都会的日常生活被经验为方向紊乱的、攻击性的。"⑤引发了京海派论争的沈从文就处在这两种日常方式的十字路口。他的《边城》与《八骏图》就正是对于"乡村的日常"的审视和注释。如果说废名是入乎其内的日常生活牧歌的话,那么沈从文则呈现了出乎其外的日常生活悲歌。《边城》中白塔的倒塌和"也许永远不回来了"⑥的忧虑未尝不是对失衡和无序的日常生活的慨叹。连题目也寓意深邃,既是对远离城市的边地日常生活的守望,

---

① 周作人.三个文学家的记念[M]//周作人.周作人文类编:希腊之馀光.长沙:湖南文艺出版社,1998:471.
② 废名.莫须有先生传[M].桂林:广西师范大学出版社,2003:6.
③ 周作人.与废名君书十七通[M]//周作人.周作人书信.石家庄:河北教育出版社,2001:110-111.
④ [美]弗雷德里克·詹姆森.处于跨国资本主义时代中的第三世界文学[M]//张京媛.新历史主义与文学批评.北京:北京大学出版社,1993:235.
⑤ [英]本·海默尔.日常生活与文化理论导论[M].王志宏,译.北京:商务印书馆,2008:74.
⑥ 沈从文.边城[M]//沈从文.沈从文文集:第六卷.广州:花城出版社,1984:163.

同时也未必不是一种鞭挞,一种道德理想主义的抽象抒情。其他如《三三》《都市一妇人》《虎雏》等也都是对日常生活败坏的控诉。不同于巴金《寒夜》式的社会批判,沈从文的日常生活意蕴更多鲁迅《阿金》的性质,展现了日常生活与生命的悖论形式。这一形式在沦陷区的张爱玲那里更集中也更强烈。包括北平、上海等沦陷区知识分子在内的文人群体都有重建日常生活秩序的热情和努力,不同地域回望传统的话语背后即是制衡策略的文化抗战,像范围广泛的"民族形式"论争及对儒家传统的探求都不无新启蒙运动的痕迹。张爱玲的《传奇》即是某种日常生活的反讽。《金锁记》里的曹七巧与《倾城之恋》中的白流苏偏离与重返日常生活轨道的过程太过惊心动魄,恰好诠释了张爱玲对永恒的人生安稳的一面和参差的对照的苍凉风格的审美追求。①《封锁》中吕宗桢和吴翠远电车上的浪漫传奇更衬托了日常生活"总体性的漠不关心"②。此后,《色戒》中王佳芝关键时刻的日常生活选择也仿佛在拉开距离,折射和映衬了张爱玲式的日常生活困境和态度。

(二)当代经验与日常生活诗学的兴起

如果说现代转型为日常生活的崛起提供了可能性的话,那么以毛泽东《在延安文艺座谈会上的讲话》(以下简称"《讲话》")为指针的"十七年"文学则对日常生活提出了更高的要求。《讲话》强调"把这种日常的现象集中起来,把其中的矛盾和斗争典型化,造成文学作品或艺术作品"③。建国初期,胡风按自己的方式做出相对宽容的解读,以为"不能在新社会'日常生活'的一切方面看出斗争'意义',理解人,进行创作实践的作家,到了'激烈斗争'里面,一定不能真正理解以日常生活为土壤的斗争生活"④。但在实际上,日常生活很难置于重要的题材领域。即便对苏联作家奥维奇金《区里的日常生活》的讨论引发了以王蒙《组织部新来的青年人》为代表的"百花文学"的创作热潮,20世纪60年代初"调整"政策后也出现过以《日常生

---

① 张爱玲.自己的文章[M]//来凤仪.张爱玲散文.杭州:浙江文艺出版社,2000:95.
② [英]本·海默尔.日常生活与文化理论导论[M].王志宏,译.北京:商务印书馆,2008:75.
③ 毛泽东.在延安文艺座谈会上的讲话[M]//陆贵山,周忠厚.马克思主义文艺论著选讲.北京:中国人民大学出版社,2007:548.
④ 冷霜.日常生活[M]//洪子诚,孟繁华.当代文学关键词.桂林:广西师范大学出版社,2002:232.

活》为题的短篇小说,但从整体上来看,日常生活还是被视为自然主义的"自然形态的东西"。虽说"最生动""最幸福""也最基本",却没有文艺作品反映出来的生活"更高,更强烈,更有集中性,更典型,更理想,因此就更带普遍性"①。难怪柳青笔下的梁生宝"从日常生活里,经常注意一些革命道理的实际例子"②,而"有关梁生宝形象"论争的双方也都不否认日常生活"毕竟不能代替更为主要的对生活中重大矛盾冲突的表现"③的结论。正如研究者再解读《千万不要忘记》(1963年,又名《祝你健康》)时所说的"后革命焦虑:即在日常性的社会生活和组织的层面上,怎样维持新兴社会政治权力的正常性,并且确保既定社会关系及体制的再生产"。也就是说,"平凡的日常生活必须从属于超验的意义,否则日常生活本身便是无意义的"④。不难理解,闻捷诗中的劳动与爱情;《青春之歌》中走向革命的小资产阶级知识分子;《雨中登泰山》中的松树和攀登中的个人;《茶馆》中隐含的逻辑支配的旧社会生活才具有合法性。不过,由于《讲话》对生活源泉的强调,日常生活仍有其不言而喻的潜在意义。第二次文代会对公式化、概念化不良倾向的纠正即为一例。

  1978年的十一届三中全会和翌年的第四次文代会指明了新时期文学的"新"方向。随着改革开放和实现四个现代化的目标的确立,走向世界的策略选择使得革命和政治排头兵的文学延续了此前社会和文化心理中心的势头。不同的是,文学与日常生活直接而耐人寻味的审美联系建立了起来。汪曾祺的《受戒》和《大淖记事》就是常态化的日常生活书写,而与英雄和正义的史诗书写形成了对比。正如袁中郎所说"因于敝而成于过"的"法""各极其变,各穷其趣"⑤,转型后的经济基础和上层建筑的关系得以调整,文学的解放带来了释放,日常生活自身的美也被充分挖掘和展示出来。如果说《受戒》中质朴和纯洁的日常生活美学是现代诗学传统的回归的话,那么以

---

① 毛泽东.在延安文艺座谈会上的讲话[M]//陆贵山,周忠厚.马克思主义文艺论著选讲.北京:中国人民大学出版社,2007:549.
② 柳青.创业史:第一部[M].北京:中国青年出版社,1960:348.
③ 严家炎.关于梁生宝形象[M]//西北大学中文系现代文学教研室.《创业史》评论集.西安:陕西人民出版社,1980:269.
④ 唐小兵.《千万不要忘记》的历史意义:关于日常生活的焦虑及其现代性[M]//唐小兵.再解读:大众文艺与意识形态.增订版.北京:北京大学出版社,2007:229.
⑤ 袁中郎.小修诗叙[M]//沈启无.近代散文抄.黄开发,校订.上海:东方出版社,2005:12.

韩东的《有关大雁塔》和海子的《面朝大海,春暖花开》为代表的新诗潮(或第三代)诗人则显然针对本质主义和普遍主义的思维方式,表达了解构和还原的后现代主义旨趣。海子"关心粮食和蔬菜""在尘世获得幸福"①及韩东历史虚无主义的日常生活态度谐谑化地显示了细腻的诗人对日常生活时代到来的预感和敏感。余波直至20世纪90年代的"民间写作"。而在小说领域中的新写实小说似乎影响更大。几乎与八九十年代之交的社会转型同时,新写实小说朝向形而下的日常生活现场,英雄人格被小写的人所替代,日常生活也从阶级斗争和革命运动中凸显出来。正像农村包产到户政策实施后,农业生产力快速发展一样,个人也逐渐从个体演变为社会的主体,独自面对和处理与现实社会的关系就成为亟待适应和调整的实务。如赫勒所说,日常生活正是个体的再生产。个人生存方式和生活状态也成为社会生产力和生产关系再平衡的表征。相比之下,新写实主义实际上是新的美学原则的重塑和再造。即如池莉《烦恼人生》中的印家厚,"只是十分明智地知道自己是个普通的男人,靠劳动工资而生活。哪有工夫去想入非非呢?……"②刘震云《一地鸡毛》中的小林也"只要弄明白一个道理,按道理办事,生活就像流水,一天天过下去,也满舒服"③。无论印家厚,还是小林,都是一种日常生活人格和诗学,而为市场经济和消费社会奠定了基础,准备了资源。

大概在1985年以后,几乎与新写实小说同时,新历史小说也形成一股创作热潮。进入20世纪90年代,以"新"相号召的文学运动更是此起彼伏,大有1986年的新诗潮(新生代)联展之势,如新体验、新状态、新市民等。有着惊人相似的是,同样是对"新"的追求,"五四"新文学与七十年后的造"新"运动都把日常生活作为自己的创新之源。新文学最可宝贵的"人的文学"(包括"平民的文学")理论体现了尊重本能的日常生活理想。同样,以新写实主义与新历史主义为代表的"新"小说的追求也附系在鲜活个人经验的日常生活之上。拿《白鹿原》来说,和《创业史》《红旗谱》不同,《白鹿原》以散点透视的方式展现了地方史和文化史。历史进程中的民族国家大

---

① 海子.面朝大海,春暖花开[M]//唐晓渡,李宏伟.海子诗典藏.北京:作家出版社,2012:181.
② 池莉.烦恼人生[M]//池莉.不谈爱情.杭州:浙江文艺出版社,2011:56.
③ 刘震云.一地鸡毛[M]//刘震云.官场.北京:华艺出版社,1992:140.

历史一度被打上了个人史的鲜明烙印。即便是作为圣人的朱先生也并不完美,而像田小娥这样的"新"女性也没有被拔高成历来反抗模式的英雄。新历史小说的最大特点就是还原,就是对日常生活的复归。其他如莫言的《丰乳肥臀》、刘震云的《故乡天下黄花》、余华的《活着》、王安忆的《长恨歌》等都是日常生活历史的展览。日常生活历史并非对政治的抵抗,而是一种净化和升华。像莫言的《红高粱》那样,抗日仍旧是重大而严肃的题材,只不过是在生命的日常生活情境中展开并达成的。不只是作为现象的"新"潮系列,就是作家个人的创作上也充分反映了社会转型带来的变迁,表现出迥异的时代风格。上述《白鹿原》的作者陈忠实此前的小说并没有引起太大的注意,但当他深刻融入时代精神的洪流之中后,就似乎达到了荣格所说"不是歌德创造了《浮士德》,而是《浮士德》创造了歌德"①的境界。同样,进入九十年代后的贾平凹也以《废都》《白夜》等完成了某种转型。先前《浮躁》中的英雄色彩、历史意识也一变而为"说话"②的日常生活风格。不管人文精神论争提出了多少严峻的历史课题,综合流转的社会历史本身都并不因之而转移。正是在这一背景下,民间、底层等阐释概念才源源不断,应运而生。

(三)新世纪文学的日常生活诗学空间

日常生活既矛盾又统一,既多变又和谐。它所呈现出的丰富性和生动性深刻地表达了人类社会的探索及困惑。难怪自波德莱尔以来的诗人、社会学家和哲学家都对它产生了兴趣。随着20世纪90年代以来生产力水平的不断提高和文明程度的不断提升,生机勃勃的日常生活世界成为文学特别是长篇小说的表现重心,其中对垃圾的展现就是日常生活时代的表征。根据本雅明的分析,垃圾的产生是与现代性密切相关的。"日常生活把现代化的过程显示为各种残骸瓦砾的不断聚集,现代性生产的废弃物是它对特异的永不停息的要求中的一部分。"③波德莱尔视现代性(modernité)为瞬

---

① [瑞士]荣格.心理学与文学[M].冯川,苏克,译.北京:生活·读书·新知三联书店,1987:142-143.
② 贾平凹.白夜[M].北京:华夏出版社,2017:288.
③ [英]本·海默尔.日常生活与文化理论导论[M].王志宏,译.北京:商务印书馆,2008:103.

息即逝、难以捉摸和偶然的东西,新异的不断出现使得垃圾遍地。本雅明把进化形容为风暴,称它以排山倒海之势推动历史的天使走向未来,而此时,历史的天使"面前的残骸堆正朝着天空增长"①。在此基础上,本雅明把捡破烂的人和文化历史学家进行了对比,因为他们都"为破碎的希望编目分类"②。当代作家的长篇小说创作未必不是在历史记忆和现实日常之间"编目分类"。而在余华的《兄弟》、贾平凹的《高兴》等小说中,垃圾本身就有着日常生活诗学的意义。《兄弟》中的弟弟李光头靠捡拾垃圾发家致富。垃圾在这里成了某种反讽,隐喻了理想与现实的映照,崇高与卑污的颠倒。本来兄弟怡怡的关系反而成了日常生活中的敌人。实际上,结尾时的李光头自己也成了垃圾的代名词,显示了本雅明所说"残骸堆正朝着天空增长"的势头。贾平凹的垃圾书写更显集中。第一部长篇小说《商州》和近作《极花》都有拾破烂者的身影。《废都》中有着教师背景的上访者老头"拉动了一辆破架子车,沿街串巷收拾破烂"③的形象满具反讽的寓意。《高兴》更是垃圾书写集大成者。垃圾成为贾平凹城乡二元语境中的独特意象。正如研究者所说,"垃圾在很大程度上是由城市自身制造出来的,是城市排斥性的硬朗表层结构创造出来的",所以"垃圾的问题,就是城市的问题"。④ 对此,贾平凹反省道:"我们对于这个城市的有关排泄清理的职业行当为什么从来视而不见,见而不理,麻木不仁呢?"⑤其背后未尝不是城市化过程中对乡村"破碎的希望"的追问。小说中五富的死也是对垃圾般命运的深思。现代中国文学中像春桃(许地山《春桃》)这样拾破烂者的形象并不多见。90年代以来,文学中的这类形象正是日常生活时代的镜像,有着本雅明意义上垃圾美学的风景和意蕴。

在某种隐喻的意义上,日常生活与女性的关系十分密切。"妇女不仅承受日常的负担,而且妇女最容易受到日常的需求的影响,也对日常的需求最缺乏抵抗力。"⑥列斐伏尔从辩证法出发,认为妇女既承载着日常中最沉

---

① [英]本·海默尔.日常生活与文化理论导论[M].王志宏,译.北京:商务印书馆,2008:109.
② [英]本·海默尔.日常生活与文化理论导论[M].王志宏,译.北京:商务印书馆,2008:108.
③ 贾平凹.平凹四书:废都[M].北京:人民文学出版社,2013:4.
④ 汪民安.论垃圾[M]//汪民安.什么是当代.北京:新星出版社,2014:150.
⑤ 贾平凹.后记一:我和高兴[M]//贾平凹.高兴.北京:译林出版社,2015:294.
⑥ [英]本·海默尔.日常生活与文化理论导论[M].王志宏,译.北京:商务印书馆,2008:187.

重的负担,又最没有能力认识到这是一种异化的形式。但他同时也指出,妇女在同一时刻既是"异化"最为深重的个体,又是这种异化最积极的"抵制者"。女性与日常生活互相映照,对象化自身。列斐伏尔曾以"一名妇女买一磅糖"为例分析道:"研究将会揭示纠结在一起的一大团理由和原因,本质和'领域':这个女人的生活、生平经历、她的职业、她的家庭、她的阶级成分、她的家庭预算、她的饮食习惯、她怎么花钱、她的观点和观念及市场状况,等等。最后我将会已经大体把握了资本主义社会的总体、国家及其历史。"①正所谓"一粒沙里看出世界"②。男作家取女性为主人公或叙事视角的原因恐怕正在于此。即如刘震云的《我不是潘金莲》与贾平凹的《带灯》,同样是写女性,也同样写上访,二者意在表达作为日常生活化身的女性所受到的伤害。李雪莲的上吊与带灯的重伤都是为此所付出的代价。莫言的《蛙》也借姑姑的形象书写了日常生活的还原。姑姑的忏悔和上吊无异于自我超越的救赎,同时也是回归生命的日常生活狂欢。女人在日常生活中的命运连带着国家政治经济的战略决策,所谓牵一发而动全身,一叶落而知天下秋。刘震云、贾平凹和莫言小说中的女性叙事毋宁说是时代精神的形象化寓言。其他如迟子建的《群山之巅》、苏童的《黄雀记》和叶兆言的《很久以前》中女性和罪案的联系也表现了日常生活的症候,与列斐伏尔"一名妇女买一磅糖"的假设有异曲同工之妙。

本雅明敏锐地观察到现代社会交流经验的能力已经被褫夺。他区分经验为两种:一是身临其境地经历过的经验(Erlebnis),一是收集、反思和交往的经验(Erfahrung)。前者是前语言的,还没有被理解和赋予形式的。而后者则是一种理性形式。借用瓦雷里对记忆的分析就是记忆"旨在给我们时间来组织我们原本无法接受的刺激"③。波德莱尔诗中的震惊经验也是妥善处理刺激训练的结果,如本雅明所说:"波德莱尔把 Erlebnis 转变成了 Erfahrung"④。新世纪以来,长篇小说的数量激增,近年来更是以逼近5000部/

---

① [英]本·海默尔.日常生活与文化理论导论[M].王志宏,译.北京:商务印书馆,2008:237-238.
② 周作人.勃来克的诗[M]//周作人.艺术与生活.石家庄:河北教育出版社,2002:105.
③ [德]瓦尔特·本雅明.论波德莱尔的几个母题[M]//[德]汉娜·阿伦特.启迪:本雅明文选.张旭东,王斑,译.北京:生活·读书·新知三联书店,2008:174.
④ [英]本·海默尔.日常生活与文化理论导论[M].王志宏,译.北京:商务印书馆,2008:114.

年的数量成为新世纪文学最重要的代表性文体。可以说,长篇小说繁荣的风向标再次验证了日常生活时代的到来。历史上明清小说的发达与以欧洲范围内的文艺复兴相应的世俗化进程并非没有关联。鲁迅在谈到明代世情(人情)小说时就直言,"其原因,当然也离不开那时的社会状态"①。至于《金瓶梅》的淫笔,据鲁迅考证,"在当时,实亦时尚"。因"借'秋石方'致大位。瞬息显荣,世俗所企羡",故"世间乃渐不以纵谈闺帏方药之事为耻"②。这一风尚显然与不满理学耽于享乐的生活风气相关。本雅明曾提出,"长篇小说在现代初期的兴起是讲故事走向衰微的先兆",因为"小说诞生于离群索居的个人",而"写小说意味着在人生的呈现中把不可言诠和交流之事推向极致"③。耐人寻味的是,莫言却把长篇小说重新与讲故事联系在了一起,和贾平凹"说话"的说法相近,确定了经验的位置。或者说,将 Erlebnis 的日常经验转换成长篇小说适宜的形式。这也正是他特别强调《天堂蒜苔之歌》和《酒国》结构的政治的原因。而在底层文学或打工文学的热潮中,也隐含了小人物审美经验(Erfahrung)的意识形态意义。像《四十一炮》(莫言)、《高兴》(贾平凹)、《我是刘跃进》(刘震云)、《推拿》(毕飞宇)等小说中边缘人的故事大都濡染上时代斑斓的色彩。以往神圣崇高的英雄形象也在日常生活的普通人角色上异彩纷呈。严歌苓的《护士万红》,阎连科的《风雅颂》《炸裂志》等就是日常奇迹或震惊体验的渲染。

(四)结语

作为现代性范畴,日常生活塑造和完善了现代社会的审美观念。明末李笠翁等人的寄迹恐怕只是士大夫情趣的表示。直到 20 世纪初,王国维才从哲学上说明生活的本质。此后,"生活"作为现代知识分子思想体系的有机环节被广泛谈论,如朱光潜就在"人生的艺术化"题目下写道:"知道生活的人就是艺术家,他的生活就是艺术作品。"他解释说:"过一世生活好比做

---

① 鲁迅.中国小说的历史的变迁:第五讲 明小说之两大主潮[M]//鲁迅.鲁迅全集:第九卷.北京:人民文学出版社,1981:330.
② 鲁迅.中国小说史略[M]//鲁迅.鲁迅全集:第九卷.北京:人民文学出版社,1981:182-183.
③ [德]瓦尔特·本雅明.讲故事的人:论尼古拉·列斯克夫[M]//[德]汉娜·阿伦特.启迪:本雅明文选.张旭东,王斑,译.北京:生活·读书·新知三联书店,2008:99.

一篇文章。完美的生活都有上品文章所应有的美点。"①其他包括梁启超、胡适、郭沫若、周作人、林语堂、梁实秋等名士在内的很多作家都谈到了生活的艺术化。也许现实世界太过污浊，日常生活极不稳定和安全，所以才有众口一词的呼吁。与此同时，现代主义对日常生活的接受和建构也间接传播开来，只不过因时空错位而难得响应罢了。经周作人推荐出版的《微雨》诗集似乎不无超现实主义的痕迹。作者李金发时正留学法国，而超现实主义也正在此时的法国流行。《微雨》出版的前一年（1924年），布雷东曾给超现实主义下定义为"心灵在它的纯粹状态中的自动作用"，并强调"超现实主义其实是在日常之中发现奇迹的一种努力，一种能量"。也就是说，"在超现实主义中，日常不是一个它看起来那样的熟悉而平庸的王国"②。恐怕这也正是李金发以完全新异和超越经验的方式来描写弃妇的原因。正如超现实主义者的经典范例"缝纫机和一把伞在一张解剖桌上的邂逅"③一样，李金发借"我的哀戚惟游蜂之脑能深印着""弃妇之隐忧堆积在动作上"④等诗句也"通过把日常转移到一个令人莫名惊诧的语境中，把它放在异乎寻常的组合中，而使司空见惯的东西变得让人耳目一新了"⑤。日常生活的现代主义色彩更多体现在新感觉派及海派的城市经验中。另外，茅盾笔下的女性及京派小说中也富于日常生活意味，五光十色，共同构建了现代的日常生活世界。

新写实主义的日常生活景观在20世纪八九十年代之交的呈现并非偶然。作为对启蒙理想的审视和补充，日常生活有效地整合了焦虑和失语的知识分子的挫败感及新经济——社会的归属感。日本学者坂井洋史（Sakai Hirobumi）曾在《忏悔与越界》中将1997年汪晖发表的《当代中国的思想状况与现代性问题》视为90年代的"结束"或终点，并认为其划时代的意义就在于"把'后文革'语境所支配的'现代''现代性'理解从八十年代水平解放而达到自我相对化，以此指示九十年代以来复杂错综的文化批评以明确

---

① 朱光潜."慢慢走，欣赏啊！"：人生的艺术化[M]//宛小平.中国现代美学名家文丛·朱光潜卷.杭州：浙江大学出版社，2009：4.
②⑤ [英]本·海默尔.日常生活与文化理论导论[M].王志宏，译.北京：商务印书馆，2008：80.
③ [英]本·海默尔.日常生活与文化理论导论[M].王志宏，译.北京：商务印书馆，2008：78.
④ 李金发.弃妇[M]//李金发.李金发诗集.成都：四川文艺出版社，1987：5-6.

的走向"①。所谓多元化和个人化,实际上都是生产关系和权力关系调整的结果。当经济主导的社会结构与生产关系总和的人的地位凸显出来时,日常生活的要素便已齐备。它在社会结构中的生产性也以审美性的方式合法化地建立起来。声称"名也是财富"的《废都》中的本能狂欢未必不是经济"狂欢"的缩影。而《活着》则是关于人的生命的追问,一个日常生活暗示的策略。新时期以来的文学创作几乎都有一个潜在的对话对象,那就是此前占主导地位的宏大叙事模式,代之而起的则是更关注小我的日常生活诗学。据米歇尔·德塞尔托讲,"'诗学'的词源是'来自于希腊文 poiein,意为创造、发明、生产'"②。同样是写历史记忆,莫言用轮回的方式表现日常生活的代际转换(《生死疲劳》);格非则运用消解、错位等手法来建构日常生活的辩证法(《望春风》);叶兆言《很久以前》却以反崇高的世俗化方式还原日常生活真实;路内的《慈悲》也在《活着》福贵式的传奇经历中寄予日常生活沉思。它们都是立足于日常生活之上的"创造、发明、生产",都是一种日常生活式的文学"战略"(德塞尔托语)。作为一种修辞策略,日常生活表征了文化和价值想象,具有能指的多义性。从根本意义上来说,它毋宁说是一种语境,一种象征体系。福尔摩斯的日常生活侦探无疑是个隐喻,暗寓现代日常生活的复杂和深刻,而鲁迅对日常生活惰性和凶险的洞察则强化了现代中国文学的日常生活诗学表达。日常生活是历史和社会坐标中的交汇之地,是最基本和永久的公共空间,也是社会繁荣和文明发达最重要的评价指标。本·海默尔在《日常生活与文化理论导论》一书的最后提出日常生活"可能有助于以想象的方式,给文化研究灌注生机"③,也许这正是日常生活视角的潜力和魅力罢!

---

① [日]坂井洋史.忏悔与越界:中国现代文学史研究[M].上海:复旦大学出版社,2011:72.
② [英]本·海默尔.日常生活与文化理论导论[M].王志宏,译.北京:商务印书馆,2008:255.
③ [英]本·海默尔.日常生活与文化理论导论[M].王志宏,译.北京:商务印书馆,2008:293.

二、日常生活关联下的新历史主义与
20世纪中国文学试论

思潮意义上的"新历史主义"初见于1982年《文类》(Genre)杂志的文艺复兴研究专号上。命名者美国加州大学伯克利分校英文系教授斯蒂芬·格林布拉特(即葛林伯雷,Stephen Greenblatt,1943—)后来称之为"一种实践,而不是一种教义"[①]。不满弗雷德里克·詹姆森的马克思主义和让-弗朗索瓦·利欧塔的后结构主义式资本主义释义,格林布拉特赞赏"一种关于美国日常行为的诗学",即在"利欧塔和詹姆森所阐述的两种资本主义之间的摆动"[②]。这一"诗学"与新历史主义的"实践"密切相关。同样,另一位新历史主义批评家海登·怀特(Hayden White)也注意到"使熟悉之物陌生化"[③]的福柯式做法,即"使感知回复到一种对日常事物新奇性的觉悟上去"[④]。从某种意义上来说,新历史主义未尝不是一种面对日常世界的批评建构。反观作为从现代性到后现代性的多维实践,20世纪中国文学也镌刻了日常生活及其诗学的印痕。下面拟于日常生活诗学维度并置和透视新历史主义及因适用方便而征用的20世纪中国文学案例,借以管窥兼有日常生活品格的(后)现代性诗学空间及其关联。

(一)新历史主义与新文化运动的本文化

作为对形式主义趋向反拨和超越的产物,新历史主义也对旧历史主义

---

① [美]斯蒂芬·格林布拉特.通向一种文化诗学[M]//张京媛.新历史主义与文学批评.北京:北京大学出版社,1993:1.
② [美]斯蒂芬·格林布拉特.通向一种文化诗学[M]//张京媛.新历史主义与文学批评.北京:北京大学出版社,1993:10.
③ [美]海登·怀特.解码福柯:地下笔记[M]//张京媛.新历史主义与文学批评.北京:北京大学出版社,1993:138-139.
④ [美]海登·怀特.解码福柯:地下笔记[M]//张京媛.新历史主义与文学批评.北京:北京大学出版社,1993:140.

表达了不满和抵制。旧历史主义建立在实证论基础之上。科学历史的伟大倡导者列奥波尔德·封·兰克(Leopold Von Ranke)就认为"历史学家的任务并不是仲裁过去,或者出于将来的利益考虑利用过去指导现在,而是'仅仅显示到底曾经发生过什么'"①。相反,新历史主义却提出:"历史就是历史学家描写过去事情的方式,至于历史上究竟发生过什么事情,他们则不管,他们认为历史主要有一些本文和一种阅读、诠释这些本文的策略组成"②,海登·怀特所谓"作为文学虚构的历史本文",也就是"如何组合一个历史境遇取决于历史学家如何把具体的情节结构和他所希望赋予某种意义的历史事件相结合。这个做法从根本上说是文学操作,也就是说,是小说创造的运作"③。詹姆森(Fredric Jameson)也相信:"我们只能了解以本文形式或叙事模式体现出来的历史,换句话说,我们只能通过预先的本文或叙事建构才能接触历史。"④基于"历史学家不可能客观地、科学地复原过去而只能从现在的视野中构造过去"⑤的看法,布鲁克·托马斯(Brook Thomas)把新历史主义与美国20世纪三四十年代的相对主义者联系起来,以为就取代新批评而言,新历史主义正是相对主义者的卷土重来,即"每个人都可以有自己的历史"⑥。面对历史主义的两难处境,詹姆森认识到,"当我们要决定分析关于过去的形式或客体时,我们首先要在相同与差异之间作出随意的选择,我们的选择支配着我们与过去联系",因而,"我们一直局限在我们自身的存在之中"⑦。为此,詹姆森特别讨论了从德国生命哲学出发的存在历史主义与尼采式反历史主义立场。

---

① [美]布鲁克·托马斯.新历史主义与其他过时话题[M]//张京媛.新历史主义与文学批评.北京:北京大学出版社,1993:76.
② [美]伊丽莎白·福克斯-杰诺韦塞.文学批评和新历史主义的政治[M]//张京媛.新历史主义与文学批评.北京:北京大学出版社,1993:56-57.
③ [美]海登·怀特.作为文学虚构的历史本文[M]//张京媛.新历史主义与文学批评.北京:北京大学出版社,1993:165.
④ [美]弗雷德里克·詹姆森.马克思主义与历史主义[M]//张京媛.新历史主义与文学批评.北京:北京大学出版社,1993:19.
⑤ [美]布鲁克·托马斯.新历史主义与其他过时话题[M]//张京媛.新历史主义与文学批评.北京:北京大学出版社,1993:84.
⑥ [美]伊丽莎白·福克斯-杰诺韦塞.文学批评和新历史主义的政治[M]//张京媛.新历史主义与文学批评.北京:北京大学出版社,1993:60.
⑦ [美]弗雷德里克·詹姆森.马克思主义与历史主义[M]//张京媛.新历史主义与文学批评.北京:北京大学出版社,1993:20.

作为一种文化诗学,新历史主义意在整合主、客体为独立开放的本文系统,用路易斯·孟酬士(Louis Montrose)的说法就是"'重新确定'(reorient)所谓互文性(intertexuality)的重心,以一种文化系统中的共时性本文去替代那种自主的文学历史中的历时性本文"①。这也正是新历史主义之所以选择现代早期的文艺复兴时期作为自己主要研究对象的最重要原因,因为"这个时期的作品与社会,作家与赞助人(patron),美学与政治问题最为微妙且明显"②。无独有偶,作为现代中国的文艺复兴,"五四"新文化运动同样体现了这样的"微妙且明显":新与旧、雅与俗、激进与保守交错混杂,呈现出多元文化的冲突和制衡景观。周作人曾在比较"五四之役,六三之役"及"三一八惨案"后下结论说,前者之"不开枪",系"舆论所不许"③。看似谐谑,实际上正从一个侧面折射了那时的文化心态。周氏自己的《前门遇马队记》(刊载于1919年6月8日的《每周评论》第25期上)就被警察所视为"不正派"的"要不得"之作,最终不被追究不能不说是拜美学与政治关系上的宽松所赐。在麻木和冷漠的社会征候下,新文化倡导者或"呐喊"或激进的彻底姿态("全或无")无异于建立了某种"谈判"关系,就像法国大革命"实际上是一个在它所发生时代中的'定型化意识'之外的复杂事件"一样。根据福柯的观点,"一个时代的定型化意识并不随着发生在其近邻或各种人文科学所标界的领域里的'事件'发生相应的变化。相反,事件通过一个特定时间与地点占统治性的再现方式所许可的句法策略把它们拼入这套词汇表与分析之中而获得了'事实'的地位"④。因此,他对一部作品或一部作品全集与其社会经济和政治语境的关系缺乏兴趣。新文学者的规划不啻拼入"定型化意识"词汇表的"流通"战略。

新历史主义视历史为本文,最大限度地还原历史与现实的共时性系统,表达了作为社会无意识的日常生活的特性。同样,新文化运动也在传统与

---

① [美]海登·怀特.评新历史主义[M]//张京媛.新历史主义与文学批评.北京:北京大学出版社,1993:95-96.
② 廖炳惠.新历史观与莎士比亚研究[M]//张京媛.新历史主义与文学批评.北京:北京大学出版社,1993:260.
③ 岂明.恕府卫[M]//周作人.周作人散文全集:4.桂林:广西师范大学出版社,2009:603.
④ [美]海登·怀特.评新历史主义[M]//张京媛.新历史主义与文学批评.北京:北京大学出版社,1993:117.

现代的多元架构上实现了文化调适,蕴含了日常生活的"着陆"旨趣。且不说白话文的提倡、"劳工神圣"口号的提出、民主(德先生)和科学(赛先生)精神的张扬,就是反灵学的"物质主义"和贞操讨论等也都充满了日常现代性气息。不过,最重要的表征却是自我的呈现。台湾学者曾就格林布拉特有关文艺复兴时期的"自我戏剧化"加以表述:"观察作家于表达观念、感情,呈现本身的欲求时,所牵涉的社会约束、文化成规、自我的形成及表达方式。"①"五四"时期"自我塑造"的过程便是文化本文的结果。最早讨论"我"的文章是《新青年》第一卷第五号(1916年正月号)上易白沙的《我》。有感于"各丧其我",作者意图"招魂",认为"我之性质,即独立之性质,即对于他人他族宣战之性质"。事实上恐怕是对"一战"形势的回应和立论。在胡适看来,真正代表《新青年》人生观的文章无不从"我"上生发。如"个人生存的时候,当努力造成幸福,享受幸福;并且留之社会上,后来的个人也能够享受。递相授受,以至无穷"(陈独秀《人生真义》);"总之,道德的行为,必据一己之知识心思,以为裁夺,然后行之,而又绝不能以一己之利害为前提者也"(陶履恭《新青年之新道德》);"故人生本务,在随实在之进行,为后人造大功德,供永远的'我'享受,扩张,传袭,至无穷极,以达宇宙即我,我即宇宙之究竟"(李大钊《"今"》);"我须要时时想着,我应该如何努力利用现在的'小我',方才可以不辜负了那'大我'的无穷过去,方才可以不遗害那'大我'的无穷未来?"(胡适《不朽——我的宗教》)这一自我塑形昭示了对"先天下"(范仲淹语)式传统价值观的疏离,同时也拨用了自由主义的他者信仰。面对自我(小我),鲁迅就不乐观,但"救救孩子"(大我)却是他的希望所在。周作人也在自己与他人的关系中重塑了自我,不过与长兄相反,他把希望留给了前者。这也是他此后批评陀思妥耶夫斯基的原因之一。文化传承制约了民族国家的意识形态抉择,日常生活机制则强化了自我的现代启蒙。传统和现代的较量建立了知识分子的价值标杆,同时也生成了像林纾和学衡派、钱玄同(废汉文)和郭沫若(凤凰涅槃)的对立场域。

---

① 廖炳惠.新历史观与莎士比亚研究[M]//张京媛.新历史主义与文学批评.北京:北京大学出版社,1993:268.

(二)新历史主义与战时权力的"贸易"

如果说新文化运动以否定性方式构建了历史与现在的关系的话,那么抗战以后的新启蒙运动则重建了历史意识。借由修辞性隐喻,历史成为置换现实的象征空间和权力能指。作为福柯的主导性范畴,权力同样是新历史主义的关键词。在反对旧历史主义的透明表现论的基础上,格林布拉特"以一个新的自我质询的历史主义者出现,把文学作品看作是'力量的场所,是意见纷争与利益变更的地方,是正统力量与反对势力冲撞的场合'。所以对一个历史主义者来说,文学绝非是对稳定与统一的历史事实这个'背景'的冷静的反映。它既是这个'事实'本身的一部分,也在规定着被我们所认为是事实的东西"①。受福柯影响,格林布拉特明确表示:"艺术作品本身是一系列人为操纵的产物。"这一"操纵"既有"我们自己的操纵",也有"原作形成过程中受到的操纵"②。或者说,"这种权力既体现在特定的机构中","也溶合在意义的意识形态结构、表达法的典型方式、反复出现的叙述模式中"③。对此,美国学者弗兰克·林特利查(Frank Lentricchia)解释说:"权力不是确立在一定的界限内,而是从不知什么地方跑出来扩散到所有地方,并吸收了一切社会关系,以致使社会集团之间所有的争端与'冲突'都成为仅仅是政治纷争的表现,成为一切建立在一种单一力量基础之上的事先设计好的冲突剧"④,即如伊丽莎白时代的戏剧就是某种默契与妥协的产物。演员与官方政策之间对权力的分解和让渡成为政治斗争的具体表现形式。在为《俗世威尔——莎士比亚新传》一书所写的"前言"中,格林布拉特强调了不同于"书橱戏剧"的各种权力形式,如残酷的商业性娱乐业,所处时代的社会、政治现状等,就像他在"中文版序"中所说,莎士比亚"更勇

---

① [美]弗兰克·林特利查.福柯的遗产:一种新历史主义[M]//张京媛.新历史主义与文学批评.北京:北京大学出版社,1993:148.
② [美]斯蒂芬·格林布拉特.通向一种文化诗学[M]//张京媛.新历史主义与文学批评.北京:北京大学出版社,1993:14.
③ [美]弗兰克·林特利查.福柯的遗产:一种新历史主义[M]//张京媛.新历史主义与文学批评.北京:北京大学出版社,1993:149.
④ [美]弗兰克·林特利查.福柯的遗产:一种新历史主义[M]//张京媛.新历史主义与文学批评.北京:北京大学出版社,1993:149-150.

于面对必须建造一个他所谓的'美丽新世界'的激进性挑战"①。

面对新历史主义的权力运作方式,美国女性主义学者朱迪思·劳德·牛顿承认"'历史'被讲述成一个关于权力关系和权力斗争的故事",或者说,历史"是由各种声音和各种形式的权力讲述的故事"②。因此,对主流历史主义的意识形态批评而言,新历史主义往往伴随着矛盾和异质的日常生活断片,像谢恩的赠答文字、祈祷文等都可以作为权力的形式参与本文的营造。牛顿就曾调侃自己对"国会辩论、妇女指南、医学书籍、小说以及维多利亚女王的登基之间的种种联系"③的研究的新历史主义特征。其开篇惯用的离题的迂回方式也预示了权力的战术和簇集。值得注意的是,除权力机构的博弈外,抗战时期"意义的意识形态结构、表达法的典型方式、反复出现的叙事模式"也是不约而同地角逐领域。苏雪林曾解读沈从文"把野蛮人的血液注射到老态龙钟、颓废腐败的中华民族身体里去,使他兴奋起来,年青起来,好在20世纪舞台上与别个民族争生存权利"④。抗战一样需要中华民族的"野蛮"力量,像路翎的《饥饿的郭素娥》、曹禺的《北京人》等就都带有蛮性之力。关于郭素娥,路翎曾坦言,"我企图'浪漫'地寻求的,是人民的原始的强力",并自述,"我只是竭力扰动,想在作品里'革'生活的'命'"。⑤曹禺也历来寄热情和希望于刚健和质朴,如《雷雨》中的鲁大海、《日出》中打夯的劳动者、《原野》中仇虎的复仇意志和广袤深刻的原野般生命强力,都是破坏与抗争的精神所在。难怪胡风回击"提倡回到原始时代的'复古'倾向的"⑥质疑,更把为取得艺术上的完整性而将"北京人这条线抽掉不用"的提议称之为"艺术上的和尚主义"⑦。比较而言,胡风所说"作者有在命题上的说不出的原因"与路翎"'革'生活的'命'"的心思有异曲

---

① [美]斯蒂芬·格林布拉特.俗世威尔:莎士比亚新传[M].辜正坤,等译.北京:北京大学出版社,2007:2.
② [美]朱迪思·劳德·牛顿.历史一如既往? 女性主义和新历史主义[M]//张京媛.新历史主义与文学批评.北京:北京大学出版社,1993:201.
③ [美]朱迪思·劳德·牛顿.历史一如既往? 女性主义和新历史主义[M]//张京媛.新历史主义与文学批评.北京:北京大学出版社,1993:202.
④ 苏雪林.沈从文论[M]//茅盾,等.作家论.北京:人民文学出版社,1984:160.
⑤ 胡风.《饥饿的郭素娥》序[M]//杨义,等.路翎研究资料.北京:知识产权出版社,2010:52.
⑥ 胡风.论《北京人》[M]//胡风.胡风全集:3.武汉:湖北人民出版社,1999:106-107.
⑦ 胡风.论《北京人》[M]//胡风.胡风全集:3.武汉:湖北人民出版社,1999:110.

同工之妙,耐人寻味。

　　文化人类学者列维-斯特劳斯认为"'原始事物'是更富人性的选择之物",并慨叹"文明人类远离他所谓的原始和可能更富有人性的对应者是多么具有悲剧性"①。不过,就像以郭沫若《屈原》为代表的"国统区"历史剧所暗含的借古讽今的意图那样,历史传统的重构也表达了权力的生产和抵制,而这种权力维护的恰恰是民族的日常生活方式,一如原始野性力量所建构的延续几千年的日常生活惯例那样。1942年3月23日,胡适曾在华盛顿纳德克立夫俱乐部发表题为《中国抗战也是要保卫一种文化方式》的讲演。以生活方式立论,意在抗战权力的保障,也在对人的权力的维护。战争把民族、历史和现实的日常生活都带进了焦点之中,既产生了像巴金《憩园》,张爱玲《金锁记》《倾城之恋》,师陀《无望村的馆主》等暴露、控诉和反思社会伦理积弊,以期再造和更生的"自己谴责"之作,同时也有像朱光潜、冯至、废名等直抵传统思想资源深处,不无整合用意的"远取譬"文本。即便像周作人、"战国策派"的不少言论也隐含了某种权力符码,于抗战不无裨益。战时的周作人就力主"常识的、实际的""人生主义"②;不谈玄学或物理后学;实行关怀"人民生活"③的"伦理之自然化"和"道义之事功化"。像"言论之新旧好歹不足道,实在只是以中国人立场说话耳"(《汉文学的前途·附记》);"在这乱世是这么的还仍在有所努力,还想对于中国有所尽心,至于这努力和尽心到底于中国有何用处,实在也不敢相信"(《沙滩小集》序);"在这乱世有什么能做本来是问题,或者一无所成也说不定,但匣子里的希望也不可抛弃,至少总要守住中国人的立场"(《十堂笔谈·汉字》);"两国的人相谈,甲有甲的立场,乙有乙的立场,因此不大容易说得拢,此是平常的情形"(《武者先生和我》);等等。司汤达曾称小说中的政治是"在音乐会中打响的手枪"④,而在詹姆森看来,第三世界的本文总是以民族寓言的形式投射一种政治,这在以周作人为代表的沦陷区文学里未必不可应用。

---

① [美]海登·怀特.评新历史主义[M]//张京媛.新历史主义与文学批评.北京:北京大学出版社,1993:141.
② 周作人.汉文学的传统[M]//周作人.药堂杂文.石家庄:河北教育出版社,2001:6.
③ 周作人.女学一席话[M]//周作人.周作人文类编:上下身.长沙:湖南文艺出版社,1998:373.
④ [美]弗雷德里克·詹姆森.处于跨国资本主义时代中的第三世界文学[M]//张京媛.新历史主义与文学批评.北京:北京大学出版社,1993:235.

(三)新历史主义与历史剧争鸣的日常生活隐喻

詹姆森曾定义历史主义为"我们同过去的关系",不必说,新历史主义也在我们与文学的过去之间谋求建立一种新的关系的可能。按照孟酬士的说法,与强调现在怎样利用它对过去的各种描述的英国文化唯物主义不同,美国的新历史主义的重心"被置于最初产生文艺复兴文本的那一社会文化领域的重建"①。这一说法准确与否值得商榷,就像廖炳惠所说:"美国学者对殖民政策、种族歧视、女权问题、资讯传播等主题也相当重视,讨论也往往触及政治层面"②。对此,布鲁克·托马斯相信,新历史主义的权威建立在这样一种信仰之上:"对于现在来说,对于过去的认识是至关紧要的。承认历史不是对历史曾经真是什么样子的陈述,而只是一种业已卷入目前的政治论争之中的现在构建。"这一"信仰"深受福柯影响,即"对于过去的建构不可避免地暗含在现今的权力以及统治结构之中,因而决不可能是超然的"③。在海登·怀特看来,福柯是一位反历史的历史学家,属于结构主义的末世学派。末世学派"致力于研究意识结构是如何掩盖世界的现实的;掩盖的结果是有效地将人类孤立到不同的、不必说互相排除的话语、思维和行为领域内",但"最终是分散的,因为它将思维引向特定的意识形式的内部"。这就解释了上述新历史主义中现在与过去关系的定向。怀特的结论是,末世学派"在含义上是深刻地反科学的,在方法上是顽固地反启蒙主义的"④。詹姆森曾把解决现在与过去关系困境的方法归纳为四种类型:"文物研究""存在历史主义""结构类型学"和"尼采式反历史主义",其中"存在历史主义"和"尼采式反历史主义"都侧重现在对过去的重构。以阅读为例,詹姆森认为:"每一个阅读行为,每一个局部阐释实践,都是两个不同的

---

① [美]布鲁克·托马斯.新历史主义与其他过时话题[M]//张京媛.新历史主义与文学批评.北京:北京大学出版社,1993:68.
② 廖炳惠.新历史观与莎士比亚研究[M]//张京媛.新历史主义与文学批评.北京:北京大学出版社,1993:267.
③ [美]布鲁克·托马斯.新历史主义与其他过时话题[M]//张京媛.新历史主义与文学批评.北京:北京大学出版社,1993:92.
④ [美]海登·怀特.解码福柯:地下笔记[M]//[美]海登·怀特.后现代历史叙事学.陈永国,张万娟,译.北京:中国社会科学出版社,2003:249.

生产模式相互冲突和相互审查的媒介物"①,柯林伍德(Collingwood)所谓"从一连串的'事实'中制造出一个可信的故事的能力"的"建构的想象力"②。其他如"所有的'历史都是当代史'"(克罗齐语),"结果历史成为战胜者的历史"(本雅明语),"世界史就是末日审判"(席勒语)等,都是现代性的方式和结果。

与兰柯的"持平客观"不同,黑格尔哲学的核心是"所有存在的事体和道理都处在历史的变迁之中,而历史本身也是合理的过程"③,即"凡是现实的都是理性的,凡是理性的都是现实的"④。在20世纪60年代初关于历史剧的争论中,针对吴晗"人物、事实都是虚构的,绝对不能算历史剧"及"历史剧必须受历史的约束"的看法,李希凡特别引用了黑格尔论莎士比亚历史剧的例子,以为"历史细节的精确对于他们也就不应有什么严肃的兴趣"。这里的"他们"特指"广大的听众",而非"认为这种历史的珍奇事物为着它们本身的价值也应搬上舞台去"的批评家。李希凡的目的是想证明"黑格尔大概不会赞成历史剧负担'普及历史知识'的任务的"⑤,从而强调"艺术真实和历史真实的关系,正像一般文艺创作中的艺术真实和生活真实的关系一样"⑥。实际上,在关于历史和历史剧的讨论中,自始至终都或多或少地存在着基于日常生活现实的"新历史主义"问题。即便是坚持"历史剧要求反映历史实际的真实"⑦的吴晗自己也不否认剧作家的立场、观点,像"不能不在作品里面曲折反映时代生活的某些方面,以服务于现实斗争。'为历史而历史'的历史剧,是从来不曾出现于文学史上的"⑧等。王子

---

① [美]弗雷德里克·詹姆森.马克思主义与历史主义[M]//张京媛.新历史主义与文学批评.北京:北京大学出版社,1993:47.
② [美]海登·怀特.作为文学虚构的历史本文[M]//张京媛.新历史主义与文学批评.北京:北京大学出版社,1993:163.
③ [美]伊各斯.历史主义(HISTORICISM)[M]//张京媛.新历史主义与文学批评.北京:北京大学出版社,1993:290.
④ 朱光潜.朱光潜美学文集:第四卷[M].上海:上海文艺出版社,1984:497.
⑤ 李希凡."史实"和"虚构":漫谈历史剧创作中的历史真实与艺术真实的统一[M]//《戏剧报》编辑部.历史剧论集:第一集.上海:上海文艺出版社,1962:299.
⑥ 李希凡."史实"和"虚构":漫谈历史剧创作中的历史真实与艺术真实的统一[M]//《戏剧报》编辑部.历史剧论集:第一集.上海:上海文艺出版社,1962:300.
⑦ 吴晗.谈历史剧[M]//《戏剧报》编辑部.历史剧论集:第一集.上海:上海文艺出版社,1962:269.
⑧ 刘知渐.关于《汉宫秋》的评价问题:与翦伯赞同志商榷[M]//《戏剧报》编辑部.历史剧论集:第一集.上海:上海文艺出版社,1962:133.

野也在《历史剧是艺术,不是历史》中提醒"剧作家写历史人物一定要依据历史科学的最新成就",即"新历史剧的人物性格要尽量符合历史科学的新的评价"。古为今用就是这一对待历史态度的集中概括。

  历史剧争鸣的倾向性选择透露了直面日常生活的消息。所谓日常生活,实际上是个综合性概念,泛指社会的政治、经济等多方面的内容,与时代精神也有着密切的关系。重视历史的科学性一翼也许正是论争的起点。很多讨论者都自觉不自觉地强调历史的真实,如周建人就总结说:"社会主义是依照社会发展规律来办事的,是科学的。"[①]何其芳在肯定《胆剑篇》时也是从"对于古代人物和古代事件的描写是近情近理的,令人相信那时在古代可能有的,可能发生的"来立论的[②]。茅盾在《关于历史和历史剧》中同样提示:"真实地还历史以本来面目,也就最好地达成了古为今用。"不过,在历史剧到底是艺术还是历史的辩证认识中,艺术派还是占了优势,朱寨就在《关于历史剧问题的争论》中"坚持历史剧是艺术,不是历史,显然是正确的"。不消说,在反历史主义和现代化的制衡中,前者固然应该反对和祛除,后者却也同样走了极端。早在1958年,学术界就曾讨论过"厚古薄今"的问题。对"今"的置重无疑是对古为今用原则的贯彻,如"那些只会做古人的传声筒,旁征博引而无补于实际,把历史现象和古代遗产搞得支离破碎,却不能正确地说明任何一个问题的人,又算得什么真才实学呢?"(华夫《厚古薄今要不得!》)、"单纯追求学术论文的'科学性'的研究思想、方法是错误的,有害的"(王积贤《研究现代文学也要"厚今薄古"》)等。与之相反,有别于历史小说的"故事小品",吴晗立名的"故事剧"则是对历史科学的认可。即便是历史小说,如陈翔鹤《陶渊明写〈挽歌〉》,也未尝没有对日常俗务的放达情怀在。詹姆森曾说,"过去是关于匮乏(privation)的一课",证之20世纪60年代初的历史剧争论,恐怕不无知识分子对自身所处政治境遇的隐喻表达吧。

---

  ① 周建人.闲话《昭君出塞》[M]//《戏剧报》编辑部.历史剧论集:第一集.上海:上海文艺出版社,1962:161.
  ② 何其芳.《胆剑篇》印象[M]//《戏剧报》编辑部.历史剧论集:第一集.上海:上海文艺出版社,1962:164.

(四)新历史主义与20世纪八九十年代文学的文化征候

作为一种文化诗学,新历史主义表现出强烈的文化特性和诉求。这一"特性和诉求"主要体现在两个方面:一是新历史主义的形成。按照朱迪思·劳德·牛顿的说法,"'新历史主义'出自新左派,出自文化唯物论,出自1968年的危机,出自后现代主义者对这场危机的回答,出自作为这个回答的一部分的后结构主义;当然,主要还是出自米歇尔·福柯的历史编纂学"①。进一步讲,"新历史主义一直都热烈地卷入到当代的各种思想新潮中"②。这些都表明了它的文化品格。就文学批评而言,则是其边缘化境地的某种不甘和反拨,因而才"把批评家抬高于作者之上"③。二是新历史主义的主张。海登·怀特曾就对传统研究的冒犯阐释道:"对于新历史主义而言,这种历史语境是一种'文化系统',而社会制度和实践,其中包括政治在内,都被解释为这个系统的功能,而不是刚好相反。"④格林布拉特也在利欧塔和詹姆森之间做了妥协,承认审美与真实之间的"流通",由此他建议重新审视以模仿为代表的旧文学批评,而代之以"一些新的术语,用以描述诸如官方文件、私人文件、报章剪辑之类的材料如何由一种话语领域转移到另一种话语领域而成为审美财产"⑤。对这种文化学方法的命名并不一致,有如"厚描"("深描"),据说是对政治现实视而不见,并且表现出保守的种族中心主义的格尔茨文化学。再如"交叉文化蒙太奇"等指示了新历史主义文化主义的路径。

如果说新历史主义意在建构现在与过去之间的文化本文的话,那么新时期文学中的"寻根小说"也在有意搭建文化平台,而且颇为相似的是,它

---

① [美]朱迪思·劳德·牛顿.历史一如既往? 女性主义和新历史主义[M]//张京媛.新历史主义与文学批评.北京:北京大学出版社,1993:202.
② [美]伊丽莎白·福克斯-杰诺韦塞.文学批评和新历史主义的政治[M]//张京媛.新历史主义与文学批评.北京:北京大学出版社,1993:54.
③ [美]伊丽莎白·福克斯-杰诺韦塞.文学批评和新历史主义的政治[M]//张京媛.新历史主义与文学批评.北京:北京大学出版社,1993:53.
④ [美]海登·怀特.评新历史主义[M]//张京媛.新历史主义与文学批评.北京:北京大学出版社,1993:97.
⑤ [美]斯蒂芬·格林布拉特.通向一种文化诗学[M]//张京媛.新历史主义与文学批评.北京:北京大学出版社,1993:13-14.

们都有立足现实的日常生活考量。对于前者而言,正如研究者所说:"批评者使历史'再现',为历史确定一个现在的位置。但是'再现'历史的做法并不能逃离受现在价值观的支配。我们需要提问:恢复的是谁的历史?"①这一"现在的位置"或"价值观"显然遵循了日常生活的法则。同样,后者也在面对走向世界的追求和热情中整合民族传统文化,在集体无意识的日常生活长河中审视和省察,以重溯促重构,如《爸爸爸》中的丙崽和《小鲍庄》中的捞渣(鲍仁平)虽生死不同,但都表达了某种历史深处的永恒,同样是民族日常生活的投影和隐喻,只是态度不同罢了。捞渣的仁义和丙崽的古怪不无对先前日常生活不再的探问和忧虑。到了莫言那里,更是达到了思痛和忏悔的地步,如他在《红高粱》中所说:"我们这些活着的不肖子孙相形见绌,在进步的同时,我真切感到种的退化。"作者在文末自述写作的目的即在"召唤那些游荡在我的故乡无边无际的通红的高粱地里的英魂和冤魂",并再度自责为"不肖子孙"。相反,《棋王》却大写了"汇道禅于一炉"(《棋王》)的文化英雄的传奇形象。王一生的辉煌暗示了承续先人遗愿的当代神话。无论如何,上述"寻根小说"都蕴含了走向日常生活的主题,就像《棋王》结尾所写:"每日荷锄,却自有真人生在里面,识到了,即是幸,即是福。"李锐在《厚土自语》中也呼吁:"文学应当拨开这些外在于人而又高于人的看似神圣的遮蔽,而还给人们一个真实的人的处境。"其他如《系在皮绳扣上的魂》(扎西达娃,1985)、《老棒子酒馆》(郑万隆,1985)、《最后一个渔佬儿》(李杭育,1983)等也不乏对过往日常生活方式不再的伤悼和纪念。

美国理查德·特迪曼指出:"不管新历史主义在别的方面受到多少指责,其实践起码重新建立起了一种对于历史、文化以及政治的关系形式。"②詹姆森也提出:"如果我们要理解第三世界的知识分子,作家和艺术家们所起的具体历史作用的话,我们必须在这种文化革命(目前对我们来说是陌生和异己)的语境之中来看待他们的成就和失败。"③两人所说的"文化"大

---

① 张京媛.《新历史主义与文学批评》前言[M]//张京媛.新历史主义与文学批评.北京:北京大学出版社,1993:7.

② [美]理查德·特迪曼.所在见教,有无种类[M]//张京媛.新历史主义与文学批评.北京:北京大学出版社,1993:226.

③ [美]弗雷德里克·詹姆森.处于跨国资本主义时代中的第三世界文学[M]//张京媛.新历史主义与文学批评.北京:北京大学出版社,1993:242.

可以在20世纪八九十年代之交的新历史主义小说中得到印证,可以说,新历史主义小说在对政治的某种放逐中实现了文化置换和超越。有观点认为:"'新历史小说'与新写实小说是同根异枝而生,只是把所描写的时空领域推移到历史之中。"①实际上,他们都透露了"文化革命"的信息,都在对政治的反拨和疏离中回归日常和自身。一个极有意味的现象是,与唐浩明、二月河、赵玫等"写历史小说就是在写历史"②的创作方法不同,包括《我的帝王生涯》《武则天》等在内的苏童的新历史小说创作似乎"从来是不完整的,甚至有时是错误的"③。按照"不能虚构"的历史小说写法来写的《武则天》(《紫檀木球》)就连作者自己都"不愿意谈",甚至自嘲写得"很臭"④。倒是有着白日梦冲动的《我的帝王生涯》才真正实践了他"表达'人'就是表达历史"⑤"个人眼中的历史"的历史小说理想,而"从帝王沦为杂耍艺人"⑥的设置也最大限度地彰显了新历史小说的日常生活美学。社会嬗变是新历史小说生成的温床,而作家主体经验则是其基石。陈忠实就多次提及,是中篇《蓝袍先生》的创作打开了他《白鹿原》的"记忆"和"库存"(陈忠实:《我与〈白鹿原〉——在中国现代文学馆讲演稿》《寻找属于自己的句子》等)。刘震云甚至不认同《故乡天下黄花》与"另一种真实的历史"的关联,反而强调"中国民间文化之胃的消化能力"⑦。詹姆森曾大谈民族和文化(甚至是孔子儒学),恐怕与以莫言《红高粱》为代表的新历史小说的文化表征恰相契合。

(五)结语

格林布拉特强调新历史主义"在方法论上的自觉意识",以为"艺术作

---

① 陈思和.中国当代文学史教程[M].2版.上海:复旦大学出版社,2014:309.
② 王巧玲,二月河.我从不含沙射影[M]//吴圣刚.二月河研究.郑州:河南大学出版社,2015:43.
③⑤ 周新民,苏童.打开人性的褶折:苏童访谈录[M]//汪政,何平.苏童研究资料.天津:天津人民出版社,2007:207.
④ 林舟,苏童.永远的寻找:苏童访谈录[M]//汪政,何平.苏童研究资料.天津:天津人民出版社,2007:99.
⑥ 苏童,王雪瑛.回答王雪瑛的十四个问题[M]//汪政,何平.苏童研究资料.天津:天津人民出版社,2007:123.
⑦ 周罡,刘震云.在虚拟与真实间沉思:刘震云访谈录[M]//禹权恒.刘震云研究.郑州:河南大学出版社,2015:22-23.

品是一番谈判(negotiation)以后的产物"①。廖炳惠也认识到新历史主义的"批评性,是反省、质疑、推翻性的知识活动"②。概而言之,新历史主义之"新"就在于从过去转向现在,以今带古,自觉建立了表述的日常生活系统和修辞,正如格氏在信仰、兴趣、作品、回家、家庭和一生最喜爱的女人等之间所建立的联系,从而得出"莎士比亚的想象力从没有彻底飞跃日常情境",及"一个乡绅的日常生活,这是他多年来逐渐塑造起来的角色"③的结论一样。在与历史关系的"谈判"中,20世纪中国文学也做出了现实主义的选择,重建了日常生活的基础和世界。

无论是笃信进化论的新文化运动,拨用历史传统资源的文化抗战,还是古为今用的历史剧讨论及小历史时代的新历史小说,都或此或彼、程度不等地表达了日常生活的"战术"([法]米歇尔·德塞尔托语)和诗学。抗战后期,周作人曾在总结新文化运动时提醒,"文艺复兴应是整个而不是局部的"④。胡适也告诫"历史是整个[体]的,无论那一方面缺了,便不成整个[体]",以为"历史是连续不断的变迁的,要懂得他变迁的痕迹,更不能不晓得整个的历史是怎样"⑤。相似的是,伊丽莎白·福克斯-杰诺韦塞心目中的新历史主义也是一种基于"关系的结构",所谓"关联域"⑥。从这一意义上讲,"五四"的"反历史"和抗战的"讲历史"都是从日常生活出发的新历史运动。同样,20世纪50年代初就已开始的历史主义(古)和现代化(今)之争也在日常生活的整合下统一了起来。茅盾就有意识地在艺术、历史和历史教育(爱国主义教育)之间寻求和保持平衡,以调适和定位历史剧的属性和品格,堪称与官方、民间和科学三重信仰的"谈判"和权力"流通"。八十年代以来,随着人性、主体性等向下转之文化空间的崛起,文学与历史之间

---

① [美]斯蒂芬·格林布拉特.通向一种文化诗学[M]//张京媛.新历史主义与文学批评.北京:北京大学出版社,1993:14.
② 廖炳惠.新历史观与莎士比亚研究[M]//张京媛.新历史主义与文学批评.北京:北京大学出版社,1993:258.
③ [美]斯蒂芬·格林布拉特.俗世威尔:莎士比亚新传[M].辜正坤,等译.北京:北京大学出版社,2007:284.
④ 知堂.文艺复兴之梦[M]//周作人.周作人散文全集:9.桂林:广西师范大学出版社,2009:178.
⑤ 胡适.中国书的收集法[M]//季羡林.胡适全集:第13卷.合肥:安徽教育出版社,2003:102-103.
⑥ [美]伊丽莎白·福克斯-杰诺韦塞.文学批评和新历史主义的政治[M]//张京媛.新历史主义与文学批评.北京:北京大学出版社,1993:62-63.

的交流通道也变得宽松和多元起来。此前从"历史现实主义创作方法"①出发,相信"历史既是过去生活的客观存在,就不能以今天的意志为转移"②的姚雪垠就在寻找不同于鲁迅式中国现代历史小说传统的可能性,而主张"历史小说是历史科学与小说艺术的有机结合"③,并自信开拓了"历史小说新道路"④。事实上,姚雪垠一样强调"人类以往的生活皆史也"的"杂学"整体观⑤。与后来无论是"寻根小说"还是新历史小说的自我书写相比,《李自成》无疑更多地体现了历史主义的追求,而在对日常生活的重视和表述上,两者却没有太大不同,只是后者更有"谈判和交易"(格林布拉特语)的自觉,因而也更带新历史主义(或文化诗学)色彩罢了。

三、长篇小说的日常生活时代
——以 2015 年《收获》与第九届茅盾文学奖为中心

日常生活之所以成为当前文学批评的关键词,除了以亨利·列斐伏尔为代表的日常生活理论的推动外,很大程度上还在于社会转型和政治制度赋予它的动力和张力。日常生活现场和视阈取代权力意识形态,成长为新的话语和空间中心,参与后革命时代的社会文化心理建设。以新世纪长篇小说为例,日常生活更多是一种态度、一种立场、一种预设、一种实践,莫言、余华、贾平凹、刘震云、阎连科、韩少功、叶兆言等都以这样那样的方式活跃于日常生活广场。下面拟以 2015 年《收获》杂志所刊长篇小说及 2015 年揭

---

①④ 姚雪垠.创作体会漫笔:《李自成》第五卷创作情况汇报[M]//姚雪垠.姚雪垠文集:第 18 卷.北京:人民文学出版社,2010:219.
② 姚雪垠.论历史小说的新道路:当代中国历史小说的若干理论问题[M]//姚雪垠.姚雪垠文集:第 18 卷.北京:人民文学出版社,2010:169.
③ 姚雪垠.论历史小说的新道路:当代中国历史小说的若干理论问题[M]//姚雪垠.姚雪垠文集:第 18 卷.北京:人民文学出版社,2010:160.
⑤ 姚雪垠.论历史小说的新道路:当代中国历史小说的若干理论问题[M]//姚雪垠.姚雪垠文集:第 18 卷.北京:人民文学出版社,2010:166.

晓的第九届茅盾文学奖获奖作品为例,探究日常生活视角及其实现,以追踪长篇小说的最新态势,构建新世纪长篇小说的日常生活诗学。

(一)日常生活寓意

富于反讽意味的是,出于文学史命名需要的新写实小说反倒使日常生活的意义和价值凸显出来。事实上,新世纪文学的渊源也肇始于此。当然,在社会语境相对平稳的今天它仍然适用。《收获》杂志2015年所刊五部新作就呈现了日常生活的面貌和景观。

没有狂欢和热烈,日常生活似显平淡而单调,有时甚至是苍凉和残酷。王安忆和迟子建的处置就透露了个中消息。《匿名》开始于一桩绑架案,《群山之巅》则写了强奸和杀人案。犯罪案件不只是对日常生活的破坏,更是完整而深刻地反映日常生活的视角。作为社会征候和现实缝隙的体现,罪案显示了日常生活的畸变。女性视角以其细腻的敏感还原了日常生活,并审视日常生活背后的含义。同样彰显了形而上意义的另外一位女作家严歌苓则延续了后英雄时代的日常生活话题,与以爱情为主题的韩东的《欢乐而隐秘》有异曲同工之妙。相比之下,路内的《慈悲》更紧凑。日常生活的河流回荡着呜咽之音,既明净又深沉。

新写实小说重建了日常生活美学。此后,虽有"人文精神"等论争相龃龉,但底层、草根、打工等日常生活符码还是兴盛和流行起来。秩序建立过程中的日常生活再祛魅化,迟子建的《群山之巅》就揭示了日常生活的尴尬和困境。小说的重心是一个名叫安雪儿的女孩被强奸的案件。这个被称为"小仙"的矮人精灵不只被"破了真身",也把"神话"给破了。所谓"坠落凡尘",就象征了从神到人的转变,或者说是日常生活的回归。安雪儿不仅怀了孕,连身体也发育生长起来。小说第六节"生长的声音"正是对生命的拜献。然而,"下凡"的安雪儿却难以静定。不仅孩子毛边的生父辛欣来被正法,她自己也又一次受辱——遭守护土地祠的单夏强吻。"一世界的鹅毛大雪,谁又能听见谁的呼唤!"的苍凉沉郁的结尾不只是她苦痛境遇的升华,也同时蕴含了日常生活的冷峻和隔膜。

如果说《群山之巅》是从正面表现日常生活的千疮百孔的话,那么严歌苓的《护士万红》则从反面呈现了日常生活的寥落。和《群山之巅》的多线索交叉相比,《护士万红》更集中,也更浓重。这个以主人公名字命名的题目(成书时更名《床畔》)俨然简练而又幽静的雕塑,无声地诉说着生命的传奇。在几乎所有人都认为救出两个兵的英雄连长张谷雨成了植物人时,万红却以她特有的观察和体验相信并坚持自己截然不同的判断。在后英雄崇拜的时代,万红继续了英雄的神话,但孤独抗争的背后是无边的荒凉和寂寞,就像一个日常生活的空洞。

不满足于展览和沉溺,以精细见长的王安忆把日常生活引上了超越之途。也许是对人文精神的认同,王安忆在打破日常生活的同时努力建构意义的世界。绑架案本身就象征了某种争夺,某种剥离,所以人不再重要,匿名成了主旨的暗示。当王安忆把老板吴宝宝嫁接到外公名上时,实际上她是在做双重否定。过去和现在,旧和新,都融进了历史和文明的时间之中。这时间不再是日常生活的当然和同质,而变得惊心动魄和刻骨铭心。与其说吴宝宝饱受侵害,陷入了苦难的泥淖,倒不如说他领受了精神洗礼,涅槃更生。哑子、二点、小先心(张乐然)、新鹏飞都是他复活的生命。

王安忆引入时间和文明,希望建立感性博物馆,提醒时间和文明的搏斗痕迹,揭示当代社会生活的文化渊源,而在精神史建构过程中她也有意无意地放逐了日常生活,日常生活变得残缺和支离。"吴宝宝"的被绑架既是他和他的家庭对日常生活的脱离,也打乱了与之相连的周围世界的节奏,包括民营物流公司与麻和尚。更为显明的是,当基因配对相符,被福利院称为"老新"的失踪之人即将回到上海的家里时,王安忆几乎是轻描淡写地叙述了辞行人的落水。与之相伴的是,"晚霞在天边一片绚烂,江鸥飞上飞下,江心淌着一注金汤,里面蹲着金针"。老新再也不能回归日常生活境域,永远留在了时间之中。王安忆借时间塑造和提炼了日常生活的意义。当上部"归去"第四部分结尾写到哑子"终于知道了,把这个人带去哪里,就是带去山里边,带进无限的时间"时,王安忆实际上完成了对于日常生活的胜利和超越。

同样是从日常生活到意义的过渡,路内把王安忆的文明追问转向了宗教乌托邦。日常生活不再是分立的他者,而成了意义本身。值得注意的是,路内打破了革命与后革命的固定分野,把人生命运贯穿于日常生活之中,强化了《慈悲》的小说主旨。主人公陈水生二十岁读工专,毕业后进了前进化工厂的苯酚车间,直到六十岁还挣扎在苦境之中。没有英雄情结,也没有传奇人生,小说着力呈现的是芸芸众生的生老病死和冷暖甘苦。一切自然、随缘,连时代和社会也自然化为自我。日常生活像缓缓流淌的河水,涨落起伏,流向不可知的时间之中。不同于《匿名》,这里的"时间"就是日常生活本身。《慈悲》中有庙宇,但没有神话。路内把希望置于冥冥之中。最后一节水生和弟弟云生(法号慧生)的相遇就是个象征,所谓"皈依",所谓"勘破生死",日常生活的终极正是对于灵魂的指引。虽然弟弟不愿承受人生的苦痛,不想再过俗世的生活,羡慕爬着进香的老太的虔诚和幸福,但乐便是苦,正如灵魂就是肉身一样。

(二)日常生活精神

第九届茅盾文学奖五部获奖作品(格非《江南三部曲》、王蒙《这边风景》、李佩甫《生命册》、金宇澄《繁花》和苏童《黄雀记》)或是日常生活时代的结晶,或契合日常生活时代精神,既展示了日常生活对于文学(长篇小说)的塑造,也诠释了文学(长篇小说)走向日常生活的意义。

日常生活是现代性的产物,是普通人的时间和空间语境。拿《生命册》来说,李佩甫借小人物折射大时代,失败和死亡取代了成功和永恒,生命观照置换了崇高和神圣。李佩甫的生命书写无形中是一种反拨,疏离革命和政治模式。生命意味着人的日常生活化还原,骆国栋(骆驼)、吴志鹏、梁五方、虫嫂、杜秋月、春才、老姑父蔡国寅、蔡思凡(苇香)等都是生命的时代标本。耐人寻味的是,每一个故事都呈现了生命自然的本色,不无苍凉和悲壮的格调。骆国栋的跳楼自杀,梁五方的上访,虫嫂的死,杜秋月的失常,"很有骨气的失败者"春才,瘫了的老姑父,蔡思凡的"汗血石榴",无一不是日常生活的真实。骆国栋的经历就是这样真实的象征。他相信:"这是一个伟大的时代,同样又是一个在行进中,一时又不明方向的时代。"落实到行动上就是一个"抢"字,"抢抓机遇""时间就是生命",所谓"有条件要上,没有条件创造条件也要上"。"打新股"、厚朴堂包装上市、贿赂副省长范家福、为夏小羽活动"金话筒奖"等在"我"看来,并不表明"骆驼是个十恶不赦的坏人",却体现了日常生活的价值评判标准。

日常生活时代是对此前革命时代的平衡,也是客观历史规律的再度证明。相对于意识形态,日常生活重在个人立场,关心现场和经验。格非的《江南三部曲》(《人面桃花》《山河入梦》《春尽江南》)连主人公形象的选择也富于日常生活意义,三部连续性长篇小说分别选取三位女性形象作为故事结构的中心。比较而言,历史题材的前两部更昭示了日常生活的维度。陆秀米(《人面桃花》)、姚佩佩(《山河入梦》)的女性视角既是对历史肉身的重现,也是细腻、敏感的日常生活化改写。值得注意的是,根深蒂固的历史叙事霸权退入背景,革命话语以模糊和朦胧的方式让位于生动清晰的日常生活节奏,如革命者张季元的到来及与母亲关系的扑朔迷离,从秀米所读的日记中才清晰起来。同样,从事革命后的秀米也变得捉摸不定,失去了此前日常生活中的充沛和丰盈。《山河入梦》中姚佩佩与谭功达的真情也远过于后者的官场沉浮。看得出,格非对与他同时代人物性格的把握更加得心应手,这也从一个方面解释了《春尽江南》女主人公庞家玉的出类拔萃。虽然向死的悲剧大同,但日常生活深度的小异还是在其间区别开来。

和格非的女性叙事相比,金宇澄的《繁花》更直接、更显豁。沪地方言和风情生发了日常生活的活泼,替逼仄的长篇小说天地开一新局面。作者表明:"《繁花》感兴趣的是,当下的小说形态,与旧文本之间的夹层。"所说"旧文本",实际上是鲁迅所讲的韩子云《海上花列传》,周作人所谈的《常言道》一类。巧合的是,金宇澄的经验恰好印证了周作人的论断,也就是"如何说,如何做,由一件事,带出另一件事,讲完张三,讲李四"①的写法。与后者"天然凑泊""行云流水""逢场作戏""见景生情"的契合,可谓生活流的样式。以开头为例:

> 沪生经过静安寺菜场,听见有人招呼,沪生一看,是陶陶,前女朋友梅瑞的邻居。沪生说,陶陶卖大闸蟹了。陶陶说,长远不见,进来吃杯茶。沪生说,我有事体。陶陶说,进来嘛,进来看风景。

"进来看风景"便似作者的邀约,而"风景"也不难想见:菜场、大闸蟹、茶,都是再日常不过的"事体"。至于活动在其间的人物,第一眼看去的"沪

---

① 金宇澄.跋[M]//金宇澄.繁花.上海:上海文艺出版社,2013:443.

生"二字显然是做暗示,打招呼者陶陶则"长远"得可以。"前女朋友梅瑞的邻居"的介绍几乎让人忍俊不禁,可见"编织人物关系"的功夫。寥寥几句,显示了金宇澄对日常生活的瞭望和感触。

除感性具体的当下生存状态外,日常生活的解读还可以做文明历史意义上的延伸。几千年的传统文化习俗形成超稳定的日常生活结构。和这一结构相比,当下生存状态的日常生活则显得捉襟见肘,苏童的《黄雀记》就是这种观察的产物。围绕着三个年轻人的强奸案只是表象,它所传达的毋宁说是日常生活的破坏和零乱。一错再错,保润的冤狱最终膨胀恶化,演变成又一起杀人案。苏童沿用他所擅长的象征手法,展现了日常生活的变异和创伤。除保润外,案件的另外两个当事人柳生和仙女(白小姐)也都深受其害。苏童一边呈现年轻人命运的改变,暗寓日常生活秩序的被打乱,一边却也尝试修复和重建,祖父形象的设置就是这一意图的表示。开头的拍照丢魂表达了祖父遭遇现代生活的尴尬和无奈,正如鲁迅在谈到时人不爱照相的原因时所说的"因为精神要被照去的"①那样。不幸的是,祖父再也不能回到属于他的时代。不仅魂没有找到,连他自己也被强行绑进井亭医院。苏童的用心不只是在开头,结尾更具匠心。如果说开头是写失落的话,那么结尾则重在回归。从红脸婴儿到耻婴再到怒婴,同此前保润左右臂上"君子"和"报仇"的刺青一道,传达了对白小姐乃至她所代表的不正常日常生活世界的审判。对保润的"走"和白小姐的"不见了"的交代既是否定,也是希望。留下来的一老一小不只是过去和将来的连接,更是新的敞开,是日常生活结构的传承和再造。难怪作者以不惜重复的写法为整部小说作结:"怒婴依偎在祖父的怀里,很安静。当怒婴依偎在祖父的怀里,他很安静,与传说并不一样。"传统超越传说,成就了苏童的传奇。

(三)日常生活与生命

笼统而言,四种文学体裁中,长篇小说最便于再现日常生活,日常生活的永恒灌注了生气。2015年的长篇小说现场就有惊人的磁场。同时,不断生发的人和日常生活的距离越来越大,迷惘和无助的生命也随之而起。比

---

① 鲁迅.论照相之类[M]//鲁迅.鲁迅全集:第一卷.北京:人民文学出版社,1981:183.

较而言,日常生活是海德格尔意义上的"大地",生命则是"世界"。

如果说《护士万红》是2015年《收获》杂志坚守精神的收获的话,那么《慈悲》则是日常生活的凝望。前者打造了英雄之上的英雄。万红之所以伟大,正在于她的坚持。连后来成为植物人研究专家的吴医生都在质疑,而万红坚信的可贵正在于对生命的尊重,对真理的追求,对道德的守护,对理想的执着。六年四大本护理日志,一天不少,换来的却是青春和爱情的代价。在被功利和欲望污染了的世界里,万红不只是"不识时务"的英雄,更是出淤泥而不染的观音或女神。后者讲述了水生的一生,娓娓道来。岁月和人生的回响就像暮鼓晨钟,一个重要的原因是政治退居背景,日常生活成为主角,活动于其间的众生只见其活命和苦难。六十年甲子轮回中,水生先后失去了父母、叔叔、师傅(岳父)、妻子玉生,还有孟根生吊死,段兴旺患癌死去,邓思贤中风而死。路内体会和玩味时代精神与社会心理,升华了日常生活哲学。

日常生活转向是时代的要求,对长篇小说而言既是开放又是深化。人或生命这一日常生活性母题成为作者聚焦的中心。李佩甫的《生命册》不必说了,王蒙的热情更是建筑在生命之上,他在《这边风景》的"后记"中提到最多的词就是"生命",体会到"世界与你自己本来就是拥有生命的可爱可亲可留恋的投射与记忆",相信自己过了时的文稿正是"得益于生命的根基"。韩东的苦心也在生命中获得了平衡。《欢乐而隐秘》看似卑俗,却装嵌了崇高的内核,爱情的传奇、生命的瑰丽都寄寓其中。尚未出生的秦麒麟既成就了爱的神话,又是日常生活世界的狂欢。和秦麒麟相比,苏童笔下的怒婴则象征了控诉的叛逆生命,矛头直指生母白蓁(仙女、白小姐)及其颠倒的异化世界。

七十年前,鲁迅曾撰文称道哈尔滨的北方人民的"生的坚强和死的挣扎"[①]。七十年后,现居哈尔滨的女作家迟子建在继续先辈的事业。《群山之巅》无疑是"飞速变化着的时代"生命的记录。迟子建怀旧但不守旧,故而她能写出"震荡"来。火葬场的建立及注射死亡的处决死刑犯的方法只是大处落墨,迟子建最感兴趣的是新旧变迁中的生命形式,借以谱写生命的

---

① 鲁迅.萧红作《生死场》序[M]//鲁迅.鲁迅序跋集.济南:山东画报出版社,2004:492.

挽歌。唐眉因爱生恨毒害同学陈媛,日本女人秋山爱子的毛边纸船坞,上海知青刘爱娣的临终托付,龙盏镇镇长唐汉成对开发的抵制,等等,都是阵痛期社会转型中沉浮的生命样式。小星河畔的绣娘风葬,土地祠中大声呼救的安雪儿,则是无比钟情大自然的作者的生命祭祀和呐喊,背后牵涉的是生命的健康和尊严,或者说是日常生活的家园焦虑。

浮躁喧哗和急功近利的心态使得坚守越发难能可贵,同样,压力和孤独的体验也将生命突显出来,升华为审美对象。《繁花》众多头绪的顶点恐怕要数小毛弥留之际一段,一句"上帝一声不响,像一切全由我定",在"珠环翠绕"的"繁花"中更富于生命感,难怪作者用作题词。结句"可是谁又能摆脱人世间的悲哀"的黄安的歌声更如鸿鹄之鸣,渐入寥廓。格非同样把日常生活和生命联结起来。女性悲剧本身就是对男性英雄史诗的反拨,是日常生活态度的选择。如果说《人面桃花》中的秀米是革命悲剧,《山河入梦》中的姚佩佩是政治悲剧的话,那么《春尽江南》中的家玉(秀蓉)就是生命悲剧。家玉一点儿也不完美,甚至还有点儿颓废和堕落,但就是这样再平凡不过的女人却不得不面对生命的残酷和社会的冷漠。绝症使她走到了人生的尽头,对人世的告别则表达了某种时代情绪。作者坦言:"这个时代急转直下的一些东西,有时候会让人有悲伤,有无可奈何的感觉。我有时候不理解现代的人为什么活得这么高兴。"庞家玉在交出了自己身体和精神之后,最终被褫夺了生命。格非的"白日梦"正是社会求救之一助,如他所说:"在现实生活重压之下给我们提供一丝喘息。"①提供了回望和反思之机的李佩甫的《生命册》则是正面、朴素的生之歌。以骆驼为例,不断膨胀的欲望刺激自我挑战现实,梦与现实的冲突最终葬送了自我,其他如梁五方、老杜、虫嫂、春才等都是生命的奇迹,回响着日常生活的中国之声。

日常生活是人最自然、最恒久的生存状态,也是最美丽动人的心灵皈依的大地。长篇小说源于此,也终于此。苏童《黄雀记》中的祖父和王安忆《匿名》中的老新都是日常生活的隐喻。前者不能适应时代,因丢魂而被送进井亭医院。红脸婴儿的安静寓意祖父传统和日常生活的宽厚。后者被绑架的命运同样是日常生活的噩运。一方的褫夺在另一方恰是天赐。老新的

---

① 格非.《山河入梦》封底[M].天津:天津人民出版社,2011.

存活不无对文明和时间背后的日常生活的致敬,而即将回归却再遭噩运的结局也是基于日常生活的拒斥和抗议。最后一句"赤裸的时间保持流淌的状态,流淌,流淌,一去不回"便是对日常生活状态的呼应。同样借罪案展开的《群山之巅》也回响着对逝去的日常生活记忆的呼唤。辛七杂的太阳火;李素贞的不服轻判,而提起上诉;安平的不惧美色;刘爱娣的托孤等都是这记忆的痕迹,是日常生活的风景。所谓群山之巅,其实就是一曲日常生活的挽歌。格非对女性身体的直视是他与历史协商的结果,也是挽歌式的日常生活节奏。

看得出,这些长篇小说的起点和终点都是人,是生命,而非强加的先入之见。即便是三十多年前的旧稿,《这边风景》在王蒙看来也是以人为第一位的,而且"真实得无法再真实","细腻得胜过了实录"①,可谓日常生活的影子。李佩甫的《生命册》也是这样的实录,只不过展开在改革开放的三十年。小说满覆失落的焦虑,首尾城乡失衡的忧惧固定了全书寻根的主线,堪称日常生活的清明上河图。《繁花》则是海上生命与生活的浮世绘,所谓"上海味道",正是日常生活的极致。其他如白发苍苍的护士万红,历尽沧桑的陈水生。王果儿的"嫖"和齐林的死,看似离奇,实际上蕴含了补偿和改造的希望,是日常生活的召唤和自我修复。吴医生对万红"不可愈合"的爱,水生对亡妻玉生和爸爸灵魂的引领都是重建的日常生活丰碑,而《欢乐而隐秘》"这事儿就这么定了"的大团圆结局更是日常生活式的皆大欢喜。

(四)日常生活与悲哀

也许是太过匆促和功利的现实在作怪的原因,过去五年中的长篇小说对于时代和社会的讲述总有种挥之不去的沧桑和凄凉之感。实际上,这一情感本身就是丰富复杂的日常生活的明证。如果说诗是日常生活普遍心理和情感的酝酿和释放的话,那么长篇小说则几乎就是日常生活本身,至少也是对日常生活的模仿和试验。就像迟子建所说"莫名的虚空和彻骨的悲凉"②一样,长篇小说必然留存有现实社会情绪的余剩。《群山之巅》中安大

---

① 王蒙.这边风景[M].广州:花城出版社,2013:697.
② 迟子建.每个故事都有回忆[J].收获,2015(1):188.

营之死固然令人唏嘘,而划了长青烈士陵园安玉顺和安大营墓碑的杀人强奸犯辛欣来也一样值得同情。陈金谷的肾脏移植手术和辛七杂、安雪儿想见他最后一面的温情,都是这种同情的原因。小说的精妙之处正在于对这样二律背反式困境的揭示,从而将日常生活风景的冷峻和无奈显露无遗。"群山之巅"已不再是圣土,唐汉成的焦虑和忧惧正是上述浮躁和喧嚣的社会的镜像。

彻悟"改变精神"对于民族国家重要性的鲁迅曾解释悲哀原因道:"进化如飞矢,非堕落不止,非着物不止,祈逆飞而归弦,为理势所无有。此人世所可悲。"①同一时期的周作人也以忧国忧民的心情指出悲哀之必要:"顾目击扰攘,而萧条之感乃不觉婴心而来,令人森然如过落日废墟或无神之寒庙者,其凄清也如是,盖所谓死寂者是也。萧条唯何?无觉悟是。曷无觉悟?无悲哀故。"②周氏兄弟的悲哀建立在家国之上,到了2015年的长篇小说则源于民间,源于日常生活情绪的结晶,其中,路内的《慈悲》最为突出。小说中的人物大都带有"生"字,诸如水生、玉生、根生、复生、云生等,"生"意味着生命、生存和生活。题目"慈悲"及最后一节的"勘破生死"也暗示了"超生"的解决之道。巨变中的社会太过压缩,使得日常生活成了重载运转的机械,成为一个异化了的世界。显然,主人公水生的一生便是濡染了悲哀色彩的一生。从悲哀到慈悲不仅是大升华,也是大境界的见证,大有日常生活的宽容和厚重。不过,即便是作者自己也缺乏信心,所以他才写了庙宇钟声的"停下、飘散,世间的一切声响复又汇起,吵吵闹闹,仿佛从未获得一丝安慰"。而引领玉生和爸爸的灵魂"跟紧水生,不要迷路"的结尾也既平凡朴实,又深沉悲凉,萦绕着日常生活的回声。韩东的《欢乐而隐秘》虽以"欢乐"为题,又不无循俗和调侃之嫌,但它以齐林之死为底子的设置还是刻画了悲哀的日常生活侧面。此外,生命延续在王果儿身上所激起的冲动及佛菩萨的装点也是对悲哀及日常生活的表达和补充。之所以没在车祸上戛然作结,以齐林和王果儿双双情死成就浪漫的传奇,显然寓示了韩东对于日常生活的审美偏好。牺牲悲哀之题的代价与其说是消解,倒不如说是重建,重

---

① 鲁迅.摩罗诗力说[M]//鲁迅.鲁迅全集:第一卷.北京:人民文学出版社,1981:67-68.
② 独应.哀弦篇[M]//周作人.周作人散文全集:1.桂林:广西师范大学出版社,2009:128.

建了含有悲哀的日常生活诗学,所谓化悲痛为力量,也即是笑中有泪,苦中作乐。

女性身份赋予王安忆特别的对日常生活的敏感。她的《匿名》颇多社会征候的象征。主人公姓名的模糊性既暗示了命运遭际的普遍性,同时也隐喻了人的自我失落的悲剧性。在王安忆那里,当代人的悲剧性就在于日常生活的断裂和陷落,不可思议的错乱恰是这一日常生活缝隙的表征。值得注意的是,"吴宝宝"在整个绑架过程中完全有自救甚至脱逃的机会和可能,但作者压根儿就未谋虑,当事人只是在"应激反应"和"自我保护"中平衡自身。显然,王安忆放大了日常生活风险。与之相对,"吴宝宝"不真实的拼搭却在下部以"老新"的方式获得了新生。是山野的化外之地和当代文明的边缘地带拯救了日常生活事件的受害者。表面上王安忆大谈时间和文明,实际上她是以传统的方式来批评异化了的日常生活。在此基础上,不无同情地挽留老新在时间的长河中,而不是让他重新回归现实秩序和日常生活,这无疑是她批判和赞赏的选择态度使然。实际上,即便回家成为现实,假冒吴宝宝的他恐怕也难真正回到原来的日常生活轨道上,这从上部"归去"妻子杨莹瑛放弃的态度上不难看出。对这样一对老夫妻而言,他们牵手走过了不平静的政治和革命时代,却不能跨越似乎再平静不过的日常生活时代。两相比较,老新面对的哑子、二点和鹏飞虽受天谴,却都生气蓬勃,正所谓天行健,君子当自强不息,而这未尝不是王安忆对涣散的日常生活的警醒和救赎。

日常生活以时间的形式表达自身,同时,人以各种不同的方式克服时间,但结果往往不尽理想,悲哀之感便是其一。某种意义上来说,鲁迅小说就是对时间的悲哀的记录。金宇澄的《繁花》也是对日常生活流的诗性发掘。像二十三章小毛老婆春香临产大出血,到了弥留之际劝告老公,"不可以忘记自家的老朋友",就是日常生活的告白。有意思的是,格非的《春尽江南》中出现了苏童、臧棣等当代作家和诗人的名字,实际上也是对日常生活的召唤。《黄雀记》则是苏童日常生活凝思的产物。出狱后的保润并没有即刻复仇,而是静待一段时间之后,背后未必不是日常生活的窥伺。同样,保润、柳生和白小姐之间的早年结怨也沉淀于日常生活的河床上。十年后的三人表面上似尚融洽,维持着相互间的均衡,所谓"黄雀"正是这种时间的力量,暗示某种日常生活的隐秘。更富有象征意味的是,被看护在井亭医院的祖父看似被放逐于日常生活之外,实际上正是以不合作的极端方式来表达对日常生活的愤怒和攻击,而红脸婴儿在他怀里很安静的结尾则更多回归和还乡的意味,意在日常生活的寻根。综合考量,王蒙的《这边风景》和李佩甫的《生命册》之所以能够荣获茅盾文学奖,一个很重要的原因就是他们作品中的日常生活的广度和深度及对人的日常生活的观照和叙事。后者的生命形式不无时代和社会日常生活坐标的定位。同样富有象征意味的是《护士万红》。首先,女英雄万红本身就是对男性立场的颠覆。如果说男性是权力和欲望主体的符码的话,那么女性则昭示了弱势群体和日常生活的法则。这里万红的意义更表现为浮出地表的日常生活修辞。其次,万红的故事本身也凸显了日常生活的意义和美学。万红的护理日志详细记录了六年中张谷雨包括心情和食欲在内的每天的日常生活状态,一天不少。事实也证明了她对张连长不是植物人的判断和结论的正确。显然,严歌苓赞颂了日常生活之美。在主管医生"吴一刀"看来,万红就是不识时务的英雄。所谓"不识时务",不正表明日常生活的永恒和神圣吗?

综览上述十二部长篇小说,可以得出两点结论:一是人的日常生活化。此前大写的人的先验模式被日常生活的人的审美范式所取代,如万红(《护士万红》)、陈水生(《慈悲》)、陆秀米(《人面桃花》)、姚佩佩(《山河入梦》)、骆国栋(《生命册》)、王果儿(《欢乐而隐秘》)、伊力哈穆《这边风景》等都解构了既成规范,凸显了日常生活旨归。《护士万红》中的万红、《欢乐而隐秘》中的齐林看似英雄和传奇,实际上他们都经过了日常生活的洗礼。前者"白发苍苍的头"和后者的车祸身亡就是日常生活的点睛之笔。二是对日常生活的反思和重建。社会问题和现实困境筑成了长篇小说高地,批判精神和启蒙自觉也塑造了长篇小说的反思品格。一方面,日常生活成为反思的领地,呈现了浮躁喧哗背后的疮痍和创伤。另一方面,日常生活也作为乌托邦的符码,寓示了拯救和再生产的可能,如《群山之巅》《匿名》《春尽江南》《繁花》《黄雀记》等既揭示了日常生活的异化真相,同时又暗示了日常生活的救济之道,重申了日常生活理想。可以预测的是,日常生活时代的长篇小说经典也许正源于此。

四、中国故事的日常生活叙事
——莫言新世纪长篇小说综论

"日常生活"是源于西方现代性理论的关键词。在中国,它崛起于对于新写实小说的评价之中。新世纪以来,底层写作和打工文学的文坛风气进一步扩大了日常生活审美的影响。2012年,莫言诺贝尔文学奖的获得未尝不是这一趋势的自然结果。

(一)日常生活基调

新世纪以来,莫言出版了四部长篇小说:《檀香刑》(2001)、《四十一炮》(2003)、《生死疲劳》(2006)和《蛙》(2009)。《檀香刑》的意义最为重要的是它深刻地体现了日常生活叙事的魅力。书中孙丙反抗德国人暴行的举动无疑提供了英雄崇拜的爱国主义教育契机,但莫言并没有廉价大唱赞歌,而是遵循日常生活逻辑,借日常生活法则来铺开。不仅岳元帅的名头及德国兵自己变成了猪狗的故弄玄虚说来可笑,就是他下巴上的胡须被人薅去的受辱也是有意的设置,更不必说对檀香刑执刑过程的残酷表述了。莫言穿越历史,将民族主义和家国情结融入日常生活现场,借以清算英雄史诗的僵化叙事模式,显示了现实主义传统的复归。同样的方法还表现在对袁世凯、刘光第、钱丁及其胞弟钱雄飞的刻画之中,如少年袁世凯偷扮刽子手,斩杀罪犯;刘光第的舔碗;钱丁与孙眉娘的恋情等。即便是"不吸烟、不饮酒、不赌博、不嫖娼、律己甚严"的英雄钱雄飞,也饱受袁世凯枪"既不是女人,更不是母亲"的揶揄。另外有力的一笔出现在凌迟前,"竭力做出视死如归的潇洒模样,但灰白的嘴唇颤抖不止"的细节直指人性的弱点。如果说《檀香刑》是以对近现代历史的日常生活态度来实现日常生活叙事的话,那么《四十一炮》则更多是对重大民生问题的反映,以进入日常生活深处的方式构建日常生活叙事。

莫言的小说想象奇特，感觉敏锐，寓日常生活本色于天马行空之中。从最初的《红高粱》到饱受争议的《丰乳肥臀》，都以革命性的伦理冲击干预了本就巨变中的日常生活。《四十一炮》是莫言人性观察的深刻之作，尤其表现在对好人和坏人所做的区分上。历来盛行的标准界限分明，非此即彼。鲁迅曾批评"在一个人上，会聚集了一切难堪的不幸"[①]。莫言却是语出惊人："只有好人的小说不是小说。"他从悲悯的角度加以解释说："即便是好人，也有恶念头。站在高一点的角度往下看，好人和坏人，都是可怜的人。小悲悯只同情好人，大悲悯不但同情好人，而且也同情恶人。"[②]"同情恶人"是大智慧和大境界，体现了日常生活的宽容和博大。《四十一炮》中的老兰（兰继祖）就是这样的"恶人"。

老兰是市场经济时代的宠儿。一方面顺应了历史潮流，但更重要的还在于他的破坏性，两相牵连，合成了这一"典型环境中的典型人物"[③]。小说中的老兰精明，有眼光。他曾一语道破当今时代做人的根本，即"必须好好赚钱"，以为"现在这个时代，有钱就是爷，没钱就是孙子"。在赚钱动机的驱使下，老兰为他的福尔马林液和硫磺烟熏注水肉找到了"原始积累"的理论根据。按照他的解释："'原始积累'就是大家不择手段地赚钱，每个人的钱上都沾着别人的血。"为此他辩解说："等这个阶段过去，大家都规矩了，我们自然也就规矩了。但如果在大家都不规矩的时候，我们自己规矩，那我们只好饿死。"也正因为能够敏锐预感和觉察社会风向，所以老兰才果断做出整治个体屠宰户的决定，兴建肉类联合加工厂。除了"食"，老兰在"色"上也是贪得无厌，跟野骡子、杨玉珍、范朝霞、黄彪小媳妇等之间的不正当关系呈现了另外的欲望深渊。饶有兴味的是，老兰虽是日本造82迫击炮四十一炮炮轰的对象，但在大多数场合下却给人讲情理、可信赖的印象。这是莫言的高明之处，难怪他表示："只有描写了人类不可克服的弱点和病态人格导致的悲惨命运，才是真正的悲剧，才可能具有'拷问灵魂'的深度和力

---

① 鲁迅.《中国新文学大系》小说二集序[M]//鲁迅.鲁迅序跋集：下卷.济南：山东画报出版社，2004：587.
② 莫言.捍卫长篇小说的尊严：代序言[M]//莫言.檀香刑.上海：上海文艺出版社，2012：2.
③ 恩格斯.致玛·哈克奈斯[M]//纪怀民，陆贵山，周忠厚，等.马克思主义文艺论著讲选.北京：中国人民大学出版社，1982：269.

度。"①比较而言,老兰就是这样的"不可克服的弱点和病态人格"。他是如此的伪善魅惑,以至老兰和母亲杨玉珍的绯闻传出后,父亲罗通手执斧头劈进的却是母亲的脑门,甚至连被捕后的托孤对象也是老兰。老兰表达了莫言太多的愤怒,也倾注了他太多的心力,散发着日常生活的气息。

《生死疲劳》的意义可视为写作方式的回归。此前的两部长篇小说《檀香刑》和《四十一炮》都用电脑写作。到了《生死疲劳》,莫言重又执笔写作。这一调整带动了思维和内容的变化,实现了作者2000年提出的"大踏步撤退"的设想。无论是西门屯地主西门闹被枪毙后转生为驴、牛、猪、狗、猴和大头婴儿蓝千岁的轮回构架,还是"第一部驴折腾、第二部牛犟劲、第三部猪撒欢、第四部狗精神、第五部结局与开端"的章回体目录形式,都显示了莫言对民间与传统的重视和接近。作者深受乡贤蒲松龄《聊斋志异》影响。那种"感于民情"②的士人情结同样体现在《生死疲劳》的写作之中,如对"大养其猪"的讽喻,对洪泰岳、庞抗美和西门金龙下场的交代等。莫言的回归既是集体无意识的召唤,也是对民族传统的寻根。他希望挣脱庙堂雅言的锁链,回到民间俗艺的小说现场,希望从对西方文学的借鉴中转身,重建民间文学的殿堂和民族日常生活的景观。

从"娃"的内容到"蛙"的题目的转变,显示了莫言的生命策略。生命说到底是个日常生活性的概念。两者对人来说都是基础和本原,只不过一是自然,一是社会的罢了。主人公姑姑(乳名端阳,学名万心)被尊为高密东北乡的圣母、活菩萨、伟人,然而,伴随着一万个小孩的接生、"地瓜小孩"等无比荣耀的,却是耿秀莲、王仁美和王胆的死及引流两千八百个孩子的巨大代价。作者延续了之前人物打磨的思路。千万只青蛙的抓咬和撕扯不无生命复仇的隐喻,与制作泥娃娃的郝大手结婚则是"脱皮换骨"的暗寓。剧作结尾上吊再生的细节同样是赎罪的表示,如姑姑所说:"一个有罪的人不能也没有权利去死,她必须活着,经受折磨、煎熬,像煎鱼一样翻来覆去地煎,像熬药一样咕嘟咕嘟地熬,用这样的方式来赎自己的罪。"正是这样的态度,姑姑才得以更生,而安放泥娃娃的东厢房则成为她生命忏悔的圣殿。

---

① 莫言.捍卫长篇小说的尊严:代序言[M]//莫言.檀香刑.上海:上海文艺出版社,2012:3.
② 游国恩,王起,萧涤非,等.中国文学史:四[M].北京:人民文学出版社,1964:253.

(二)日常生活叙事

莫言小说叙事从单一走向多元,变布道为协商,表现了众声喧哗的日常生活景观。莫言有意的调整不只是叙事技巧上的尝试,更重要的是,作为有意味的形式,他提供了主体间性和复调的文本解读可能。

《檀香刑》从结构设置到各章题名都颇为耐人寻味,最引人注意的是凤头和豹尾两部的"多声部合唱"。从孙眉娘、赵甲、赵小甲、钱丁到孙丙,各言其事,各抒其情,通力合作,共奏华章。如第一章"眉娘浪语"第一部分开头写道:"那天早晨,俺公爹赵甲做梦也想不到再过七天他就要死在俺的手里。"再看全书结尾第十八章"知县绝唱"最后的第九部分,借钱丁的视角写道:"赵甲侧歪在地,背上插着一把匕首",同时,"孙眉娘木呆呆地站在赵甲的身体旁,惨白的脸上肌肉扭曲,五官挪位"。两相对照,首尾呼应,互补、多角度叙事编织立体艺术空间,制造了身临其境的日常生活幻觉。不同人称间的转换也增添了活泼和变化之趣,如第一人称的我、俺、余、咱家,第三人称的他(第十一章"金枪"中的钱雄飞等)及第二人称的你(如第四章"钱丁恨声"第四部分的曾氏夫人)等。在谈到多角度叙事时,莫言认为给"小说的多义性提供了可能",并相信"比单一的全知视角要丰富,给读者提供想象和思考的空间更广阔,更是对历史的确定性的消解"①。不论是多义性还是确定性,都指向弥散或敞开,标志着开放或交往,呈现出日常生活的境界。此外,大脚仙子、半截美人、狗肉西施孙眉娘、傻子赵小甲也有意戏拟和消解正史,无异于日常生活的符号。

《檀香刑》以多维视角还原历史真实,《四十一炮》的叙事人角色也别出心裁,充分调动了作者的童年经验。放牛、饶舌、嘴馋、孤独,展现了莫言童年亮丽的风景线,诸如大自然、"莫言"、生命、感觉等都是他童年意义的延伸。童年叙事天然地蕴含抗衡或审判的先验,《红高粱》中的"我"是如此,《四十一炮》中的罗小通也不例外。罗小通的意义不只是在复仇上,更重要的还是对堕落的成人世界的揭露和批判。稍显复杂的是,小说中的儿童视

---

① 莫言.重建宏大叙事:与李敬泽对话[M]//莫言.莫言对话新录.北京:文化艺术出版社,2010:307.

点并不保持对比的客观姿态,而是在早熟的传奇中汇入与敌对势力合谋的浊流中,第三十三炮"被老兰任命为洗肉车间主任"一章深化了畸形和异化书写。发明活畜注水法,对一个只有十二岁的孩子罗小通来说并非荣耀,而是戕害,是对道德滑坡和社会罪恶的谴责,荒诞中见讽刺,与第三十六炮吃肉大赛的情节一道,表达了对物质社会欲望膨胀的忧惧。

值得注意的是,莫言并不满足于儿童视角的意义试验,而是叠加了过去与现在的时间形式,强化了欲望叙事。一方面是肉神,一方面是五通神,罗小通和兰老大(兰大官)的食色并置体现了人性的分解。显然,复调式的对话机制扩大了空间,也深化了主题。譬如过去式的老兰被老太太发出的第四十一发炮弹"拦腰打成了两截",但在相伴而生的现在式叙事中,老兰却依然故我,仍旧风光。不论是儿童视角,还是讲故事的"二水分流",都挖掘了日常生活的深邃和潜能,揭示了日常生活的无限可能。

《生死疲劳》的叙述视角更加多样。从西门闹、蓝解放到大头儿蓝千岁、莫言,从驴、猪到狗,交错重叠,多方面释放了讲述的能量,活跃了讲述气氛。对于讲故事和长篇小说的关系,本雅明认为"长篇小说在现代初期的兴起是讲故事走向衰微的先兆"①。换言之,长篇小说取代故事,成为现代社会的经验传播形式。在长篇小说多元化的今天,莫言重新审视故事与长篇小说的关联,实际上是民族历史日常生活的艺术策略。第一部"驴折腾"第九章"西门驴梦中遇白氏 众民兵奉命擒蓝脸"在讲到1958年时,以西门驴的口吻指出,"我讲的,都是亲身经历,具有史料价值",并以"尽量地不谈政治"为戒,也便是上述日常生活的说明。作为叙述视角,驴、猪和狗的选用不只是出于叙述生态方便的考虑,更为重要的是动物经验对人与政治模式的规避和超越,是莫言社会经验的形象再现,就像第二部"牛犟劲"第十二章"大头儿说破轮回事 西门牛落户蓝脸家"中所说"驴的潇洒与放荡、牛的憨直与倔强、猪的贪婪与暴烈、狗的忠诚与谄媚、猴的机警与调皮"那样。如西门驴雪里站怒咬猎头乔飞鹏,矛头直指形式主义、教条主义、本本主义、经验主义,大养其猪现场会前西门猪(猪十六)站在黑狗坟头上的

---

① [德]本雅明.讲故事的人:论尼古拉·列斯克夫[M]//[德]汉娜·阿伦特.启迪:本雅明文选.张旭东,王斑,译.北京:生活·读书·新知三联书店,2008:99.

窥视,等等,顺序上的设置固然不能互换,莫言的先锋之处正在于打破旧来观念,融多种叙事为一炉,灌注了文本生气,显示了日常生活的活力和潜力。

《生死疲劳》和《檀香刑》都是多维叙述,有利于重返历史现场。《蛙》和《四十一炮》则是单一视角,重在批判或反思。《蛙》写作思路的调整加大了反思的力度。从《蝌蚪丸》到《蛙》的题目变换并不只是张力空间的改换,更重要的是书信体的对话交往机制。叙事主人公蝌蚪(小跑、万足)以学生的名义与日本文学家杉谷义人的通信耐人寻味。这一框架放大了计划生育的生命关怀,引入了战争参照,正像小说中2003年7月的信中所写:"如果人人都能清醒地反省历史,反省自我,人类就可以避免许许多多的愚蠢行为。"杉谷"赎父辈的罪"的"担当精神"与后来姑姑的赎罪后先辉映,显现了博大深厚的日常生活理想。书信最便表白,也最能传达亲历者的震惊体验,所以,从生命出发,蝌蚪才良心不安,多次提到忏悔、罪感、安慰、解脱等愿景,希望减轻罪过。莫言还从写作伦理出发,提出"写人生中最尴尬的事,写人生中最狼狈的境地",而且"为那些被我伤害过的人写作","也为那些伤害过我的人写作",彰显了鲁迅"更无情面地解剖我自己"①的精神,所谓拷问灵魂。难怪作者在"后记"中以八个大字作结:"他人有罪,我亦有罪"。生命至上,莫言以我写他,以个人视角透视生命整体,蝌蚪和蛙(娃)的对比显然别有寓意。为此,他还提醒读者作为小说第五部分的话剧《蛙》,"希望读者能从这两种文体的转换中理解我的良苦用心"②。话剧形式的《蛙》不只是补充,更是升华。舞台形式的公共言说更生动有力,更惊心动魄。陈眉的悲剧和执着,姑姑的恐惧和救赎,相辅相成,共同指向生命之奇、之大。

两类文本(小说、戏剧),三种赎罪(姑姑、蝌蚪、杉谷义人),莫言建构了生命圣殿。"我"顶礼膜拜,也经受洗礼,小我映现大我,既袒露了自己的内心,也显露了人类的良心。

(三)日常生活体验

莫言提出的"大踏步撤退"的设想实际上是他追问日常生活的结果。

---

① 鲁迅.写在《坟》后面[M]//鲁迅.鲁迅全集:第一卷.北京:人民文学出版社,1981:284.
② 莫言.听取蛙声一片:代后记[M]//莫言.蛙.上海:上海文艺出版社,2012:342.

故而,在《四十一炮》《生死疲劳》和《蛙》之外,他还上溯至19、20世纪之交,打捞历史和革命背后的日常生活碎片。

很大程度上,莫言小说的文学史意义是建立在对20世纪五十至七十年代文学的反拨和超越之上的。在他看来,"当代文学是一个双黄的鸭蛋,一个黄子是渎神的精神,一个黄子是自我意识"。① 所谓反拨和超越,实质上就是渎神和自我。前者破坏偶像,后者是个性解放,都不外"五四"精神的余波,也都是日常生活的要求。《檀香刑》中的孙丙在革命现实主义的写作模式里本应是民族英雄的典型,他反抗侵略,视死如归的大无畏精神也该是叙事重心,但莫言的日常生活化处理显然赋予了全新的意义,不仅执刑过程成了狂欢和围观的奇观,就是反抗本身也打上了鲜明的个人烙印,与对民族国家的演绎拉开了距离。相似的例子还表现在孙眉娘和钱丁的恋情之中。莫言不满"十七年"爱情描写的虚假,曾谑之为"经过了高温灭菌的爱情",矛头直指"阶级斗争牌"和"真封建伪君子牌"②两副情爱笔墨。作为反拨,他走入里巷,汲取民间滋养,大胆描写女性真爱的炽烈和癫狂。如"比烈火还要热烈,比秋雨还要缠绵,比野草还要繁茂"的孙眉娘的单相思:"告诉他我情愿变成他的门槛让他的脚踢来踢去,告诉他我情愿变成他胯下的一匹马任他鞭打任他骑。告诉他我吃过他的屎……老爷啊我的亲亲的老爷我的哥我的心我的命……"既是对旧式男女情爱模式的否定和改写,更是风土人情和芸芸众生的日常生活汇演。

同样是视觉的盛宴,和对世纪初书写的《檀香刑》的"攘外"相对,世纪末的《四十一炮》炮轰的却是"内",是以食色为中心的欲望世界,其本意也还是对日常生活权利的保卫。对此,莫言十分自豪,他公开表示,是《檀香刑》引发了"底层文学"的写作热潮,并自信《四十一炮》要比同一时期的其他"底层文学"作品高明。③ 不难理解,一个重要的原因是他没有走上"革命文学"的套路,而是回到日常生活的天地,以慈悲和平等的态度来看待同样

---

① 莫言.我痛恨所有的神灵:为张志忠著《莫言论》写的跋[M]//莫言.小说的气味.北京:当代世界出版社,2004:121.
② 莫言.漫谈当代文学的成就及其经验教训[M]//莫言.小说的气味.北京:当代世界出版社,2004:153.
③ 莫言.小说与社会生活:2006年5月在京都大学会馆的演讲[M]//[日]吉田富夫.莫言神髓.曹人怡,等译.上海:上海文艺出版社,2015:136.

挣扎在欲望泥潭里的弱势群体和权力精英。小说中的老兰和兰老大固然可憎，但包括罗通、杨玉珍和罗小通在内的受害者也帮同共谋，所以，结尾既写了罗小通在老太太的帮助下"把老兰拦腰打成了两截"，也以"女人走来"的意象象征了欲望的强固。有意思的是，"炮"的意义博弈也凸显了日常生活的主导，炮轰的双方反倒像在游戏，炮孩子的说书人及性意义的"炮"大占了篇幅。即便是"四十一"这一数字也似乎不是那么随意和偶然。粗算起来，从1949年到小说故事开始时的1990年恰好是41年，而作者出生的1955年的41年后也几乎就是叙事主人公罗小通的讲述之年。

和对生/死意义的革命/政治话语建构不同，《生死疲劳》植入传统/信仰的民间日常生活架构，构建了生命诗学。从驴、牛、猪、狗到猴的生命之旅既是对"疲劳"的实证，同时也是"渎神"的日常生活同构，轮回流转正是日常生活状态的写照。值得注意的是，除结构外，莫言讲故事的态度和精神也是对日常生活本质的展示和诠释，正如他在解释"高密东北乡是一个文学的概念而不是一个地理的概念"①，及"好的小说就像幽灵"②时所暗示的那样，故事也被提炼升华到日常生活哲学的高度。也许是对巨变中的社会的制衡和纠偏，莫言有意把个性和执着推向极致，渲染了非日常的日常生活图景。"全中国唯一坚持到底的单干户"蓝脸看似奇观，实际上正是日常生活实践的先锋和传奇。小说第二部"牛犟劲"第二十章"蓝解放叛爹入社　西门牛杀身成仁"中总结蓝脸的存在"既荒诞，又庄严；既令人可怜，又让人尊重"，相互矛盾的评价诠释了非日常年代与日常生活时代的相遇和对立。同样，蓝解放和庞春苗的"深恋酷爱"也是某种拒绝和回归：拒绝和黄合作无爱的婚姻，回归感情的日常生活深处。此外，西门金龙和洪泰岳的偏执、蓝开放和庞凤凰的生死恋，也都寓蕴了日常生活的深情和永远。

莫言小说的日常生活书写不只表现在对政治/革命文本的重写和倒置上，更重要的还在于他对日常生活的建设和移用，其中生命就是他十分重要的日常生活概念，体现他生命反思成果的《蛙》便是日常生活美学的典范之作。作为敏感和棘手的问题，计划生育没有被硬化和庸俗化，而是在日常生

---

① 莫言.福克纳大叔，你好吗：在加州大学伯克莱校区的演讲[M]//莫言.小说的气味.北京：当代世界出版社，2004：177-178.
② 莫言.旧"创作谈"批判[M]//莫言.小说的气味.北京：当代世界出版社，2004：293.

活的轨道上生命化和人性化。借用作者"三项基本原则"的说法,就是"将自己的内心袒露给读者",所谓"我亦有罪"的自剖和担当。不仅姑姑的忏悔和赎罪是如此,就是蝌蚪(我)对生命延续态度的转变也是日常性的表现,是对生命的彻悟和自觉,蝌蚪小学同学李手所谓"静观其变,顺水推舟"的日常生活态度。和牛蛙、青蛙、女娲和袁腮的"帮人养娃娃"相比,莫言把更多希望寄托在了郝大手和秦河的泥娃娃上,借以纪念和超度,两难选择的背后实际上也是对日常生活的皈依和致敬。

不同于政治/革命时代生命观照的他律方式,莫言的生命审视还原了本体的洁净,所以才满是日常生活的真实和无奈,如叛逃台湾的飞行员王小倜的日记;姑姑的冤家对头妇科医生黄秋雅的伟大;王肝的深爱与出卖;和小毕不清不楚的大款肖下唇(夏春)的"有教养有耐心";即便是诱奸大姑娘的坏种黄军(黄瓜)和抢钱小贼活土匪张拳的外孙也有可以体谅之处。莫言说他"展示了几十年来的乡村生育史",事实上,莫言书写了国家和社会的日常生活史,"老娘婆""地瓜小孩""男扎"等显然掀开了日常生活中的一角。更为重要的是,小说写出了从政治到生命的日常生活化过程。无论是姑姑遭遇青蛙大军的脱胎换骨,蝌蚪被豹子男孩和"雌雉"的两个女人追打的狼狈和觉悟,还是秦河对姑姑的痴恋,陈眉对孩子的疼爱,都是对日常生活的呼唤和呼应。

(四)日常生活风景

对于把自己的小说归入新历史主义思潮的做法,莫言并不太感兴趣。事实上,就新世纪以来的长篇小说实践而言,莫言的确冲击了旧历史主义方法的根基,消解了对历史看法的逻各斯中心模式,而带有他在文学和历史关系处理上的新特点。新历史主义另一似乎更确切的说法是"文化诗学",因其视"文化"为"本文"。就像新历史主义者将热点集中在文艺复兴时期一样,莫言特别选择当代中国历史作为叙事原点也有他基于文本之间关系建构上的考虑,即便是近现代历史演义之作的《檀香刑》也是他知识、思想和人格谱系的范围或地带。这也从特定方面确证了日常生活的当下视角。更具启发意义的是,正如海登·怀特所观察的那样,新历史主义"尤其表现出对历史记载中的零散插曲、轶闻轶事、偶然事件、异乎寻常的外来事物、卑微甚或简直是不可思议的情形等许多方面的特别的兴趣"。在新历史主义者看来,上述"方面""对在自己出现时占统治地位的社会组织形式、政治支配和服从的结构,以及文化符码等的规则、规律和原则表现出逃避、超脱、抵触、破坏和对立"①。反观莫言,不论是官方的刑罚、计划生育,还是民间的五通神、肉神、蓝脸及其后代,都有文化本文的意义。至于《生死疲劳》中与作者同名人物的出场更是"经常把自己放进文章中""进行自我反思"②的新历史主义姿态的表示。

在以往对历史和文学关系的处理上表现出的历史架构和文学想象的统一制式受到了来自莫言在《檀香刑》上所做改变的挑战。换句话说,从历史小说到小说历史的突破标志着莫言在《檀香刑》上的成就所能达到的高度。之所以这么说,就因为在莫言那里,人物或事件审美化为符号,或者作为载体,历史退居幕后,充当背景,真正主角的文学跃居到它此前从没有达到的高度。这与莫言对民间和传说的注重是分不开的。与其说他的小说所写的是历史,倒不如说莫言呈现了高密东北乡的地方文化,所以他才感到"乘坐的火车与少年时期在高密东北乡看到的火车根本不是一种东西"③。荣格曾解释说:"创作过程,在我们所能追踪的范围内,就在于从无意识中激活原型意象,并对它加工造型精心制作,使之成为一部完整的作品。"④莫言就是这样集体无意识的代言人,像猫腔、神坛附体,包括檀香刑就都是口述历史的书写。刽子手、女人、傻子,乃至乞丐也都塑造了小说的日常生活性格,连"凤头、猪肚、豹尾"的结构也是对传统和日常生活的回归。"凤头、猪肚、豹尾"历来被视为经营文章的不二法门,实质上与日常生活规律正相仿佛。更为重要的是,不论是"凤头部"的眉娘、赵甲、小甲、钱丁,还是"豹尾部"的赵甲、眉娘、孙丙、小甲、知县,都在"声音"(莫言语)里上演了众声喧哗的合奏,就像日常生活的五光十色和整齐划一。同样的方式也体现在"猪肚部"的"杰作""践约"和"金枪"的穿插和处理上。

---

① [美]海登·怀特.评新历史主义[M]//张京媛.新历史主义与文学批评.北京:北京大学出版社,1993:106.
② 张京媛.前言[M]//张京媛.新历史主义与文学批评.北京:北京大学出版社,1993:7.
③ 莫言.大踏步撤退:代后记[M]//莫言.檀香刑.上海:上海文艺出版社,2012:416.
④ [瑞士]荣格.论分析心理学与诗歌的关系[M]//心理学与文学.冯川,苏克,译.北京:生活·读书·新知三联书店,1987:122.

新世纪以来,"民间"一度成为文学批评领域最为炙手可热的关键词。与之相应,民生、底层、草根等日常生活语汇也热闹起来。推波助澜的是2003年春的"非典"公共事件。一方面是以手机为代表的私人空间的构建,另一方面则是以经济的飞速发展为标志的社会关系的宽松。值得注意的是,道德和欲望的互动,莫言的《四十一炮》就是这一语境的产物。如果说以"炮孩子"罗小通为叙事主人公的回忆带有食品安全问题的批判取向的话,那么与之相映的对叙事情境的交代则凸显为欲望的日常生活书写。后者在第十四炮中把"我"罗小通和"名声与我同样大的人物"老兰的三叔兰大官并列,显然是对食与色的欲望泛指。在作者笔下,"血肉模糊的屠宰村"和肉食节都无异于鬼市,而四十一个裸体女人骑在四十一头公牛背上的围攻也成了危险的图景。罗小通最初出家的想法非但不作兑现,甚至还以其曾吃过奶的女人作结,恐怕并非欲望祛魅,而是整合欲望,就如很像父亲情人野骡子姑姑的女人在第十一炮中对我所说的那样:"如果吃我的奶是罪过,那么,你想吃我的奶但是不吃,就是更大的罪过。"莫言提示了欲望合理化或日常生活化的问题。不仅老兰、罗通一家是如此,就是兰大官的被枪杀、兰大官儿子之死也是欲望过度的恶果。莫言自述小说源于"拒绝长大的心理动机",表示"企图用写作挽住时间的车轮"[1],并强调"诉说"的意义,正是对于欲望的置换而重现的日常生活场景。

　　也许拿驴、牛、猪、狗和猴来对应它们各自所处的时代并非作者的原意,但不容忽视的是,驴、牛、猪、狗和猴的世界规避了太过政治化的人世禁区,而显示了日常生活的便宜和优越。实际上,作者一再暗示,日常生活源远流长,而或一时代或一时的好尚终将过去,不能与日常生活相提并论。很能说明问题的是近乎小说结尾的交代。自恃"是一只白乌鸦"的蓝脸自动躺进了墓圹里,几乎伴随了他一辈子的月亮像是醉人的仙境,"犹如黄金铸成的土地"更化而为他的墓志铭:"一切来自土地的都将回归土地。"连阎王也以是否还有仇恨决定能否转生为人。没有仇恨正是平和宽广的日常生活的象征。世纪婴儿蓝千岁的降生宣告了新的人的时代的到来。这样的时代再不是为驴为牛的异化时代,而是以讲故事为表征的日常生活时代。这样的时

---

[1] 莫言.诉说就是一切:代后记[M]//莫言.四十一炮.上海:上海文艺出版社,2008:400.

代是尊重选择的生命时代。同样,《蛙》也写了生命时代的到来。以"蛙"为题不过是障眼法,作者关注的是生命与社会的对立。在莫言看来,两者的冲突从来就没有停止过。不过,有一点是作者深信不疑的,那就是被无视、摧残和扼杀的生命应当也必须予以追悼,社会更需反省和忏悔。莫言没有追溯"众生平等"的佛家渊源,而是在"文学与生命"的题目下烛照生命的受难与挣扎。这一立场赋予了小说厚重而博大的民间与日常生活基调。当姑姑的计划生育专用船追赶陈鼻和王胆的木筏时,连计生干部的小狮子和秦河也暗中相助,为即将分娩的王胆赢取时间。姑姑接生的一幕更把生命的故事推向了高潮。陈眉的降生既是生命神圣的颂歌,也是生命延续的日常生活仪式。然而,就是这个幸运儿,却在东丽毛绒玩具厂的大火中毁容,成了无性代孕的牺牲品。在生命之殇中,莫言追悼了日常生活的受难和苦痛。也许正是创伤,才唤醒了他原罪的自觉及对日常生活的记忆和吁求。

从《檀香刑》的"民间"自觉到《蛙》的生命放歌,从《四十一炮》的"诉说"到《生死疲劳》的轮回,莫言构筑了瑰丽奇异的乡土世界,呈现了日常生活的辽阔和繁华。《檀香刑》本应是詹姆森意义上的第三世界民族寓言的本文,莫言的深刻正在于日常生活的转化和升华。孙丙奇观和围观的双重属性实现了日常生活的突破和超越。《四十一炮》是乡间场景和情景的风景。莫言有意突出讲故事的意义,而淡化了老兰的主题意蕴,实是日常生活精神使然。《生死疲劳》某种程度上暗含了沉闷无聊的日常生活的基本特征①,但实际上它还有反叛和狂欢的一面。《蛙》对生命的认同和皈依也是憧憬,是对日常生活方式的声援和致意。从日常生活出发,莫言突入时代和社会,透视了人的挣扎、抗争、选择和反省。日常生活是状态也是心态,是物质也是精神,莫言更多是在后者的意义上重建世界。不过,日常生活的惰性太过沉重,莫言的拯救或者不免于挣扎也未可知。

---

① [英]本·海默尔.日常生活与文化理论导论[M].王志宏,译.北京:商务印书馆,2008:12.

五、《兄弟》：一个"相遇"的寓言

余华早期的代表作《十八岁出门远行》借离奇建构并置，更多展示了先锋性的超越，到了《兄弟》却大有变化，离奇的成分少了，而并置却饱满和成熟多了。余华所说的"相遇"，实际上是他小说方式的社会寓言。

(一) 兄弟：亲密与疏离

《兄弟》的重点可以说是在两个人物上的塑造与对照：哥哥宋钢和弟弟李光头。这两个既不同父也不同母的"拖油瓶"，一起经历了重新组建家庭的父亲宋凡平和母亲李兰之死，患难和互助加深了难兄难弟之间的亲情。然而，时移世易，"文革"中间兄弟俩情同手足、兄弟怡怡，"文革"之后却渐行渐远、彼此疏离。

比较起来，两兄弟各有短长，就好像尼采在日神与酒神上的命名，折射了时代精神的某种侧面。哥哥宋钢沉稳、和顺，带有梦一般的日神美，弟弟李光头却张扬、强硬，仿佛是醉的酒神世界。如果说后者是当今时代的强力象征的话，那么前者就是民族传统的耐人寻味的反影。虽然哥哥宋钢只大了一岁，但他早已为自己预付了太多的重任，就像上部结尾时面对妈妈李兰最后的遗嘱，他抹着眼泪点着头所答应的那样："只剩下最后一碗饭了，我会让给李光头吃；只剩下最后一件衣服了，我会让给李光头穿。"①不过，主要在下部展开的兄弟俩的关系却并没有在既定的轨道上继续前行，而是反转过来。弟弟李光头越来越红，哥哥宋钢却在性格的漩涡里越陷越深，路也越走越窄。宋钢最后的悲剧既是性格的悲剧，同时也是某种时代和民族的悲剧。在他身上汇聚了一个时代中国好男人的最高标准，能够赢得"刘镇美人中的美人"林红的爱情就是最突出、最集中的表现，堪称他生命中的巅

---
① 余华.兄弟[M].北京：作家出版社，2013.

峰。不过,和金钱相比,兄弟间的义气显然在社会的巨变中不断解体、淡化,宋钢也在这一变迁中磨钝、变形。

尼采在谈及"日神精神"时曾提到"个体化原理(principium individuationis)"的一点。对此,荣格曾加以解说:

> 尼采所谓的"梦幻"实质上意味着一种"内部视象",是个令人愉悦的梦幻世界。这个想象的内部世界的美丽幻象由阿波罗统治着。他是所有造型力量的神,代表规范、数量、界限和使一切野蛮或未开化的东西就范的力量。

阿波罗即是"个体化原则(principium individuationis,即'个体化原理')的神圣形象"[①]。在尼采看来,个体化的神化,"作为命令或规范的制定来看,只承认一个法则——个人,即对个人界限的遵守,希腊人所说的适度"[②]。宋钢无疑是上述"个人"的翻版,他最大的特点就是"忠","忠于"所爱的人;先是忠于兄弟关系,后来忠于夫妻关系。他只想把这种"忠"做到"适度",然而现实偏偏拿他开起了玩笑,硬是在他因"忠"而留下的伤口上撒盐,破坏他"忠"的世界,这一理想化、梦幻般的日神拟像终于不得不在困境中应对巨大的挑战和由此带来的失衡状态。他的妻子林红和弟弟李光头联手造成的"厚障壁",阻挡了他生存的前路。本就垂涎于林红的李光头已不再顾及久经考验的兄弟情谊。他的"忠"所能提供给他的出路只能是灭亡。最终,他理智地选择了自杀——卧轨。宋钢似乎是金钱和欲望社会里的"堂·吉诃德"。后者在幻想里触碰人生,落寞而死,前者也一样的隔膜,一样放逐于喧哗与骚动的世界,他的死也更加悲壮、更加凄美,与诗人海子之死有些相像,难怪作者的用笔如梦如幻,充满了诗意的情调:

> 他又想念天空里的云彩了,他抬头看了一眼远方的天空,他觉得真美;他又扭头看了一眼前面红玫瑰似的稻田,他又一次觉得真

---

① [瑞士]荣格.日神精神和酒神精神[M]//荣格.心理学与文学.冯川,苏克,译.北京:生活·读书·新知三联书店,1987:234.
② [德]尼采.悲剧的诞生[M].周国平,译.北京:生活·读书·新知三联书店,1986:15.

美,这时候他突然惊喜地看见了一只海鸟,海鸟正在鸣叫,扇动着翅膀从远处飞来。

多次出现的"海鸟"意象正是他自由、坚忍和超越的精神的写照,同时也是某种抒情时代的永远的雕像。

如果说宋钢靠信念生活,艰难地与理想相伴,更多堂·吉诃德的影子的话,那么李光头则完全是时代和社会的英雄、弄潮儿,游刃有余,如鱼得水,虽也偶有曲折,但终究不碍制造成功带给他的"传奇"和"神话",曲折地传达了些许醉的酒神精神,尤其是下部的前半,似与浮士德的开拓生活的气韵相连。而此后的李光头也同样把自己交给了魔鬼,一任情欲奔泻,直至不管不顾地好上早已成为哥哥宋钢妻子的林红,与伦理和真情摽起了手腕。不好轻易界定这种行为就是玩世不恭、落井下石,虽然客观上不无嫌疑,并且事实上也彻底夺去了宋钢再整合的能力。其实,早在此前的林红争夺战中,李光头就已经凸显出自私自大、不择手段、不达目的誓不罢休的秉性,不过,同时也正因此他才能飞黄腾达,富甲一方,成为刘镇的 GDP。某种程度上,李光头可以说是市场经济时代的剪影,是处于上升期的民族时代精神的镜像,诸如生力弥满、能屈能伸、敢想敢为、直来直去,不一而足,尤其是精力和能量上,不啻一头强壮的野兽,完美地呈现在他的垃圾事业及与林红"干恋爱"的激情当中。在功利和欲望的主宰之下,人的存在状态可想而知。作家在尾声的林红那儿感慨作为符号的社会嬗变道,"一个容易害羞的纯情少女"变成了红灯区美发厅的女老板,"林红变成了判若两人的林姐"。社会变动裹挟了一切,没有人能够幸免,连一向朴直、单纯的宋钢也不例外。为了钱,他宁愿放弃身体,以隆胸手术的代价来骗取信任,然而却最终死在了上面。查考文学史,很多小说是在女性身上建立起社会罪恶的主题的,余华却把男性推到了前台,显得更具力感,也更震撼。宋钢的死和李光头的生的并置形成了饱满的张力和悖论,同时也暗示了作者的失落和迷茫。

(二)相遇:"文革"与"现在"

除了哥哥宋钢和弟弟李光头的兄弟之间的对比结构外,小说还有意识地强调了"文革"与"现在"之间的并置和关联。余华指出:

> 这是两个时代相遇以后出生的小说,前一个是"文革"中的故事,那是一个精神狂热、本能压抑和命运惨烈的时代,相当于欧洲的中世纪;后一个是现在的故事,那是一个伦理颠覆、浮躁纵欲和众生万象的时代,更甚于今天的欧洲。①

作者对两个时代所做的历史性的描述带有强烈的人文主义色彩,是他凝视和深思之后的批判性精神文本。两个时代带给人的感受并不相同,但在内里或超越的层面上并没有什么不同。循着这样的思路,余华使用了"相遇"一词,并在隐喻的意义上意象化为"兄弟"。有意思的是,作者两次提到了欧洲,并用以和"文革"及"现在"对照。很明显,作者的眼界并不单单停留在文学和故事的框架中,他还有更大的意图,希望借了历史和文明来鸟瞰民族的进程。在小说的限度内,也许很难设定"现在"的人性一定来得高贵和尊重。当然,余华没有给"文革"留下辩护的余地,而是根据了理性,在事实上完成对批判社会的鲁迅精神的最直接传承。不消说,"文革"中的宋凡平是最醒目的人性光亮,堪称上部中最为耀眼的典型,即便在全书中也熠熠生辉,连宋钢也包括在内。

宋凡平一点也不"凡平",他身上有种大多数中国人所不具备的品质,即在逆境之中的正直、坚忍、宽容和乐观。在作者笔下,"文革"中间的凄惨和混乱再怎么描述也不为过。要知道,不少阅尽沧桑的老知识分子都不堪重负,或被迫害致死,或自杀以示抗争,可以说,噩运几乎不能逃脱。当然,宋凡平也不能例外,他的命运似乎比别人更差,然而无论内外却都张扬着男子汉的气度或风度,称之为民族之神或民族英雄一点也不过分。在红卫兵们的残虐行径下,宋凡平所表现出的刚勇和温婉、韧性和洒脱、体贴和担当就仿佛暗夜里的灯火、夜空里的闪电,照彻了人性的暗陬和道德的洼地。左胳膊被打脱臼,他却对孩子们说是累了,要郎当起来休息几天;为了消除孩子们的担心,他称"地主"为"地上的毛主席",称树枝为"古人的筷子";不论多么困难,他坚持兑现带孩子去海边及到上海接住院妻子李兰的诺言,虽然

---

① 余华.后记[M]//余华.兄弟.北京:作家出版社,2013:631.

后者最终没能实现;等等。面对不可一世的红卫兵们的嚣张气焰,宋凡平放弃自我,毅然替由两个家庭组合的家人撑起了一片平安、幸福的天空。他的死不仅是对冷酷、狠毒的罪恶之徒的仇恨和反抗,更是对理想和正义的祈求与呐喊,与下部的宋钢之死两两相映,镌刻了超越时代的崇高和伟大。同样,没有宋凡平,也就没有李光头,自然也就没有属于这个时代的骄傲与辉煌。

小说在上部和下部上的并置无疑别有新的意义生成,上引余华"相遇"一段足以证明。就像展览一样,"文革"和"现在"一样在作者的叙事(解说)中获得意义,但在空间和时间的意义上却要靠读者的想象来补足了。显然,"文革"的暴力和"现在"的财色分别在各自的篇幅里占据了统治性地位,问题是两者之间存在着什么样的关联?它们又在作者的态度里保持怎样的平衡?同样是在关键词下的写作,"现在"的经验在作者那里显然比"文革"来得更充实,故而内容和字数的比重也要更多。历史上虽有一治一乱、物极必反的法则流传,但"文革"和"现在"并不必然是民族和历史诞下的"兄弟"。"文革"若是压抑,"现在"恐怕是膨胀。前者公然侵犯人的一切权益,而后者却仿佛只剩下本能的渲染,没有什么内在的精神和纯真的美了。赵诗人和刘作家到了下部再没了自己文学上的得意和辉煌。李光头虽颇有女人的阅历,却从不知"恋爱"是什么滋味,只剩了快感的身体可供记忆。宋凡平虽是精神上的高地,但他的死亡也无异于宣告了崇高的消解。稍得父辈衣钵的宋钢却再撑持不了门面,畸轻畸重地在"现在"的社会中发生了异化,隆胸就是实证。余华选择性的浓墨重彩的手法也许容易留下把柄和口实,但它的确完美地承担了拷问良心和灵魂的作家重任,替巨变中的中国记录和保存下最真实、最典型的档案性文本。

像硬币一样,上、下部虽是两副面目,但你中有我、我中有你,合起来便可见整体上的"森林"。没有"文革",恐怕无法真正理解"现在"的意义。同样,没有"现在","文革"的病灶也难以充分暴露。"文革"尚"穷",越穷越高贵,地主只有被管教、殴打的处置,而"现在"却越富越受尊崇,穷人却有可能遭受冷遇。两个时代毕竟不同,这在"刘镇"的命名上也可以感受得到。除了常见姓氏的意义外,"刘"字还与"兵器""杀"等语义相连,暴力、威胁、不安溢于言表。上部的"文革"不必说了,除了宋凡平、李兰夫妇外,家破人亡的孙伟一家同样是暴力和威胁的控诉。相比之下,"现在"却是两样,作者无意于攻击,繁荣、升平的盛世景象也与金戈铁马毫不相干。妙就妙在"妙不可言",钞票的厚度并不一定意味着文明的高度,正像李光头那样,钱多了,爱没了。"富成了一艘万吨油轮"的李光头只有在女性身体上才变得威武和满足,女人带着孩子争相认父仅仅是闹剧,而和所谓处美人及林红的床笫风流则是别一种暴力的演绎。性暴力隐然平行了"文革""斗"暴力,连神圣的感情也不能幸免。这样,"刘镇"与鲁迅的"鲁镇"虽含意不同,但用意相同,都是社会和国民性批判的编码。

(三)背反:狂欢与荒凉

和余华此前的作品相比,《兄弟》在简洁中寓深厚,于随意处赋匠心,在看似夸张的背后常连带有意想不到的狂欢。不过,狂欢毕竟是外露的表象,潜伏着的却是沉重的精神上的荒凉感。

《兄弟》中最为重要的是身体狂欢。作为社会塑形,身体不仅成为权力和欲望的目标与中心,还建构了社会价值体系。作者有意地在身体和社会之间寻找某种平衡,借身体隐喻社会,拿社会再现身体。小说一开始就在屁股上大做文章,男主人公李光头在厕所里偷看女人屁股,在强调大我和大公的年代里无异于犯罪。社会非脑和心的上半身不为堂皇,李光头虽然没有同样偷看屁股的父亲那样掉进粪池以致淹死的悲剧和耻辱,但也总一样身败名裂,而更大的身体悲剧则是蔑视和冒渎。书中这样描写宋凡平死前所受的毒打:

> 那些脚在继续蹭过来踩过来踢过来,还有两根折断后像刺刀一样锋利的木棍捅进了他的身体,捅进去以后又拔了出来,宋凡平身体像是漏了似的到处喷出了鲜血。

最后打手们"都把自己的脚踢伤了,走去时十一个全是一拐一瘸了",连同割断动脉的孙伟,烟头烧肛门、大铁钉砸进自己脑袋的孙伟父亲,疯裸大街的孙伟母亲,制造了身体刑虐的沙场。没有尊严,没有正义,隔膜和冷酷掩盖了人心,难怪余华要拿"欧洲的中世纪"来比。同样的身体"盛宴"还发生在下部里的性爱之中。余华的敏感再生动不过地体现在时代情绪的放大之中。如果暴打可以说是身体的现实主义处理方式的话，那么性交则是身体浪漫主义的对待。后者在文化的意义上不无权力的印记，尤其在处美人大赛及叔嫂通奸的名利和欲望事件中，身体再次成为滑坡和失范的表征。暴富的李光头正像一艘开足了马力的"万吨油轮"，势如破竹、横冲直撞，凡所涉足之处，七零八落、狼藉一片。小说在看似夸诞的"牲口""机关枪"等的男性菲勒斯的阳物崇拜中营造了力拔山兮、无所不能的社会上升力量的时代氛围。性和身体的狂欢隐喻了理智的缺失，结扎和人造处女膜（处女膜修复术）之类随意处置身体的行为则进一步寓示了官能刺激的浮薄和人类神性的消退。欲望的膨胀助长了浮躁的社会风气，而身体则成为欲望消费的市场，林红的动物园似的红灯区即是最为直接、深刻的象征。

如果说身体狂欢还只是感性显现的话，那么实际支配着的恐怕是国民性的民族狂欢。后者虽没有直接表现在小说的文本中，却散布在字里行间，就像"后记"中的欧洲符号所暗示的那样。余华在时代和兄弟之间做出巧妙的置换和升华，并在兄弟故事的底子上暗喻社会的法则和人性的命运。粗粗来看，宋钢更多东方文化的印迹，而李光头则与西方文化近些。然而，无论是少年时代的"文革"，还是已届成年的"现在"，历史的进程始终没有远离轰轰烈烈、日日夜夜的生活狂欢。一个明显的事实是，如日中天时的李光头根本容不得自己有可能被冷落和遗忘的处境，一定要在公众注目的中心才后快。同样，穷苦的生活也不能够满足虽辛苦挣扎但仍失败而最终离家流浪的宋钢，金钱独霸了世界，包括情感、灵魂、身体，甚至生活方式。林红的红灯区不必说了，就是李光头也成了某种世俗狂欢的映像，他的财富全与垃圾相关，垃圾成全了他，也成全了狂欢的"身体"。李光头最初的成功与有着十四个瘸、傻、瞎、聋的福利厂相关，此后不得已在县政府大门前做起了废品收购生意，从屁股大王跃升为破烂大王，此后又从日本倒腾了三千五百六十七吨的垃圾西装，并自诩为第二次鲲鹏展翅，连后来的处美人大赛也与此不无干系，"垃圾"不折不扣地见证了狂欢的在场。

狂欢不是节日似的释放，而是日常生活的放纵；不是权力的颠覆和秩序的反讽，而是权力和秩序本身。余华借狂欢说狂欢，结果反而不再狂欢，所谓长歌当哭。上、下两部中的宋凡平、宋钢父子就是这狂欢主旋律中的

"杂"音,以死亡来显示世界的另一面,旷远、荒凉。在不长的"后记"中,余华意味深长地说:"无论是写作还是人生,正确的出发都是走进窄门。"宋氏父子就是这"走进窄门"的"英雄"。两人虽在物质世界中失败,却获得了精神世界的永恒,这永恒不只是忧伤和荒凉,也是呼喊和憧憬。宋钢卧轨自杀后,李光头的阳痿和林红爬满皱纹的眼角、额头及"圆滚滚"的身体,谁又能说不是来自惭愧和宽容的报复?尾声里周不游、林红、童铁匠、刘C(刘作家)、李光头、赵诗人等人命运的安排仿佛废墟和垃圾的清理。李光头鉴定"宋钢饭"和收集宋钢遗物的过程无异于忏悔和回归的过程,然而,事实上却又总是那么渺茫和虚空,就像李光头自己所设想的太空游览一样。

与狂欢相悖的结尾的荒凉可在两种意义上来理解:一是李光头的荒凉。继父、生母、异父异母的哥哥先后离世,而他自己也最终失掉了继续前行的热情和源源不断的生力(由阳痿而来)。二是精神上的"荒原"感。红尘漫漫,欲海茫茫,本应是至善人伦的兄弟亲情却土崩瓦解,两败俱伤,放眼世事又何尝不是如此,即便是聊以快慰的太空俯瞰的背后也仍连带着作家不尽的忧虑和祈望。

《兄弟》粗线条勾勒了男性世界的社会地图,给历史保存了世纪之交日常生活中的或一面相。众所周知,恩格斯曾说过从巴尔扎克那里"比从当时所有职业的历史学家、经济学家和统计学家那里学到的全部东西还要多"①的话,余华的《兄弟》也未尝不可在此向度上来看。早在《诗经》里就有"兄弟阋于墙"的说法,小说的《兄弟》或者正是那种古老叙事的现代回声,富于耐人寻味的意义结构,而与巴赫金意义上的复调相连。巴赫金复调理论的独到之处,也许并不在它理论本身的提出和文学理论史上的意义,而是在通过复调来分析陀思妥耶夫斯基的作品,"确实能够引导人们深入到这位俄国作家的艺术世界中去"②,《兄弟》同样如此。是兄弟的世界,还是世界的兄弟?这是余华的探问,同时也是《兄弟》的斯芬克斯之问。

---

① [德]恩格斯.致玛·哈克奈斯[M]//纪怀民,等.马克思主义文艺论著选讲.北京:中国人民大学出版社,1982:270.
② 钱中文."复调小说"及其理论问题[M]//钱中文.钱中文文集.上海:上海辞书出版社,2005:74.

六、民间世界的日常生活书写
——刘震云新世纪长篇小说综论

刘震云的长篇小说创作可以分为两个阶段来考察:20世纪90年代为第一阶段,新世纪以来的几部作品构成了第二阶段。前一阶段包括《故乡天下黄花》(1991)、《故乡相处流传》(1993)及《故乡面和花朵》(1998),堪称三部曲式的创作。后一阶段目前可以列举四部小说,即《一腔废话》(2002)、《手机》(2003)、《我叫刘跃进》(2007)及荣获第八届茅盾文学奖的《一句顶一万句》(2009)。如果说前一阶段的"故乡"系列长篇小说偏重于历史和探索的话,那么新世纪以来的长篇小说则更多指向日常生活和社会现实,更多书写中国人的民间经验及生命形态。

(一)现实镜像

洞察和"开掘"①现实生活在作家并不为奇,但像刘震云那样尖新而又细腻的精彩之作却未必多见。正像他自己所总结的那样,"长篇相对于中篇和短篇来讲倾诉和领首的是对世界的整体感觉"②。"尖新"和"细腻"不外是他升华现实世界整体感觉的自然结果。

同样是关注现实,较为突出的是,刘震云新世纪长篇小说的叙事和思索往往落脚在日常生活之中,努力建构日常生活诗学,客观上与他新写实主义的成名和代表作《一地鸡毛》一脉相承。值得注意的是,伴随着个人化和多元化文学创作潮流的兴盛,像余华那样以新锐起家的先锋派作家似乎出现了回归的倾向,原先探索和实验的迅猛势头也有所收减。不同的是,20世纪八九十年代之交得新写实风气之先的刘震云却表现了突破和创新的热

---

① 鲁迅.关于小说题材的通信[M]//鲁迅.鲁迅全集:第四卷.北京:人民文学出版社,1981:368.
② 刘震云.自序[M]//刘震云.刘震云文集:黄花土塬.南京:江苏文艺出版社,1996:1.

情。从《故乡相处流传》开始,到《故乡面和花朵》达到高潮,最终通过《一腔废话》集大成并完成过渡,呼应了后现代主义的革新冲击,也呈现了顽强表达自身的文学自觉。后两者的审美选择和"意识流"式写法虽不无商榷之处,但不容忽视的是,刘震云对文学与现实关系所做调试的努力是值得尊重和鼓励的。换言之,先前略嫌步武的保守文学路径转而为自我创造和探索所激励,《一腔废话》中的盛装表演就极尽狂欢之能事。不过,想象的泛滥和挣扎的悲壮也同时显露无遗。

《一腔废话》是融现实和虚幻为一体的小说。"现实"重置了《一地鸡毛》的基本构架,"虚幻"则是文学张力释放的结果。刘震云希图重建文学理想的王国,《一腔废话》"喷空"式的建构树立了世纪之交的文学界碑。可惜的是,文学独舞的时代难再,《一腔废话》也成了刘震云最终划定的文学边界。此后,日常生活重新成为现场,转换的大获成功表明了日常生活美学①的胜利。

《一腔废话》是矛盾现实和浮躁心态的多重折光。出现在其作品中的人物几乎全是底层民众和草根一族,诸如修鞋的、卖肉的、卖白菜的、卖杂碎汤的、搓背的、捡破烂的、歌舞厅三陪,等等。他们生活于其中的五十街西里也是"白天也在装睡的街区":懒散、普通,没有太多人注意。刘震云天马行空的虚构演绎目的就在于还原日常生活的真实和严肃,连收尾也都简单朴素不过,归拢到一块七一公斤的盐上。令人惊奇的是,这一日常生活背景却承载了太多形而上的意义,譬如找出五十街西里疯傻的原因,以及把五十街西里的疯傻彻底推广出去,等等。一方面是拯救,另一方面却是推广。悖论背后意味着缺失,意义在相互冲突中消解,或者说,意义被有意搁置。刘震云自觉建构颠覆性的写作策略和叙事模式,如"第二场 老杜和老马"中鞋匠老马屡中卖肉老杜的圈套,但几乎与此同时老杜也在上老马的当。像这样你中有我、我中有你,彼此制约的平衡和消解方式几乎存在于从"第二场 老杜和老马"到"第九场 颜色"的每一场中。

同样是"话",和《一腔废话》相比,《手机》的"说话"更是直逼现实,也

---

① [英]本·海默尔.日常生活与文化理论导论[M]//周宪,许钧.现代性研究译丛.王志宏,译.北京:商务印书馆,2008:39.

更带锋芒。主人公严守一主持的社会和生活栏目《有一说一》及大学教授费墨的新书《说话》本身就是绝妙的讽刺。前者并非"有一说一",就连录制现场也都经过伪装。同样,后者的"每一句话都显得艰涩和拧巴"。在写序的严守一看来,"研究人们'说话'的书,通篇没有一句是'人话'"。更值得注意的是,随着手机在人们日常生活中的作用越来越大,人与人之间的关系也随之发生了革命性的变化。先前口信和电话时代不大可能发生的撒谎和欺骗也都蔓延开来,甚至文化传统中再稳定不过的夫妻和家庭也面临前所未有的挑战。小说中知识分子费墨的感受和批评称得上深刻和独到,富有代表性。面对因和美学研究生在新侨宾馆开房被暴露而激化的家庭矛盾,费墨戳着手机对严守一说道:"近,太近,近得人喘不过气来!"即便在开策划会的另外场合里,他也愤怒不过,公开质问大家:"手机里到底藏了多少不可告人的东西?"随即还警告道:"早晚有一天,手机会变成手雷。"由此,刘震云把"手机"变成了契机,鞭辟入里地深挖了时代人性和国民根性。

此后问世的《我叫刘跃进》有了更大的展开。不用说,《手机》取材精粹,敏锐直面当前日常生活中的困境。在此基础上,《我叫刘跃进》转而聚焦民工和腐败两大社会热点,又比《手机》更多了些视角和思考。先前所探讨的现代科学对人道德与生活关系影响的话题又变而为对人生存状态的揭示。《手机》未尝不可以说到生存状态上去,但表现在《我叫刘跃进》中的生存叙事却更自然,也更突出。因为一个有六万块钱欠条的腰包,刘跃进和贼打起了交道;又因为一个有U盘的手包,刘跃进同时卷入了"大东亚房地产开发总公司"总经理严格及其老婆瞿莉,还有贾主任及其办公室主任老蔺的矛盾斗争之中。看似波澜不惊的表象背后却充满了凶险。民工刘跃进竟然能够牵扯进国家政治大事中去,惊奇本身就是日常生活意义之所在。然而,与对日常生活的揭示相比,人的危机感和焦虑的生存状态才是作品更深刻挖掘的关键。不仅严格和贾主任及老蔺之间尔虞我诈、钩心斗角,就是夫妻关系的严格和瞿莉之间也相互猜忌、暗中算计。事实上,建筑工地的厨子刘跃进自己也缺乏任何归属感,只能终日疲于奔命,直到小说结尾也还没能摆脱挣扎的命定。不仅如此,存在的荒谬感也再次强化了漂泊不定的生命状态。

与《我叫刘跃进》相似,《一句顶一万句》也精心结撰了生命和生存的故事。因其更加日常,少了《我叫刘跃进》的阴谋和悬疑的传奇,所以也更加耐人寻味。主人公杨百顺的漂泊宿命及他和牛爱国共同的家庭悲剧一道深刻地寓示了当下中国人无奈的生命体验和无助的生存窘境。此前取材的热点性还原为本真的日常生活逻辑。然而,对生命、人性和精神的追求却空前自觉,沸腾现实的在场也一点儿都不逊色。

长篇小说不只是历史事件和现实人生的百科全书,更是时代精神和社会文化心理的鲜活档案。刘震云的长篇小说并不拘泥于还原现实和重述故事的浮泛观照,而是洞幽烛微地全盘汇聚和全面提升,所以写来力透纸背,蕴含了回肠荡气和豁然开朗的力量。

(二)寻找的寓言

在新世纪创作的四部长篇小说中,刘震云都写到了寻找,都强化了寻找的书写和思想内蕴。也许是大转变时代的广度和深度使然,寻找特别具有了普遍性意义。可以肯定的是,刘震云的小说也因此别具魅力,而其关键就在对于日常生活意义的还原和探寻。

与后来的《手机》《我叫刘跃进》和《一句顶一万句》比起来,《一腔废话》中寻找的特殊性不只表现在情节方式的不同上,更重要的还在于它对寻找自身的强调。换句话说,寻找直接成为表现对象,引发多重意蕴。五十街西里疯傻原因的寻找就是它核心的主题,这一主题的设定既是对生存裂变和人性异化的揭示,如唯利是图、阴险狡诈等,很大程度上也是对日常生活吊诡本相的回应。小说第二场中的老马之所以没能上路,一个可笑的原因竟是"没有提供老马和孟姜女旅途的经费",小说戏谑化为"只给政策,不给金钱;只给精神,不给物质;只让寻找,不让吃饭"。事实上,在此之后的寻找也都不伦不类,虎头蛇尾,直至结尾才翻出了一个再日常不过的答案。与哲学和科学意义上的寻找都不相同,刘震云有意把"废话"和寻找的复杂曲折联系起来,但在涉及最终答案的关键点上,却又处理得异常简单和普通。刘震云借小说表达的是,置身千头万绪和光怪陆离的世界,人的寻找也因其生命感悟和自我拯救而凸显出来。即便如此,五十街西里疯傻的原因就一定能找到吗?和《一腔废话》相比,《手机》倒是给出了明确的答案。

《手机》的精彩在于结构上的并置和波折。如果只是第一章"吕桂花——另一个人说"和第二章"于文娟 沈雪 伍月",甚或只保留第二章的话,小说本身也完全可以成立,但点睛之笔恰恰在于口信和寻找的阑入,才衬托和强化了手机时代的复杂与混乱。当严守一和费墨因第三者的麻烦而焦头烂额和狼狈不堪之时,口信和寻找才显得珍贵和耐人寻味。实际上,严守一和费墨连对自身的寻找也失去了耐心,日常生活裹挟着他们,以至连自己也都迷失,哪里还有寻找的热情和动力呢?小说暗示,手机与电视时代正是财色欲望膨胀和原始强力释放的时代,伍月就是商业化时代的魅影,充满诱惑但又危险重重。可以说,一切都在物化,连精神也都污染和沦陷,费墨就是为此所设的典型。费墨新书《说话》无异于精神缺失的畸形儿。形成鲜明对比的是,第三章"严朱氏"中的严老有从山西严家庄往河北张家口给儿子捎口信,却先后变换了贩驴的河南人老崔,戏班子打鼓的老头山东菏泽人老胡,和起鸡眼的泰安府人小罗,几经周折,历时两年多才最终将回乡成家的口信捎到在口外剿牲口的大儿子严白孩。口信的价值就在于,这一过程中的每一个环节都不能掉链子。事实正是如此,每一个人都信守了承诺。不管历经多少坎坷,遭受多少磨难,都各自尽了责任,如同重然诺的古代侠士一样。

《手机》里悖反式的道德评判并没有在《我叫刘跃进》中延续下来,看似制造对比结构的刘跃进和严格之间也不存在明显的价值观念对立,但寻找这一情节推进方式还是促进了意义生成的可能性。从刘跃进和青面兽杨志寻包(人),到严格、老蔺、贾主任以及瞿莉寻找 U 盘,再到瞿莉寻找画着孙悟空舞着金箍棒的卡等,头绪繁多,错综复杂。要么为财,要么为色,刘震云呈现了一个众生扰扰的市井日常世界。几乎每一个人都急急如丧家之犬,为着一己私利而奔走。即便耿介如老邢,一个办案的普通警察,也为达到个人的目的,扮演和伪装在日常生活之中。表面上来看,寻找诠释和补充了日常生活中的人际关系,同时也成为利害和本能的现实实现方式,但在实际上,刘震云还暗示了另外一种寻找的可能。面对各种各样的寻找,我们又该如何界定寻找之上的意义呢?其实,文本呈现的寻找世界正是自我消解的表征。除去各色人等、各种离奇纠葛不讲,说到底,世界本身就是寻找,故事自然也就成了寻找的寓言。

《我叫刘跃进》展示了灰色和分裂的日常生活世界。不只是对贼的世界的呈现及对贪腐暗杀的暴露,就连日常生存本身也变得惊心动魄,左支右绌。作为工地厨子的刘跃进立体地反射了社会的面相和现实的光影,时代的暴风骤雨也将他裹挟其中,幻成惊险而又传奇的底层人生。就生存状态而言,他无力维持平衡,只能被"绑架"。老婆黄晓庆的背叛,儿子刘鹏举的打破梦想,严格、瞿莉的寻找,都让他无计可施,苦于应付。刘震云写活了日常生活,再造了"清明上河图"式的当代风景。没有多少幸福和温暖,刘跃进孑然面对巨大的物质世界,寻找和困境都成了象征,只在接受审视和反思。

《一句顶一万句》安排了相对应的两次寻找,即上部"出延津记"中吴摩西寻找私奔出走的妻子吴香香,和下部"回延津记"中牛爱国寻找同样跟人跑了的妻子庞丽娜。不仅如此,巧合的还在于两人的寻找都非出自真心,而是装模作样的假找。借重复和对比,刘震云表达了尴尬窘迫的生存状态和咀嚼孤独的人生之道,或者说是无奈、分裂、挣扎和讽刺。如果说吴摩西和牛爱国祖孙两代婚姻上的不幸和相似太过造作的话,那么吴摩西婚前的遭际则别有铺垫和普遍的意义。吴摩西四易其名(先后经历杨百顺、杨摩西、吴摩西和罗长礼四个阶段),又屡换生计(做豆腐、杀猪、染坊挑水、破竹子、县城挑水种菜、蒸馍,等等),多侧面展现了寻找自我的曲折和艰难。天主教牧师老詹的三命题"你是谁,从哪儿来,到哪儿去"不仅不能感化延津人,也并不能说服杨百顺,但对杨百顺而言,"往哪儿去"的第三项却最让他发愁,实际上正是在传达和暗示寻找的症结所在,而"不杀人,我就放火"的遗书则是寻找之路上苦难心境的真实表达。

刘震云赋予寻找以多重的意义线索,挣扎和坚忍则是最重要的砝码。其实,日常生活本身就暗含了寻找的隐喻,刘震云一再讲述寻找故事的原因也许正在于此。

(三)日常说话与民间经验

对人情物理和民间智慧的深度叙事使得刘震云完全进入了芸芸众生的日常生活世界。和对这一世界的进入相一致的是,说话成了他构建日常世界及人与人交往关系的最主要方式。同样,作为表达和交流的最重要手段,说话不只是小说中人物实现自身角色功能的主要方式,同时也是刘震云自己言说现实和世界的借径与主要手段。

《一腔废话》中的"废话"与其说是无聊无用的话语,不如说是升腾于生活之上的情绪和心里的肺腑之言。小说的各个部分都自成逻辑,如影随形,不啻是精彩生动的说话秀,嘉年华式的说话体操。像第四场"老冯与主持人"中的意识流式写作,连标点符号都没有,说话的自主性建构了小说的审美范式。第五场"慈母泪"中的木头老太太和白骨精也是天马行空的想象。二人历经十六年寻找的辛苦,终于来到儿子和一厢情愿的夫君所在的木头国。他们眼中店铺里所卖货品的排列可谓驳杂,从"有卖木头罐的,有卖木头锅的",到"有卖木头山的,有卖木头河的",在几乎长达一页的篇幅中,尽显恢宏阔大之势,仿佛庄子的"逍遥游"一般。"废话"成为一种放纵,与荒诞的故事一道,既突出了疯傻的环境,又强化了寻找疯傻原因的急迫。在刘震云所虚构的八个故事中,几乎所有的结局都是一场骗局。相应地,说话也就成为骗局的一部分。说话越是深邃和严密,越具有精神高度,骗局也就越不能被识破。从某种意义上来说,废话就是疯傻,反之,疯傻也就是废话。刘震云借说话讽刺和批判了强词夺理和自圆其说的无聊及其背后的国民根性。

说话在真而不在多,在诚而不在巧。《手机》虽借家庭演绎历史变迁,但它的重心显然是在说话上。无论是口信时代还是电话时代,说话的真理都在"真"和"诚"的前者上深刻地体现出来,但在手机和电视时代,说话虽然方便,个中滋味却全然不同。先前的"真"和"诚"一变而为"多"和"巧",人与人之间的关系也异化和模糊起来。最值得注意的是,严守一和费墨两个家庭的相像。前者的严守一和妻子于文娟虽已结婚十年,但尴尬的是,"结婚十年,夫妻间的话好像说完了",以至于文娟常常对在电视台工作的丈夫说:"我现在听你说话,都是在电视上。"令严守一悲哀而又心酸的是,为排遣寂寞的折磨,孤独的于文娟甚至和绒毛狗喃喃说话。显然,她所"孜孜追求"的孕育生命也毋宁说是对说话的向往和渴望。同样,费墨把二十多年的婚姻积聚的审美疲劳也归结于"话总说不到一块儿"上。此外,作为说话的特别表现形式,手机短信、电脑聊天等现代科技手段也越来越有暧昧的性质,诸如严守一与伍月和韩国的金玉善的短信,费墨妻子李燕的上网,等等,都是扭曲和亵渎了的说话。造成强烈反差的是那些真心的说话,如儿时的张小柱拿废矿灯往天上写"娘,你不傻";严守一写"娘,你在哪儿";到四十三岁的严守一写下"奶,想跟你说话"。与欺骗和险恶的短信相比,三者都是真情的真实流露,比严守一主持的《有一说一》及费墨的新书《说话》更朴实、更本真,也更具感染力。时代变了,人说话的方式也随之而变,而说话本身却遇到了空前的障碍和巨大的挑战。严守一在殡葬奶奶后的自责最能说明问题,他愤恨"自己在世界上是个卑鄙的人",说明了对此前生活的否定。这一日常生活批判无疑表明了刘震云的自我反思和完善自觉。

　　刘震云小说的重点在人,他所写人情和道理大都通过说话体现出来,如《我叫刘跃进》"第四章　刘鹏举"中刘跃进归纳的"世界上有两种人,一种是说得起话的人,一种是说不起话的人"。再如严格发现的中国两大变化:人越吃越胖和心眼儿越来越小。"两大变化"直接的后果是中国人不懂幽默,"觉得话越说越干涩"。严格自己之所以喜欢到工地去,主要原因也就在于想听"句句可笑,句句幽默"的民工们说话。为此,他还总结出"实话最幽默"的道理。同样,"曼丽发廊"的老板娘马曼丽之所以能跟在集贸市场卖海产品的老袁(袁大头)相好,最主要的原因也是在他说话的幽默上。"老袁说话,你当时不笑,觉得是句平常话;事后想起,突然笑了;再想起,又笑了",书中所谓说话整体的幽默。通过说话,刘震云写出了民间经验和底层人生的壮健,表达了生命的丰富和人性的丰满。后一个例子的反证很能说明问题。当老袁因非法集资被警察抓走,到刑满出狱后全没了过去的幽默时,他和马曼丽之间原本炽热的感情也就一去不复返了。民工刘跃进也同样幽默。正是在幽默之上,刘震云才揭开了悲剧世界的真相,难怪他在《我叫刘跃进》的扉页上总结说:"所有的悲剧都经不起推敲。悲剧之中,一地喜剧。"其实,《我叫刘跃进》的题目本身就是暗示。文本展开和故事叙述都寓示了刘跃进和现实世界之间的对话。政治北京的背景反衬了"毛茸茸的生活"(王蒙语),尤其是以贼窝、商圈和官场相交织的市井社会。为此,在和老袁比较时,刘震云认为刘跃进"起码大事不骗人;有些鬼心眼,但凭这些鬼心眼成不了事,也坏不了事;一句话,就是个老实",说到底,"干脆,他就是一个厨子"。从妻子黄晓庆,到儿子刘鹏举,再到严格、瞿莉,直到马曼丽,在与周围世界的对话中,老实的刘跃进几乎节节败退,终究一无所有,以尴尬收场。结尾时的刘跃进"抱着头,又坐回凳子上"的无奈形象正是对苍凉悲壮的社会无言的象征。世界并没提供给他独立说话的权利和空间。

《一句顶一万句》的精神源于传统和民间。它所揭示的生存之道可谓中国人生存哲学的提炼和升华，其中说话又是人际交往的集中体现。这在前三部长篇小说中以《手机》的探索为最多，真实地揭示了说话的困境。和《手机》相比，《一句顶一万句》走得更远。说话的类型和方式暗寓了人生的酸甜苦辣和喜怒哀乐，如"延津铁冶场"牛国兴、新乡机务段采买老万和杨百利的"喷空"；罗长礼的喊丧；爱讲话的县长小韩；爱讲理说话也绕的蔡宝林，及讲理自个儿从来不讲，都是让人讲的老秦；常说"话是这么说，但不能这么干""事儿能这么干，但不能这么说"和"要让我说，这事儿从根上起就错了"三句话的"起文堂"银饰铺老高；讲"你是谁，从哪儿来，到哪儿去"的天主教牧师老詹；等等。此外，刘震云还强调了几种有意思的说话习惯，如把一件事说成了另一件事；一方仅能说"你说呢？"另一方只好自己码放等。其间最重要的说话现象是说得着和说不着之间的分别，不仅寓示着缘分和人情，更体现了哲理和人生。吴摩西和妻子吴香香说不着，却和继女巧玲能说得着，而吴香香之所以跟老高私奔，也是因为两人说得着。其他如在老曹老婆和曹青娥，牛爱国和章楚红之间，"咱再说点儿别的"和"说点儿别的就说点儿别的"的说得着的对话，也未尝不是亲情和爱情的说话理想的展示。整部小说在说话上的最高境界也是最动人的两处，都出现在"回延津记"的下部，即曹青娥和何玉芬分别对牛爱国所说的"日子是过以后，不是过从前"的"一句"。章楚红和牛爱国之间没说出的要紧话恐怕也应是这"一句"。"一句顶一万句"的关键就在于此。推广开来，华夏文明的魅力和动力又何尝不在于此。

和寻找一样，作为公共交往空间的基本元素，说话也成为刘震云审视日常生活的独特样式。说话建构了日常生活及其美学。说话现场既是日常生活的在场，同时也是刘震云生发民间经验和描述日常生活的广场。

不同于政治和历史的宏大叙事，刘震云书写了民间和人情中的世界，他感兴趣和用力在底层社会的日常生活之中。从文学史角度来讲，刘震云既融汇了兼具启蒙和批判精神的鲁迅小说资源，同时也坚持了深入基层农村及善讲农民故事的"赵树理方向"①。不过,刘震云毕竟是独特的,时代造就了民间经验和日常生活美学的刘震云。他新世纪四部长篇小说中的人情和智慧深入阐释了古老中国的辉煌。对正处在深化改革之中的伟大祖国而言,刘震云的观察和思考特别发人深省,值得聆听。

七、变化的寓言
——评迟子建长篇小说《群山之巅》

老实说,20世纪八九十年代以来的中国给人印象最深的感受就是变化。变化最直接、最惊人地体现在大众社会的日常生活上。除收音机和电影外,谁也不能否认电视、固定电话、商品房、手机、汽车等给人带来的影响和对人生活的冲击。作为时代亲历者和社会观察者的作家责无旁贷,理应记录并思考这些变化,写出变化中的人的思想、情感和心理。毋庸置疑,迟子建的最新长篇小说力作《群山之巅》②正是关于这变化的用心之作。

（一）

表面上来看,《群山之巅》写了个杀人和强奸的故事。这对以单纯的情思和清新的气息出道并为人所知的作家迟子建来说,不能不说是个考验和挑战。其实,杀人和强奸的故事只是变化的特别视角。一个突出的现象是,《群山之巅》分布着各种各样的变化叙事,最受作家关注的是丧葬制度改革和火葬场的建立,以及处决死刑犯的枪毙改为注射,等等。为此,迟子建有意精心设置了两个相互深爱着对方的形象——李素贞和安平。值得注意的细节是,杀人和强奸犯的祖父辛开溜(辛永库)成了火葬场的第一个服务对象,而杀人和强奸犯的辛欣来本人则是小说中刻画的唯一被执行注射死刑

---

① 陈荒煤.向赵树理方向迈进[N].人民日报,1947-08-10.
② 迟子建.《群山之巅》后记[J].收获,2015(1):188.

的犯人。

每一时代都有区别于其他时代的思维和行为方式,或者说都有它自身与众不同的"性格"。"时代精神"这一说法或者就是它约定俗成的概括性用语。最能感性地把握的这样时代精神的不能不说是文学,尤其是被誉为第一文体的长篇小说。一流的作家往往是时代精神的先觉者和寓言故事的创作者。从这一标准上来看,迟子建可备一格。之所以这么说,很重要的一点是,她写出了静中之动和动中之静,以及动静失衡后的无奈和无助。这里"静"的意义可在安详、和平和美丽上来理解,正像承载龙盏镇人希望和重托的龙山山顶的土地祠一样。而与它相对的"动",则是一切俗世尘嚣、纷乱、挣扎和罪恶的象征。静和动的对比寓示了变化,而变化正是轰轰烈烈的时代"主旋律"。上述火葬方式的推行自然是日常生活中的重大变革,不过,一般人恐怕很少留意这一改变轨迹,迟子建却能深切感受到这类"震荡"。火葬造成的压力是如此巨大,以致传统社会的生存节奏全被打乱,随之而来的恐惧、抗拒和屈服都是变化最好的诠释。迟子建清醒地认识到这一点,并强调《群山之巅》的"主体风貌"正在于此。她客观地解释说:"一个飞速变化着的时代,它所产生的故事,可以说是用卷扬机输送出来的,量大、新鲜,高频率,持之不休。"① 火葬带来的"恐惧"也远不能让迟子建安心,所以她才写了李木匠的从容举动,"选好寿衣,又选好墓地,之后粒米不食"。一样震撼的是,李木匠的黄狗竟也追随主人而去。小说既感慨又赞叹道:"这条狗在这个春天,成了龙盏镇最动人的话题。"李木匠和他的黄狗都超越了这变化,对迟子建而言,无异于一次追悼,一场诗意的告别盛宴。如果说迟子建最初的文学世界带有更多童话色彩的话,那么《群山之巅》则充满了不安和追问。这追问恰像波谷中挣扎的落水者,是那样绝望而又急切。第一节"斩马刀"的凶器和血腥就营造了不祥的基调,给这个即将展开的世界涂上了浓重的阴影。不言而喻,迟子建无奈的凝视透露了她转望现实的消息。即便是贯穿首尾的中心人物辛七杂也在和动物的关系上略显紧张,虽说他正是屠夫,虽说他也有太阳火烧烟斗的可爱。同样,养子辛欣来的犯罪也是在飞速变化着的社会中找不到自身真正位置和出路的社会心理的结

---

① 迟子建.《群山之巅》后记[J].收获,2015(1):188.

果。辛欣来两次糊里糊涂地坐牢更加重了他对自己身份的怀疑和期盼。刺杀养母看似偶然,实际上是他对于包括自我在内的社会环境的敌视和拒斥。显然,迟子建离开了美丽迷人的幻梦,开始正视和沉思,如她自己所说:"在群山之巅的龙盏镇,爱与痛的命运交响曲,罪恶与赎罪的灵魂独白,开始与我度过每个写作日的黑暗与黎明!对我来说,这既是一种无言的幸福,也是一种身心的摧残。"①说是"无言的幸福",不外乎对上述变化的静观和理解;说到"身心的摧残",无疑暗示了童话意境的不再和沦落。杀人和强奸的大幕一旦拉开,变化就再也不能被阻挡。令人唏嘘和喟叹的是,作家自己的生活也成了这变化的代价。不仅相伴的爱人已阴阳两隔,就连她自己也被俘虏,不只是"越来越多的白发,和越来越深的皱纹",剧烈眩晕也让他"无比伤感"②。

　　小说中的龙盏镇原本是美丽清幽的所在。这样童话般的净土世界自然成为作家变化书写的前提,烟婆的形象就是她为此设定的典型。来龙盏镇之前的烟婆生活在煤矿上。她"牙齿焦黄,整个人就像一截黑烟囱"的外貌,连同"烟婆"的外号都和死于瓦斯爆炸的男人一样,诠释了"污染"的定义。为和龙盏镇刚死了妻儿的王庆山结婚,烟婆用尽心计和办法。小说写她憧憬道:"烟婆厌倦了矿区弥漫着煤尘的空气,媒婆口中山清水秀的龙盏镇,对她来说是一扇充满了诱惑力的窗口,她渴望着下半生能坐在这样的窗下过日子。"然而,现实中的龙盏镇却正在接受各种各样的挑战和直面各不相同的威胁。即便是日常生活中的小小变化,也给它和生活在它中间的人的思想和情感带来巨大的冲击,造成深远的影响。迟子建不仅留意到从内到外的这些变化,她还试图把握这变化之间的因缘和转合。拿火葬场来说,"痛心"及"埋怨"的心理和"恐惧"一样,都是人们怀恋和抵触的内心折射,而与此同时的注射死亡法的采用及杀人和强奸的辛欣来案等也同样和合杂糅,一道塑造了社会形体和时代性格。毋庸置疑,变化是人类生活的常态,但在理想的召唤下,变化也总不能不让人感慨。与其说是对变化的不满,倒不如说是对变化过程和内容的透视。值得注意的是,和沈从文及"寻根文学"的"最后"型小说的悲壮和感伤不同,《群山之巅》却呈现了舒缓而和平

---

①② 迟子建.《群山之巅》后记[J].收获,2015(1):188.

的一面,体现了容纳的女性之日常生活魅力。

(二)

如果一定要找出《群山之巅》与迟子建早年童话风小说最近的联通点的话,那么安雪儿这一形象肯定是所有答案中的最佳选择。之所以这么说,很重要的原因在于安雪儿承载了迟子建最高远的理想,同时也亲历了最惊心动魄的坠落。这一祛魅化的过程最集中而强烈地体现在迟子建对变化的思考和态度上。

安雪儿是精灵般的人物。她的神奇不只表现在长不高的身体上,更为重要的还在于她超凡脱俗的行为及神机妙算的预卜。比如,她夜里不爱睡觉;白天喜欢用炉钩子四处敲打那些能发声的器物;吃饭上也很特别,平素少得可怜,也不大吃肉,可到了除夕、清明和元宵节,喜沾荤腥不说,食量更是大得惊人;上小学和初中时,领悟力一流,记忆力超群,给人刻碑就是无师自通的行为。最不可思议的是她对人死期的预卜。镇子里开鞋店的老杨、镇政府办主任井川和讲荤段子的架线工人的生死都被她言中,或延长了生命,或突然死去。安雪儿成了人们心目中的"安小仙"。然而,就是这样的"神人"也无法掌握自己的命运。被辛欣来强奸后,龙盏镇人再不把她和"天"联系在一起,她一下子坠落到了凡尘。不但龙盏镇小矮人的神话破灭了,就连她"人"的地位也都不保。正像小说中所写的:"人们可以万口一声地把一个侏儒塑造成神,也可以在一夜之间,众口一词地将她打入魔鬼的行列。"

侏儒安雪儿的起意和用力隐含了迟子建对物质文明与精神文明悖反关系的理解。安雪儿童年的童话世界与成人的日常世界之间形成强烈而鲜明的对比。在变动不居的世界里,没有神话能够留存得住。但在迟子建的框架中,这变化并不是自然的过程,而是以破坏性的暴力方式突入。令人稍感奇特的是,那样痴心于单纯清新之境的迟子建却没有在此平凡化的事件上表现出任何形式的激烈,而是相反,反倒表达了一定程度上的认可和理解。法警安平追捕辛欣来的行动固然是因此所做的拯救,即便是注射死亡的处决也还可以敷衍和搪塞,但安雪儿怀孕并在杜鹃花上生下杜安来(小名毛边)的几近传奇的经历却再清楚不过地显露了迟子建日常生活的审美境地。难怪她在"后记"中明白宣称:"其实生活并不是上帝的诗篇,而是凡人的欢笑和眼泪,所以在《群山之巅》中,我让她从云端精灵,回归滚滚红尘。"不管有多么富于现实性,对安雪儿的处理还是不免让人感叹。这一"破碎的美丽"的世界客观上表明了神话的虚妄和理想的渺茫。毕竟,安雪儿的神奇是建立在她荒诞和反常的基础之上的,无论如何,对她身体的强制改造无异于另外形式的污染。她长高了,来到了人间。也许留在神话中的安雪儿更让人憧憬,也更富有诗意的空间,但迟子建的选择传达了更多的困惑,能够引发更强的悲剧感。这一文本裂缝抑或张力无疑增加了这一形象的复杂性和可读性。

如果开头的被强奸使得安雪儿开始蜕变的话,那么收尾的被强吻则是安雪儿再一次的受难。单四嫂早就谋划起了儿子单夏和安雪儿联姻的事情,但直到走进山顶的土地祠,安雪儿才遭到精神不正常的单夏粗暴侵犯。小说最后一句实在惊心动魄,"一世界的鹅毛大雪,谁又能听见谁的呼唤!"萧寒、悲凉、隔膜、苦痛,很是震撼,好似世界和心灵的共鸣,迸发出巨大的回声。如此大音希声正是压抑和积聚的结果。安雪儿的"下凡"未尝不是好事,然而,不再超凡又如何能够保证不被欺侮?安雪儿的孤独无援和深陷困境正是寓言,昭示了美丽的消失和理想的没落,既冷寂又绝望。不再神奇的安雪儿虽在穷途末路的陈美珍那里还有号召力,但她不仅不能改变他人的命运,就连自身也都不保,迭遭强暴正是某种现实境遇的隐喻化表达。即便以欣悦的情绪和心理举行安雪儿世俗化转身仪式的作家本人也不禁黯然对此。在"后记"中,迟子建承认在写完《群山之巅》后仍然"愁肠百结","倾诉"的愿望依然强烈,不过,她所能给出的唯一肯定答案就是"一种莫名的虚空和彻骨的悲凉!"虚空和悲凉何在?回顾《群山之巅》,再没有比从天上到地下的安雪儿的精神落差更令人震惊和不安的了,怪不得她自己也忍不住自诉:"我的心是颤抖的。"[①]

《群山之巅》写了传统世界的震动、松动和变动。安雪儿之所以突出,就因为她是这变化的表征。如果拿身体相比的话,安雪儿正是神经中枢,而其他密密麻麻和大小不一的人事纠结则是细节和枝节的装饰,以便使它在

[①] 迟子建.《群山之巅》后记[J].收获,2015(1):188.

最终看起来更像是鲜活的生命个体。安雪儿生长其中的家庭就是变化的标本。祖父安玉顺堪称过去时代的"活化石"。祖母孟青枝（绣娘）照鄂伦春人习俗幸运地风葬在小星河畔的白桦树间，虽然二儿子安泰为此丢掉了乡长的位置。安泰的大儿子安大营的死更是无能为力的悲剧，暴露了军营里的腐败一角。安雪儿的父亲，安玉顺的大儿子安平则是死刑枪毙最后的见证者。这家庭的每个成员几乎都是变化时代的体验者。每个人都有抗拒的故事，或悲壮，或感伤，安雪儿只是其中的代表罢了。

如果说辛欣来的杀人和强奸案是整部小说的入口的话，那么安雪儿的困境和挣扎则是小说最后的出口。两者的结合折射了时代的五光十色，暗示了历史和现实的错综缠绕。辛欣来的身份带有天性的复杂性。他的生父是松山地委副书记陈金谷，母亲则是并没有妻子名分的上海知青刘爱娣。返城前的刘爱娣在养蜂人张秀芹家生下孩子，并以被强奸而怀孕的借口将孩子送给了杀猪匠辛七杂和王秀满夫妇。牵涉进贪腐大案中的陈金谷最先是在寻找肾源上才想起自己的私生子。不言而喻，辛欣来案件正是罪恶的必然结果。辛七杂、安雪儿和陈金谷三家在辛欣来的一点上联系了起来。后者成为罪恶的化身。前面二者则是被侮辱和被损害者。辛欣来的弑母和亵渎行为暗示了对于不正常历史事件的回应，同时也未尝不是对今天社会生活和变化的诠释。安雪儿的日常生活化既是某种接受，同时也是代价。

（三）

女性作家的敏感和细腻使得迟子建特别注目于日常生活的些微变化，而理想与现实的落差又使得她陷入难以自拔的矛盾和孤独之中。一方面是神圣，一方面却是丑恶；一方面是无所顾忌，一方面却是向善的焦躁。迟子建聚焦当下生态，细数上升期中国的千变万化。《群山之巅》的龙盏镇就成了她牵挂的精神故土。

《群山之巅》的世界是阴郁和无助的世界，几乎到处都是伤痕，望不见晴丽和明秀。第一章的杀人和强奸及最后一章土地祠的荒远结尾不必说了，就是篇中逐渐推进并展示的情节旁枝也都森森然凉意逼人，与杀人和强奸的罪案几乎没什么区别。拿唐眉来说，这个"把女人的风光占尽"的林市医学院毕业生不仅没靠大舅陈金谷留在城市，反而定居在了龙盏镇。更不可思议的是,她还接来并照顾得了怪病的大学同学陈媛。然而,事情的真相却惊人地残酷。爱情竞争的失败诱使年轻的唐眉疯狂起来,毒害了最终退学回家连毕业证也没拿到的上下铺室友陈媛。不容忽视的是,唐眉的忏悔和救赎既是基于善良女性的同情和怜悯,也是迟子建自救之道的有力表达。

与火葬和注射处决死刑犯的变化相比,人心和伦理风气的变化更是迟子建的用力所在。准确地说,是美好品德丧失的变化或叫恶化让迟子建难以释怀。上述唐眉的例子还只是初步的展示,并未到不可救药的地步,毕竟报复过后的唐眉到底陷入了深深的自责和痛苦之中,忏悔之余还付诸了行动,手造心狱,立言甘愿一辈子陪伴并照顾陈媛。她最后的结扎及断绝与汪团长的来往等都是决绝的自我惩罚的表示。而主动向安平示爱,渴望"生出一个精灵"的细节则寓意了回归理想和童话的焦灼。最为触目惊心的是,号称纪律严明的威武之师也陷入道德滑坡的泥潭之中。净土不再,风纪焉能清明?如果说汪团长和唐眉的婚外情还有些附庸风雅,带有情感泛滥的时代表征的话,那么视察野狐团的林市军分区于师长对烟婆女儿林大花的占有,则可以说是社会病灶最有力的展示。唐眉的自甘堕落还有她个人的因素在内,林大花服侍首长则全然是欲望与财富的扭结。

林大花不能不说是时代和社会悲剧。安大营的落水和失去生命则是对此悲剧的有力补充和强化。具有讽刺意味的是,安大营因成为英雄而入葬青山烈士陵园。不过,事后单尔冬不无谎言的采访报道却成了某种吊诡。

很多作家都有深入生活之忧和惧,对此,迟子建却透出非同一般的自豪和自信。她介绍说:"有的作家会担心生活有用空的一天,我则没有。因为到了《群山之巅》,进入知天命之年,我可纳入笔下的生活,依然丰饶!"①究其原因,恐怕更多与迟子建的写作框架和情感结构有关。物质和精神的对立统一框架给了她无限的灵感泉源,而悲壮和忧伤相交织的情感结构则使她在现代审美的接受习惯中游刃有余。迟子建从不孤立地直写当代生活中的喜与怒、罪与罚,她总能在思考之中写出为大众所接受的变化来。女性作家的理想天然地带给她一种理解方式。生活越沸腾,社会越芜杂,她的文学世界也就越灿烂,越是充满魅力。

---

① 迟子建.《群山之巅》后记[J].收获,2015(1):188.

像此前的《伪满洲国》《额尔古纳河右岸》等长篇小说一样，《群山之巅》的情节线索也同样繁复而交错，不过，在繁复而交错的背后却有张力在，这张力鲜明地体现在对变化的审视和思考上。迟子建不满意变化之中的异化和恶化，所以她才写出了唐眉的自我拯救，才安排意外造成丈夫死亡的李素贞不服轻判、提起上诉的赎罪之举。李素贞的丈夫瘫痪病床二十年，她和安平的相遇相知一时成为爱情佳话。但即便如此，迟子建还是让李素贞做出"罪孽深重"的忏悔来。值得注意的是，迟子建笔下的深自忏悔者大都是女性。女性美丽又善良，过滤和净化了滔滔世界。除上述二人外，安雪儿、绣娘（孟青枝）、秋山爱子、刘爱娣，甚至是林大花，也都程度不等地做出了牺牲。特别是刘爱娣，她和落马贪官陈金谷的私生子辛欣来被处以死刑，行刑后的肾脏却被偷偷地用到患有尿毒症的陈金谷身上，她自己也因子宫癌而离世。和受难的刘爱娣相同，秋山爱子的深情和绣娘的风葬都是人性和生命的闪光，是这个世界最动人的抒情诗，尤其是秋山爱子的毛边纸船坞和绣娘的白马月光。后者如诗如画：

> 白马的骨架像一堆干柴，在绣娘身下，由月光点燃，寂静地燃烧着；绣娘在白马之上，好像仍在驾驭着它，在森林河谷中穿行。

像是鄂伦春人的传奇和神话。不过，在此唯美的缝隙上，却是大片的丑恶背景，如老魏的嫖娼，单尔冬的离婚再娶，李来庆斗羊下药，因陈金谷肾源而起的家庭闹剧，等等。和这些相比，唐汉成因抵制龙盏镇开发而指使李来庆的斗羊黑珍珠袭击工程师的可笑做法倒是值得同情和谅解。

变与不变似乎暗含了内在的矛盾。显然，变化才是"硬道理"，就像"激烈的碰撞和挤压"[①]的地壳的剧烈运动那样。不过，憧憬"心里身外，天上人间"的心灵世界的迟子建，不愿然而又不能不面对"魑魅魍魉"和"邪恶之火"[②]的变化。和变化相比，不变恐怕根本就不存在。就像她在一首诗中所说的那样，"也许从来就没有群山之巅"[③]。反观变化，却来得太快，也太多。即便如此，已届知天命之年的迟子建仍在坚定地维护和守望。在变化面前，这

---

①②③ 迟子健.《群山之巅》后记[J].收获,2015(1):189.

一不变大为难得,大见珍贵。《群山之巅》的魅力和价值也许就在于此。

八、历史记忆的日常生活叙事——叶兆言《很久以来》论

(一)

《很久以来》是历史与记忆的书写,系叶兆言沉思之作。与史诗性的宏大历史小说不同,《很久以来》颇有些"口述历史"或民间野史的新历史主义风貌①。作家以"我"的面目出现在小说中,与小说中的人物建立关系。同时,重大历史人物与事件也在亲切、细腻的日常生活细节中获得解读,以维护和保障历史与生活之间的平衡。

《很久以来》的重心是在竺欣慰和冷春兰两个人物上面,其中最为重要的要算"文化大革命"中竺欣慰之死的部分。表面来看,竺欣慰之死与张志新事件似乎在性质上有些相像,但正如作者在"后记"中所讲述的李香芝的故事那样,已远远消解了不少神圣和革命的成分。竺欣慰的情况当然不能照搬,但在小说当中的表现却也已经偏离了崇高,至少在作者的态度上先就找到了可以平静审视的原因。当丈夫间遘探监,规劝"老老实实改造"时,已经深陷同是农林局系统造反派小头目的李军的"类似反动的裴多菲俱乐部那样的小集团"的竺欣慰却还在辩解,声称"我总不能因此承认那些不是错误的错误吧",如此盲目和偏执,不仅并不怎么贴心的丈夫难以理解,就是从小到大的挚友春兰也埋怨她"脑子是不是有点问题了,怎么到了现在,都已经成了犯人,说起话来还是会像电影上的革命者"。正如鲁迅所说:"历史结账,不能像数学一般精密,写下许多小数,却只能学粗人算账的四舍五入法门,记一笔整数。"②竺欣慰之死看上去是个"文化大革命"的悲剧,

---

① [美]海登·怀特.作为文学虚构的历史本文[M]//张京媛.新历史主义与文学批评.北京:北京大学出版社,1993:168.
② 鲁迅.五十九 "圣武"[M]//鲁迅.鲁迅全集:第一卷.北京:人民文学出版社,1981:355.

当然,作家确实并没吝惜自己的同情和判断,而且同情和判断本身也不无积极和深沉的意义,不过,同时他也没有满足于此,而是进入历史,回到生活的现场,充分调动日常世界自身的游戏法则①。毫无疑问,这是最日常生活的写法,也是最具文化姿态的立场。

同样是在"后记"中,叶兆言坦率地讲道:"'文革'并不像我们想象的那样,走资派必定一直倒霉,知识分子必定被轻视,文化名人都会被别人看不起。"由此,他称"文化大革命""是条不断流动的河流",并指出:"在'文革'中,即使下台干部,即使手上完全无权,也依然会掌握着不一般的人脉关系,办点什么事比一般老百姓要容易得多。"小说里在谈到"我"所见过的"文革"中被枪毙的两个死难者之一的李香芝时,同样写下了相似意思的一句:"有人以为老干部在'文革'中一直都是靠边站的,这纯属想当然,回头看看中国的历史,当官的人什么时候真吃过亏。"很明显,作家的告白并非要替"文革"平反,而是打破教条式的迷梦,想当然地以为"文革"无异于一团漆黑,没有任何余地。事实上,"文革"也有日常生活,也有人情物理在,正如作者借了祖父、父亲、方之和王若望诸先生的做法所揣摩出的道理那样,"'文革'中很多事千万不能太认真,多一事永远不如少一事",一句话,"'文革'的最大特点是大事化小,小事化了"②。竺欣慰却正相反,第二章中"我"的熟人吕武概括为:"一位有钱人家的千金,一生追求进步,紧跟着时代的步伐,跟党走,听毛主席的话,最后在'文革'中莫名其妙地被枪毙。"大而化之,上面的说法似乎并没有什么过错,然而实际上又不尽然,至少有两处表明,欣慰的想法的确还不够成熟:一是在领导与她谈话,希望她能与右派丈夫卞明德划清界限一事上她"不准备离婚"的做法,再就是李军事件上的自以为是。尤其是后者,彻底葬送了外向然而执着、重情义却又少心计的阀阅千金。是政治迫害,还是个性使然?答案似乎已不再重要,小说中最为感人的一个细节说明了这一点,第八章第一部分第二段写到了欣慰和春兰的"最后一眼":

---

① 朱光潜.后门大街:北平杂写之二[M]//罗尉宣.大家小集:朱光潜集.广州:花城出版社,2009:435.
② 叶兆言.《很久以来》后记[J].收获,2014(1):186.

> （春兰）有点不忍心面对，连忙低下头回避，刚低下头又抬起来，发现欣慰正对着自己看，她们默默地这样对看了一眼，欣慰嘴角流露一丝苦笑，春兰再次低下头去，眼泪立刻出来了。

"一丝苦笑"里包含着太多的无奈、凄凉和伤别。面对死亡，谁也无法责备欣慰本人，然而，不正常的社会生活又怎能保证生命的尊严？说到底，作者的用意仍在欣慰的"做法"上①。在危险时刻，她还在为往妙行法师嘴里塞猪肉的事情表示不满，公然与革命群众对抗，岂不是固执、糊涂？！借用春兰的话说就是"不考虑后果。明明自己是个鸡蛋，却非要去碰石头"。

显然，叶兆言的写法已远非旧时模式。作为反革命分子被枪毙的欣慰虽然被平了反，但似乎已很难和伟大、英勇的烈士形象挂起钩来，单单是对于李军的感情就有不洁的嫌疑，但恐怕也正是如此，竺欣慰才能够赢得肉身，小说也才矗立起日常生活的塔围。不只欣慰、春兰，以及她们各自的父母亲是如此，就是汪精卫、周佛海、荆有麟这些历史上的名人也都脱去了神秘的面目，还原到日常生活中的个人。如小说同时写到周佛海和荆有麟各自的情人名伶筱玲红和年轻漂亮的小岳，而汪精卫的演讲甚至与厕所这一空间联系了起来。提到"厕所"，一个有意思的现象是作家常常进行食色上的修辞化，以此烘托和隐喻日常生活的状态。除了上述开头将汪氏演讲与厕所里司机老王和便衣之间的扭结相楔入的例子外，结尾沪宁高速堵车时的小芊母女和我太太的"内急"也是细腻传神的一笔，其他像第一章末尾女孩子的青春期，第九章第二部分欣慰遗书中"监狱的伙食太差了"的小字，以及同一部分中江苏省委书记、省革委会第一副主任许家屯将"逮捕"错成"被捕"，"立即"别字成"力级"的批示，等等，都不啻是历史和政治的缝隙，抵达日常生活的中心。

小说中没有英雄和惊奇，没有牺牲和殉道，有的只是娓娓道来的日常生活空间和叙事。诚然，大政治、大历史遮蔽了一切在其中挣扎着的个人，但真正个人的生命和生存又岂是前者所能真正覆盖的？所以欣慰父亲竺德霖

---

① ［法］米歇尔·福柯.疯癫与文明[M].刘北成,杨远婴,译.北京:生活·读书·新知三联书店,2007:5.

的假死表面上是个传奇,实际上又何尝不是自我保护的生命真相?而看似不能理解的小芋的冷漠和痛恨,谁又能保证不是日常生活中最为实在的情形,而非历来被破坏了的母女关系的想当然的修复?

(二)

如果说《很久以来》把历史写进了日常生活深处,那么完全可以期待它能够讲好一个故事,小说中欣慰和春兰之间的"闺蜜"至交就是这样的故事。无论外间如何变换,她们都做到了始终如一,即使在最危险的时候,也都能够彼此挂怀,尽量减轻对方无法避免的伤害。欣慰不必说了,外向泼辣的秉性使她总能在第一时间做出维护好友的决定。间迭施暴的事情发生后,她义无反顾地带着春兰去派出所报案就是最为典型的一例。反观春兰,却由于性格上的原因,难免不在摇摆的事情前踌躇不决,第五章"肉联厂的冬天"里写到的春兰的后悔就是如此。卞明德本来是作为对象给春兰介绍的,但反倒是率性的欣慰最先与他确立了关系。春兰的后悔就在于没能及时告诉欣慰,让她知道明德的真实面目,结果造成婚后欣慰的生活并不如意,主要原因即是不安分的明德与包括苏大姐在内的几个女人之间的不正当关系。与春兰不同,欣慰做事果敢,不计后果,在所谓李军事件上的痴迷和癫狂就是根据。欣慰不仅痴迷于李军,还散布来自李军的反动言论,如"说毛主席年纪大了,可能有点糊涂"。春兰的性格同样表现在这一事件上。批斗完李军后,欣慰自知不保,特地给春兰做了交代,叮嘱她"不要紧张,有什么你就说什么,用不着隐瞒什么",客观上确是为后来春兰的检举打消了一部分顾虑。两人性格上的反差,正如第一部分中所说,春兰"喜欢安静,冷若冰霜",欣慰则"性情活泼,性格开朗",他们的人生态度也截然不同,"一个仿佛冬天,一个好像夏天",与此同时却也彼此互补,长葆友谊的道理或在于此。

《很久以来》绝不是单纯的友谊之歌,它还有更深厚的况味在,仿佛诉说了一曲古典的忧伤,一种恒久的魅力。篇名来源于顾城的诗作,和后者的理想与信念的礼赞不同的是,小说停留在了时间的回味及悠长岁月里的真情和寂寞上,就像吕武所说的世道人心一样。本应是再好不过的小说题材,却经历了同样是"很久以来"的蜕变过程,以至最终选择了两个同龄小姑娘的友谊的"入口"。从1941年3月30日欣慰十二岁生日这天开始,直到1973年欣慰被枪毙为止,三十多年来两人彼此属望,共同面对坎坷风雨,营造了净土世界,女性的温暖和善良装饰了历史和生活的重压。也许作家无意于讴歌女性的伟大,甚至友谊本身也不无张大之嫌,某种程度上并非作家的重心所在,但正是她们使得原本灰色、枯燥的生活增添了娇艳和生动。无论是小时候汪伪政权下的同学昆曲及春兰的初潮,还是"文革"中间欣慰下狱后春兰的"代尽妻子义务",都意味着表面历史之下的惊心动魄。二人的友谊是对于有距离感的历史的温情填充,是历史锻造了她们,还是她们建构了历史?不容否认的是《很久以来》的叹息与怀旧情调,而友情正是其中的关键。

　　小说不只写了友谊,还写了仇恨。如果说欣慰和春兰是靠了友谊来诠释"很久以来"的话,那么欣慰和小芋母女之间的敌视则是另外一种的"很久以来"。伤痕文学命名缘起的名作《伤痕》就是母女生离死别的控诉之作,但在《很久以来》那里,却没有像是大团圆结局的"和解"。小芋批斗母亲时的表现固然可以谅解,但在"文革"后却依然故我,丝毫没有悔恨哪怕是原宥的表示。即使是车站送别,春兰阿姨愤怒之后,小芋仍然没有改变冷漠、仇视的态度。也许送去弟弟泰秋家是欣慰在女儿问题上的最大失败,如果是跟了好友春兰,事情的发展可能会有相反的方向。事实是虽然小芋如愿以偿地生活在了春兰身边,虽然春兰歇斯底里地责斥,辩解"我不是你妈,欣慰才是你妈",结果都没什么不一样。小芋的仇恨一方面是她的母辈友谊的映衬,另一方面也是对于"文革"伤痕的真正展示。按照"我"的意思,最"真实"的结局肯定不是"和解","和解"只能是一厢情愿。相反,"隔膜看来不仅会继续存在,而且很可能永远都不会消逝",小芋的理由则更加切实,以为竺欣慰"平反昭雪了,成了你们心目中的英雄,我仍然还在继续受着伤害。换句话说,无论是好是坏,我始终都活在她的阴影下"。竺小芋的自立使她不可能接受"和解"的观念,所以当"我"以妈妈长信的方式构思"和解"的合理性的时候,小芋最终提出了真实性的难题。真实性的背后实际上是"文革"伤痕的沉重,在它面前,友谊正是一面镜子,照出了人性的扭曲和痛苦。

　　一般而言,文学是要表现情理、表达内我的,《很久以来》的友谊就是这样煞费苦心的结果。作家本来拟定的几个角度,诸如母亲的长信,间逮等等,都先后遭遇挫折,难以为继。不过,在人性和生命的框架下,竺欣慰和冷春兰的友谊的脉络却把所有的细节连缀了起来,既穿越了历史,又照彻了现实,连结尾的"我"、我太太和小芋赶往世博会的经历也具有了某种映射的意义,就像小说中所引崔健歌词中的语句,"过去的光阴流逝我记不清年代""这世界变化快",象征了某种空间和时间关系的原型。春兰阿姨乘坐高铁的建议并没有被采纳,看似不起眼的细节却表明了态度和观念的隔膜,春兰的时代甚至连同友谊都已不复存在,就像小说里小芋的两个混血儿所弄不清楚的外婆(婆婆)和奶奶的不同的表达那样。我太太和小芋的好朋友的关系也似乎无法类比从十二岁就开始建立的欣慰和春兰之间的那份友情。从这一意义上来说,《很久以来》既是对于"父辈"的致敬,同时也是对于现今的祈盼。

(三)

包括欣慰和春兰的知己之交在内,《很久以来》只有一个重心,那就是欣慰之死。这个以第七章标题出现的女性悲剧凝聚了作家长期深思的结果。

叶兆言实际上提出了一种生存观,就像他在"后记"的最后一段提到的因林昭的《十四万言书》《祭灵耦文》中诸如"灵魂而今如何两情缱绻以胶投漆"的写给柯庆施的文字而感到的"天昏地暗"和"说不出的悲凉"一样,女主人公欣慰因李军而失去理性,以致引火烧身的举动同样带给人"说不出的悲凉"之感,虽然还不至于"天昏地暗"。之所以选择从1941年3月30日南京汪伪政权写起,不仅是因为对于欣慰来说,这天认识春兰在他以后生活中的重要性,而且也暗示很多时候的历史都是我们弱小的个人所无法抗拒的,就像为尊严而自戕的人的白死一样,有时,生命本身就是一种胜利。为此,作家还特意引用了元朝张养浩《潼关怀古》中的诗句,所谓"兴,百姓苦,亡,百姓苦",以表明"平民百姓才是真正的永无出头之日"。也许是父母亲和家庭生活的关系,欣慰从小就没有接受什么苦难教育,社会生活的复杂和严峻远没有春兰的体验那么深刻,因而,在身处动辄获咎的境遇时也就没有春兰那么应付裕如。一句话,欣慰的悲剧并不能抛开她个人的因素而置偶然于不顾。

　　叶兆言的生命观似有苟全性命之嫌,但在正和反的事实面前,却也有它不能无视的深刻,正像欣慰父亲竺德霖金蝉脱壳以诈死来全身,母亲蔡秀英冒险偷渡而躲过浩劫一样,欣慰也现身说法地给了不应如此的教训。泼辣、任性、大胆、坦诚固然能够让她得到像春兰这样的知己和至交,但与此同时,过于外露的性格也容易给她带来莫测的政治气候下不期而至的噩运,就像蔡秀英临行前交代春兰,不能丢下可能遇到困难的欣慰而不管所昭示的那样。和春兰相比,欣慰既不能干,也不懂事,母亲所担心和忧虑之处恰好正是她问题的症结。性格决定命运,写悲剧其实是写人性、写文化。小说的意义就在于打破了以前歌颂与批判的窠臼,不拿张志新作比,沿袭正义和革命的旧套,同时也不一味谩骂,而是理性地解读人与环境的对立统一关系,以存在主义的精神探究人性与生命的形式。如果说春兰的存在是为了伴随欣慰,不论是和间迭结婚,还是照顾小芊,都仿佛是欣慰生命的延续的话,那么欣慰之死的意义和价值也才最终得以实现,而不是后来的平反。欣慰成于性格,同时也毁于性格。

　　对于欣慰之死的反思还可以在几种态度上来对照和引申。作为至亲,父母亲竺德霖和蔡秀英难以接受不言自明,无论是前者的突发心脏病一命呜呼,还是后者的最后痴呆,都不能算过火,而是常情常理。同样,作为至交的春兰"替友管家"的行动也是传奇。同父异母的弟弟泰秋夫妇的形同陌路不必说了,奇怪的还是女儿小芊和希求借以创作的"我"。小芊的冷落和出国是对于欣慰之死的逆向回应,暗示了伤害之深。除了大环境的原因之外,托付给弟弟一家是欣慰在女儿问题上的最大失误。虽在情理上无可指摘,但也从另外一个方面反衬了欣慰与春兰友谊的深厚和可贵。与小芊的真实感受相连,"我"创作的过程也是一个痛苦和深化的过程。一开始觉得"时髦,过于主流,过于报告文学",认为"真正的文学恰恰是应该远离这些东西",其后又"想得太多,有太多的东西需要表达",结果反而不能顺利,最后连自以为很感动人的母亲写给女儿长信的构思也遭遇了来自小芊的真实性质疑的挑战。问题的症结恰恰就在这里。不论先前的伤痕文学如何赢得社会的轰动,一个不争的事实是,心灵伤害的深重,是否可以在政治转向后平复?在和一位德国作家的文化交流会上,"我"被读者追问"为什么要躲